U0726635

托尔斯泰

中 短 篇 小 说 集

[俄] 托尔斯泰 著 臧仲伦 张耳 译

中国友谊出版公司

图书在版编目（ＣＩＰ）数据

托尔斯泰中短篇小说集 ／（俄罗斯）托尔斯泰著；
臧仲伦，张耳译． —— 北京：中国友谊出版公司，2012.3（2021.11重印）
ISBN 978-7-5057-2992-6

Ⅰ．①托… Ⅱ．①托… ②臧… ③张… Ⅲ．①中篇小
说-小说集-俄罗斯-近代②短篇小说-小说集-俄罗斯
-近代 Ⅳ．①I512.44

中国版本图书馆CIP数据核字(2012)第041893号

书名	**托尔斯泰中短篇小说集**
作者	[俄] 托尔斯泰
译者	臧仲伦　张耳
出版	中国友谊出版公司
发行	中国友谊出版公司
经销	新华书店
印刷	文畅阁印刷有限公司
规格	889×1194毫米　32开
	10.75印张　228千字
版次	2013年7月第1版
印次	2021年11月第2次印刷
书号	ISBN 978-7-5057-2992-6
定价	59.00元
地址	北京市朝阳区西坝河南里17号楼
邮编	100028
电话	(010) 64678009

版权所有，翻版必究
如发现印装质量问题，可联系调换

电话　(010) 59799930-601

列夫·尼古拉耶维奇·托尔斯泰

（Лев Николаевич Толстой, 1828—1910）

俄国作家、剧作家、思想家、哲学家、教育改革家、无政府主义者，"俄国文学的太阳"，和屠格涅夫、陀思妥耶夫斯基并称"俄国文学三巨头"。

1828 年 9 月 9 日，列夫·尼古拉耶维奇·托尔斯泰出生于莫斯科以南图拉州的亚斯纳亚·波利亚纳庄园的贵族家庭，父母都是名门之后。但是很早就成了孤儿，一岁半时母亲因病去世，九岁时父亲去世，由姑妈抚养成人，受到哥哥姐姐的关爱。

1841 年，迁居喀山。三年后考入喀山大学东方语言系，最早学习中文，但因太过困难改学阿拉伯语和土耳其语，后又转到法律系，同时对哲学特别是道德哲学产生了兴趣。大学二年级时，因不满大学的教学方式，主动退学。

1847 年，回到亚斯纳亚·波利亚纳，正式继承遗产，成为庄园的主人。受法国启蒙思想影响，在庄园内尝试农奴制改革，

托尔斯泰故居

20 岁的托尔斯泰（1848 年）

托尔斯泰与其他作家（1856 年 2 月摄于彼得堡）

后排左起：托尔斯泰、格里戈罗维奇；前排左起：冈察洛
夫、屠格涅夫、德鲁日宁、奥斯特洛夫斯基

把土地分给农民，但是因农民的不理解而半途而废；创办学校，给农奴和农民的孩子传授知识；亲自耕种，试图过与农民一样的生活……

1851 年，随服兵役的哥哥尼古拉前往高加索，一边作战，一边开始文学写作。

1852 年，自传性中篇小说《童年》发表在《现代人》杂志上。其后又陆续发表了《少年》《青年》《一个地主的早晨》《哥萨克》《塞瓦斯托波尔故事》等。

1855 年 11 月，回到圣彼得堡，受到屠格涅夫、涅克拉索夫等人的欢迎，并结识了冈察洛夫、费特、奥斯特洛夫斯基、德鲁日宁、安年科夫、鲍特金等作家和批评家。因不谙世故和放荡不羁而被视为怪人。

1856 年底，退役，回到亚斯纳亚·波利亚纳庄园。以退役返乡途中的亲身经历创作了短篇小说《暴风雪》。

1857 年，第一次出国，游历法国、瑞士、意大利、德国等西欧各国。以在瑞士的观察经历创作了短篇小说《卢塞恩》。

1860 年，哥哥尼古拉逝世。

1859 年到 1862 年，再次到西欧各国考察学校，研究西欧和俄国的教育制度，先后创办了二十多所学校。

1862 年，和沙皇御医的女儿索菲娅结婚，共育有十三个孩子，其中五个夭折。在此之后，安居庄园，潜心创作，过着俭朴的生活。庄园经常高朋满座，接待过许多名人，其中不乏高尔基、契诃夫、列宾等俄国和世界各地的名人大家。

托尔斯泰与妻子

1868 年，完成了中篇小说《霍尔斯托梅尔》。

1869 年，历时六年完成了长篇小说《战争与和平》。

1877 年，历时四年完成了第二部长篇小说《安娜·卡列尼娜》。

1881 年，因子女学业，迁居莫斯科。摒弃贵族生活，从事体力劳动，深入贫民窟，组织赈灾活动，为农民盖房，探访监狱，研究哲学、宗教、伦理、道德等。

1886 年，完成了中篇小说《伊万·伊利奇之死》。

1889 年，完成了中篇小说《克莱采奏鸣曲》。

1898 年，完成了中篇小说《谢尔盖神父》。耗费十年完成了第三部长篇小说《复活》，决定用全部稿费资助杜霍包尔教徒移居加拿大；被沙皇政府指责反对上帝，不信来世，于 1901 年以

托尔斯泰与高尔基

托尔斯泰与契诃夫

俄国东正教至圣宗教院的名义被革除教籍。

1903 年，完成了短篇小说《舞会之后》。

1904 年，撰文反对日俄战争，同情革命者。革命失败后，反对沙皇政府，写下《我不能沉默》。

1910 年 11 月 10 日深夜，秘密离家出走，途中感染了肺炎，十天后逝世于阿斯塔波沃车站。

1918 年，车站改名为"托尔斯泰站"。

依照遗嘱，安葬于故居亚斯纳亚·波利亚纳庄园一个僻静的角落，没有墓碑，没有十字架。四周是高大的树木，旁边有一条深深的沟壑，这是托尔斯泰兄弟年少时常来玩耍的地方，他们相信有一枝能带来永恒幸福的"绿棒"就埋藏在这里。

大约在 19 世纪 80 年代，"托尔斯泰主义"正式形成。主张

托尔斯泰及其家人

阿斯塔波沃车站，现为托尔斯泰站

托尔斯泰的墓地

　　在对不合理、不公正的现实持批判态度的同时，首先进行自我的道德忏悔和灵魂救赎，通过禁欲、博爱等手段来实现"道德的自我完善"，在社会生活中坚持"勿以暴力抗恶"的道德原则，以最终赢得个人的精神自由和社会的公平正义。

　　1900 年，中国就已经出现了关于托尔斯泰的评论文字。1913 年和 1917 年先后出现了《复活》(译名《心狱》)和《安娜·卡列尼娜》(译名《婀娜小史》)的文言译本。五四前后，他的作品更是被大量翻译成白话文，被中国大众熟知。如今，我们更是能轻易窥见他文学宝藏的全部。

　　因为有了托尔斯泰，伟大的俄罗斯文学被世人所尊敬和欣赏；因为有了托尔斯泰，我们变得更加深刻和勇敢。

目录

暴风雪

一

　　傍晚6点来钟，我用够茶之后，便离开驿站上路了。这个站的名称我已记不得了，只记得它位于顿河部队驻扎区内，在诺沃契尔卡斯克附近。我裹紧大衣和车毯，同阿廖什卡并肩坐在一辆雪橇里，当时天已黑了。刚离开驿站那一会儿，天气还算暖和，风也不大。虽然没有下雪，可头顶上却见不到一颗星星，天空显得分外的低，与铺展在我们眼前的皑皑雪原相比，又显得分外的黑。

　　我们刚从几座风磨的黑影旁边驶过，其中有一座风磨笨不唧唧地转动着它的巨翼。待出了村子，我便发现，路变得很不好走，雪积得更深了，风开始更猛烈地吹向我的左侧，把马的尾巴和鬃毛吹到了一边，把被滑木划开和被马蹄踩散的雪不断地刮了起来，吹散开去。铃铛声渐渐低沉了，一股寒气穿过袖子的空隙直袭脊背，此时我不禁想起了驿站长的劝告，他说："还是不走为好，免得瞎跑一宿，在路上冻个贼死。"

　　"咱们不至于迷路吧？"我问驿车夫，可是得不到回答。我便更明白地问："喂，车夫，咱们到得了站吗？不会迷路吧？"

"天知道呢!"他连头也不回地回答我说,"你瞧,风雪刮得多凶呀,路一点儿也瞅不见。老天爷呀!"

"那你最好说说看,你有没有把握把我们送到站?"我继续问,"咱们到得了吗?"

"按说是到得了的。"驿车夫说。他接下还说了些什么,由于风大,我已听不清楚。

我是不愿意往回跑的,可是在顿河部队驻扎区这片极荒凉的草原上,在严寒和暴风雪里整夜整宿地瞎跑一气,那可不是件愉快的事呀。再说,虽然在昏天黑地中我无法仔细看清这位驿车夫的脸庞,但不知为何他就让我不大喜欢,也不大令我信得过。他缩着腿坐在雪橇的正当中,而不是靠边点儿坐,他的块头大得过分,声音懒洋洋的,头上的那帽子也不是车夫戴的那一种——帽子老大,向四边晃呀晃的。他赶起马来也不那么地道,两手抓着缰绳,像一个坐在驭座上充当车夫的仆役。我之所以信不过他,主要是因为他那两只耳朵上包着一块头巾。总而言之,我不喜欢这个戳在我眼前的正经八百的带点罗锅的脊背,我觉得它不会带来什么好事。

"照我说,还是回去为妙,"阿廖什卡对我说,"迷路可不是好玩的!"

"老天爷!你瞧,风雪刮得多猛呀!路一点儿也瞅不见,眼睛全给糊住了……老天爷!"驿车夫抱怨说。

我们没走上一刻钟,驿车夫便勒住了马,把缰绳递给阿廖什卡,从座位上笨拙地抽出两脚,大皮靴咯吱咯吱地踩在雪地上,前去寻路。

"怎么回事?你上哪儿?走错道了,是吗?"我问道。可是驿车夫没有搭理我,转过脸避开刺眼的风,离开了雪橇。

"喂,怎么样?有路吗?"他回来时我又问一遍。

"什么也没有！"他突然不耐烦地、懊恼地回答我一句，仿佛他走错了道是我的过错。他又慢吞吞地把两只大脚伸进前座，用结了冰的手套分开缰绳。

"那咱们怎么办？"当我们的雪橇又跑动后，我问。

"怎么办！走走再看呗。"

我们的马儿依旧以小快步跑着，看来已使足力气了，有的地方走在深达四分之一俄尺①的积雪上，有的地方走在嚓嚓作响的冰凌上。

虽然天气挺冷，可衣领上的雪却融得顶快。地面的风雪搅得越来越厉害了，天上又下起稀疏的干雪。

很显然，天知道我们在往哪儿跑，又跑了一刻来钟，我们竟没有见到一个里程标。

"你看怎么样呀，"我又问驿车夫，"咱们到得了站吗？"

"到哪个站？要是往回走的话，那就由着马自个儿跑，它们准能拉得回去；要是前去下一站，那就不好说了……恐怕会让咱们自个儿玩儿完。"

"哦，那就回去得了，"我说，"真是……"

"那么说，就转回去？"驿车夫又问了一下。

"是的，是的，往回转吧！"

驿车夫放开了缰绳。几匹马跑得比较快了，虽然我看不出我们的雪橇是怎么掉头的，然而风向变了，没多大会儿，透过纷飞的雪花，又看到了那些风磨。驿车夫已来了精神，打开了话匣子。

"前些日子也是这样刮着暴风雪，有辆雪橇也是从前边那个驿站回来，"他说，"他们就在草垛里过了一夜，直到早上才回到站。多亏钻进了草垛，要不然哪，大伙非得全冻死不可——那天气可

---

① 一俄尺相当于零点七一米。

真冷呀。即便那样，还是有一个人冻坏了两条腿，后来三个礼拜里疼得死去活来。"

"可目前并不算很冷，风也小些了。"我说，"走得了吗？"

"天气嘛，暖和还算暖和，就是还刮着风雪。眼下往回走，看来是容易些，可是雪搅得更厉害了。走是能走的，要不是个信差，要不是自个儿愿意。要是让乘客冻坏了，那可不是闹着玩的。老爷您若有个好歹，过后我怎么交代？"

二

这时候从我们后面传来了几辆三套马雪橇车的铃铛声，它们跑得飞快，就要赶上我们了。

"这是特快邮车的铃铛声，"我的驿车夫说，"全驿站就只有这样一个铃铛。"

果真，领头的那辆雪橇车的铃铛声已随风清晰地飘来，那声音异常悦耳：纯净、洪亮、低沉，又有点儿颤悠。后来我才知道，这是一个爱好摆弄铃铛的人组装的：把三个铃铛配搭在一起，一个大的置于中间，旁边是两个小的，配成三度音，那声音优美极了。这种三度音和在空中回荡、颤动的五度音交融在一起，的确异常动人，在这荒凉僻静的原野上显得美妙出奇。

"邮车来了，"当三辆三套马雪橇车中领头的那一辆跟我们齐头并进时，我的驿车夫说，"路怎么样呀？走得过去吗？"他向后面的一个驿车夫喊着问。而那个驿车夫只吆喝一下马，没有搭理他。邮车刚从我们旁边飞奔过去，铃铛声很快就被风吹跑了。我的驿车夫大概感到有些惭愧。

"那咱们就往前去吧，老爷！"他对我说，"人家刚过来，这会儿他们的橇印还是好看清的。"

我同意了，我们又顶着风掉过头来，沿着深深的积雪往前缓缓地驶着。我向旁边盯着路，免得偏离了那几辆雪橇留下的印迹。约两俄里①以内，那印迹都还清晰可见，过后只看到滑木驶过的地方显出一点点高低不平，再过一会儿我已根本辨认不清那是辙迹，还是被风吹起的一层雪了。瞧着滑木下的雪单调地往后跑去，把眼睛都看花了，于是我就开始向前看。第三个里程标我们还是看见了，可是第四个里程标怎么也找不到。像先前一样，我们时而顶着风，时而顺着风，时而向左，时而向右，到后来驿车夫说，我们似乎向右偏了，我说向左偏了，而阿廖什卡却断定说，我们完全是走回头路了。我们又几次停了下来，驿车夫抽出自己的两只大脚，爬下雪橇去找路，但全是白费劲。我也下去瞧了瞧，隐约看到的好像是路，但是刚费大劲顶着风走出六七步，就真心相信，到处都是一样层层单调的白雪，道路不过是出现在我的想象中罢了——就在这一会儿，我已经看不见雪橇了。我大喊起来："车夫！阿廖什卡！"我觉得我的声音被风直接从嘴里抓走了，转眼间就被吹得不知去向了。我向着原来停雪橇的地方走去，而雪橇不见了，我又往右走，也不见踪影。想起来真不好意思，当时我用一种响得刺耳、几近绝望的声音一再喊了起来："车夫！"其实他就在离我两步远的地方。他那抱着鞭子、歪戴着大帽子的黑色身影猛地显现在我眼前。他把我领到雪橇旁。

"亏得天还暖和，"他说，"要是大冷天，可就糟了……老天爷！"

"松开马吧，让马拉咱们回去，"我坐进雪橇时说，"它们拉得到吧？你说呢，车夫？"

"按说拉得到的。"

---

① 一俄里相当于一点零六千米。

他丢开缰绳，朝辕马的鞍上抽了三鞭，我们就又朝一方奔去了。走了半个来小时，在我们前边骤然又响起了我所熟悉的那个特别悦耳的铃铛声和另两个铃铛声，可这会儿它们是迎着我们飘来的。仍然是那三辆三套马雪橇车，他们已经卸了邮件，后头还拴着几匹往回带的马，在返回原驿站去。那辆驾着三匹大马、挂着悦耳的铃铛的特快邮车飞快地跑在前边。雪橇车的驭座上坐着一名车夫，不时挺有精神地吆喝几声。后面两辆空雪橇车的正中央各坐着两名车夫，听得见他们响亮而快活的话音。其中有一个车夫在吸烟斗，被风吹旺的火星照亮了他的部分面容。

我望着他们，为自己害怕前进而感到羞惭，我的驿车夫大概也有同感，因为我们两人异口同声地说："咱们跟着他们走吧。"

三

还没有等最后那辆雪橇车过去，我的驿车夫便开始笨手笨脚地掉转马头，不巧把雪橇杆撞到了那几匹拴在雪橇车后头的马身上。其中有三匹马猛然一躲，挣断了缰绳，向一旁急奔而去。

"瞧，斜眼鬼，不瞧瞧往哪儿转——瞎往人家身上撞。活见鬼！"一个个子不高的车夫用嘶哑而发颤的嗓音骂了起来。我从他的声音和身材判断，他就是那个坐在最后那辆雪橇车上的小老头。他赶紧跳下雪橇车，跑去追马，一边仍在破口痛骂我的驿车夫。

而那几匹马没有乖乖地停下。车夫在它们后边紧追，转眼间马和车夫都消失在白茫茫的暴风雪里。

"瓦西利——依！把那匹浅黄色的马骑过来，不那样是逮不住它们的。"还能再次听到他的声音。

其中一个个子特高的车夫爬下雪橇，不声不响地解开自己的三匹马，牵过其中的一匹，抓住皮马套跳了上去。接着马蹄在雪地上咯吱咯吱地踩响了，马步零乱地奔驰起来，也在那同一方向消失了。

我们就同其余两辆雪橇车一起跟在那辆特快邮车后头跑着，也不管有没有路地只朝前跑。那辆特快邮车还是那样响着铃铛，快速地奔在前头。

"没什么！他会把马追回来的！"我的驿车夫谈起那个跑去追马的车夫时说，"要是一匹马不合群，它准是匹劣马，瞎跑到一处去，那……那就不会回来了。"

我的驿车夫自从赶着雪橇车跟在人家后头跑之后，他似乎变得比我开心，也比我话多。由于我还不大想睡，自然也就借机跟他闲聊起来。我开始向他问这问那：他是什么地方的人，怎么前来此地，以前是干什么的。我很快就知道了，他是我的老乡，也是图拉省人，农奴出身，家住基尔皮奇村。他们家地少，从那年闹霍乱之后，地里简直就没什么收成。家中还有兄弟俩，老三去当兵了。粮食吃不到圣诞节，他只得外出打工，挣口饭吃。家中由他弟弟当家，因为弟弟已娶了亲，而他自己则是个鳏夫。他们村里年年都有人结伙来这儿当驿车夫，他过去虽然没有干过赶车这一行，但还是来驿站干活，顺便养活兄弟。他在这儿过日子，谢天谢地，年收入有一百二十卢布，寄回家一百卢布，要不是这儿的"信差凶得像野兽，再加这儿的人爱骂街"，日子还可以过得挺滋润的。

"唉。就拿这车夫说吧，他干吗骂人呢？老天爷！难道我是成心让他的马挣断绳子的？难道我会对人使坏？干吗要去追那些马呢？它们自个儿会回来的。要不然哪，不单单让马累垮了，连自个儿也得玩儿完。"这个敬畏上帝的庄稼汉一再地说。

"那黑黝黝的东西是什么？"我发现前边有几个黑黝黝的东西

时问道。

"那是车队。他们那样的走法倒挺有趣的！"当我们赶上那一辆接一辆遮着蒲席的带轱辘的大车时，他说，"你瞧，一个人影也瞅不见，全在睡觉呢。聪明的马自个儿识得路，它绝对迷不了路。咱也跟车队跑过，所以清楚。"他补充说。

这些从蒲席顶上到车轱辘都落满了雪的大车，在孤单单地赶路，看起来的确有些奇怪。当我们的铃铛在那车队旁边响过去的时候，只有领头的大车上那盖满两指厚积雪的蒲席被稍稍掀起一点，有一顶帽子从里面探出来一下。一匹花斑大马伸着脖子，鼓起脊背，在全被雪埋住的路上步伐平稳地前进着，单调地晃动着它那套在白色车轭下的毛茸茸的脑袋。当我们的马与之并驾齐驱时，它警觉地竖起了一只落满了雪的耳朵。

我们默不作声地又走了半个来钟头，驿车夫再次跟我聊了起来。

"您觉得怎么样呀，老爷，咱们这么走对吗？"

"不知道。"我回答说。

"先头风是那样刮的，这会儿咱们可完全是顶着风雪走。不，咱们走得不对头，咱们迷路了。"他十分镇静地断言。

显然，尽管他胆小得很，可"人多胆壮"嘛，自从同路的人多了，既不用他领路，也不用他负责，这样一来，他就变得极为安心了。他非常冷静地观察着领头的那个车夫的错误，似乎此事同他毫无关系。的确，我发现领头的那辆雪橇车有时偏到我的左面，有时偏到右面，我甚至觉得我们是在一个很小的空间里转圈子。话说回来，这可能是受错觉的骗，就像我有时觉得那领头的雪橇车一会儿在上山，一会儿在下坡或者下山，其实呢，这儿的草原到处是平平坦坦的。

又走了不多大会儿，我看见，似乎在远处的地平线上，有一长条移动着的黑带子，但过了一会儿我就看清了，原来是那个被我们超过去的车队。雪依然纷纷地飘落在嘎吱作响的车轱辘上，其中有几个车轱辘甚至转不动了。那伙人依旧在蒲席下睡觉，那匹领头的花斑马依然张开鼻孔，嗅着道路，警觉地竖起耳朵。

"瞧，咱们转呀转呀又转到那个车队边上来了！"我的驿车夫以不满的语调说，"拉特快邮车的马都是好样的马，所以他不怕这样玩命地赶。要是咱们的马也这么跑，早就跑不动了。"

他清了清嗓子。

"咱们回去吧，老爷，免得遭罪。"

"为什么？总得到个什么地方吧。"

"到哪儿呀？咱们得在野外过夜了。风雪刮得好凶呀……老天爷！"

前边领头的驿车夫显然已迷了路，失了方向，然而他不但不去寻寻路，还开心地吆喝着，继续驾车飞快地奔驰，这虽然让我感到惊奇，可我已经不想离开他们了。

"跟他们走吧。"我说。

车夫赶着车跑着，但他赶起来比先前更不乐意了，而且已不再开口跟我侃谈了。

四

暴风雪变得越来越厉害了，气温变得更低了。鼻子和两颊冻得更厉害，皮大衣里常常被灌进一股股寒气，得把衣服裹得严严实实。有的时候雪橇车在光溜溜的冰凌上嘎嘎地驶过，因为地上的积雪都被风刮走了。尽管我对这次迷路的结局甚为关注，可我没有停下宿夜，而已连续赶了五百多俄里的路，所以我禁不住闭上了眼睛，打起盹来。有一次我睁开眼睛，头一片刻间我似乎觉得，有一片亮光照耀着这白茫茫的雪原，这使我吃了一惊。地平线大大扩展了，黑压压的低矮天空突然消失了，四下只见一道道白晃晃的斜飘着的雪线，前边那些马车的轮廓看得更清了。我抬头仰望，似乎乌云已经散去，只有纷飞的雪花遮住了天空。在我打盹的时候，月亮爬上来了，透过稀疏的云层和飘飘而下的雪花，投下一片寒气袭人的光辉。我看得最清的是我的雪橇车、马匹、车夫以及跑在前头的三辆雪橇车。头一辆是那特快邮车，车上依然是那一个车夫坐在驭座上，赶着马儿大快步地奔跑；第二辆雪橇车上坐着两个人，他们丢下缰绳，用厚呢上衣顶在头上挡风，不停地吸着烟斗，这是从那里闪亮的火光中看到的；第三辆雪橇车上一个人也看不见，也许它的车夫钻进车当中睡着了。我偶尔会看见那领头的车夫勒住马，下去探探路。每当我们一停下车，风的呼啸声便显得更响，在空中飞扬的多得惊人的雪花也看得更清晰了。在风雪弥漫的月光下，我看到那车夫不高的身影，他手拿鞭子，试探前边的积雪，在明亮的雪雾中前后挪动，然后又回到雪橇车旁，侧着身子跃上前座，在风的单调呼吼声中又传来他那洪亮利落的吆喝声和铃铛的叮当声。每当那领头的车夫爬下车子前去寻路标或草垛时，总会从第二辆雪橇车上传来一个车夫神气而自信的声音，他朝领头的那车夫喊道：

"听我说，伊格纳什卡！太靠左了，往右一点儿，顶着风雪走。"或者喊道："瞎转转干什么？打雪地走嘛，看雪怎么堆的，就正好走得出去。"或者喊道："往右，往右走，我的老兄！你瞧，什么东西发黑，说不定是路标吧。"或者喊道："你瞎赶什么呀？瞎赶什么呀？把花斑马给卸下来，让它在前头带路，它准会把你带上道的。那事情就好办了！"

然而，那个好出点子的车夫自己非但没有把拉梢马卸下来，或者走到雪地上去探探路，而且连鼻子都没有从自己的厚呢上衣里伸出来。有一回，领头的伊格纳什卡听到他的一个点子后，朝他喊道，既然他知道怎么个走法，自己去前边带路好了。那好出点子的人回答说，等到让他赶特快邮车的时候，他就会带路，而且保证把大伙领上道。

"我的这几匹马在大风雪天里是带不了路的，"他喊道，"不是那样的马嘛！"

"那你就别搅和！"伊格纳什卡回答说，一边快活地朝马儿打几声唿哨。

与那个好出点子的车夫坐在同一辆雪橇车上的另一个车夫则没有向伊格纳什卡说什么，他一般不掺和到这种事里，虽然他还没有睡觉。我是从两样事看出来的：一是他那烟斗老没有熄掉，二是每当我们停下来时，我就听到他那从容不迫、叨个不停的话声。他在讲故事。只有一次，当伊格纳什卡不知是第六次还是第七次停下来时，显然由于行路的惬意劲被一再打断，他火了，朝伊格纳什卡嚷嚷起来：

"怎么又停下啦？瞧，他还想找道呢！早跟你说了，这是暴风雪！这会儿就连土地丈量员亲自出马也找不到道的。趁马还拉得了，就走你的吧。兴许咱们还不会冻死……我说，走吧！"

"可不是吗！去年就有一个邮差差点儿给冻死了！"我的驿车夫搭腔说。

第三辆雪橇车上的车夫一直睡不醒。在一次停车的时候，那个好出点子的人喊道："菲利普！喂，菲利普！"

由于没听到回答，他又说："还没有冻死吧？伊格纳什卡，你最好去瞧一瞧呀。"

干什么都稳重的伊格纳什卡走到那辆雪橇车旁，推了推那睡着的人。

"瞧，半瓶白酒就让你醉成这个德行！你冻死了也得说一声呀！"他晃着那个车夫说。

睡觉的人嘀咕了句什么，又骂了一声。

"他活着哪，伙计们！"伊格纳什卡说罢，又向前跑去。我们又向前行驶了，跑得那么快，连我的雪橇车上拉梢的枣红色小马也不断地挨鞭子，不止一次地蹦了起来，不大灵巧地奔跑着。

五

那个跑去追赶脱缰马匹的小老头和瓦西利回到我们这儿时，我想已经是近午夜了。他们逮住了马，找到并赶上了我们。但是在这种不辨东西的暴风雪中，在这荒凉的原野上，他们是如何做到这一点的，对我始终是个谜。那小老头来回晃动着胳膊肘，摆动两腿，骑着辕马疾步跑来（其余两匹马被拴在辕马的颈圈上，在暴风雪中是不可丢下马的）。待到他跑到与我并排的时候，又开口骂起我的驿车夫：

"瞧，斜眼鬼！真是的……"

"喂，米特里奇大叔，"第二辆橇车上那个说故事的人喊了一声，"你还活着呀？上我们这儿来吧。"

那老头没有搭理他，继续骂。等他骂够了，才跑到第二辆雪橇旁边。

"全逮回来了？"有人从那儿问他。

"不逮回来怎么行！"

他那不大的身躯以胸部贴在马背上，让马小跑着，然后跳下雪地，脚不停步地跟着雪橇跑，接着一下蹿了进去，两脚搁在橇的边杆上。高个子瓦西利跟先前一样，不声不响地爬进最前边的雪橇车，跟伊格纳什卡待在一块儿，并和他一起寻路。

接下来我们就在这片白茫茫的荒野上，在暴风雪的寒冷而透明的闪光里马不停蹄地跑了好一阵子。一睁开眼睛，依然是那顶落满了雪的粗笨帽子和脊背；依然是那个不高的车轭。在车轭下面，辕马的脑袋依然在笼头的两条拉紧的皮缰绳之间等距离地晃动着，黑色的鬃毛被风一溜儿吹向一边。从它背后看去，右边仍是那匹尾巴扎得短短的枣红色拉梢马，还有一个偶尔撞到雪橇车夹板上的拴套轴。朝下看，还是那种被滑木划开的松散的雪，风还是持续不断地把一切吹了起来，抛到一边去。前边跑着那几辆三套马雪橇车，它们仍跟我们保持同样的距离。左右两边一切都是白花花的，扑朔迷离。要找个新目标纯属徒劳：没有路标，没有草垛，也没有篱笆，什么都瞧不见。四下尽是白茫茫的一片，并且还在移动。地平线有时显得遥远无比，有时四边又像被压成两步大小。有时骤然从右边耸起一道白色高墙，在雪橇车旁边跑动，有时突然不见了，随之又出现在前边，它向远处跑呀跑呀，又消失了。再瞧瞧上边——起初似乎是亮堂堂的——透过雾霭似乎可看得见星星，然而星星升得越来越高，躲开了我的视野，于是只见雪花飘过眼前落在脸上和大衣的领子上。天空到处是一样的亮，一样的白，单调而且好动。风向似乎变了，时而迎面吹来，吹得雪花糊住了眼睛，时而从侧旁恼人地把大衣领掀到了头上，让大衣领嘲弄似的拍打我的脸，时而从后面钻进什么隙缝里，嗡嗡作响。听得见马蹄和滑木在雪地上不断发出低沉的响声、铃铛的叮当声，不过当我们走在深深的积雪上时，那铃铛声就听不清了。只有当我们偶尔顶着风跑，或者走在光溜溜的冰凌上时，才可清晰地听到伊格纳特①振奋的口哨声，还有他那带有颤动的五度音的悠扬的铃铛声。这些声音顿时欢快地打破了荒野的忧郁气氛，然后又是一片单调的声响，令人难堪地、毫无变化地演奏着我摆

---

① 即伊格纳什卡的正式名字。

脱不了的同一种调子。我的一只脚已有些冻僵了，我转动一下身子，想把衣服裹好，那落在衣领和帽子上的雪又跑进我的脖子里，使我冷得发抖，多亏穿着焐暖了的皮大衣，才能勉强抵住寒风睡一会儿。

六

在我的脑际越来越迅速地浮现出种种破碎的回忆和想象。

"第二辆雪橇上那个老爱嚷嚷、好出点子的车夫会是个什么样的汉子呢？想必是个红头发、小短腿、结结实实的人吧，"我想到，"就像我们家那个老听差费奥多尔·菲利佩奇一样。"这样一来，我在想象中看见了我家大宅的那个楼梯，五个家仆艰难地挪着步，垫着毛巾把一架钢琴从厢房里搬出来。我似乎看到费奥多尔·菲利佩奇穿着土布外衣，卷起袖子，手上拿着一块钢琴踏板，跑到前边，打开门闩，这儿扯了扯，那儿推了推，在人家的脚腿之间钻来钻去，碍手碍脚，还以关切的声音不断喊着：

"用劲抬呀，前边的，前边的！就这样，后边的抬高点儿，抬高点儿，抬高点儿，抬到门里去！这就对啦。"

"对不起，费奥多尔·菲利佩奇！我们自个儿来。"我们家的那个花匠胆怯地说，他的身子被挤到栏杆上，由于使劲而涨红了脸，他使出全身的劲抬着钢琴的一角。

然而费奥多尔·菲利佩奇还在嚷这嚷那。

"这是怎么回事？"我思量着，"他以为这个活缺了他就不成，还是因为上帝赐给了他自以为是、好为人师的洋洋自得？也许就是这样。"我不知为什么又看到那个池塘，那些疲惫不堪的家仆们站在没膝深的水里拉渔网，又看到那个费奥多尔·菲利佩奇提着喷壶，朝着大家叫嚷，在岸边跑来跑去，偶尔走到水边，用一只手拿过金色的鲫鱼，放进浑浊的水里，又倒进一些清水。啊，我又想起七月的一个中午。我踩着花园里刚割过的草地，顶着炎炎烈日，向一处走去。我还很年轻，总觉得还缺少什么，所以老想追求一点什么。我走到池塘边，在蔷薇花坛和桦树林荫道之间一处自己心爱的地方躺下睡觉。我躺着，透过蔷薇多刺的红枝条，望着干枯松散的黑土，望着清澈如镜的池水，我记起那时所怀的情感。那是一种带有某些天真自满和忧伤的情感。周围的一切是那样的美，这种美又强烈地影响着我，使我觉得自己也融入其中了，惟一使我懊恼的是没有一个人欣赏我。天气很热。我想睡上一觉，消消愁绪，可是苍蝇——那些讨厌至极的苍蝇——就在这儿也不让我安宁，它们把我围了起来，跟我不依不饶，纠缠个没完，像果核似的从我的前额蹦到手臂上。蜜蜂在不远处，在太阳烤热的地方嗡嗡地叫着；黄翅膀的蝴蝶蔫不叽叽地在小草上飞去飞来。我抬头仰望，眼睛被刺疼了，在我头顶的高处，虽然繁茂的桦树在轻轻地摇晃着它的树枝，但阳光却穿过它光亮的叶子火辣辣地照射下来，我更热了。我用手绢遮住脸，真闷人呀，苍蝇似乎被粘在了冒汗的手上。麻雀在蔷薇丛里蹦来跳去，其中有一只跳到离我一俄尺远的地上。它有两次装作使劲啄地的样子，随之又把树枝弄得沙沙地响，又快乐地嘲啾了一声，从花丛中飞了出去。另一只也跳到地上，翘了翘尾巴，瞧瞧周围，叽叽喳喳地叫着，也跟着第一只箭似的飞走了。池塘上传来阵阵的捣衣声，这些声响低低地贴着水面四下飘散开来；还听得见洗澡人的欢声笑语和在水中的扑腾声。在远处，一阵风吹得树梢闹腾起来。接着我听到风吹草动的声音，还有那蔷薇叶子随风摇摆的声音。一阵清风徐徐而来，掀起我手绢的一角，呵痒我的汗滋滋的脸。一只苍蝇从扬起的手绢的缝里钻了进来，惊慌地在我湿润的嘴旁乱碰乱撞。背脊下边有一根枯枝硌着我。不，这儿没法躺了，去洗个澡吧。就在这会儿，我听见花坛旁边响起了急促的脚步声和一个女人惊慌的说话声：

"哎呀，老天爷！这是怎么回事呀！连一个男人也不见！"

"什么事，什么事？"我跑到阳光下，问那个惊喊着跑过我身旁的女仆。她只是回过头瞧了瞧我，又摆动着双臂继续往前跑去。就在这一会儿，我看见了那个一百零五岁的老太婆马特廖娜，她用一只手按着从头上往下滑的头巾，拖着一只穿毛袜的脚，步履蹒跚地向池塘那边奔去。有两个小丫头手拉手地跑着。一个十岁的孩子穿着他父亲的上衣，拉着其中一个丫头的麻布裙，也跟在后头焦急地跑着。

"出什么事啦？"我问她们。

"有个庄稼人快淹死了。"

"在哪儿？"

"在池塘里。"

"是哪个人？我们家的？"

"不，过路人。"

车夫伊万穿着大皮靴，跑在刚割过的草地上，那胖管家雅科夫气喘吁吁地跑着，他们都往池塘那边去，于是我也跟着他们跑。

我记得当时心里出现了一个念头："跳下水去，把那庄稼人拉上来，救他一命，大家都会敬佩你的。"我当时想的是这个。

"在哪儿呀？哪儿？"我问那群挤在岸边的家仆。

"就在那边，在水最深的地方，靠近澡塘那边。"一个洗衣服的女人一边说，一边把湿衣服挂在扁担上，"我看见他钻到水里，一会儿他露了一次头，又沉了下去，又露出头，拼命地喊：'我要淹死了，救命！'过后又往下沉，只见冒起一个个水泡。我一看这庄稼人快淹死了，就使劲喊：'救命呀，有个庄稼人快淹死了！'"

接着这洗衣服的女人把扁担往肩上一搁，扭着腰，踩着小路离开了池边。

"唉，多造孽呀！"管家雅科夫·伊万诺夫带着无可奈何的声调说道，"这一下跟地方法院的交道就够打的。"

有一个手拿镰刀的庄稼人从聚集在池塘对岸的妇女、儿童和老人群中挤了过来，把镰刀挂在柳树杈上，不急不忙地脱着靴子。

"在哪儿，他在哪儿淹的呀？"我不断地问，想跳下去，干出一件不平凡的事来。

但人家指给我看的只是那一片平静的水面，吹来的风偶尔掀起一点涟漪。我搞不明白他是怎么沉下去的，池水依然是那样平静、俏丽，坦然地荡漾着，在中午的阳光下金光闪闪。我一筹莫展，什么惊人的事也干不了，再说啦，我那水上功夫也实在不行。那个庄稼人已经把小褂脱了下来，马上就要跳下水去。大家都怀着希望，屏住气瞧着他。然而那庄稼人走到水齐肩深的地方，便慢悠悠地退回来，穿上了小褂：原来他不会游泳。

人们纷至沓来，越聚越多，娘儿们手拉着手，可没有人出来救助。那些刚来的人出着点子，频频唉声叹气，露出一副副惊恐和失望的神色。那些原先聚集的人中有的站累了，在草地上坐了下来；有的干脆走回家去；老太婆马特廖娜问她的女儿炉门关好了没有；那个穿着父亲衣服的小孩在使劲往水里扔石子儿。

正在这一会儿，费奥多尔·菲利佩奇的那只叫特列佐尔卡的狗从屋边跑过来，一边汪汪叫着，一边疑惑地回头瞧瞧。接着费奥多尔·菲利佩奇本人的身影也从蔷薇花坛后边出现了，他一边跑过来，一边嚷嚷着什么。

"你们站着干什么？"他嚷道，一边跑一边脱下上衣，"人都要淹死了，而你们还站着不动！拿绳子来！"

大家都怀着希望和惊恐瞧着费奥多尔·菲利佩奇，他一只手搭在一个热心的仆人的肩上，用左脚蹬下右脚上的靴子。

"就在大伙站着的那边，在那棵柳树的右边一点，费奥多尔·菲利佩奇，就在那儿。"有人对他说。

"知道啦！"他回答说，皱了皱眉头——可能是由于看到娘儿们中有人显出害臊的样子——他脱去小褂，解下十字架，把它交给恭顺地站在跟前的那个小花匠，接着劲头十足地踩着割过的草地，向池塘走去。

特列佐尔卡对自己主人这样的火速行动有些困惑不解，停留在人群旁边，吧嗒着嘴，嚼着岸边的几棵小草，疑惑地望着主人，蓦地快乐地尖叫了一声，跟着主人一起扑进水里。开头一会儿什么也看不见，只见溅起的泡沫直飞到我们跟前，随后费奥多尔·菲利佩奇姿势优美地划动双臂，白净的背脊平衡地一起一伏，迅速地向对岸游去。特列佐尔卡呛了几口水，急急忙忙地往回游，在人群边抖了抖身上的水，又在岸边蹭了蹭背。当费奥多尔·菲利佩奇快游到对岸那一会儿，两个车夫也拿着一张卷在棍子上的渔网向柳树奔去。费奥多尔·菲利佩奇不知为什么举起双手，一而再、再而三地钻进水里，每次都从嘴里喷出一股水，潇洒地甩甩头发，对从四面八方向他提的各种问题一概不搭理。终于他爬上岸来，他吩咐人把渔网撒下。过一会儿渔网被拉了上来，网里除了水草和几条在水草中欢蹦乱跳的小鲫鱼之外，一无所获，当渔网再次被拉上来时，我也跑到了那一边。只听到费奥多尔·菲利佩奇发号施令的声音、湿绳子拍击水面的响声和人们惊恐的叹息声。系在渔网右边的湿绳子上缠着越来越多的水草，绳子也越来越多地被拉出水面。

"现在大家一齐拉，一同使劲，拉！"费奥多尔·菲利佩奇喊道。浸透了水的鱼漂浮了上来。

"像有个什么东西，拉起来怪沉的，伙计们。"有人说。

渔网两端被拉上了岸，网里跳蹦着两三条鲫鱼，渔网压到草地上，把草地也弄湿了。在拉紧的网里，通过薄薄一层被搅浑的水，露出一件白色的东西。在死一般的沉寂中，人群里发出一阵虽不很响但异常清晰的惊叹声。

"一齐使劲拉，拉到干的地方！"传来费奥多尔·菲利佩奇果断的声音，于是大家便把淹死的人拖过刚割了牛蒡和龙芽草草茎的地方，直拖到柳树旁边。

我似乎又看见我那穿丝绸衣裙的慈善的老姑妈，看见她那把带穗子的紫色阳伞（这把伞跟这副简单得可怕的死亡画面不知为何显得如此不协调），看见她那立刻要放声大哭的神态。

我记得这张脸上显出一种用金车素药也治不了的绝望神情。我也记得，她怀着纯真而自私的爱心对我说："咱们走吧，我的孩子。唉，这多可怕呀！可你老是一个人去洗澡、游泳。"我记得我听到这话时所体验的痛苦和悲哀的感情。

我记得，那天的太阳好毒呀，它像火似的烤着我脚下干裂的土地，阳光在波平如镜的池水上戏玩，大鲤鱼在池边蹦跳，一群群小鱼在池中央搅得水面泛起涟漪；一只老鹰在天空高高地盘旋，盯着一群在水中一边玩闹、一边穿过芦苇向池塘中央游去的小鸭。酝酿着雷雨的蓬松白云已聚集在地平线上，被渔网拖到岸边的污泥已渐渐地消散了。当我走过堤岸时，又听见了回荡在池面上的捣衣声。

这种捣衣声仿佛是由两根捣衣槌合奏的三度音，这种声响折磨得我难受，况且我明白这槌声就是铃声，费奥多尔·费利佩奇又不让它停息下来。这槌声像刑具一般压着我那只冻僵了的脚。我睡了过去。

我们的雪橇车跑得飞快，我被惊醒了，身旁有两个人在谈话。

"听我说，伊格纳特，伊格纳特！"我的驿车夫说，"把我的乘客带上吧，你反正得回去，而我何必白赶一趟呢？你给捎上吧！"

伊格纳特的声音就在我的近处回答说：

"让我承接一位乘客，给啥好处呢……你出一瓶白酒吗？"

"哼，一瓶……出半瓶吧，就这么定。"

"瞧你说的，半瓶！"另一个声音喊道，"为了半瓶白酒就让马累个半死？"

我睁开了眼睛。眼前依然是那令人厌烦的纷纷扬扬的大雪，依然是那些车夫和马匹，不过我还看见旁边有一辆雪橇车。

我的驿车夫赶上了伊格纳特，我们齐头并进了好一阵子。尽管另一辆雪橇车上有人劝他少于一瓶白酒就不干，可伊格纳特还是突然让雪橇车停了下来。

"搬过来吧，就这么说定了，算你走运。明儿个一到站，你就拿半瓶酒来。行李多吗？"

我的驿车夫以其未曾有过的灵活劲儿跳到雪地上，向我鞠了个躬，请我去换乘伊格纳特的雪橇车。我完全同意。看来，这个敬畏上帝的庄稼人高兴极了，他很想向别人表露一下谢意和喜悦。他一再鞠躬，向我、阿廖什卡、伊格纳什卡道谢。

"真是谢天谢地！要不然真够呛！走了半宿，自个儿都不清楚奔到哪儿。他会把您送到的，老爷，我的几匹马实在跑不动啦。"

接着他起劲地把我的行李一件件搬下来。

在他们搬行李的时候，我顺着风——它就像吹着我走的——走到第二辆雪橇车旁边。那雪橇车上，特别是那两个车夫用上衣顶在头上挡风的那一边，雪已积了四分之一俄尺左右，而上衣下边倒是又安静又舒适。那小老头依然伸着双腿躺着，那讲故事的人继续在讲故事："当时那将军奉了圣旨前往牢狱去探望玛丽亚，就在这时候玛丽亚对他说：'将军！我无求于你，也没法爱你，这么说吧，你不是我所爱的人，而我所爱的人就是那个王子……'就在这时候……"他正要往下讲，可一看见我，便停了一会儿，猛抽起烟斗。

"怎么，老爷，您也来听故事吗？"那个被我称为好出点子的人说。

"你们这儿倒挺好，挺快乐！"我说。

"哪儿呀！随便解解闷呗，至少不用去瞎伤脑筋了。"

"那么，你们知道不，咱们这会儿在哪儿呀？"

我感觉到车夫们不高兴我提这个问题。

"谁搞得清在哪儿？说不定已跑到卡尔梅克人的地盘上了。"那好出点子的车夫回答道。

"那咱们该怎么办？"我问。

"怎么办？就这么走呗，兴许走得出去。"他以不满的语调说。

"要是咱们走不出去，马儿在雪地里又走不动了，那可怎么好呢？"

"那有什么！没关系。"

"会冻死的。"

"有可能，因为眼前连个草垛都瞧不见，看来咱们真的跑进卡尔梅克人的地盘了。重要的是要看这场雪。"

"你是不是怕冻死呀，老爷？"那小老头用发颤的声音说。

虽然他似乎在嘲笑我，可看得出，他也冻得直发颤。

"是呀，天气冷得很哪。"我说。

"唉，老爷你哪！你该像我这样，时不时地下来跑跑，那样你会变暖和的。"

"最要紧的是你得跟着雪橇车跑。"那个好出点子的车夫说。

七

"请过来吧，都安排好了！"阿廖什卡从前面那辆雪橇车里朝我喊道。

暴风雪刮得凶极了，我只好向前低低弯下腰，双手抓住大衣的前襟，在被风从脚下吹舞起来的雪花中，勉勉强强走完我与我要上的那辆雪橇车之间的几步路。我原先的驿车夫已跪在那空雪橇车的中间，一看见我，便摘下头上的大帽子——这时候他的头发被狂风吹得竖了起来——向我讨酒钱。他大概也没指望我会给他，所以我拒绝了他，他一点也不感到扫兴。他还是向我道了谢，戴上帽子，对我说："上帝保佑你，老爷……"接着拽了拽缰绳，咂了咂嘴唇，就离我们而去了。随后，伊格纳什卡扭了一下整个背，吆喝一下马。于是马蹄的踩雪声、车夫的吆喝声和铃铛声又掩过了风的呼啸声——当雪橇停下不动的时候，风的呼啸声格外的响。

换乘到另一辆雪橇车后，约有一刻钟我没有睡着，观察这个新车夫和马匹作为消遣。伊格纳什卡神气地坐着，身子不停地上下跳蹦，向马挥动那挂着鞭子的手臂，吆喝着，让两脚相互碰碰，又常常俯身向前，整整辕马身上老向右边滑的皮颈套。他个子不大，但身体看来挺棒。他穿了一件短皮袄，外边又套了一件不束腰的厚呢上衣，上衣的领子几乎大敞着，脖子全露在外面；靴子不是毡的，而是皮的；帽子很小，他时常把它脱下来，整一整重新戴好，耳朵只有头发遮着。从他的一举一动中不但显示出他的充沛精力，而且我觉得他也是有意给自己鼓励。不过，我们越往前走，他就越经常地去整整衣服，在座位上蹦跳着，让两脚相互碰撞，一边还跟我和阿廖什卡聊天，我觉得他是怕自己气馁。这也是不无原因的。虽然他的几匹马都很棒，可是路一步比一步难走，马已跑得没劲了，用鞭子狠抽才能勉强赶路。那辕马是匹鬃毛蓬松的好马，连它也绊了两次跤，一惊之后立即奋力向前，但低低垂下的鬃毛蓬蓬的脑袋还是差点儿挨到脖下的铃铛。我无意间也看到右边的那匹拉梢马，它那挂着长长的皮缨子的颈套老向外边移动、晃悠，显然它放松了套绳，所以常要挨鞭子。但是按一匹好马、甚至一匹烈马的习性来说，它似乎为自己的气力不足而恼恨，气冲冲地垂下或昂起脑袋，去拉紧缰绳。看起来情况确实可怕：暴风雪越刮越凶，天气也越来越冷，这几匹马已跑得有气无力，路又变得更加难走，再说，我们根本不清楚自己眼下身在何处，该往何处奔，别说是去驿站，就连一处避风雪的地方也找不到。可是铃铛响得那么自然、欢快，伊格纳什卡吆喝得又那么精神、潇洒，仿佛我们是在过节，是在寒冬季节阳光璀璨的中午在乡间大道上乘车出游似的——听来令人感到又可笑又古怪。主要的是，我们一直乘雪橇车在跑，飞快地跑，离开原先所在的地方向某处瞎奔——想想就觉得奇怪。伊格纳什卡唱起一支歌，虽然他的假嗓难听死了，可他唱得那么高亢，那么有板有眼，还时常杂以几声口哨。听着他的歌唱，如果还感到害怕，那简直办不到。

"嘿——嘿！扯着嗓子穷唱什么呀，伊格纳特！"传来那个好出点子的人的声音，"歇一会儿吧！"

"什么？"

"歇——一——歇！"

伊格纳特停住了唱。一切又沉寂下来，只有风在吼叫呼啸，雪花旋飞着，更浓更密地落进雪橇里。那个好出点子的车夫来到我们的雪橇车旁。

"有什么事？"

"什么事！到底往哪儿跑呀？"

"谁知道呢！"

"怎么，脚冻坏了，干吗拍拍碰碰的？"

"全冻僵了。"

"你最好下去走一趟吧——瞧那边像是有卡尔梅克人的游牧营帐——走一走也可以暖和一下脚嘛。"

"行呀。你把马给拽住。"

伊格纳特便向人家所指的方向跑去。

"应该常下来瞧瞧、走走，这样就找得到道。要不瞎跑一气管啥用！"那个好出点子的人对我说，"瞧，让马累得大汗淋漓的！"

在伊格纳特前去找路的那段时间里——他去了好大一阵子，我真担心他可能迷路——那好出点子的车夫以自信而平静的语调告诉我说，在刮暴风雪的时候应该如何行动。他说最好是给马卸了套，让它自个儿跑，它准能把你领上道；有时也可看星星去辨认方向；他还说，要是让它来带路，我们可能早就到站了。

"怎么样，找到了？"他问伊格纳特。后者踩着几乎齐膝深的雪，费劲地一步步走回来。

"找是找到了，看见那些营帐了，"伊格纳特喘着粗气答道，"可搞不清是什么人的。我说，伙计，说不准咱们奔到普罗尔戈夫林场上来了。应当往左走。"

"瞎说什么呀！这完全是咱们自己人的游牧点，就在镇子后面嘛。"那个好出点子的人反驳道。

"我说不对！"

"我一瞅就知道了。准定是它，要不是它，那就是塔梅舍夫斯科。还得一直往右走，正好去大桥，也就是到八号里程标。"

"跟你说了，那不是！反正我亲眼见的！"伊格纳特恼火地答道。

"唉，伙计！你还算个车夫哪！"

"是车夫怎么了？你自个儿去瞧嘛。"

"我去干什么呀？我本来就知道。"

伊格纳特看来气火了，他不再搭理，跳上驭座驾驶雪橇车继续向前。

"瞧，两脚都冻僵了，简直暖和不过来。"他对阿廖什卡说，两只脚继续更频繁地相互碰撞着，抠出掉进靴筒里的雪，撒了出去。

八

"难道我就要死了吗？"我朦朦胧胧地想道，"常言说，冻死往往从睡觉开始。冻死还不如淹死的好，淹死了，人家会用网拉我上来；不过，淹死也好，冻死也好，反正是一码事，只要没有这根棍子硌在背下，能眯瞪会儿就好。"

我打了一会儿盹。

"可是这一切如何是好呢？"我睁了一下眼睛，细瞧了瞧白雪覆盖的旷野，心里突然这样说，"这将如何是好呢？要是我们找不到草垛，马又停下不走——这种情况似乎眼看就要发生——那我们可全得冻死。"说心里话，我虽然有点儿害怕，但盼着我们会发生某种不同凡响的、具有点儿悲壮味的事，这种愿望在我心里压过了轻微的恐惧。我觉得，若是天亮之前，这几匹马能自动地把我们这些冻得半死的人——甚至要有几个完全冻得呜呼哀哉了的人——运到老远的、不熟悉的村子去，那就算不错的了。这一类的幻想异常清晰而迅速地在我面前飞掠而过。马站住了，雪越积越厚，只看得见马身上的车轭和耳朵。骤然间伊格纳什卡驾着他那三套马雪橇车出现在高处，并从我们身边驶过。我们求他，呼喊他，请他把我们捎上。可是声音被风吹走了，无声无息。伊格纳什卡窃笑着，吆喝着马，吹着口哨，离开了我们，消失在一个积雪老深的山沟里。小老头跃上马，摆动胳膊肘，想要急奔前去，可就是在原地动不了。我原先那个戴大帽子的车夫朝他扑了过去，把他拉下马，打翻在雪地，再踏上一只脚。"你是个搞邪术的东西，"他喊道，"你是个爱骂娘的坏家伙！咱们得一起去找路。"然而小老头用脑袋钻过雪堆。他与其说像个小老头，倒不如说像只兔子，一跳就从我们身旁溜开了。所有的狗都前去追他。那个好出点子的人（就是费奥多尔·菲利佩奇哩）说，大家围成一圈坐，即使雪把我们埋住了，也不要紧，我们挤在一起就暖和了。此话不假，我们感到又暖和又舒服，只是想喝点什么。我取出食品箱，请大家喝带糖的罗姆酒，我自己也痛痛快快地喝着。那个爱讲故事的人讲了一个关于彩虹的故事——他正说着，我们的头上就出现了一个雪砌的顶棚和一道彩虹。

"现在咱们在雪地里各造一间小屋，大家都睡一觉！"我说。雪像皮毛似的又柔软又暖和。我给自己造了间小屋，正想进去，但此时费奥多尔·菲利佩奇瞧见我的食品箱里有钱，便说："慢！把钱交出来。你反正是一死！"说罢便抓住我的一条腿。

我把钱给了他，只求他放了我，然而他们不信我只有这些钱，想要干掉我。我抓住小老头的手，怀着无法形容的欣慰吻起他的手来。那小老头的手真是很柔软很可爱。他起初把手缩了回去，而后来就伸过来让我去吻，甚至还伸过另一只手来抚慰我。然而费奥多尔·菲利佩奇走过来吓唬我。我跑进自己的房间里，但这不是什么房间，而是一条长长的白色走廊，还有一个人拽住我的双腿，我使劲挣脱着。在那个拽我的人的手里仍留下了我的翻毛衣服的一块皮，而我只感到冷和羞愧。更令人羞愧的是，我那姑妈拿着阳伞和顺势疗法的药箱，同那个淹死鬼手挽手向我迎面走来。他们笑着，不理解我向他们所打的手势。我向雪橇奔去，两脚在雪地上蹭着，而那小老头挥动两个胳膊肘前来追我。小老头已经追近了，可是我听见前面有两口钟在响，我知道，如果我跑到那两口钟旁，我就有救了。钟声听得越来越清，可是那小老头把我追上了，他扑过来用肚子压在我的脸上，于是我就几乎听不见钟声了。我又一把抓住他的手，开始吻它，然而那小老头原来不是小老头，而是那个淹死鬼……他喊道："伊格纳什卡！停一下，那边不是阿赫梅特卡的草垛吗？像极了！你去瞧瞧！"这真是太可怕。不行！我最好醒过来吧……

我睁开眼睛。风掀起阿廖什卡的大衣前襟，遮到我的脸上。我的一只膝盖露在了外面，我们的雪橇跑在光溜溜的冰凌上，铃铛的三度音和回荡在空中的颤悠的五度音合到了一起，响得分外清晰。

我想瞧瞧哪儿有草垛，可是没有见到草垛，我放眼望去，却瞅见一座带有阳台的房子，还瞅见一座带有雉堞围墙的堡垒。我可没有心思去细细观察这座房子和堡垒。我主要是想再看看我曾跑过的那条白色的走廊，听听那教堂的钟声，亲亲那小老头的手。我又闭上了眼睛，睡了过去。

九

我睡得很死，然而在梦中老是听见那三度音的铃铛声。我似乎看到它有时像一只狗，汪汪叫着，向我扑来；有时又像一架风琴，我成了风琴中的一根簧管；有时又像是我作的一首法文诗。有时我觉得这三度音就是一种刑具，它不断地钳着我的右脚跟。它钳得那么厉害，让我都疼醒了。我睁开眼睛，按摩一下脚。脚已有些冻僵了。夜色依然那么亮堂、朦胧、洁白。我和雪橇车依然是那样被晃来晃去；那个伊格纳什卡还是侧身坐着，时不时地拍打着双脚。那匹拉梢马依然伸长着脖子，腿抬得不高，在深深的积雪上小跑，颈套上的缨子摇来晃去，拍击着马肚子。鬃毛飘飘的辕马脑袋，把套在车轭上的缰绳拉得时紧时松，有节奏地晃动着。而这一切上的雪遮盖得比先前更厚了。雪在车前和车旁打着旋，落在滑木和马腿上，深达马膝盖，还从上面落到衣领和帽子上。风忽左忽右地玩弄着伊格纳什卡的厚呢上衣的领子、衣襟和那匹拉梢马的鬃毛，在马轭上和车辕间呼吼着。

天气变得冷极了，我刚从领子里探出脑袋，那冰冷的干雪便纷纷落在我的睫毛上、鼻子上和嘴巴上，钻到脖子后面。我环顾一下四周，一切都是白白亮亮的，除了光和雪之外，一无所有。我害怕得发抖。阿廖什卡在我的脚边、在雪橇车的最里边睡着了，他的整个背落满了厚厚的一层雪。伊格纳什卡没有垂头丧气，他不断地拽拽缰绳，吆喝着，拍碰着双脚。铃铛声响得依然那么奇妙。马儿不时地打着响鼻，仍在向前奔跑，不过跑慢了。伊格纳什卡又蹦了一下，挥了挥手套，用他那尖细的嗓子唱起歌来。没待唱完歌，他便停住了雪橇车，把缰绳扔在前座上，爬下雪橇车。风狂号起来，雪像从簸箕里倒出来似的，猛撒在大衣的前襟上。我回头一瞧：我们后头的第三辆雪橇车不见了，它不知在何处掉队了。在第二辆雪橇车旁，在一片白茫茫的飞雪中，可以看到那小老头倒换着双脚在跳蹦。伊格纳什卡离开雪橇车三四步，在雪地上坐下来，解开腰带，动手去脱靴子。

"你这是干什么呀？"我问

"得换换靴子，要不然双脚会全冻僵的。"他答道，一边继续脱换靴子。

要从衣领里伸出脖子去瞧一瞧他是怎么干这事的，我实在觉得冻得要死。我挺直身子坐着，一边瞅着那匹拉梢马。它伸出一条腿，疲惫不堪地摆动着那条扎短了的、落满了雪的尾巴。伊格纳特跳上驭座时，雪橇车为之一震，这一下就把我震醒了。

"我说，咱们在哪儿呀？"我问，"天亮前到得了不？"

"放心吧，会把您送到的。"他回答，"眼下我已换了双靴子，脚暖和多了。"

他又开始赶路了，铃声响了起来，雪橇又开始摇摇晃晃，风又在滑木旁呼啸着。于是我们又在漫无边际的雪海中航行了。

十

我睡得死沉沉的。阿廖什卡蹬了我一脚，把我蹬醒了，我睁开了眼睛。此时已经是早晨，可觉得比夜间还冷。雪已不下了，可强劲而干燥的风仍然把雪粉撒到地上，特别是撒到马蹄和滑木近旁。右边，东方的天色依然是阴沉的，一片深蓝，不过一条条明亮的橘红色斜晖已越来越明朗地映现在空中。头顶上，透过飞跑着的、被朝阳微微染红的白云，可以看见淡淡的蓝天；左边的云在飘动着，明亮而轻盈。目力所及，到处尽是深深的白雪，层层叠叠。有一处还可看到一个发灰的小丘，细小而干燥的雪粉越过那小丘不断飞旋而去。既不见雪橇车，又不见人踪兽迹。车夫和马的背部轮廓及颜色即使在白色的背景下也显得清清楚楚……伊格纳什卡那深蓝色帽子的帽圈，他那衣领、头发乃至靴子都变白了。雪橇车也被雪全盖住了。瓦灰色辕马的整个右半边脑袋以及脖子上的鬃毛也都沾满了雪。靠我这边的那匹拉梢马的腿，在雪里陷到了膝盖，它那整个臀部的右侧已落满了雪，显得蓬蓬松松。颈套上的缨子合着某种旋律的节拍在跳动着，那拉梢马自己还是照样跑着，不过从它那塌陷进去的、频频起伏着的肚子和那双搭拉下来的耳朵可以看出，它已累得够呛了。只有一样新东西吸引了我的注意，那就是里程标。里程标上的雪不断掉落在地上，风自右边刮来，在里程标周围堆成一座雪山，而且还在猛吹不已，不断把松散的雪从一边吹到另一边。使我深感惊讶的是，我们就驾着这几匹马不知所往地瞎跑了一整宿，用了十二个小时，终于到了目的地。我们的铃铛响得似乎更欢了。伊格纳特不时地裹紧衣服，吆喝几声。在后边，马打着响鼻，小老头和那个好出点子的车夫所坐的雪橇车的铃声也响个不停。可是那个老睡大觉的车夫肯定在原野上跟我们失散了。我们又跑了半俄里之后，便看到了雪橇车和三套马雪橇车新留下的辙迹，那上面已盖上了薄薄的一层雪，我们还偶尔在车辙间看到一些淡红色的血迹，这大概是马蹄相互踩伤所留下的。

"这是菲利普！瞧，他赶在咱们前头去了！"伊格纳什卡说。

我一瞧，路旁的雪地里有一座挂着招牌的小房子，它的屋顶和窗户几乎都被雪埋住了。这小酒馆旁边停着一辆由三匹灰马拉的雪橇车，马的毛都被汗湿透而变鬈曲了。它们又开腿，搭拉着脑袋。门口的雪已被铲净，门旁还立着一把铁锹。可是风仍在呼呼地吹着，不断把屋顶上的雪刮下来，吹得它们四处飞旋。

一听到我们的铃声，门里便出来一个大块头、红头发的车夫，他满脸通红，手里端着一杯酒，嘴里嚷嚷着什么。伊格纳什卡向我转过头来，请我允许他停下车。此刻我才头一回看见他那张脸。

十一

他的脸并不像我依据他的头发和身材所想象的那样黝黑、干瘦、长有一个直挺的鼻子。这是一张圆圆的、乐呵呵的脸，长着翘鼻子、大嘴巴，还有一双明亮的、浅蓝色的圆眼睛。他那两腮和脖子都是红红的，仿佛用呢子擦过似的；他的眉毛、长长的睫毛以及均匀地覆盖着他脸下方的面毛上都沾满了雪，全变成白色。到驿站只剩下半俄里了，我们便停下来歇歇。

"不过得快点儿。"我说。

"就一会儿。"伊格纳什卡答道，一边跳下驭座，走到菲利普跟前。

"来点儿，伙计。"他说，一面脱下右手手套，把手套和鞭子一起扔在雪地上，接着一仰脖子，把递给他的那小杯白酒一饮而尽。

酒馆里的一个酒保，没准是个退伍的哥萨克，手里拿着一瓶半升装的酒，从门里走了出来。

"哪位要来点儿？"他问。

高个子瓦西里是个有点消瘦的庄稼汉，长着棕褐色头发，蓄着山羊胡子。那个好出点子的人则是个胖子，头发是淡黄色的，红红的脸上围着半圈浓密的白色大胡子。他们俩走了过来，各喝了一小杯。那小老头也走到这帮喝酒的人跟前，可没有人给他酒喝，他只好走开，走到那几匹在雪橇车后头拴着的马身边，抚摩起其中一匹的脊背和屁股。

小老头正是我所想象的那副模样：又瘦又小，脸色发青，满是皱纹，蓄着稀稀的下巴胡，尖尖的鼻子，一口磨损了的黄牙。他头上戴着一顶崭新的车夫帽，可是那件短皮袄却很破旧，溅满柏油，肩部和下摆都破了，既拢不住膝盖，也遮不住掖在大毡靴里的粗麻布裤子。他腰弯背驼，皱眉蹙额，脸部和双膝都在打颤，他在雪橇旁捣鼓着，显然是要让身子暖和些。

"喂，米特里奇，给你来半瓶酒好吗？喝了就暖和啦。"

那个好出点子的车夫对他说。

米特里奇的脸抽搐了一下。他整了整那匹马的马套，又整了整车轭，然后向我走来。

"我说，老爷，"他从自己的白发上脱下帽，深深鞠了一躬，说道，"跟您东闯西撞地找了一整宿的路，您就赏我半瓶酒喝喝吧。这是实话，老爷，大人！"

"要不然，身子没法暖和过来。"他带着讨好的微笑添上一句。

我给了他二十五戈比。酒保拿出半瓶酒，给小老头斟了一杯。他脱下握着鞭子的手套，伸出一只又小又黑、粗糙而又有点发青的手去接杯子，可是他那大拇指仿佛是别人的似的，不听他使唤，他拿不住酒杯，它掉到了雪地上，酒全撒了。

在场的所有车夫都哈哈大笑。

"瞧，米特里奇冻成那个德行！连酒杯都拿不住了。"

米特里奇为撒了酒而大感懊恼。

不过，人家又给他斟了一杯，并直接灌进他嘴里。他一下便变得乐滋滋的，跑进酒馆里，点上了烟斗。露出那一口磨损了的黄牙，每说一句话都骂骂咧咧。车夫们喝完了所剩的半瓶酒，就各奔各的雪橇车，我们又动身了。

雪显得越来越白、越来越亮，瞧起来异常刺眼。橘红色的、浅红色的一道道霞光越来越高、越来越耀眼地在天空中放射开来；一轮红日透过灰色的云层出现在地平线上；天空也变得越来越亮、越来越蓝了。村子附近的大路上的车迹显得一清二楚，稍呈黄色，某些路段有点坑洼不平。在那严寒而凝缩的空气中，使人产生一种惬意的轻松感和凉爽感。

我这辆雪橇车跑得飞快。那辕马的脑袋、脖子，连同那飘在车轭旁的鬃毛也在迅速地晃动，而且几乎是在同一地方，在那个铃铛下晃来晃去。铃铛里的铃舌已不是在敲打，而是在蹭磨铃壁。两匹拉梢的好马齐心协力地紧拉着冻得发弯了的边套，在起劲地奔腾，缨子不断地拍着马的腹部和颈套下方。有时，一匹拉梢马从踩出的路上摔到了雪堆上，但立刻就从那里蹦了出来，踢得雪花四溅，迷人眼睛。伊格纳什卡用欢快的高音吆喝着。干冷的冰碴在滑木下发出刺耳的响声，后面响着两只铃铛清脆的兴高采烈的叮当声，还可听见车夫们醉醺醺的吆喝声。我往后一瞧：两匹拉梢的鬃毛蓬松的灰马伸长着脖子，弯咬着马嚼，呼吸均匀地在雪地上驰骋着。菲利普挥了挥鞭子，整了整帽子，那小老头跷着两腿，仍跟先前一样躺在雪橇的正中。

过了两分钟后，雪橇就在驿站门前清扫过的木板上嘎嘎地响开了，伊格纳什卡便向我转过他那沾满雪花、散发着寒气的乐呵呵的脸。

"终归把您送到了，老爷！"他说。

1856 年 2 月 11 日

张耳　译

卢塞恩

——德·聂赫留朵夫公爵日记摘抄

7月8日

昨日傍晚我抵达卢塞恩，住在当地一家最佳的旅馆——瑞士饭店。

"卢塞恩是一座古老州城，位置就在四个州交界的湖畔，"默里说，"它是瑞士最具浪漫情趣的地方之一。这里有三条要道交会，坐一小时的轮船便可到里吉山，从山上可以看到世界上一处最壮观的胜景。"

不管真也罢假也罢，反正其他的导游也都是这么说的，所以各国的旅游者，尤其是英国人，来卢塞恩观光的，多得不可胜数。

这家瑞士饭店乃一五层的宏伟建筑，是不久以前建成的，它耸立在湖畔的堤岸上。那里早先有一座带顶盖的曲形木桥，桥的四角都有小教堂，桥顶悬梁上雕有圣像。由于英国人的大批到来，如今依照他们的需要和趣味，依靠他们的资金，拆掉了那座旧木桥，在原地修起了如棍子般笔直的根基坚固的堤岸，在堤岸上又盖起了几幢方方正正的五层楼房。房前植了两排小椴树，都用棍子支撑着，在椴树之间照例摆上绿色的长凳。这是供人游乐消闲的地方，头戴瑞士草帽的英国女士们和身着舒适耐穿服装的英国男士们常在这里徘徊漫步，为自己的这种创作而洋洋得意。也许，这些堤岸、房屋、椴树以及英国人若处于旁的某些地方是很得体的，惟独不该在这儿，在这种异常雄伟而又难以言表的和谐与柔和的大自然中格外显眼。

当我上楼走进自己的房间，打开面湖的窗子时，这儿的湖光山色和苍穹之美在最初的瞬间简直令我眼花缭乱、震惊不已。我感到内心很不平静，需要把骤然充溢于我心中的感情表露一下。这一会儿我真想去拥抱一下什么人，紧紧地抱抱他，胳肢胳肢他，捏捏他，总之，要对他和自己干点什么迥乎寻常的事。

傍晚6时许，下了整天的雨后天已放晴了。像燃烧的硫黄似的淡蓝色湖上泛着几叶扁舟，后面出现一道道顷刻即逝的浪痕。湖水平静如镜，似乎特别显眼地铺展在窗前的草木纷披的绿岸之间，并向前伸展。可是在两座巨大的陆堤之间被压拢了，随之在层层叠叠的谷地、山峦、暮霭和冰块中被挡住，消失了。近处蜿蜒着湿润鲜绿的湖岸，岸上点缀着芦苇、草地、花园和别墅；再往前是一些草木葱茏的深绿色梯岸，岸上有些古堡的残垣断壁；视线尽处则是连绵的淡紫色远山，尽是巉岩峭壁和淡白色雪峰。一切都浸在柔和透亮的天蓝色中，并被从云缝间投下的炎热的落日余晖照耀着。无论湖上、山上还是天空上都看不见一根完整的线条、一片完整的色彩和一个同样的瞬间。到处都在动，在失衡，显得离奇古怪，阴影和线条混杂交合，千变万化，可是一切又显得那么宁静、柔和、统一，展示出美的必然性。然而在这儿，在我的窗前，就在这种变化不定、浑然自在的美中，却愚蠢地、古怪地横着一道棍子似的堤岸，还种植着用棍支着的椴树，摆着绿色的长凳——这些寒碜而俗气的人工造物，不但没有像远处的别墅和废墟一样，沉没在美的整体和谐之中，相反，正粗暴地破坏了它。我的目光总是不由自主地触到这条直得可怕的堤岸线上，而心里老想把它推开，把它毁掉，就像抹掉眼旁鼻子上的黑点一样。可是那有英国人在散步的堤岸依然待在那儿，我只得竭力去寻找一个看不到它的视点。我学会这样的观赏法，在晚餐之前，我就自个儿默默地欣赏着，把在大自然中所体验的那种虽不充分但很甜美的情感细加品味。

7点半时，有人来唤我去用晚餐。在底层的一个富丽堂皇的大餐室里，摆着两张至少可供一百人就餐的长餐桌。旅客们陆陆续续地来了，女士们衣裙的窸窣声、轻轻的脚步声，还有跟彬彬有礼、举止优雅的侍者们悄悄的谈话声——这些轻微的动作大约持续了三分钟。男士们和女士们终于把各个座位坐满了，他们穿得都极为漂亮，甚至相当阔气，又非常整洁。在瑞士，旅客通常大部分都是英国人，所以公共餐桌上的主要特征就是保持严格的礼节，不大相互交谈——这不是出于傲慢，而是由于没有接近的必要——以及由于自己的需要得到适当、愉快的满足而怡然自得的神情。四面八方都亮闪着雪白的衣领、雪白的真牙和假齿、白白净净的脸和手。那些脸孔，其中很多是挺漂亮的，只表现出一种个人的惬意感，至于对直接与己无关的周围的一切，他们的表情则是十分的冷淡。那些戴着宝石戒指和半截手套的白手，只是为了整整衣领、切切牛肉、斟斟酒才动几下，任何内心的激动都不会反映在手的动作上。家庭成员之间偶尔也低声地交谈几句关于某种菜肴或酒的美味，或交谈几句关于在里吉山上看到的美景。单身的男女旅客默默地并排坐着，不互瞧一眼。这百来人中如果有两个人偶尔聊上几句，那准是聊天气、聊登里吉山的事。几乎听不到刀叉和盘子的擦碰声，菜肴是被小口小口地吃着，吃豌豆和青菜时必定使用叉子；那些侍者不由得也恪守这种共同的静默，轻声细语地问客人要哪种酒。这样的用餐气氛总是使我感到压抑，很不舒畅，结果便变得郁郁然。我总觉得像犯了什么过错而受惩罚似的,就像小时候由于淘气而被放到椅子上,人家讽刺地说:"歇一会儿吧,宝贝!"——那时候如果我还听到哥哥们在隔壁房间里的嬉闹声,我血管里的年轻血液就会翻腾。

以前我曾拼命反抗在这样用餐气氛中所感受的压抑,可是白搭,这一张张死气沉沉的脸给了我难以抗拒的影响,所以我也变得死气沉沉了。我什么也不要,什么也不想,甚至连看都不看了。起先我曾试着跟邻座的人侃几句,可是除了在同一地方由同一个人显然重复了千百次的套话之外,我就没有得到过旁的答话。要知道所有这些人既不是笨,也不是缺乏感情,或许,这些麻木的人们中的许多人有跟我一样的内心生活,许多人的内心生活也许比我的更复杂更有趣得多。那么,为什么这些人要让自己失去人生的一大乐趣——与人相互交谈的乐趣呢?

我们在巴黎的旅馆生活可就不大一样了。在那儿,我们二十来个人尽管国籍、职业和性格截然不同,但在法国社交风气的影响下,大家聚到一张桌上共餐,就像聚在一起玩乐一样。

在那儿,谈话会从桌子的一端传到另一端,话里充满戏谑和俏皮,即使常常用的是一些半通不通的词句,但都会立即融成一片。在那儿谁都不顾虑什么后果,脑子里想到什么就说什么。

在那儿,我们有自己的哲学家、自己的辩论家、自己的 bel esprit[①]、自己的嘲笑对象,什么都是共同的。在那儿,吃过晚餐之后,我们就立刻把桌子移开,就在那沾满尘土的地毯上不管合不合节拍地跳起 la pдka[②],一跳就是一个晚上。在那儿,我们虽然有些轻浮、不很聪明、不大受人尊敬,可是我们都是人。那风流韵事不断的西班牙伯爵夫人,那在饭后朗诵《神曲》的意大利修道院院

---

① 法语:机智的人。——原注
② 法语:波尔卡舞。——原注

长，那可自由出入杜勒利宫①的美国大夫，那蓄着长发的青年剧作家，那自称创作了世界最优秀的波尔卡舞曲的女钢琴家，那每根手指上都戴着三颗宝石戒指的不幸的漂亮寡妇。我们的相处全都很有人情味，虽然有些表面化，但彼此都很友好，别后彼此都留有印象，有的人留下的印象浅些，有的却给人留下真诚亲切的回忆。然而在这英国式的 table d' hôte②上，我瞧着所有这些花边、绦带、宝石戒指、搽了发油的头发和绸缎衣服，心里常在想：这些装饰会使多少生气勃勃的女性变得幸福，也可使别的人感到幸福？想起来感到奇怪，有多少朋友和情侣——异常幸福的朋友和情侣——在这儿并肩而坐，也许就不明白这一点。天知道为什么他们从来都不明白这一点，从来不把他们所如此向往的也很容易赐予旁人的这种幸福相互赠与对方。

像平常这样的晚餐之后一样，我变得闷闷不乐，没有吃完最后一道点心，便郁郁寡欢地去市里溜达。没有照明的肮脏的街道、闭了门的店铺，与喝得醉醺醺的工人或与去打水的、戴着帽子、在胡同里东张西望、贴着墙来来去去的女人的相遇，不仅没有驱散我的郁闷心情，反而使它更趋强烈。街上已经全黑了，我没有向四周张望，脑子里也没有任何想法，便向旅馆走去，指望睡上一觉，能摆脱这种阴郁的情绪。我心里变得极度的冷漠、孤独和沉重，一个人来到新的地方，有时会无缘无故地产生这样的情绪。

我只顾瞧着自己的脚下，沿着堤岸向所住的旅馆走去。蓦地，一种奇妙的、异常亲切悦耳的乐声令我猛吃一惊。这些乐声立刻让我精神一振。仿佛一道明亮欢快的光射进我的心坎。

我变得高兴了，快乐了。我那昏沉沉的注意力又重新投向了

---

① 旧时的法国王宫，今已改建为花园。
② 法语：公共餐桌。——原注

周围的各种事物。我先前无动于衷的湖光夜色的美突然像一件新奇的东西引起了我的惊喜，霎时间不由得发现那深蓝底上灰云密布的阴郁的天空被冉冉上升的月亮照亮了，那平静的墨绿的湖面辉映着万家灯火，远处是黑压压的群山，还有从弗廖申堡传来的蛙声和从对岸传来的鹌鹑清脆嘹亮的啼声。在我的正前方，在那个荡漾着音乐、最吸引我注意的地方，我看见在若明若暗的街道中央围了半圈人，在人群前面没几步远处，有一个身穿黑衣服的小个子。在人群和那小个子后面，在被深灰色云片分隔开的蓝色天空里，齐整地映出花园中几棵黑黝黝的杨树，在那古老教堂的两旁庄严地耸立着两个严整的塔尖。

我来到较近处，乐声显得更清晰了。我清楚地分辨出在远处夜空中甜美地回荡的吉他的完美和音与相互轮唱的歌声，唱的不是主旋律，但在唱到最动人处却烘托出了主旋律。那主旋律有点像优雅悦耳的玛祖卡舞曲。歌声显得时近时远，时而像男高音，时而像男低音，时而又像蒂罗尔[①]人低回婉转的假嗓。这不像是一支歌，而是像对一支歌曲的轻巧的素描。我弄不懂这是什么，可是它美极了。这些甜美低回的吉他和音，这种优美轻快的旋律，还有在黑沉沉的湖面、明亮的月光、两个默默耸立的高大塔尖以及花园中的黑黝黝的杨树所组成的奇幻背景上的这个黑衣人的孤单身影——这一切是多么奇怪呀，但又具有无法形容的美，至少在我看来是这样。

骤然间各种纷杂的、无意中冒出的生活印象都有了意义和魅力。在我的心田里似乎开出了一朵鲜艳芬芳的花朵。片刻之前我对世界上的一切所感受到的厌倦、乏味、冷漠都消失了，我一下感到有爱的需要，并充满希望和对生活的不知缘由的乐趣。"要求什么呢？希望什么呢？"我不禁这样自问，"你瞧它，那美和

---

① 奥地利西部的一个省区。

诗意，从四面八方包围着你。放开你的喉咙，尽你最大的气力吸进它吧，享受它吧，你还要什么呢！一切都属于你，一切都那么美好……"

我走得更近了。那小个子看来像是四处流浪的蒂罗尔人。他站在旅馆的窗前，向前伸着一只腿，仰着头，一边弹吉他，一边用不同的嗓音唱着他那优美的歌曲。我立刻对这个人产生了好感，也很感谢他让我心里发生转变。我所能看到的是，他穿着一件很旧的黑外衣，剪得短短的黑发，头戴一顶俗里俗气的旧便帽。他的装束没有显出一点艺人的风度，可是那洒脱的、天真快乐的姿态和动作，以及他那矮小的身材，则形成了一道动人的、有趣的风景。在灯火辉煌的旅馆的门口处，窗子里和阳台上站着盛装华服、宽裙飘逸的太太小姐们，衣领雪白的绅士们，穿着金边号衣的看门人和听差们；在街上，在围了半圈的人群中，在稍远的林荫道上的椴树间，停留着或聚集着衣着讲究的侍者们，头戴白帽子身穿白罩衫的厨子们，互相搂着腰的小妞们和漫步的人们。看起来他们也都体会到了我所体会到的那种情感。大家都默不作声地站在歌手的四周，专注地倾听着。四处静悄悄的，只有在歌声的间歇中，才听到从水面上飘来的节奏均匀的锤声，从弗廖申堡传来的时断时续、颤颤悠悠的蛙声，还间杂着鹌鹑的单调而甜润的啼声。

那小个子在幽暗的街上像夜莺似的唱着，唱了一曲又一曲，一段又一段。虽然我已来到他的近旁，可是他的歌声仍然给了我很大的快感。他那不很响亮的声音非常悦耳，他用来支配这声音的柔情、韵味和分寸感都是很不寻常的，表明他具有很高的天分。他重唱每一段时，每次都有不同的唱法，显然，这种巧妙的变唱都是由他自由发挥，即兴处理的。

从上边瑞士饭店和下边林荫道上的人群中，不时传来啧啧的称羡声，周围笼罩着一片充满敬意的沉静。在旅馆灯光的辉映下，姿势优美地倚立在凉台上、窗子里的衣冠楚楚的男士和女士越来越多。在悠然漫步的人们停下了脚步，在堤岸的阴影里、在椴树旁，到处都站有一些男男女女。在我旁边，离人群不远处站着两个抽着雪茄、带点贵族派头的听差和厨子。那厨子深深感受到音乐的魅力，在听到每个高亢的假嗓声调时，便喜不自胜地、似有所悟地对那听差点点头，挤挤眼，用胳膊捅捅他，那表情好像是说："喂，他唱得怎么样，啊？"从那听差满脸的笑容上我看得出他对歌声也颇感满意，不过他只耸耸肩膀作为对厨子的回答，那意思是说，让他惊奇是很难的，因为他听过很多比这更好听的歌声。

在歌唱的间歇中，当歌手在清嗓子时，我就问那听差，那唱歌的是什么人，是否常来这儿。

"是的，一个夏天他来两三回，"听差答道，"他是从阿尔戈维亚来的，来讨点饭吃罢了。"

"怎么，有很多像他这样的人来吗？"我问。

"是的，是的。"听差没有一下弄明白我的意思，便这样回答。后来他明白过我的问话，又补充说："哦，不！在这儿我只见到他一个，再没有旁人了。"

这时候那小个子唱完了第一支歌，麻利地把吉他一翻，用他的德国 patois① 低声嘟哝了句什么。他的话我听不懂，可是它弄得周围的人哈哈大笑。

"他说的什么呀？"我问道。

"他说嗓子太干了，想喝点酒。"站在我身旁的那听差译给我听。

---

① 法语：方言。——原注

"怎么，他喜欢喝酒？"

"这种人都这样。"听差回答说，笑了笑，朝他摆了摆手。

歌手脱下帽子，抢了抢吉他，走近旅馆。他仰起头，面朝站在窗边和阳台上的先生女士们。"Messieurs et mesdames，"他用半意大利半德国的口音和魔术家对观众讲话时用的那种语调说，"si vous croyez que je gagne quelque chosse, vous trompez ; je ne suis qu' un bauvre tiaple." [①] 他稍稍停顿，沉默了一会儿，但由于没有人掏给他一个子儿，他又举一下吉他说："A présent, messieurs et mesdames, je vous chanterai l'air du Righi." [②] 上边的听众没有吭声，但仍站在那里等着听下一支歌曲；下边的人群中发出了笑声，也许是因为他说的话好奇怪，而且也因为没有人给他任何东西。我给了他几个生丁，他很利落地把这几个钱从一只手扔到另一只手上，塞进坎肩的口袋里。接着他戴上了帽子，又唱起了他称为 l' air du Righi 的、优美动听的蒂罗尔歌曲。他留到最后唱的这支歌，比先头唱的歌更为动人，在人数增多了的人群中，从四面八方都响起了阵阵赞叹声。他唱完了这支歌，又一次抢了抢吉他，脱下帽子，把它托向自己身前，向窗前挪近两步，又把那句不好理解的话重复了一遍："Messieurs et mesdames, si vous croyez que je gagne quelque chosse." 看来，他以为这句话说得很巧妙很俏皮，可是从他的声音和动作中，这会儿我看出了他的某种犹豫和孩子般的胆怯，这跟他那矮小的身材一样特别显眼。那些斯文的听众依然在灯光照耀下的凉台上与窗口旁风姿优雅地站着，他们的华服盛装光彩照人。有些人温文尔雅地谈着话，看来是在谈论那个伸着手站在他们面前的歌手，有些人带着好奇

①　法语：先生们，女士们，如果你们以为我是要挣点钱，那你们就错了。我是个穷光蛋。——原注

②　法语：先生们，女士们，现在我给你们唱一支里吉民歌。——原注

的神态俯视着这个矮小的黑身影，从一个阳台上传来了一位年轻姑娘响亮而欢快的笑声。下边人群中的交谈声和笑声越来越响。歌手第三回重复了他那句话，不过他的声音更微弱了，甚至没有把话说完就又把拿着帽子的那只手向前伸去，但又立即缩了回来。那聚在一起欣赏他的歌声的成百个衣着华丽的人们中仍然没有一个人扔给他一分钱。人们毫无同情心地大笑起来。我觉得那小个子歌手显得更小了，他一只手拿过吉他，另一只手把帽子举在头上，说："Messieurs et mesdames, je vous remercie et je vous souhaite une bonne neit."① 然后又戴上了帽子。人群中爆发出开心的大笑声。那些在安闲地交谈的漂亮的男士和女士们从阳台上慢慢走掉了。人们重新在林荫道上散起步来。在唱歌时寂静了一阵的街道又热闹起来，只有几个人没有向歌手走过来，而是从远处瞧着他发笑。我听见那小个子歌手在嘟哝着什么，转了一下身子，那身影仿佛变得更小了，他迈着快步向市里走去。那些边瞧他边散步的开心的人们仍在不远处目送着他，笑着……

我十分的惘然，搞不明白这一切是什么意思。我站在原来的地方，不知所以地瞧着那个在黑暗中渐渐远去的小个子歌手，他正迈着大步向市内迅速奔去，同时我瞧着那些嘲笑着目送他的散步的人们。我感到很难堪、很痛苦，更主要的是，我为那个小个子，为那一群人，也为我自己感到丢脸，好像是我在向人家讨钱，而人家什么也没给我，还对我加以嘲笑一样。我也没有回头张望，便怀着被钻痛的心，快步地向瑞士饭店门口走去。我只觉得有一种沉重的、无法解脱的东西堵在我的心头，压迫着我。

在气派而明亮的饭店门口，我遇上一个很礼让的看门人和一个英国家庭。一位壮健、魁梧、相貌堂堂的男士，蓄着黑黑的英

---

① 法语：先生们，女士们，谢谢你们，祝你们晚安。——原注

国式络腮胡子，头戴黑色帽子，胳膊上搭着一条毛披巾，手里拿着一根贵重手杖，跟一位身穿奇特的绸质连衣裙、头戴饰有闪亮的缎带和极华美花边的帽子的太太手挽着手，懒洋洋地、自命不凡地走着。与他们并排而行的是一位年轻漂亮的小姐，戴着一顶精致的瑞士女帽，帽上插着一支羽毛，á la mousquetaire[①]，帽子下面她那白皙脸蛋的周围，垂着又软又长的淡褐色鬈发。在他们的前面，有一个十来岁的脸颊绯红的小妞在跳跳蹦蹦，从异常精致的裙花边下露出一双白白胖胖的小膝盖。

"多美的夜晚呀！"当我从他们身边走过时，那位太太用甜滋滋的欢欣的嗓音说。

"嗯！"那英国人懒洋洋地哼了一声，看来，他在这世上活得太惬意了，所以连话也懒得说。这种人似乎都觉得活在世上是如此安宁、舒适、干净、轻松，就连他们的动作和脸色也都表现出对任何旁人的生活的冷漠。他们相信，看门人会给他们让路，会向他们鞠躬；他们一回来，就会有干净舒适的床铺和房间；他们相信这一切都是理所当然的，他们有权利充分享受这一切。因此我突然不由自主地把那个疲惫不堪、也许正饥肠辘辘的、羞愧地躲开嘲笑他的人群的流浪歌手跟他们这种人作了对比。我终于明白了，那像石头一般压在我心头的东西到底是什么，并对他们这种人感到难以名状的气愤。于是我就在这个英国人身旁来回走了两次，每次都不给他让路，还用胳膊推他一下，觉得有说不出的痛快，然后我走下门口的台阶，摸着黑朝那个小个子消失的地方跑去。

我赶上了在一起行走的三个人，向他们打听歌手在哪儿。他们笑了，指给我说，他就在前面。他一个人快步地走着，没有人向他靠近，我觉得他还在气嘟嘟地嘀咕着什么。我赶上了他，建

----
① 法语：像火枪手一样。——原注

议他与我一起去个地方喝瓶酒。他依然那样快步地走着，而且不满地回头瞅了瞅我，但他明白是怎么回事，便停下脚步。

"好吧，既然您如此盛情，我只好从命了。"他说，"那边有一家小咖啡店，可以上那儿去——那是一家普通的店。"他指着那家还在营业的小酒吧补充了一句。

他说的"普通的"一词倒不由得使我决定不想去那家普通的咖啡店，而是到那些冷漠的听众住宿的瑞士饭店去。尽管他惶惶不安地几次谢绝去瑞士饭店，说那儿太奢华了，可是我坚持要去，他也就装出满不在乎的样子，乐滋滋地挥了挥吉他，跟着我一起沿着堤岸往回走。在我刚来到这歌手的身边时，有几个在闲步的人就凑了过来，想听听我说些什么，这会儿他们一边在嘀嘀咕咕，一边尾随着我们来到饭店门口，也许是盼着这个蒂罗尔人再演唱点什么。

我在过道里遇到一个侍者，便向他要一瓶葡萄酒。侍者微笑着，瞧了瞧我们，他不给任何回答，便跑过去了。我又向领班的侍者提了同样的要求，他神情严肃地听完我的话，又把这胆怯而矮小的歌手从头到脚打量了一下，绷起脸吩咐看门人把我们领到左边的一个厅室去。这个左边的厅室是个招待普通顾客的酒吧间。在室内的角落里有一个罗锅的女佣在洗餐具，整个室内只摆有几张没上过漆的木桌子和几条长板凳。来招待我们的侍者露出温和却又带嘲笑意味的笑容瞧着我们，而且把两手插在两边的口袋里，一边跟那个洗餐具的罗锅女人嘀咕着什么。显然，他很想让我们明白，他觉得自己的社会地位和身份要比这歌手高得多，然而他对侍候我们不但不感到委屈，反而感到挺好玩。

"您要普通的葡萄酒吗？"他带着傲慢的神情问，一面对我的这位同伴挤挤眼，一面把一块餐巾从一只胳膊转搭到另一只胳膊上。

"要香槟，拿最好的！"我尽量摆出极傲慢极神气的样子说。可是香槟也罢，我所装的傲慢和神气的样子也罢，对这个听差都毫不起作用。他冷笑了一下，瞧着我们稍站了一会儿，不慌不忙地看了看他的金表，然后迈着慢悠悠的步子走出餐室，仿佛散步似的。他很快拿着酒回来了，另外还跟来了两个听差。那两个听差在洗餐具的女人旁边坐了下来，带着开心的关注和温和的微笑欣赏我们，就像父母在可爱的孩子们快乐玩耍的时候欣赏他们一样。只有那个罗锅的洗餐具的女人似乎不是带嘲笑而是同情地瞧着我们。在这些听差火辣的目光下，跟这位歌手侃聊虽然使我感到很难堪很不自在，可是我仍然尽可能大大方方地去做自己的事。在灯光下我把他看得更清楚了。他是个体格匀称、很有力气却很瘦小的人，几乎是个矮子。一头像鬈毛似的黑发，一双大大的黑眼睛泪汪汪的，不见睫毛，那张俊俏的小嘴异常招人喜欢。他蓄着短短的连鬓胡子，头发也不长，衣着极为寒酸。他邋邋遢遢，衣衫褴褛，皮肤晒得黑不溜秋，总之，像一个干粗活的人。与其说他像个艺人，不如说他像个穷小贩。只有他那湿润明亮的眼睛和那抿起的小嘴倒有些独特动人之处。从外相看，他的年纪约在二十五至四十之间，实际上他三十八岁。

他显然真心实意地叙谈了自己的生平。他是阿尔戈维亚人，年幼时便失去了双亲，又没有其他亲人。他从未有过什么财产。他学过细木工手艺，可是在二十二年前，他的一只手患了骨疽病，干不了活。他打小就喜欢唱歌，所以就去唱歌了。老外们有时丢给他一点钱。他就买了一把吉他，干起这一行来了。十八年来就在瑞士和意大利各处流浪，在旅馆饭店门前卖唱献艺。他的全部行装就是一把吉他和一个钱袋，而他的钱袋如今仅有一个半法郎，这就是他今晚的膳宿费。他每年都来一趟瑞士，跑遍最好的旅游胜地，如苏黎世、卢塞恩、因特拉肯、沙穆尼等等，这已是

第十八回了。他经过圣·贝尔纳德前去意大利，又经过圣·哥达或萨瓦返回去。如今连走路都感到费劲了，因为他受了风寒，双腿发疼，他把这称为关节炎，病得一年重于一年，再加上视力和嗓音也差了。虽然如此，眼下他还要去因特拉肯、埃克斯累班，再经过圣·贝尔纳德前往意大利，那是他特别喜欢去的国度。总的说来，他似乎很满意自己的生活。当我问他为什么要回老家去，那边是否有亲戚，是否有房子和地产的时候，他那张小嘴仿佛打了褶一般，抿成一个快乐的微笑，接着他回答我说：

"Oui, le sucre est bon, il est doux pour les enfants！"①说着向听差们挤挤眼。

我一点不懂这话的意思，可是那几个听差都笑了起来。

"我一无所有，要不我怎么这样东奔西跑呢？"他向我解释说，"我之所以要回去，就是因为故乡总有些让人挂念的东西。"

于是他露出狡黠自满的微笑再次重复了这句话："Oui, le sucre est bon."并温和地笑了起来。听差们也都高兴地哈哈笑了，惟有那个洗餐具的罗锅女人用她那双仁慈的大眼睛瞧了瞧这小个子歌手，并替他拣起在谈话时从凳子上掉下地的帽子。我知道那些流浪的歌手、玩杂耍的乃至变戏法的都喜欢称自己为艺人，所以我好几次对我的交谈者示意说他是个艺人，可是他根本不承认自己有这种身份，很简单，他认为自己所干的事仅是一种谋生手段而已。我问他，他所唱的歌是不是他自个儿创作的，他对这样奇怪的问题深感惊讶，他回答说，他哪能创作呢，这些全是古老的蒂罗尔民歌。

"那首里吉歌呢？我想，它不是古老的民歌吧？"我说。

"是的，那是大约十五年前创作的。在巴塞尔有一个德国人，

---

① 法语：是呀，糖是好东西，孩子们都喜欢。——原注

是个绝顶聪明的人，这首歌就是他作的。多么优美的歌呀！您要知道，这是他为旅游的人创作的。"

随之他把这首里吉歌的歌词译成法文念给我听，显然，他很喜欢这支歌：

> 要是你想上里吉走走，
> 到维吉斯前无需把鞋穿上，
> 因为可乘轮船前往。
> 从维吉斯前去要拿上粗拐杖，
> 一手还得牵着一位小姑娘，
> 行前得有杯美酒饮饮。
> 不过莫要饮得太过量，
> 因为谁想畅饮，
> 谁就得先效力一番……

"哦，多么优美的歌呀！"他下结论说。

那几个听差大概也觉得这支歌棒极了，因此都向我们靠过来。

"那么，曲子是谁谱的呢？"我问。

"没有谁，就是这样的，您知道，这是唱给老外听的，所以得有点新鲜玩意儿。"

当听差们给我们拿来了冰块，我便给我这位交谈者倒了一杯香槟。他看起来有点不好意思，便回头瞧了瞧那些听差，在凳子上有些坐立不安。我们碰了碰杯，祝愿艺人们身体康健。他饮了半杯，觉得应该思索一下，便深思地扬扬眉毛。

"我好久没有喝过这样的酒了，je ne vous dis que ça①。意大利

---

① 法语：这话我只跟您说。——原注

的 d' Asti① 酒是不错的，可是这种酒更棒。哦，意大利！那里多好呀！"他补充说。

"是呀，那里的人都很珍视音乐，珍视艺人。"我这样说，意在引他回到当晚他在瑞士饭店门前一无所获的事上来。

"不，"他答道，"就音乐来说，我在那边不能给任何人以满足。意大利人自己就是世界上很难得的音乐行家，而我只不过会唱些蒂罗尔歌曲罢了。这对于他们毕竟还新鲜点儿。"

"那里的先生女士们是不是慷慨些呢？"我继续说，希望他同情我对瑞士饭店的旅客们的愤慨，"那里不至于像此地一样吧？在一个住着阔佬的旅馆里，上百人听一个歌手唱歌，居然分文不给……"我的问话完全没有产生我所预期的效果。他竟没有想到生他们的气，反而以为我说的话是对他那得不到一点酬报的才能的责备，所以就竭力向我作解释。"不是每次都能得到很多报酬的，"他回答说，"有的时候嗓子不佳，疲累了。要知道我今儿个走了九个钟头的路，差不多唱了一整天。真够呛呀。那群好摆架子的老爷们呢，他们有时候不大喜欢听蒂罗尔歌曲。"

"不管怎么说，哪能什么都不给呢？"我重复了一次。

他没有搞懂我的意思。

"那倒没什么，"他说，"这儿主要是 on est très serré pour la police②，这是个事儿。根据这个共和国的法律，这儿是不准唱的，而在意大利您可以到处去唱，没人会对您说三道四。在这儿，他们要是高兴让您唱，就让您唱，要是不高兴，就会让您蹲大牢。"

"怎么会呢，真的吗？"

---

① 法语：阿斯提（酒）。
② 法语：警察带来许多麻烦。——原注

"真的，如果警告过您一次，您还是去唱，他们就会抓您去蹲大牢。我已经蹲过三个月了。"他笑嘻嘻地说，仿佛这是他的一次最愉快的回忆似的。

"唉，这真可怕！"我说，"为什么要这样？"

"他们共和国的法律就是这么定的嘛，"他继续说，也来精神了，"他们不愿想一想，穷人好歹也得活嘛。假如我不残废，那我就会去干活。我唱歌又怎么着，难道我唱歌会害着什么人？这是什么世道呀？富人可以想怎么活就怎么活，而像我这样的 a un bauvre tiaple① 已经没法活了。这算什么共和国法律呢？如果这样，那我们就不要共和国了，不是这样吗，先生？我们不要共和国，我们要……我们要……"他犹豫片刻说，"我们要的是实事求是的法律。"

我又往他杯里斟了酒。

"您没有喝呢。"我对他说。

他端起杯子，向我鞠了一躬。

"我明白，您要干什么，"他说，一边眯起一只眼睛，用手指吓了下我，"您要灌醉我，看我出洋相，可是这您办不到。"

"我为什么要灌醉您呢？"我说，"我只不过想让您快乐一些。"

他大概有点懊悔了，因为他误解了我的用意，对我有所不恭。他显得不好意思了，便欠起身子，捏了捏我的胳膊肘。

"不，不，"他带着请求原谅的表情说，并用他那双湿润的眼睛瞧着我，"我不过是开下玩笑罢了。"

随后他说了一句挺含糊、挺机巧的话，那意思是说，我毕竟还是个好人嘛。

---

① 法语：穷小子。——原注

"Je ne vous dis que ca！"^① 他最后说。

就这样，我和歌手继续喝着酒，聊着天，而那几个听差仍然无所顾忌地瞧着我们，似乎还在嘲笑我们。虽然我谈得正欢，可我不能不注意他们，说实话，我越来越恼火。其中一个听差站起身来，走到这小个子歌手跟前，瞧瞧他的头顶笑了起来。我对瑞士饭店的住客们本来已窝了一肚子气，还没有来得及往某人身上撒，老实说，眼前这伙听差着实把我拱火了。这时候，那个看门人没有脱帽走进餐室，把胳膊肘支在桌上，坐到我的旁边。这最后的情境刺痛了我的自尊心或虚荣心，让我气炸了，终于使窝在我心头的强压着的那股气宣泄了出来。为什么我一人在大门口时，他对我低三下四地鞠躬，而这会儿，因为我跟一个流浪的歌手坐在一起，他便不讲礼貌地跟我并肩而坐呢？我怒气冲天，心里沸腾着一种我所暗暗喜欢的愤怒，因为当我出现这种愤怒时，我甚至会兴奋起来，至少在短时间里会给我肉体和精神的全部能力增添不寻常的应变性、能量和力度。

我从座位上一跃而起。

"你笑什么？"我对那听差嚷了起来，感到自己脸色变白，双唇不禁打颤了。

"我没有笑，我就是这样的。"那听差答道，一边往后退。

"不，你们在笑这位先生。这儿坐着客人，你们有什么权利来这儿坐着呢？不许你坐！"我大喊道。

那看门人嘀咕着什么，站起身向门口走去。

"这位先生是客人，而你们是听差，你们有什么权利嘲笑他，而且跟他坐在一起呢？刚才吃晚饭的时候，你们为什么就不取笑我，不坐在我的旁边呢？是不是因为他衣着寒酸，是在街头

---

① 法语：我只是对您说。——原注

卖唱的？就是因为这个，又因为我穿的是好衣服。他虽然穷，可我相信，他比你们好一千倍。因为他不欺侮任何人，而你们却欺侮他。"

"可我没说什么，您干吗这样呢？"我的对头——听差胆怯地答道，"我并没有妨碍他坐嘛。"

那听差没有听懂我的意思，我说的德语算是白费了。粗鲁的看门人本想出来替这听差帮腔，我当即狠剋了他一通，他也装作不明白我的话，只挥了挥手。那洗餐具的罗锅女人可能看到我火冒三丈的样子，怕闹出乱子来，或者是认同我的看法，向着我，便尽量站到我和看门人之间，一边劝他别言语，一边说我有理，请我消消气。"Der Herr hat Recht；Sie haben Recht."①她再三说。这位歌手则显出一副惶恐的、可怜巴巴的神色，他显然搞不明白我为什么发火，要干什么，便求我赶快离开这儿。可是我心头火气越来越大，非说个痛快不行。我想起了一切：那嘲笑他的人群，那些分文不给他的听众，我无论如何也不想罢休。我想，假如那些听差和看门人不肯让步，我很乐于跟他们较量一番，或者拿起棍子照着那无力自卫的英国小姐的脑瓜上敲上一敲。这会儿我若是在塞瓦斯托波尔，我会乐意冲进英国人的壕沟大砍一阵。

"你们为什么把我和这位先生领到这间餐室，而不领到那个餐厅呢？啊？"我责问那个看门人，并抓住他的胳膊，不让他走开，"你们有什么权利凭外表决定这位先生要待在这个餐室，而不是待在那个餐厅呢？难道所有付了钱的人在饭店里不是平等的吗？不单在共和国，就是在全世界也都一样。你们的共和国讨厌透啦！……这就是所谓的平等！你们不敢把英国人领到这个餐室来，可是那些英国人却正是白听这位先生唱歌的人，就是说，他们每个人从他那

---

① 德语：这位先生是对的，您也对。——原注

儿偷去了应该付给他的几个生丁。你们怎么敢指定这个餐室给我们
用呢？"

"那个餐厅关了。"看门人答道。

"不，"我嚷了起来，"瞎说，那个餐厅没有关。"

"那您知道得更清楚啰。"

"我知道，我知道你们撒谎。"

看门人转过肩膀从我身边走开了。

"哼！有什么说的！"他嘟哝着。

"不，不是'有什么说的'，"我大嚷起来，"得马上领我到那
个餐厅去。"

不管那罗锅女人怎么劝说，也不管那歌手一再求我回去为好，
我还是把领班的侍者叫来，让我和我的伙伴一起去到另一个餐厅。
领班的侍者听见我说话发狠，看见我脸色激动，便没有跟我争吵，
而是带点鄙薄的神情谦让地说，我爱去哪儿就去哪儿。我未来得
及向看门人证明他撒谎，因为在我走进另一个餐厅之前，已不见
他的人影了。

这个厅确实是开着的，灯烛辉煌，有一个英国人和一位太太
坐在一张桌旁就餐。虽然侍者把我们带到一张特别的餐桌上，但
我和这个肮里肮脏的歌手就在那个英国人旁边就座，并吩咐把那
瓶没喝完的酒给我们拿过来。

那两个英国人起先感到惊讶，随之恶狠狠地瞧了瞧那半死不活
地坐在我旁边的小个子，他们相互嘀咕着什么，那女人竟把盘子一
推，站了起来，绸缎连衣裙沙沙作响，接着就走掉了。我看到那英
国人在玻璃门外边恶狠狠地对一个侍者说着什么，一面不断用手指
指我们这边。那侍者把头伸进门来瞧了瞧。我正兴头十足地等着他
们来撵我们出去，这样我便可以把自己的一肚子怒气朝着他们发泄
出来。好在他们没来找我们的茬，但当时我还为此而感到不快。

起先不肯喝酒的歌手这会儿把瓶里所剩下的酒匆匆地一饮而尽，他是想尽快地离开这儿。不过我感到他深情地感谢了我的款待。他那双泪汪汪的眼睛变得更加泪汪汪、亮闪闪了，他对我说了一句挺古怪、挺含糊的感谢话。可是他的这句话总归还是让我听了很愉快，那话的意思是：若是人人都像我一样尊重艺人的话，那他就好过了。他还祝我万事如意。我和他一起走到过道上。几个听差和我的那个对头——看门人都待在那儿，看门人好像是在跟他们说我的坏话。他们似乎都把我视为疯子。我要让这位小个子歌手跟这里所有的人显得平等，所以尽可能表现出自己的恭敬态度，脱下帽子，紧握着他那只手指又干又瘦的手。那些听差对我装出毫不理睬的样子，其中一人发出了冷嘲的笑声。

歌手鞠个躬，便消失在黑暗中了。我上楼回到自己的房间，想通过睡觉消去这一切印象以及那突现在我心头的愚蠢而幼稚的愤恨。可是我觉得自己过于激动了，难以入睡，所以又出去到外边走走，以便让自己平静下来。说实话，除此之外，我还隐约希望寻个机会跟那看门人、听差或英国人干一仗，让他们意识到他们的冷酷，尤其是他们的不公平态度。然而，除了那个一看见我便背过身去的看门人之外，我没有遇到任何人，于是我只好独自在堤岸上来回漫步。

这就是诗意的奇怪命运。我稍稍平静下来后思忖着。人人都喜欢诗意，寻求诗意，在生活中盼望和寻求一种诗意，可是没有人承认诗意的力量，没有人珍视世界上这种最美好的东西，没有人珍视或感谢那些把这种最美好的东西给予人们的人。去问问所有住在瑞士饭店的旅客中随便哪个人："何为世界上最美好的东西？"所有的人，或者百分之九十九的人，都会带嘲弄的表情对您说，世界上最美好的东西乃金钱也。"也许这种思想您不喜欢，不合于您的崇高理想，"他会这样说，"可这有什么法子呢？

既然人类的生活就是这样安排的：唯有金钱能给人以幸福。我就不能不让我的理智去看现实的世界，"他补充一句，"也就是去看真实。"你的理智很可怜，你所盼望的幸福也很可怜，你就是个连自己也不知道需要什么的不幸的家伙……为什么你们全都离开祖国、亲人、工作和财物，而拥到这个瑞士的小城卢塞恩呢？为什么今晚你们大家都跑到凉台上，肃静地倾听这个矮小的叫花子唱歌呢？如果他还愿意再唱下去，那你们也还会默默地听下去的。难道为了钱，哪怕是为了百万钱财，就能把你们赶出祖国，聚集在卢塞恩这个小角落里吗？为了钱就可以使你们走到凉台上，肃静地、一动不动地站上半个钟头吗？不，是有一种东西在驱使你们这样的，它永远会比生活中各种其他动力更有力地推动你们：那就是对诗意的需求。你们没有意识到它，不过你们却感觉得到它，只要你们身上还有一丁点儿人味，就会永远感觉得到的。"诗意"这个词你们听来会觉得可笑，你们常用这个词来嘲笑和责难人，你们允许娃娃们、傻小姐们去爱诗意的东西，即便那样，你们也嘲笑他们；你们需要的是实实在在的东西。然而娃娃们看待生活的眼光是很健康的，他们喜爱并知道人所应该爱的东西，以及能给人以幸福的东西，可是你们已被生活搞糊涂了，蜕化变质了，所以你们会去嘲笑你们所爱的这一种东西，专门去找你们所憎恨的、造成你们不幸的东西。你们变得如此不明事理，因此你们竟不懂你们对这个给你们带来纯洁享受的贫穷的蒂罗尔人所应尽的义务，可同时你们却认为自己有必要不管利益和乐趣向一个勋爵低三下四，而且心有所图地为他牺牲自己的宁静和安适。多么荒唐，多么不可思议的荒谬！可是今晚最使我惊讶的还不是这件事。这种对于提供幸福的东西的无知，这种对于诗意享受的无意识，我几乎很能理解，或者说，这种事我在生活中遇到多了，所以已看惯了。众人那种粗暴而无意识的冷酷对于我来说已不是新鲜事了。不管那些替群众心态作辩护的人怎么说，即使群众是一些好人的共同体，但是他们因接触到兽性和卑劣的方面，所以表现出来的只是人类天性的弱点和冷酷。而你们作为爱自由、讲人道的民族的儿女们，你们这些基督徒们，你们这些真正作为人的人，怎么竟以冷酷和嘲笑去回报一个不幸的乞讨者带给你们的那种纯洁的享受呢？不过话说回来，你们的祖国没有乞丐收容所。没有乞丐，不该有乞丐，也不该有乞丐现象所赖以存在的怜悯感——可他是付出劳动的呀！他带给你们快乐，他乞求你们把你们多余的一丁点东西赐给他作酬劳，因为你们已享用了他的劳动。然而你们却带着冷冷的微笑，从你们光彩夺目的高楼大厦中把他当作稀罕物去观赏，在你们百来个有福气的阔佬中却没有一个人扔给他一点点东西！他满心羞愧地离开了你们，而一群无聊的家伙却跟在后边嘲笑他，他们不去羞辱你们，而是去羞辱他——是因为你们冷漠、无情、不知羞耻；是因为你们白白享用了他带给你们的快乐，就是因为这个他们去羞辱他。

　　"1857 年 7 月 7 日，在卢塞恩那家下榻着富豪们的瑞士饭店门前，一个流浪行乞的歌手，曾唱歌、弹吉他达半小时之久。有百来人听了他的演唱。歌手曾三次请求大家给他点什么。没有一个人给他一点东西，许多人还嘲笑他。"

　　这不是杜撰，而是真事，有人愿意的话，可以到瑞士饭店的常客那里去调查一下，也可以查阅一下报纸，看看那些于 7 月 7 日在瑞士饭店住宿的老外是些什么人。

　　这就是当代历史学家们应该以火热的、抹不去的文字记录下来的一个事件。这件事比报刊上、史书上所记述的事实更重要，更严肃，并且更有深远的意义。说什么英国人再次杀戮了上千的中国人[①]，是因为中国人没有拿钱币去买他们的货物，而他们国家正要吸收货币；说什么法国人又杀死了上千个卡比耳人[②]，是因为庄稼在非洲长得好，还因为经常打仗有利于军队训练；说什么土耳其驻那波利的公使不可能是犹太人；说什么拿破仑皇帝在Plombieres[③]散步，并且通过报刊使老百姓相信，他不过是秉承全体老百姓的意志去治理国家的：这统统是掩盖或表明早已举世皆知的事实的胡话。而7月7日发表于卢塞恩的事在我看来却是十分新鲜古怪的，它与人类天性中一贯的丑陋面无关，而是属于社会发展到一定时期的现象。这种事不是人类活动史的资料，而是进步和文明史的资料。

这种没有人味的事无论在德国、法国或意大利的任何乡村里都是不可能发生的，为什么在这里，在这个高度文明、自由平等的地方，在这个最文明民族的最文明的旅游者所云集的地方却能出现呢？为什么这些在一般情况下能从事各种正直、人道事情的有教养、懂人道的人们都没有用人类的同情心去干点个人的善事呢？为什么这些人在自己的议会里、集会上和社会中热烈关心在印度的未婚中国人的境况，关心在非洲传播基督教和教育，关心设立改善全人类的协会，而在自己的心灵中却缺乏人对人的那种普通的、原始的感情呢？难道他们没有这种情感吗？难道在议会里、集会上和社会中支配着他们的虚荣心、名利心已占据了这种感情的位置？难道被捧为文明的人的理智和自私的共同扩展，会

---

① 1856年底，中国政府逮捕了一艘注册英籍货船上的鸦片贩子，其实船主与船员均是华人，英国人声称大英帝国受到侮辱，从军舰上炮轰了广州，侵占并掠夺了该城，屠杀了大量市民。

② 阿尔及利亚的一个民族。

③ 法语：普隆比埃尔，是一个疗养地。此处的拿破仑是指拿破仑三世。

消灭那种本能和友爱的一致要求，或与之相矛盾吗？难道这就是那种为之流了那么多血、犯了那么多罪的平等吗？难道各个民族像孩子似的，光听到"平等"一词就会成为幸福的人吗？

在法律面前平等？难道人的整个一生都是在法律范围内度过的吗？生活中仅有千分之一是属于法律范围的，其他部分都是在法律之外，在社会的风习和见解的范围内度过的。在社会中，一个听差穿得比一个歌手好，他便可不受惩罚地去欺侮歌手。我穿得比听差好，也可以不受惩罚去欺侮听差。看门人认为我高于他，而歌手比他低；当我和歌手待在一起的时候，那看门人便认为自己跟我们平等了，便变得粗鲁无礼起来。我对看门人一蛮横，看门人便承认自己比我低。听差对歌手一蛮横，歌手也承认自己比他低。在一个国家里，即使一个公民没有伤害任何人，也没有碍着任何人，只是为了不被饿死而去干一种他能干的事，居然也被关进大牢，难道这就是自由的国家？就是人们所称的绝对自由的国家？

一个为正当解决自己生活需要而被抛到这个善恶、事件、见解、矛盾等永远在动的无边海洋中的人，确是一种不幸的、可怜的造物！人们世世代代拼搏着、劳作着，为的是把善推向一边，把恶推向另一边。多少世纪过去了，无论在哪儿让一个不偏不倚的人站到善与恶的天平上称一称，天平都不会摆动，在它的各头有多少善，就有多少恶。只要人学会不说长论短，不认真积极地去思索，不去回答那些向他提问只是为了永远得不到解答的问题，那就好了。只要他明白各种见解既是错的、又是对的就好了。说它错，因为它片面，因为人不可能把握全部真理；说它对，因为它反映人类意向的一个方面。在这种永远变化的、无穷的、无限纷杂的善恶混合中给自己做出了划分，在这种海洋中划出假想的界线，并期待这个海洋按这种假想分开，似乎就没有从根本不同的视角，在另外的方面做出的无数其他的划分似的。诚然，世世代代都在形成这些新的划分，可是许多世纪过去了，无数的世纪也将会过去。文明乃善也，野蛮乃恶也；自由乃善也，奴役乃恶也。正是这种臆想出来的知识毁灭着人类天性中那些本能的、最快乐的对于善的原始需求。那么由谁来给我下这样的定义：何为自由，何为专制，何为文明，何为野蛮？这个同那个之间的界限何在？谁的心灵里具有这样确定不移的善恶尺度，使他能够度量出那些稍纵即逝的纷乱的事情呢？谁有那么大的智慧，即便在静止的过去中也能把握和衡量一切事情呢？谁又看见过善与恶不同时共处的那种情况呢？我又何以知道我看见一种东西多于另一种东西，不是因为我站的地方不适当呢？谁又能在理智上哪怕完全脱开人生一会儿，以便独立超然地观察一下人生呢？我们有一个，而且只有一个绝不会犯错误的指导者，即指导世界的神灵。他洞悉我们大家和每一个人的心，给每一个人注入追求合理事物的愿望。正是这位神灵让树木朝阳光生长，让花卉在秋天里撒下种子，让我们不知不觉地相互贴近。

正是这一个永不会犯错误的、善良的声音压制着文明喧嚣而急促的发展。谁更大程度上是人，谁更大程度上是野蛮人呢？是那个见了歌手的破衣烂衫便愤然拂手而去，也不肯拿出自己财产的百分之一去酬劳歌手，这会儿正吃得饱饱的，坐在明亮宁静的房间里，平静地谈论中国的事情，并认为在那边进行屠杀是正义行动的英国勋爵呢，或是那个冒着坐牢危险，口袋里只有一个法郎，二十年来跋山涉水，四处流浪，从来没有害过任何人，而是用自己的歌声去愉悦别人，今天又受到侮辱、差点儿被人撵出门外，又累又饿，蒙受羞辱，已经跑到某处烂稻草上去睡觉的小个子歌手呢？

此时此刻，在夜的死一般的沉寂中，我远远地听到从城里传来那位小个子的琴声和歌声。

"不,"我不禁对自己说,"你没有权利怜悯他,也没有权利为勋爵的富贵而愤愤不平。有谁称量过这些人中每个人内心的幸福呢？或许他眼下正坐在某处肮脏的门槛上,眺望着月色皎洁的苍空,在寂静、芳香的夜色中欢乐地歌唱,他心中坦然：无怨,无恨,无悔。可是有谁知道,在这些富贵人家的高墙大院内人们这会儿在心里谋算着什么呢？谁能知道他们的心里是不是像这小个子歌手心里一样,有那种无牵无挂、甜美的生活喜悦和跟世界的和谐呢？允许并安排这一切矛盾存在的神的仁慈和圣明是无边的。唯独你,一条渺小的蠕虫,居然胆敢无法无天地去试探他的法则、他的意图,唯独你觉得有矛盾存在。他正从那光辉灿烂、高不可测的九霄温存地俯视着并欣赏着你们大家所寄身于其间的那充满矛盾、永恒运动着的无限和谐。你竟然不知天高地厚地想要摆脱这些放之四海而皆通用的法则。不行呀,你既然对那些听差怀着猥琐鄙俗的愤慨,那你也就得对永恒和无限的和谐需要做出回答……"

1857 年 7 月 18 日

张耳　译

霍尔斯托梅尔

（一匹马的故事）

——纪念 M.A. 斯塔霍维奇 [①]

第一章

天空越升越高，朝霞弥漫天际，向四下扩散，朝露的一片银辉显得更白了，镰刀似的一钩残月也渐渐变得没有生气。树林中渐渐鸟语声喧，人们开始陆续起床。在老爷家的马圈里可以越来越频繁地听到马打响鼻的声音，马蹄踩着干草来回捣腾的声音，以及马麇集在一起不知因为什么事情吵起架来而发出的愤怒的、尖利的嘶鸣声。

"靠边儿！来得及！都饿坏啦！"一个老牧马人一面打开轧轧作响的大门，一面说，"你上哪儿？"他挥手赶着一匹想要钻出大门去的小牝马，吆喝道。

牧马人内斯特身穿哥萨克上衣，腰系镶嵌着金属饰物的皮带，肩膀上挎着马鞭，腰里拴着用毛巾裹着的面包，双手拿着马鞍和笼头。

这些马一点不怕牧马人，对他的嘲弄口吻也毫不生气，它们

---

① 本篇情节是《夜牧》和《骑手》的作者 M.A. 斯塔霍维奇所构思，后由 A.A. 斯塔霍维奇转让给作者。——作者注

装作无所谓的样子，不慌不忙地离开了大门，只有一匹暗栗色的鬃毛很长的老牝马贴起一只耳朵，很快地转回身去。这会儿，有一匹站在后面的年轻的小牝马，本来这事跟它毫不相干，却尖声嘶叫起来，用臀部顶了一下靠它最近的马。

"走开！"牧马人大喝一声，声音更响也更严厉了，喊罢，他就向马圈的犄角走去。

在马圈里所有的马——约有一百匹——中，有一匹花斑骟马表现得最有耐性，它孤零零地站在棚舍下的犄角里，眯着眼睛，在舔着棚子的橡木立柱。不知道这匹花斑骟马在其中舔到了什么滋味，但是它在干这事的时候脸上的表情是严肃的、若有所思的。

"别淘气！"牧马人走到它身边，用同样的口吻对它说道。他边说边把马鞍和磨得发亮的鞍垫放在它身旁的马粪上。

花斑骟马不再舔了，它一动不动地对内斯特望了很长时间。

它不笑，也不发怒，也不皱眉，只是用整个肚子呼了口气，深深地长叹了一声，便转过脸去。牧马人搂住它的脖子，给它戴上了笼头。

"你叹什么气呀？"内斯特说。

骟马摆了摆尾巴，仿佛说："不要紧，没什么，内斯特。"内斯特把鞍垫和马鞍放到它背上，这时，骟马便贴紧两耳，可能是表示自己的不满，但老头却因此而骂它是废物，并开始给它勒紧肚带。这时骟马便鼓起肚子，但是内斯特却把一根手指塞进它的嘴里，用膝盖顶了一下它的肚子，因此它只好把肚子里的气吐了出来。尽管如此，当老头用牙咬着勒紧它的肚带的时候，它又贴紧了耳朵，甚至还回头看了他一眼。虽然它知道这没有用，但它仍旧认为有必要表示一下它对此感到的不快，并且以后还要一直这样表示下去。备好马鞍后，它便伸出一条浮肿的右腿，开始咀嚼马嚼子，这想必也是出于某种特殊的考虑吧，因为它现在总该知道马嚼子是不可能有任何滋味的。

内斯特踩着短短的马镫跨上了骟马，接着便解开马鞭，抽出压在膝盖底下的哥萨克上衣，以赶车人、猎人和牧马人特有的骑马姿势在马鞍上坐好，拉了一下缰绳。骟马抬起头，表示它正待命出发，但仍站在原地不动。它知道，在出发以前，坐在它背上的内斯特还要嚷嚷好一阵，还有好些话要吩咐另一名牧马人瓦西卡和马群。果然，内斯特开始嚷嚷起来："瓦西卡！我说，瓦西卡！你把母马放出来了吗？你往哪儿闯，鬼东西！靠边！你难道还没有睡醒吗？把门打开，先放母马走头里。"等等。

大门咔咔地响了起来。瓦西卡怒气冲冲，睡眼蒙眬，他牵着一匹马的缰绳站在门框旁边，放马群出去。马儿开始小心翼翼地踩着干草，嗅着草香，一匹跟一匹地走出去。马群中，有年轻的小牝马，周岁的马驹，还在吃奶的驹子和怀驹的母马。这些母马小心翼翼地挺着大肚子，一匹匹单独迈出了大门。年轻的小牝马有时三三两两地挤在一起，互相把头放在对方的脊背上，蹄声杂沓，争先恐后，拥挤在大门口，为此，每次都要受到牧马人的呵叱。还在吃奶的小驹子，有时候跑到别的母马的大腿旁，响亮地嘶鸣着，来回答母马的短促的呼唤。

一匹年轻淘气的小牝马一挤出大门就低下头，把脑袋歪向一边，掀起臀部，尖嘶了一声，但它毕竟不敢抢到浑身布满栗色斑点的灰色老马茹尔德芭前面去。茹尔德芭慢条斯理地迈着沉重的脚步，肚子左右摇摆着，像往常一样老成持重地走在马群的最前面。

才几分钟工夫，刚才还热热闹闹、挤满了马匹的马圈就变得空空的，显得很凄凉。空棚下面的一根根立柱忧郁地矗立着，一眼望去，只剩下一片被践踏得凌乱不堪的、满是马粪的干草。花斑骟马对这一片马去棚空的景象虽然已经习以为常，但总还是感到不胜凄凉。它慢慢地，好像在鞠躬一样低下了脑袋，然后又抬起头来，尽着被束紧的肚带可能容许的限度长叹一声，接着便瘸着酸痛的、弯曲的腿，步履艰难地随着马群走去，自己那瘦骨嶙峋的脊背上还驮着年老的内斯特。

"我知道，现在他一走上大路准要打火，然后吸他那个拴着小链子、包着铜箍的木管烟袋。"骟马想道，"对此，我倒觉得很高兴，因为一大早，踏着露水，我很喜欢闻这股烟味，它使我想起许多愉快的往事。可恼的只是嘴里衔着烟袋的老头总是趾高气扬，自以为了不起，侧着身子坐着，而且非侧身坐着不行，可我这边正疼哩。话又说回来，由他去吧，为了别人的快乐而受苦，在我已经不是什么新鲜事了，甚至还觉得其中自有一番做马的乐趣。就让这个可怜的老头去神气活现吧。其实也只有当他一个人，谁也看不见他的时候，他才敢这么放肆，就让他去侧身坐着吧。"骟马一面思忖着，一面小心翼翼地迈着弯曲的四腿走在大路中央。

第二章

内斯特把马群赶到河边，便跳下马来，卸下鞍子。这时马群已经在这片尚未被践踏过的草地上慢慢地四下散开。草地上覆盖着露水和一片雾霭，有一条河环抱着这片牧场，这片雾霭就是从草地上和河上同时升起的。

内斯特给花斑骟马卸下了笼头，并给它的脖子底下挠了挠痒。作为回答，骟马闭上了眼睛以示感谢和快意。"这老家伙，可喜欢哩！"内斯特说。其实骟马一点也不喜欢这样挠痒，它只是出于礼貌才装作它对此感到很愉快，并且摇了摇头表示同意。但是内斯特也许认为，过分的亲昵会使花斑骟马误会他的用意，所以他就完全出其不意地、无缘无故和冷不防地把骟马的脑袋从自己身边推开，而且还挥了一下笼头——笼头上的皮带扣把骟马的干瘦的腿打得很疼——然后一句话不说，就向他通常坐着休息的小丘上的树桩走去。

这种行为虽然使花斑骟马很伤心，但它装作若无其事的样子，慢慢地摇摆着脱了毛的尾巴，一路嗅着向河边走去，啃着青草聊以解闷。它丝毫不去理会那些它周围在早上撒欢的年轻的小牝马、刚满周岁的马驹和还在吃奶的小驹子玩什么花样。它知道，先空腹好好喝点水，然后再吃草，在它这个岁数是最合乎健康之道的。于是它便挑选了一处坡度较缓也较开阔的河岸，弄湿了蹄子和蹄上的距毛，把嘴伸进水里，用那被撕裂了的嘴唇吮吸着水，并翕张着饮满水的两肋，惬意地摇晃着它那稀稀拉拉的、尾根秃了的花斑尾巴。

那匹褐色小牝马是一个爱寻衅闹事的家伙，它总爱戏弄老马，做出种种使它不愉快的事。这会儿，它踩着水走到老马跟前，仿佛有什么事似的，其实只是为了存心把老马面前的水搅浑。但是花马已经喝足了水，它仿佛没有发觉褐色小牝马的计谋似的，从容不迫地把自己陷进泥里去的脚一只一只地拔了出来，然后甩了一下脑袋，躲开这个小姑娘，走到一边吃起草来。它用各种姿势伸开四腿，决不多践踏一棵草，它几乎腰也不伸地吃了整整三小时。它吃饱喝足，肚子都挂了下来，就像在骨瘦如柴的肋骨上挂了一只大口袋似的。它把身体的重量平均压在四条病腿上，以期尽可能减少疼痛，特别是那条比其他三条腿都弱的右前腿，接着它便睡着了。

有的老年令人肃然起敬，有的老年令人生厌，有的老年分外悲惨，也有的老年令人肃然起敬和令人生厌兼而有之，花斑骟马的老年就属于这一类。

这匹骟马身躯高大，不低于两俄尺三俄寸①。它的毛色原先带有乌黑的花斑。那是它过去的模样，可如今乌黑的斑点已变成了肮脏的棕褐色。它的花斑由三块黑斑组成：一块在头部，直到脖子中央，鼻旁还有一块形状不规则的白斑，沾满牛蒡草的长长的鬃毛，有的地方是白色，有的地方是浅褐色；另一块黑斑沿着右肋直到腹部正中；第三块黑斑在臀部，兼及尾巴的上部直到两条大腿的一半。尾巴的其余部分则黑白相间。它那瘦骨嶙峋的大脑袋沉重地低垂在它那瘦得脊椎骨突出、像木头一般的脖子上，它的眼睛上方有两个深窝，嘴上还挂着一片过去被撕裂了的黑嘴唇。从耷拉下来的那片嘴唇看进去，可以看到过去被咬伤，已经歪向一边的发黑的舌头和被磨损的下齿的黄色残根。

两只耳朵——其中一只被剪开了——低垂在两边，偶尔会懒洋洋地翕动一下以驱赶纠缠不去的苍蝇。一绺还是长长的额鬃耷拉在一只耳朵后面，宽大的额头凹了下去，而且粗糙不平，在宽大的颧骨上有两块皮像口袋似的悬挂着。脖子上和脑袋上的青筋纠结在一起，苍蝇一飞上去，青筋就颤栗、跳动。它脸上的神色是忍气吞声的、深思的和痛苦的。它的两条前腿在膝盖处成了弓形，两只前蹄上都长了瘤，而在那条一半有黑斑的大腿上，靠近膝盖处，还长着一个拳头大小的肉瘤。两条后腿倒还比较有劲，但是大腿上的毛已被磨光，而且看来这些地方已经很久不长毛了。

它的四腿很长，与它那瘦弱的身躯很不相称。它的肋骨虽然向外突出，但是它们十分阔大，而且绷得很紧，以致身上的那张皮仿佛干巴巴地紧贴在肋骨之间的凹陷处。它的鬐甲和脊背伤痕累累，布满了从前惨遭毒打的疤痕，而且后部还有一处新的伤口在溃烂化脓，尾巴的黑色根部翘起着，露出了尾椎骨，长长的尾巴几乎是秃的。在棕

---

① 一俄寸相当于四点四厘米。

褐色的臀部上，靠近尾巴处，有一块巴掌大的长了白毛的伤疤，仿佛是被咬伤的，在前部肩胛骨上还可以看到另一处刀伤。它的后膝盖和尾巴很脏，这是因为经常闹胃病的缘故。它全身的毛虽然很短，却根根直立。尽管这匹马的老年令人生厌，但是你若望它一眼，就会不由得陷入深思。至于行家，他马上就会说，想当年，它一定是一匹出色的好马。

行家甚至会说，俄国马只有一个品种能有这样宽大的骨骼，这样粗壮的股骨，这样的马蹄，这样细的腿骨，这样优美的脖子，尤其是这样的头骨和眼睛，又大又黑又亮，头部和颈旁的这种纯种筋脉的隆块，这样细密的毛皮和鬃毛。在这匹马的形体上，在这种可怕的结合中——因为毛色驳杂而更显衰老的那些令人生厌的特征和意识到过去的美和力量而现出自信和安详的姿态与神情——确有某种悲壮的东西。

它宛如一具行尸走肉，孤独地站在沾满露水的牧场中间，而从离它不远的地方传来四下散开的马群的蹄声、响鼻声、马驹的嘶鸣声和尖叫声。

第三章

太阳已经升到了树林上空，灿烂地照耀着草地和蜿蜒曲折的河流。露水渐干，逐渐凝成一滴滴水珠。在某些地方，在低洼处，在树林的上空，最后的一点晨雾正像轻烟般渐渐飘散。一缕缕云彩在舒卷变幻，但是还没有起风。河对岸，一大片绿油油的正在抽穗的黑麦像一根根鬃毛似的竖立着，散发着一片新绿和花的芳香。布谷鸟在树林里嘎哑地咕咕叫着。内斯特仰天躺着，计算着他还有多少年好活。百灵鸟在黑麦地和草地上振翅飞翔。一只迟归的野兔落到了马群中，它跳到开阔的地方，蹲在灌木旁边，侧耳倾听。瓦西卡把头埋在草丛里打盹，那些马驹绕过他，在下面一片低洼的牧场上散得更开了。老马不住地打着响鼻，踏着露水，踩出一条条亮晶晶的足迹，一直在挑选那些谁也不会来打扰它们的地方，但是它们已经不是在单纯地填饱肚子，只是在品尝着那些鲜美的嫩草。整个马群不知不觉地向一个方向移动。又是那匹老母马茹尔德芭老成持重地走在其他马的前面，以此表示还可以往前走。头一回下驹的年轻黑马"小苍蝇"不停地叫唤着，翘起尾巴，对自己那匹淡紫色的小马驹打着响鼻，那小驹子在它周围蹒跚地走着，膝盖还在不停地哆嗦。暗栗色的、还没有配过种的"燕子"，毛色宛如缎子般光洁闪亮，它低下头去，黑丝线似的额鬃就遮住了它的脑门和眼睛。它在吃草玩，把草咬断又扔掉，还不住地用被露水打湿的长着毛茸茸的距毛的蹄子踢打着地面。有一匹较大的驹子大概正在设想它是在玩什么游戏，翘起了宛如头盔上的羽毛似的短而鬈曲的小尾巴，已经绕着自己的妈妈转了二十六圈。那匹母马在十分从容地吃着草，对于儿子的这种性格已经习以为常，只间或斜着一只又大又黑的眼睛瞟它一眼。有一匹最小的驹子，黑毛，大头，额鬃怪模怪样地竖立在两耳中间，小尾巴还像它蜷伏在母腹里那样向一边蜷曲着。它竖起耳朵，瞪着两只呆滞的眼睛，一动不动地站在原地，凝神注视着那匹忽前忽后跑来跑去的小马驹，不知在羡慕它，还是在谴责它为什么要这样做。有些小驹子用鼻子顶着母亲的乳房在吃奶；有些则不知道为什么故意不听母亲的叫唤，用蹒跚的小跑朝相反的方向跑去，仿佛在寻找什么东西似的，接着又不知道为什么停了下来，刺耳地尖声嘶鸣着；有些小驹子并排侧卧在草地上；有些在学吃草；有些则伸出后脚在耳朵后面搔痒。还有两匹怀驹的牝马在独自走着，一面慢腾腾地移动着脚步，一面在继续吃草。看得出来，它们的怀驹是受到别的马匹的尊重的，因此那些年幼的马驹谁也不敢走到它们跟前去捣乱。如果有哪一个淘气包胆敢挨近它们，只要动一动耳朵，摆一摆尾巴，就足以向它们表示，它们的行为是非常不成体统的。

刚满周岁的小牡马和刚满周岁的小牝马自以为大了，装出一副老成持重的模样，很少蹦蹦跳跳，很少和快乐的伙伴们聚会在一起。它们弯着那被剪去鬃毛的、天鹅般的细长脖子，庄重地吃着草，摇摆着它们那扫帚似的秃尾巴，仿佛表示它们也有尾巴似的。有些则像大马那样躺着、打滚和互相挠痒。最快乐的一群是那些两三岁的马驹和那些还没有交配过的牝马。它们几乎总是走在一起，不与别的马为伍，宛如一群结伴同行的快乐姑娘。它们中间时时传来马蹄声、欢叫声、嘶鸣声和炝蹶子的声音。它们聚集在一起，互相把头搁在对方的背上，互相嗅着，跳跃着，有时还打起一声响鼻，高高地翘起尾巴，一溜小跑，骄傲地、卖弄风情地在自己的女伴面前跑过。在所有这些年轻的马中间，淘气的褐色小牝马是头号美人和最爱领头闹事的。它想出什么鬼点子，别的马都跟着学；它上哪儿，成群结队的美人也跟着它上哪儿。今天早晨，这个淘气包特别顽皮，兴致也特别好。它的心情十分快乐，就像人们的心情也常常会变得十分快乐一样。还在饮水的时候，它就把那匹老马作弄了一番。它踏着河水一路跑去，接着又假装看见了什么东西受了惊，打起一声响鼻，撒开腿向旷野里跑去，为此，瓦西卡只好骑上马去追它和那些尾随着它的其余的马。后来，吃了一会儿草以后，它又开始打滚，然后又跑到那些老牝马的前头，并以此逗弄它们。接着它又把一匹小驹子赶开，跟在它后面追它，仿佛要咬它似的。母马害怕了，便停止吃草，那匹小驹子用可怜的声音喊叫着，但是这个淘气包甚至碰都没有碰它，它不过是吓唬吓唬它，向它的女伴们表演一番，而那些女伴们则赞许地望着它的恶作剧。后来它看见在河对岸很远的黑麦地里有个农民正赶着一匹有杂毛的灰马在犁田，它便想去勾引它。它止住了脚步，骄傲地昂起了头，头部微侧，接着抖动了一下身子，使用一种甜润、温柔和拖长的声音嘶鸣起来。在这声长嘶中既有顽皮，又有感情，又带有若干哀怨。在这声嘶鸣中流露出祈求、对于爱情的许诺和忧伤。

瞧那儿，有一只长脚秧鸡在稠密的芦苇丛中跑来跑去，在热情地呼唤着自己的女友；瞧那儿，布谷鸟和鹌鹑在歌唱爱情，花儿凭借风力在互相传送着芬芳馥郁的花粉。

"我既年轻又漂亮，而且身强力壮，"淘气包的嘶鸣声说道，"但是我至今还没有尝到过这种感情的甜蜜，不仅没有尝到过，而且连一个情人，连一个情郎也没有看过我。"

这声情意深长的嘶鸣，引起了低地和田野忧伤而又充满青春烦恼的回响，由近及远，传到了有杂毛的灰马耳中。它竖起耳朵，站住了。那农民用树皮鞋踢了它一下，但是灰马却被远处的这声银铃般的嘶鸣弄得神魂颠倒，也引吭长嘶起来。农民发火了，拽了下缰绳，用树皮鞋猛踢了一下它的肚子，以致它还没有来得及结束它的嘶鸣，又继续前进了。但是灰马感到又甜蜜又伤心，因此从远处的黑麦地里还长时间地不断向马群传来刚开始的热情的嘶鸣和农民怒气冲冲的吆喝。

如果说，这匹灰马只听到一声这样的嘶鸣就如醉如痴，忘记了自己的职责，那如果它亲眼见到淘气包这个大美人儿，看见它怎样竖起耳朵，张开鼻孔吸入空气，向前飞奔，抖动着自己那年轻美丽的身躯呼唤着它，它不知又该怎样神魂颠倒呢！

但是这匹淘气的小牝马并没有对自己的心事思忖多久。当灰马的声音一停，它又嘲弄了一阵，然后便低下头去，开始用脚刨坑，又走上前去把花斑骟马弄醒，作弄它。花斑骟马一向是这些幸福青年的出气筒和供它们耍笑逗乐的对象。它从这些年轻的马那儿吃到的苦头，远比从人那儿吃到的苦头多。

对前者与后者它都没有做过坏事。人们曾经需要过它，可是这些年轻的马儿为什么要来折磨它呢？

第四章

它老了，它们还年轻；它瘦弱，它们却膘肥体壮；它闷闷不乐，它们却兴高采烈。由此可见，它完全是一匹与大家格格不入的、不相干的马，完全是另一类生物，因此不必去怜悯它。马只怜悯它们自己，间或也怜悯一些从它们身上很容易想象到自己处境的马。但是花斑骟马又老又瘦又丑，难道是它的过错吗？似乎并不是。但是，按照马的观点看来，它是有过错的，只有那些身强力壮、既年轻又幸福的马，那些前程远大的马，那些稍一动弹每块肌肉就在颤动，尾巴像根橛子似的翘得老高的马，才是永远正确的。也许，花斑骟马自己也懂得这个道理，而且在心平气和的时候它也同意它是有过错的，因为它已经度过了它的一生，那它就得为这一生付出代价。但是它毕竟是匹马，因此当它眼睁睁地瞧着这帮年轻的马就因为它年老多病而欺侮它——其实它们在生命终了的时候也难免要年老多病的——它就禁不住感到委屈、忧伤和愤懑。那些马残忍冷酷的原因，也是出于一种贵族感情。它们之中每一匹马的家谱，就其父系或者母系都可以追溯到那匹大名鼎鼎的斯梅坦卡，可是花马却家世不明；花马是个野种，是三年前花了八十卢布纸币从市集上买来的。

褐色小牝马仿佛信步走去，无意中走到了花斑骟马的鼻子跟前，撞了它一下。花马早知道这是怎么回事，它没有睁开眼睛，只是贴紧耳朵，龇了龇牙。小牝马转过屁股，装作要踢它的样子。它睁开了眼睛，躲到一边去。它已经不想睡觉了，于是它又开始吃草。

又是这个淘气包被一群女友簇拥着，走到了骟马跟前。有一匹两岁的白额小牝马，它是一匹很蠢的马，随时随地无论做任何事情都在模仿褐色小牝马，这时它也跟它一起走了过来，就像它一向所做的那样，领头的那匹马做什么，它也跟着学样，有过之而无不及。褐色小牝马通常装作有事，贴近骟马的鼻子走过，甚至连瞧都不瞧它一眼，以致花马简直不知道它是不是该生气，这确实很可笑。现在那匹褐色小牝马又如法炮制，但是跟在它后面的白额小牝马这时却撒起欢来，干脆用胸部撞了骟马一下。骟马又龇牙咧嘴尖叫了一声，竟然以人们意想不到它会有的灵巧劲儿向它猛扑过去，并且在它的大腿上咬了一口。白额小牝马尥起蹶子，重重地踢了一下老马瘦骨嶙峋的肋骨，老马疼得直喘粗气，它本想再扑过去，但后来改变了主意，长叹一声，退到一边去了。马群中所有年轻的马想必都把花斑骟马对待白额小牝马的放肆举动看作是对它们个人的侮辱，因此在当天的全部剩余时间里坚决不让它再吃草，一分钟也不让它安宁，以致牧马人有好几次出面制止它们，他不明白它们之间到底出了什么事。骟马十分生气，当内斯特准备把马群赶回家的时候，它居然自动走到老头身边。当老头给它备好鞍，骑到它身上以后，它倒觉得比较快乐、比较安静了。

当这匹年老的骟马驮着内斯特老头回家的时候，天知道它一路上在想什么。它在伤心地想那些纠缠不休的残酷的年轻的马呢，还是怀着老马们所特有的轻蔑而又沉默的倨傲宽恕了那些欺侮过它的马呢？反正一直到家它都没有用任何方式表露过自己的想法。

这天晚上，有几位亲家来找内斯特。当他把马群赶过仆人们住的下房时，他看见一辆套着马的大车拴在他家的台阶旁。他把马群赶进去以后，忙得连鞍子也顾不上卸下就把骟马赶进了马圈，接着他就喊瓦西卡，叫他把骟马的鞍子卸掉。说罢他便锁上大门，去找亲家了。不知是因为这匹从马市上买来、生身父母不明的"满身痂疮的窝囊废"侮辱了白额小牝马——斯梅坦卡的曾孙女——因而也侮辱了全马圈的贵族感情呢，还是因为骟马驮着高高的鞍子而又无人骑坐的这副模样叫那些马看来实在古怪和荒唐，反正这天夜里马圈里发生了一件异乎寻常的事。所有的马，无论老少，都龇牙咧嘴地对骟马紧追不舍，把它赶得满马圈乱跑，马蹄踢着它的骨瘦如柴的两肋的声音和痛苦的哼唧声不绝于耳。骟马再也受不了这个了，它再也逃不开大家对它的踢打了。它在马圈中央停住脚步，脸上流露出衰弱无力的令人讨厌的老年的愠怒，接着便是悲观绝望。它贴紧耳朵，蓦然做了一个动作，致使所有的马立刻鸦雀无声。最老的牝马维亚佐普丽哈走上前去嗅了嗅骟马，长叹了一声。骟马也喟然长叹。

第五章

月光轻泻，在马圈中央站着那匹又高又瘦的骟马，它驮着高高的马鞍，鞍鞒的顶端耸起着。其他的马都一动不动地站在它的周围，屏息静听，仿佛它们从它那儿听到了一件新奇的、不平常的事似的。确实，它们从它那儿听到了一件新奇的、意想不到的事。

下面的故事就是它们从它那儿听到的。

第一夜

"是的，我是柳别兹内①一世和芭芭②的儿子。照家谱上说，我

---

① 意为"殷勤周到的人"或"亲爱的"。

② 意为"村妇"。

的名字叫穆日克①一世。我穆日克一世，外号霍尔斯托梅尔②，人们之所以这样叫我，是因为我步子宽大、健步如飞，在俄国再也找不到第二匹这样的马来。就出身来说，世界上没有一匹马比我的血统更高贵了。这事我本来是永远不会告诉你们的。何必呢？你们也永远不会认出我来。就像维亚佐普丽哈没有认出我来一样，她曾在赫列诺沃伊跟我待在一起，她也是直到现在才认出我来。要不是这位维亚佐普丽哈出来证明，也许你们现在也不会相信我。这事我本来是永远不会告诉你们的。

"我不需要马的怜悯。但是你们硬要我说，是的，我就是马迷们踏破铁鞋无觅处的霍尔斯托梅尔，伯爵本人也知道，但因为我比他的爱马'天鹅'跑得快，他就把我从养马场卖出去了。

"我刚出生的时候，也不知道什么叫花马，我想我不过是一匹马罢了。我记得，人们第一次评论我的毛色，使我和我的母亲都大为吃惊。我大概是在夜里出生的，天快亮的时候，我浑身上下便已经被母亲舔干净，能够站着了。我记得我老想要什么，我老觉得一切都非常奇怪，但同时又非常简单。我们的单马房全在一个温暖的长过道里，装着栅栏门，因此隔着栅栏什么都一目了然。母亲把奶头凑过来喂我，可是我还是如此天真，一会儿用鼻子顶她的前腿，一会儿又钻到牲口槽下面。蓦地，母亲回头望了一眼栅栏门，便从我的背上跨了过去，退到一旁。值日的马夫隔着栅栏门到单马房里来看我们了。

"'你瞧，芭芭下驹啦！'他说罢便拨开门闩，踏着新铺的干草走了进来，用双手搂住我。'你瞧呀，塔拉斯，'他叫道，'满身花斑，活像只喜鹊。'

---

① 意为"庄稼汉"。
② 意为"量粗麻布的人"，以形容它在快跑时身躯娇捷，步子很大，就像量布人在量布一样。

"我从他手里挣脱出来，可是一个趔趄，跪倒在地上。

"'瞧这小鬼。'他说。

"母亲担心起来，可是并没有过来保护我，只是长叹了一声，稍稍地退到一旁。马夫们都来看我了。一名马夫跑去报告马夫头。大家瞧着我身上的花斑都笑了，给我起了各种各样奇怪的名字。不仅是我，就是我母亲也不明白这些字眼的意思。直到如今，在我们家属和我们所有的亲戚里都没有一匹是花马。我们压根儿没有想到这会有什么不好。我的体格和力气就在当时也是有口皆碑的。

"'你瞧，多灵活，'马夫说，'抓都抓不住它。'

"过了不大一会儿，马夫头来了，他看了我的颜色感到很诧异，甚至现出伤心的样子。

"'这丑八怪到底像谁呢？'他说，'现在，将军准不会把它留在养马场里。哎呀，芭芭，你真给我出了道难题。'他对我母亲说：'你哪怕给下匹白额呢，可你却偏下了匹花斑！'

"我母亲什么也没回答，只是与平素一样，又叹了口气。

"'它长得是什么啊，简直像个庄稼汉。'他继续说道，'决不能把它留在养马场里，太丢人了。不过马倒是匹好马，一匹很好的马。'非但他这么说，大家看着我也都这么说。过了几天，将军也亲自来看我了，于是大家不知道为什么又对我的毛色大惊小怪，把我和我母亲都骂了一顿。'不过马倒是匹好马，一匹很好的马。'无论谁看见我都这么说。

"直到开春，我们都分别住在专为母马预备的单马房里，每匹驹子都和自己的母亲住在一起。直到马圈顶上的积雪被太阳晒化的时候才间或把我们和母亲一起放出来，放我们到铺着新鲜干草的宽敞的院子里。在这里，我才第一次认识了我所有的亲属：近亲和远亲。这时我才从各个门里看到，当时所有的名马都带着她们的小驹子走了出来。这儿有年老的戈兰卡、斯梅坦卡的女儿'小苍蝇'、克拉斯努哈、骑马多布罗霍季哈。所有当时的名马统统带着她们的小驹子聚集到这里，在太阳下漫步，在新鲜的干草上打滚，彼此嗅着，就像那些普通马一样。挤满当代美人的那个马圈的盛况，我至今都忘不了。你们一定觉得奇怪，而且也很难相信我也曾经年轻过，活泼过，但事实就是如此。当年的这位维亚佐普丽哈也在那儿，当时她还是匹刚满周岁的马驹——一匹可爱、快乐、活泼的小马。但是，请她不要见怪，我要说，尽管现在她在你们中间被认为血统高贵，当时她不过是那一代马驹里的一匹较次的马罢了。如果不信，她自己会向你们承认这一点的。

"我的满身花斑虽然很不为人们所喜欢，但却招来了所有的马的特别喜爱；大家都围住我，欣赏我，和我玩。我已经开始忘记人们对我的花斑的评论了，觉得自己十分快活。但是很快我就尝到了我一生中头一次的痛苦，而造成这次痛苦的原因就是我的母亲。那时候雪已经开始融化，麻雀在马棚下面唧唧喳喳地叫个不停，户外的春意也更浓了，可我母亲在对待我的态度上也起了变化。她的脾气全变了，一会儿它忽然无缘无故地在院子里奔跑嬉闹，这跟她那可敬的年纪是很不相称的；一会儿又陷入沉思；一会儿对自己的牝马姐妹又咬又踢；一会儿跑过来嗅我，不满地打着响鼻；一会儿又跑到太阳底下，把脑袋放到她的表妹库普奇哈的肩膀上，长久地、沉思着给她挠着背，而且把我从她的奶头旁推开。有一次，马夫头来了，吩咐给她戴上笼头，把她带出了单马房。她一声长嘶，我也向她回叫了一下，向她扑去，但是她竟不曾回过头来看我一眼。马夫塔拉斯一把搂住我，这时母亲已被牵出去了，门也随手关上了。我一纵身冲了过去，把马夫都摔倒在干草上——但是门已经关上了，我只听见母亲越来越远的嘶鸣声。可是在这片嘶鸣声中我已经听不到呼唤，我听到的乃是另一种感情的流露。同她的声音相应和的是远处一声雄壮的嘶鸣，后来我才知道，这是多布雷一世的声音，他正由两名马夫左右护卫着走去同我的母亲相会。我不记得马夫塔拉斯是怎么走出我的单马房的，因为我太伤心了。

"我感到我永远失去了母亲的爱。我想这一切都是因为我是一匹花马，这时我想起了人们对我的毛色的评论，我一时怒起，便把我的脑袋和膝盖拼命往马房的墙上撞，一直撞到我大汗淋漓，精疲力竭才罢休。

"过了不大一会儿，母亲回到我的身边来了。我听见她怎样一路小跑，迈着异样的步伐穿过过道，来到我们的单马房前。马夫给她开了门，我简直认不出她来了，她变得既年轻又漂亮。她嗅遍了我的全身，打了一声响鼻便开始低声叫唤起来。我根据她的整个表情看出来，她并不爱我。她对我絮絮叨叨地讲着多布雷多么美，她又多么爱他。这样的会面又继续了多次，而我与母亲之间的关系便越来越冷淡了。

"不久我们就被放出去吃草。我从此便尝到了一种新的快乐，这种快乐代替了我那失去的母爱。我有了女友和伙伴，我们在一起学吃草，学大马一样嘶鸣，还学着翘起尾巴围着自己的母亲跑。这是一段幸福的时期。无论我干什么，大家都原谅我，大家都爱我、欣赏我，不管我做出什么事情来，大家也都对我宽宏大量。但是美好的时光并没有持续多久。很快又发生了一件可怕的事。"骟马长叹了一声，离开了那些马，走到一边去了。

天色早已大亮。大门轧轧地响了起来，内斯特走了进来。群马都散开了。牧马人整了整骟马背上的马鞍，把马群赶了出去。

第六章

第二夜

马群刚一赶回来，它们又重新聚集在花马的周围。

"在 8 月份，人们就把我和母亲分开了，"花马继续说道，"对此，我倒并不觉得特别伤心。我看到我的母亲已经怀着我的弟弟，就是后来那著名的乌桑，我也已经和从前不同了。我并不嫉妒，但是我感到我对她渐渐冷淡了。此外，我也知道，离开母亲以后，我就得住进马驹的公共马厩，两匹或者三匹住在一起，每天成群结队地到户外去。我和米雷同住一间单马房。米雷是一匹骑马，后来他成了皇帝的坐骑，他曾被画在画里，还被塑了像。但在当时他还是一匹普通的马驹，毛色光洁细腻，脖子就像天鹅的脖子一样，四条腿宛如琴弦一样匀称而纤美。他永远十分快乐，他心肠好、和气，永远乐意同大家在一起玩，互相舔，同马或者人开个玩笑。我和他住在一起，不知不觉地要好起来，而且在我们的整个青年时代都保持着这种友谊。他快活而轻佻。他那时候已经开始谈恋爱了，他跟牝马们打情骂俏，取笑我的天真和不解风情。也是我活该倒霉，我出于自尊心便学起他的样来，很快就一头扎进了情网。而我的这种早恋成了我的命运发生极大变化的祸根。总之，我就这样堕入了情网。

"维亚佐普丽哈比我大一岁，我跟她特别要好，快到秋末的时候，我发现她开始看见我就害羞……但是，我不想来叙述我的初恋的全部不幸史，她一定记得我的那种狂热的迷恋，结果这场热恋却成了我一生中最重要的转折点。牧马人都冲上前来赶她，打我。晚上，他们便把我赶进一间特别的马房。我叫了一整夜，好像预感到明天将要发生的变故。

"第二天早晨，将军、马夫头、马夫和牧马人都走进了我那马房的过道，接着便开始了一场可怕的叫喊。将军大声叱骂马夫头，马夫头辩护说，他并没有吩咐把我放出去，是马夫们自作主张这样做的。将军说，他要把大伙都狠狠地揍一顿，但是决不能留下孽种。马夫头保证一切照办。他们安静了下来，后来就走了。我一句话也没有听懂，但是我看得出来，他们正在策划一件什么事来对付我。

"这事以后的第二天，我便永远不再嘶鸣了，我终于成了我现在这副模样①。在我看来，整个世界都变了。任何东西我都觉得不可爱，我陷入深思，开始思索。起初，我觉得一切都可憎可厌。我甚至不吃、不喝、不出去。至于玩，我压根儿就不去想它。有时候我也想尥一下蹶子，跑一跑、叫一叫，但立刻就会出现一个可怕的问题：何必呢？这又干吗呢？于是就心灰意懒，再也不想动了。

"有一天傍晚，我被牵出去遛弯儿，这时马群正好从旷野里被赶回来。我老远就看见尘土飞扬和那些母马们的模糊而熟悉的身影。我听见快乐的叫唤声和马蹄声。尽管马夫牵着我的笼头上的绳子，勒得我的后脑勺疼，我还是站住了，望着渐渐走近的马群，仿佛在眺望那永远失去的、一去不复返的幸福似的。她们越走越近，我已经能够分辨出每一匹马，都是我所熟悉的漂亮雄健、膘肥体壮的身躯。她们中也有一些回过头来看我。马夫使劲拽着我的笼头，我也已经不觉得疼了。我忘乎所以和不由自主地按照老习惯引吭长嘶起来，并且撒开蹄子小跑，但是我的嘶鸣声听起来凄楚、可笑，而且荒唐。马群中虽然没有马发笑，但是我发现，

---

① 指被阉割，成了一匹骗马。

许多马都出于礼貌扭过头去，不愿看我。她们大概觉得既恶心，又可怜，又丢人，尤其觉得我太可笑了。她们觉得可笑的是我那细长的难看的脖子、大脑瓜——在这段时间里我瘦了——和我那又长又笨拙的四条腿，以及我照老习惯绕着马夫打圈的那种蠢笨的一溜小跑的步法。谁也没有回答我的嘶鸣，大家都掉头不顾。我蓦地什么都明白了，明白了我跟她们大家的差距有多大，而且还会永远这样，我不记得我是怎么跟着马夫回到家的。

"我本来就有爱好严肃和深思的习惯，如今在我身上又发生了激变。我身上那惹起人们如此奇怪的轻蔑的花斑，我那奇怪的意外的不幸，以及我在养马场所处的那种特殊地位——这是我感觉到了的，但是我始终弄不清这到底是怎么回事——这一切都迫使我陷入深思。我思索着人们的偏颇，他们指责我，就因为我是一匹花马；我思索着母爱和一般女性的爱的反复无常，以及这种爱居然会随着生理条件的变化而变化；更主要的是，我思索着与我们关系密切，被称之为人的那一种奇怪的动物的特性，正是这种特性决定了我在养马场的地位的特殊性，对此，我是感觉到了的，但是我无法理解。这种特殊性以及作为它的基础的人的特性究竟具有何种意义，我是经过下面这件事情之后才明白过来的。

"这事发生在冬天过节的时候。人们一整天都没有给我喂料，也没有给我饮水。后来我才知道，这是因为马夫喝醉了。就在这一天，马夫头前来看我。他一看没有饲料，就用最难听的话把不在这儿的马夫臭骂了一顿，骂完就走了。第二天，马夫带着另一名伙计到我们的马房里来给我们喂草料，我发现他脸色特别苍白，而且十分伤心，特别是他那长长的脊背表现出某种非同小可和惹人怜悯的状态。他怒气冲冲地把干草扔进了栅栏门。我本想把头伸过他的肩膀去，但是他用拳头狠狠捶了一下我的鼻梁，我只得把头缩了回去。他还用皮靴踢了一下我的肚子。

"'要不是这匹癞皮马^①，'他说，'啥事也没有。'

"'怎么回事？'另一名马夫问道。

"'要是伯爵的马，他兴许就不会来看了，可他自己的马驹呀，他每天非来看两回不可。'

"'难道把花马给他了？'另一名马夫问。

"'是卖给他的还是送给他的，狗才知道他们。伯爵的马哪怕统统饿死也不要紧，可你怎么敢不给他的马驹喂料呢？他说，躺下，就动手开打了。没一点基督徒的良心。疼牲口超过了疼人。这家伙分明丧尽了天良，他自己还边打边数，这野蛮人，将军打人也没这么打过，他把我的整个脊背都打烂了，分明没一点基督徒的良心。'

"他们所讲的鞭打和基督徒的良心，我是十分明白的，可是什么'他自己的呀，他的马驹呀'这些话究竟是什么意思，当时我还完全不懂，从这些话里我只看到，人们在推测我与马夫头之间存在着某种关系。这种关系究竟是什么，我当时怎么也闹不清。

"直到很久很久以后，他们已经把我和其他马分开饲养了，我才明白这是什么意思。不过当时我怎么也弄不明白，我被称为是某人的所有物，到底是什么意思？对于我这样一匹活生生的马意味着什么。

"'我的马'，我觉得这话是如此奇怪，就像说什么'我的土地，我的空气，我的水'一样，令人百思不得其解。

"但是这话却对我具有巨大的影响。我不断思索着这一问题，直到我与人发生了各种错综复杂的关系之后很久，我才终于明白了人们赋予这些奇怪的字眼以何种意义。这些字的意义是，人在生活中所遵循的不是事业，而是字眼。他们津津乐道的不是有可

---

① 指这匹马浑身花斑。

能做什么或不做什么，而是津津乐道于用只有他们才懂得的字眼来谈论各种各样的对象。属于这一类的就有在他们之中认为十分重要的一些字眼，说到底，就是：我的，我的，我的。他们用这些字眼来谈论各种各样的东西、生物和对象，甚至也用它们来谈论土地，谈论人和马。对于同一件东西，他们规定，只许一个人说：这是我的。如果有谁能把数量最大的东西按照他们所规定的这种游戏说成是我的，那这个人就被认为是他们中间最幸福的人。这样做究竟为了什么，我不知道，但是事实就是如此。我过去曾有很长时间极力把这种现象解释为有什么直接的好处，但结果却发现这样做是不合理的。

"例如，在那些把我称为他们的马的人中，有许多人并不驾驭我，而真正驾驭我的却完全是另外一些人。喂我的也不是他们，而完全是另外一些人。待我好的也不是那些把我叫做他们的马的人，而是马车夫们、马医们，总之是一些不相干的人。后来，我扩大了自己的观察范围，我才弄清，不单单对于我们马来说，'我的'这一概念毫无道理可言，它不过是人称之为所有感和所有权的那种人类的低级的、兽性的本能罢了。一个人说'我的房子'，可是他从来不住在这幢房子里，他关心的只是房屋的建造和维护。一个商人说'我的铺子'，或者说'我的呢绒铺子'，可是他没有一件衣服是用他铺子里出售的上好呢料做成的。有些人把土地称为他们自己的，可是他们从来没有见过这块土地，也从来没有在这块土地上走过。有些人把另外一些人称为他们自己的，他们却从来没有见过这些人，而他们和这些人的关系无非是一直对他们作恶罢了。有些人把女人称为他们自己的女人或者妻子，可是这些女人却和别的男人同居。人们在生活中追求的不是做一些他们认为是好事的事，而是一味追求把尽可能多的东西叫做自己的。我现在深信，这就是人和我们的本质区别。因此，且不说我们超过人类的其他优点，就凭这一点，我们敢大胆地说，在生物排列的阶梯上，我们站得比人类高。人的活动——至少是我曾与之发生过关系的那些人的活动——遵循的是字眼，可是我们的活动遵循的却是事业。因此能够把我说成是我的马的这一权利，便由马夫头得到了，并因此而揍了马夫一顿。这一发现使我大为吃惊，连同我的毛色斑驳在人们中间所引起的种种想法和评论，以及由于我母亲的变心而在我心中所引起的深思，都促使我变成了一匹像现在这样严肃和爱好深思的骟马。

"我有三大不幸：我是一匹花马，我是一匹骟马，人们还认为，我不属于上帝和我自己——就像一切活物都具有的特性那样——而是属于那个马夫头。

"他们对于我的这种设想引起了许多后果。第一个后果是把我单独饲养，喂得也好一些，更经常地用练马索让我跑圆道，而且较早地让我上套拉车。我两岁多的时候，他们就让我第一次上套拉车了。我记得，头一回，那个自以为我是属于他的马夫头，亲自带着一帮马夫来给我套车，他满以为我会暴跳如雷或者反抗。他们把我的嘴唇使劲扳开，把绳子套在我身上，让我驾上了辕。他们还在我背上套上一副很宽的十字形皮带，又把皮带拴在车辕上，以防我尥蹶子。可是我所盼望的只是乘此机会来表现一下我是愿意劳动和爱好劳动的。

"我走起路来活像一匹有经验的马，他们对此感到很惊讶。他们开始调教我，于是我便开始练习小跑。我每天都有很大长进，三个月以后连将军本人和许多别的人也纷纷夸奖我跑得好。

"但是事情也怪，正因为他们以为我不是他们自己的，而是马夫头的，所以连我的跑对于他们也具有了完全不同的意义。

"人们让我的马驹兄弟们练跑，测试他们的耐力，出来观看他们，让他们驾上镀金的马车，给他们披上贵重的马披。我则拉着马夫头的普通马车到切斯缅卡和其他村子里去替他办事。这一切都是因为我是一匹花马，而最主要的，按照他们的说法，则是因为我不是伯爵的马，而是马夫头的财产。

"明天，如果咱们还活着，我将告诉你们，马夫头自以为他拥有的这一所有权，对于我产生了怎样的主要后果。"

这一整天，马群对霍尔斯托梅尔都毕恭毕敬。但是内斯特的态度仍旧很粗暴。庄稼汉的那匹灰马已经走到马群附近嘶鸣起来，于是褐色小牝马又开始搔首弄姿。

第七章

第三夜

新月初露，窄窄的镰刀似的月牙儿照着站在马圈中央的霍尔斯托梅尔的身影。其他的马都聚集在它身旁。

"由于我不是伯爵的，也不是上帝的，而是马夫头的，这对我便产生了一个主要的令人诧异的后果，"花马继续说道，"健步如飞本来是我们共同的优点，可是它却成了我被逐的原因。正当人们在跑圈调教'天鹅'的时候，马夫头驾着我从切斯缅卡回来，在圈子旁站住了。'天鹅'跑过我们身边。他跑得很好，但他毕竟有点卖弄，不像我那样训练有素，一只脚一接触地面，另一只脚随即离地而起，不随便浪费一点精力，而是全力以赴地勇往直前。'天鹅'从我们身边跑过去了。我情不自禁地走进了圈子，马夫头并没有阻拦我。'怎么样，来试试我的这匹花马好吗？'他嚷道。当'天鹅'再次和我并排的时候，他就放开了我。因为'天鹅'已经加快了速度，跑顺了腿，所以第一场我落后了，但是在跑第二场的时候，我追了上去，开始接近轻便马车，开始并驾齐驱，开始超过，而且终于超了过去。又试了第二次，情况依旧。我跑得更快。这使大家吃了一惊，决定趁早把我卖出去，而且卖得越远越好，不得走漏一点消息。'要不然让伯爵知道了，那就糟了！'他们都这么说。后来他们就把我卖给了一个马贩子当辕马。在马贩子那儿我并没有待很久，又被一个来补充军马的骠骑兵买了去。这一切是如此不公平，如此残酷，因此当我被人家从赫列诺沃伊牵走，永远离开那使我感到可亲可爱的一切的时候，我反而觉得高兴。我待在他们中间实在太痛苦了。摆在他们面前的是爱情、荣誉、自由，摆在我面前的则是劳动、屈辱，直到我的生命结束。为什么呢？就因为我是一匹花马，因此我就必须成为什么人的马。"

这天晚上，霍尔斯托梅尔没有能够再讲下去。马圈里发生了一件使所有的马都感到惊慌失措的事。怀驹过了预产期的牝马库普奇哈起初也在听故事，这时却突然转过身去，慢慢地走到马棚底下，开始在那里大声哼哼，使所有的马都把注意力转移到了它身上。接着它就躺了下去，然后又站起身来，接着又躺下。一些老母马都懂得它究竟发生了什么事，可是那些年轻的马却慌了神，它们撇下骟马，围住了那匹"病马"。快天亮的时候，她下了一匹四腿哆嗦的小驹。内斯特叫来了马夫头，于是他们便把那匹牝马和驹子带进了单马房，而把除了它以外的马赶去放青。

第八章

第四夜

晚上，等大门关了，一切都静下来以后，花马又继续说下去。

"在我被人辗转倒卖的时候，我对人和马作了许多观察。我在两个主人那里待得最久：先是在一位公爵——骠骑兵军官那儿，后来是在一位住在显灵的尼古拉教堂附近的老太婆那儿。

"我在骠骑兵军官那儿度过了我一生中最好的时光。

"虽然他是导致我毁灭的罪魁祸首，虽然他从来没有爱过任何东西和任何人，可是正因为这一点我当时爱他，现在还爱他。我喜欢他漂亮、幸福、有钱，正是因此他谁都不爱。你们是懂得咱们这种崇高的马的感情的。他的冷酷，他的残忍，我对于他的从属地位，使我对他的爱更增添了一层特殊的力量。在我们那些美好的岁月里，我常常想：你就打死我，把我赶到筋疲力尽吧，我将因此而感到幸福。

"马夫头以八百卢布的代价把我卖给了马贩子，骠骑兵又把我从贩子手里买了过来。他之所以买我，是因为谁也没有一匹花马。这是我的黄金时代。他有一个情妇。我每天拉他到她那儿去，或者拉她到他这儿来，有时候则拉他们俩，所以我知道这件事。他的情妇是个美人儿，他也是个美男子，而且他的车夫也是个美男子。正因为这点我爱他们。我的日子过得很美。我的生活是这样安排的。一早，马夫来给我刷洗，不是车夫亲自动手，而是马夫。马夫是一个从农民中雇来的年轻小伙子。他打开门，把马身上冒出的热气放出去，把马粪清除掉，然后解下马披，接着就用刷子刷我的身体，用铁篦子篦下一缕缕白色的马皮屑，马皮屑落到被马蹄铁上的棘刺蹬坏了的铺着麻包的地上。我开玩笑地咬咬他的袖子，用一只脚轻轻地踢蹬着地面。然后他就把马一匹接一匹地牵到水槽旁边，那小伙子欣赏着经他刷洗光滑的我那花斑，欣赏着我那马蹄阔大、笔直如箭的腿，欣赏着我那闪闪发亮的都能躺在上面睡觉的臀部和脊背。他把干草塞进高高的栅栏门，把燕麦倒进橡木做的牲口槽。最后，车夫头费奥凡就来了。

"主人和车夫一模一样。两人都是什么也不怕，除了他们自己以外谁也不爱，正因为如此，大家都爱他们。费奥凡上穿红衬衫，下着棉绒裤，外披腰部带褶的外衣。我喜欢他在逢年过节的时候，头上抹了油，穿着腰部打褶的外衣走进马厩，一声吆喝：'喂，畜生，你忘啦！'接着他就用叉子把捅捅我的大腿，但是他从来不触痛我，只是为了开开玩笑而已。我立刻明白这是开玩笑，于是便贴紧耳朵，龇牙咧嘴。

"与我配对的是一匹黑马驹。每逢夜间出车我常和它套在一块儿。这个波尔坎不懂开玩笑，简直凶得像个恶鬼。我和它并排站着，中间隔一道马栏，我常常跟它当真咬起架来。费奥凡不怕它。有时，波尔坎一直走上前来，一声长嘶，仿佛要把费奥凡踢死似的，其实它不过是虚晃一招，于是费奥凡就给它戴上笼头。有一回，我跟它配对拉车，沿铁匠桥飞奔而下。主人和车夫都不害怕，他们俩又说又笑，向人们吆喝着，拽紧缰绳，东拐西弯，居然没压着一个人。

"我在为他们卖命中丢掉了我最优良的品质和半条性命。就在那时候，他们把我饮伤了，把我的腿也给跑断了。但是，尽管如此，这还是我一生中的黄金时代。他们常常在12点，给我上好套，给马蹄抹上油，把我的额鬃和鬃毛给泼湿了，然后让我驾上辕。

"雪橇用芦席苫顶，上铺丝绒，挽具上还有各种小巧的银扣，缰绳也是真丝编的，有时候还是抽丝绣花的。这套挽具是如此合身，等所有的绳襻和皮带系紧扣好之后，你简直没法分清哪儿是挽具，哪儿是马。他们总是在板棚里就把我套上车，套得不松不紧，可以行动自如。这时候，费奥凡就进来了，他的屁股比肩膀还宽，腰里束着一根红色的宽腰带，几乎齐到腋下。他检查一下挽具，便坐下来，把上衣掖进裤腰，接着便把一只脚伸进脚蹬，常常还开上两句玩笑，然后他就挎上马鞭——这鞭子几乎从来没有抽过我，只是为了摆摆样子——说道：'走吧！'于是我就昂首阔步地迈出大门。女厨子出来泼泔水，总要在门口站住。农民们往院子里运劈柴，也总是瞪大了眼睛。我走出去，跑了几步，便停下来。仆人们出来了，车夫们也赶着车过来了，于是他们就聊起天来。大家老是等呀等呀，有时在大门口一等就是两三个小时，我们有时候也出去跑上一段，拐个弯，又停下来。

"门里终于有了动静，白头发的吉洪穿着燕尾服、挺着大肚子跑了出来，叫道：'来车！'那时候还没有这种愚蠢的说法——'上前'，就像我不知道拉车不能向后，只能向前似的。费奥凡吧嗒了一下嘴唇，就把雪橇赶近前去，接着公爵就大大咧咧地走出来，似乎这辆雪橇也罢，马也罢，弯腰曲背、伸出两手——这样伸着两手看来是没法持久的——的费奥凡也罢，都是平淡无奇的。公爵头戴高筒军帽，身穿灰色海龙皮领的军大衣，领子遮住了他那红润的、长着一对黑眉毛的美丽的脸庞——这样漂亮的脸是永远不应该遮住的。他踩着地毯走了出来，响着军刀、马刺和套鞋的铜后跟，似乎行色匆匆，丝毫不理会除了他以外人人争看、人人欣赏的我和费奥凡。费奥凡吧嗒了一下嘴唇，我就拉紧缰绳，恭恭敬敬地缓步走上前去，站住了。我斜过眼去瞟了一眼公爵，扬了扬我那纯种的马头和细密的额鬃。公爵的情绪很好，有时跟费奥凡开开玩笑，费奥凡则微微转过他那漂亮的脑袋来回答他，但是没有松手，只是用缰绳做了一个勉强察觉得出来的、只有我才懂得的动作，于是便一二三，步子越迈越宽，我身上的每块肌肉都在颤动，我把雪和泥浆踢到雪橇的前下方，飞驰而去。那时候也没有眼下那种愚蠢的叫法——'啊！'——好像车夫有什么地方在疼似的，而是令人莫名其妙的'当心躲开！''当心躲开！'费奥凡叫道，于是行人靠边，纷纷止步，弯过脖子，打量着漂亮的骟马、漂亮的车夫和漂亮的老爷。

"我最爱超过快马。有时候，我和费奥凡远远瞥见一辆值得我们努力追赶的雪橇，我们就像一阵旋风似的飞奔前去，渐渐地开始越离越近，我已经把泥浆踢到雪橇的背部，接着我就同车上的乘客并驾齐驱，我在他头上打了一声响鼻，接着便跟辕鞍，跟车轭并列，一忽儿已经看不见他了，只听见我身后他那越离越远的声音。而公爵、费奥凡和我，我们都默不作声，装作不过是有事外出，根本没去注意那些驾着劣马与我们邂逅的人。我喜欢超过别的马，但是我也同样喜欢遇到善跑的骏马。一个刹那，一个声响，匆匆的一瞥，我们已经分道扬镳，各自东西了。"

大门又响了起来，接着便听到了内斯特和瓦西卡说话的声音。

第五夜

开始变天了。天色阴霾，一早连露水都没有，但是天气暖和，蚊虫嗡嗡嘤嘤地纠缠不休。马群一被赶回来，群马就聚集在花马周围，于是它就这样说完了自己的往事。

"我的幸福生活很快就结束了。这样的生活我只过了两年。第二年冬末就发生了一件我认为最快乐的事，可是紧接着又发生了一件最大的不幸。这事发生在谢肉节①，我拉公爵去赛车。参与赛车的还有'缎子'和'小公牛'。我不知道公爵在那边亭子里干什么，我只知道他出来后便吩咐费奥凡把车赶进圈子。我记得我被领进了圈子，他们让我站好，又让'缎子'就了位。缎子的背上骑着一名伴赛骑手，我则跟原来一样驾着那辆城里人惯坐的雪橇。我在拐弯处就把它撂到了后头，于是人们发出一片欢笑声和喊叫声，大家纷纷祝贺我。

---

① 谢肉节在大斋前一个星期，是信奉东正教的斯拉夫人送冬迎春的节日。

"当我被牵出来遛弯的时候，我后面跟随着一群人。有五六个人向公爵出价几千卢布想买我。公爵只是露出他那雪白的牙齿哈哈一笑。

"'不，'他说，'这不是一匹马，而是一位朋友，给金山我也不卖。再见了，诸位。'他掀开车毯，便上了车。

"'上斯托任卡'，这是他情妇的住所。于是我们便飞驰而去。这是我们最后的一个幸福日子。

"我们到了她家。他把她称为自己的。而她却爱上了另一个人，跟他私奔了。他是到了她的住所才知道这事的。这时已是 5 点钟，于是他不给我卸套，立刻驱车去追她。这样的事是从未有过的。他们用马鞭抽我，让我飞跑。我生平第一次乱了步法，我感到惭愧，正想改正，但是我猛地听到公爵连声音都变了，他不断狂叫：'快！'接着鞭子一声呼啸，狠狠地向我抽来，我狂奔而去，一条腿碰上了雪橇前部的铁条。我们追了二十五俄里才追上了她。虽然把他拉到了，但是我却整夜颤抖，什么东西也吃不下。第二天早晨他们给我水喝。我喝了水，从此我就不再是从前那样的一匹马了。我病了，他们折磨我，把我弄成了残废，可是人们却说这是治疗。我的马蹄脱落了，腿部肿了，四腿弯曲了，胸脯瘪了进去，浑身衰弱无力。他们把我卖给了马贩子。他给我吃胡萝卜和别的什么东西，把我弄成完全不是原来的模样，但那模样又可以欺骗外行。我已经没有力气了，也跑不动了。除此以外，马贩子还变着法儿折磨我，当买主一来，他就走进我的马房，用鞭子狠狠地抽我，吓唬我，弄得我简直要发疯，然后他又抹去我身上的一道道鞭痕，牵了出去。后来有一个老太婆把我从马贩子里买了去。她常常坐车到显灵的尼古拉教堂去，而且老打车夫。车夫在我的马栏里哭。这时候我才知道眼泪具有一种可口的咸味。后来那老婆子死了。她的管家就把我带到农村，卖给了一个布商。后来因为吃小麦吃撑了，我病得更重了。他们又把我卖给了一个庄稼人。我便在那里耕地，几乎什么也不吃，而且那庄稼人又用犁头划破了我的一条腿。我又病了。接着，一个茨冈人把我换了去。他穷凶极恶地折磨我，最后才把我卖给了这儿的管家。于是我就来到了这里。"

大家默然。雨开始淅淅沥沥地下起来。

第九章

第二天傍晚，马群回家的时候，碰见他们的主人正和一位客人在一起。茹尔德芭走近家门时，斜过眼去瞟了一眼这两个男人。一个是头戴草帽的年轻的主人，另一个是又高又胖、皮肉松弛的军人。老牝马瞟了这两人一眼，便紧挨着客人的身边走过去！其余的年轻的马惊慌起来，举步不前，特别是当主人陪着客人故意走进马群，互相指指点点，在谈论着什么的时候。

"这匹菊花青是我向沃耶伊科夫买来的。"主人说。

"这匹年轻的白腿黑马是谁的？真好。"客人说。他们忽前忽后，指指点点，评论了许多马。他们也发现了那匹褐色小牝马。

"这是我从骑马赫列诺夫斯基留下来的种。"主人说。

他们边走边看，无法把所有的马都看遍。于是主人便把内斯特叫来，老头一听主人叫唤，就急忙用靴跟敲了敲花马的两肋，快步跑上前来。花马瘸着一条腿，但却跑得挺带劲，看来即使命令它使尽全力跑到天涯海角，它也不会有半句怨言。它甚至准备纵身飞奔，甚至还企图用右腿起跑。

"在俄国，我敢大胆地说，没有一匹马能比这匹牝马更好的了。"主人指着一匹牝马说道。客人夸奖了一番。主人激动地或走或跑，指点和叙述着每一匹马的来历和品种。显然，听着主人的介绍，客人感到乏味，于是他就想出一些问题，装作他对这些也颇感兴趣似的。

"是的，是的。"他漫不经心地说道。

"你瞧，"主人说，并不去回答他的问题，"你瞧这几条腿……我可是花大价钱买来的，它在我这儿下的马驹已经两岁了，能赛马了。"

"跑得好吗？"客人说。

他们就这样评论了所有的马，已经再没有什么可以显摆的了。他俩只好停止了说话。

"怎么样，咱们走吧？"

"走吧。"于是他们就向大门走去。客人很高兴，因为参观完毕，他们现在可以回家了，在家里可以吃饭、喝酒、抽烟，他的心情分明快活起来。内斯特骑着花马在等待主人还有什么指示。当客人走过内斯特身边时，他用他那又大又胖的手拍了一下花马的屁股。

"瞧，浑身花斑！"他说，"我也有过这样一匹花马，你记得吗？我已经跟你说过了。"

主人听到已经不是在讲他的马，便不再听下去，却回过头去，继续望着他的马群。

蓦地，在他的耳边响起了一声蠢笨、孱弱、衰老的嘶鸣。这是花马在引吭长嘶，但是它没有叫完，就仿佛害臊似的戛然而止。无论客人或者主人都没有注意到这声嘶鸣，他们从一旁走过，回家去了。霍尔斯托梅尔认出了这个皮肉松弛的老头就是它心爱的主人，那个曾经显赫、富有的美男子谢尔普霍夫斯科伊。

第十章

雨仍旧淅淅沥沥地下个不停。马圈里阴沉沉的，可是在老爷的宅子里却完全是另一番景象。主人家的豪华的客厅里摆下了非常讲究的晚茶。男主人、女主人和来客正坐在那儿用茶。

茶炊旁边坐着女主人，她怀孕了，这从她那隆起的肚子、挺直而凸出的姿态、丰腴的体形，特别是从她那温柔而又庄重地瞧着人的深沉的大眼睛，便可一目了然。

主人双手捧着一盒特制的十年陈雪茄，照他的说法，这样的雪茄谁也没有，因此他准备拿出来在客人面前炫耀一番。主人是一位约莫二十五岁的美男子，精神焕发，保养得很好，头发经过精心梳理。他在家中穿着一套在伦敦定做的崭新而宽大、厚实的西服。他的表链上挂着几枚大而贵重的表坠。衬衫上的金袖扣大而厚实，还镶着绿松石。他的胡子是拿破仑三世式的，那两撇耗子尾巴^① 也是抹过油膏的，而且向上翘出只有在巴黎才能做到的那种模样。女主人身穿一件印有五彩缤纷的大花束的薄绸连衣裙，她有一头淡褐色的浓发，虽然头发并不完全是她自己的，但十分美丽，插着一些大而别致的金发针。她手上戴着很多手镯和戒指，都十分贵重。茶炊是银的，茶具十分精致。一名男仆，身着燕尾服和白坎肩，系着领结，仪表非凡，像一座雕像似的站在门口，静候主人的指示。家具都是用弯曲木制成的，光洁明亮，壁纸是深色的，印着大花。桌旁站着一只十分小巧玲珑的狗，它的银项圈在铿锵作响。这只小狗取了一个非常难叫的英文名字，夫妻俩因为不懂英语，所以叫起来很拗口。在墙角的鲜花丛中放着一架 incrusté^② 钢琴。一切都焕发出时新、豪华和珍奇的气派模样，真是琳琅满目。但是在一切东西上又都留有一种穷奢极侈、珠光宝气和缺乏高雅情趣的特别的印记。

男主人是一个酷爱快马的人，他体格强壮，性情好动。像他

---

① 指两撇向上翘起的胡子。
② 法语：带镶嵌的。

这种人是从来不会绝迹的。他们穿着貂皮大衣驱车出游，把贵重的花束抛掷给女演员，喝最昂贵、最时新的美酒，住最贵的旅馆，颁发以他们的名字命名的奖品，供养着花销最多的女人。

来客尼基塔·谢尔普霍夫斯科伊是一位四十出头的人，又高又胖，秃顶，蓄着茂密的小胡子和络腮胡子。他过去一定很漂亮。但现在看来无论在体力、精神还是金钱上都大不如前了。

他债台高筑，为了不被抓进大牢，他不得不找点事做。他现在是一处养马场的场长，正前往省城公干。这个位置是他的阔亲戚替他谋得的。他穿着军服上衣和蓝裤子。这样的上衣和裤子除了有钱人以外是谁也做不起的，他的内衣也一样，他的表也是英国货。他的皮靴底简直好极了，足有一指厚。

尼基塔·谢尔普霍夫斯科伊这辈子挥霍了两百万家产，现在还欠债十二万。因为有过这么一大笔财产，所以往往还保持着生活中的排场，他靠借债度日，近乎阔绰地又过了十个年头。约莫十年过去了，排场完了，于是尼基塔的生活也变得凄凉了。他已经开始喝酒，借酒以图一醉，这是他以前从来没有过的。其实喝酒，他从来没有开始过，也从来没有终止过。他的穷途落魄最明显不过地表现在他不安的眼神、语调和迟疑不决的动作中。这种不安的神情之所以使大家感到吃惊，因为它分明是不久前才在他身上出现的。而且看得出来，他一辈子天不怕地不怕，可现在，就在不久以前吧，他才因饱受苦难而一反常态，变得胆小怕事起来。主人和主妇都看出了这一点，他们彼此交换了一下眼色，想必是心照不宣，这事且留待上床时再详细讨论，他们现在姑且对这位可怜的尼基塔敷衍应酬，甚至殷勤款待。年轻主人的幸福的神态伤害了尼基塔的自尊心，使他想起自己那一去不复返的过去，心里又痛苦又嫉妒。

"怎么样，抽雪茄对您没什么吧，玛丽？"他对那位太太说。

说话的声调是特别的、难以捉摸的，只有长于此道的人才学得来。这种声调客气而友好，但又不十分尊重，这是那种经常出入社交界的人同姘妇说话的腔调，以示与妻子有别。他倒并不是想要侮辱她，相反，他现在还巴不得能巴结上她和她那位当家的，虽然他自己决不肯向自己承认这一点，但是他已经习惯了用这种语调跟这样的女人说话。他知道，如果他对她像对待一位太太那样，她自己都会感到诧异，甚至还会生气的。此外，他对一位与自己平起平坐的人的真正的妻子总得保持若干显示尊重的语调。他对待这一类太太一向是尊敬的，这倒不是因为他同意那些杂志——他从来不看这些无聊的玩意儿——上所宣传的要尊重每个人的人格，以及婚姻不足取诸如此类的所谓论点，而是因为一切体面人都是这样做的，而他是一个体面人，虽然已经潦倒了。

他拿起一支雪茄。但是主人却笨拙地抓起一把雪茄来敬客。

"不，你一抽就知道了，真好。拿去吧。"

尼基塔用手推开了雪茄，他的眼睛里闪过一丝受到侮辱和感到羞惭的神情。

"谢谢。"他掏出自己的烟盒，"你尝尝我的吧。"

女主人是敏感的。她注意到了这一点，便急忙和他谈起话来：

"我非常喜欢雪茄，要不是我周围大家都在抽烟，我自己还想抽哩。"

她说罢嫣然一笑，她的笑是美丽的，善良的。他也迟疑地报以一笑。他缺了两颗牙。

"不，你抽这个吧，"迟钝的男主人继续说道，"另一种的味道淡一些。"

"弗里茨，bringen Sie noch eine Kasten，"他说，"dort Zwei[①]."

---

① 德语：再去拿一盒来，那儿有两盒。

他的德国听差又去把另一盒拿了来。

"你更喜欢哪一种？凶些的吗？这种非常好，你全拿去吧。"他又要把雪茄塞给他。能在别人面前炫耀一下自己的珍藏，他分明很得意，因此他什么也没有发现。谢尔普霍夫斯科伊点上了烟，急忙把已经开始的话题继续下去。

"那么，'缎子'你是花多少钱买的呢？"他说。

"可花了大价钱，不下五千吧，但是起码赔不了本。老实告诉你，它下的驹子有多好啊！"

"能赛马了吗？"谢尔普霍夫斯科伊问。

"赛得可好啦。它下的马驹眼下已得了三次奖：在图拉、莫斯科和圣彼得堡，在彼得堡那次是和沃耶伊科夫的'大青马'跑的。要不是那个骑手机灵，四次矫正跑乱了的步法，它恐怕就要榜上无名了。"

"这马就是胖了点。实话说吧，荷兰马的味道太重了。"谢尔普霍夫斯科伊说。

"那么那些母马是干什么用的？我明天带你去看。多布雷尼娅，我花了三千。拉斯科瓦娅，我花了两千。"

男主人又开始列举自己的财产。女主人看到谢尔普霍夫斯科伊听了这些很难受，他不过假装在听罢了。

"你们还喝茶吗？"她问。

"我不喝了。"男主人说，又继续讲下去。她站起身来，男主人喊住了她，搂住她接了个吻。

谢尔普霍夫斯科伊望着他们，也为了巴结他们，不自然地笑了笑。但是当男主人站起身来，搂着她，陪她走到门帘那边去时，尼基塔的脸色忽然变了，他长叹一声，在他皮肉松弛的脸上忽然现出了绝望，甚至还可以看到愤愤不平的神态。

第十一章

主人回来了，笑吟吟地坐在尼基塔的对面。他俩沉默了一会儿。

"是的，你说过，你是向沃耶伊科夫买的。"谢尔普霍夫斯科伊似乎漫不经心地说道。

"是的，买了'缎子'，我已经说过了。我一直想从杜博维茨基那儿买几匹牝马来，可是他剩下的都是些废物。"

"他破产了。"谢尔普霍夫斯科伊说，但他刚说出口又止住了，四下看了看。他想到他还欠这个破了产的主儿两万卢布。如果说有什么人"破产"的话，那一准在说他。他闭上了嘴。

他俩又沉默了很长时间。主人在脑子里盘算着还有什么事情可以在客人面前吹嘘一番。谢尔普霍夫斯科伊则在思忖着，他怎么才能显示出他并不认为自己是一个已经破了产的人。但是两人的思路都很窄，尽管两人都在拼命抽雪茄提神。"话又说回来，什么时候喝酒呢？"谢尔普霍夫斯科伊想。"一定得喝点酒，要不然，跟他一起非闷死不可。"主人想。

"那你在此地还要逗留很久吗？"谢尔普霍夫斯科伊说。

"再待个把月吧。怎么样，咱们吃晚饭去好吗？弗里茨，饭准备好了吗？"

他们走进了餐厅。在餐厅的吊灯下的餐桌上放着蜡烛和各种极为罕见的东西：带吸管的矿泉水瓶，有美人像的瓶塞，长颈瓶装的特种美酒，非同凡响的下酒菜和伏特加。他们喝了再喝，吃了又吃，话匣子总算打开了。谢尔普霍夫斯科伊已经满脸绯红，他不再胆怯，谈了起来。

他们先谈女人。谁有什么女人：茨冈女人、舞女和法国女人。

"怎么，你离开那个马蒂埃了吗？"主人问。这就是那个从前靠谢尔普霍夫斯科伊养活，使谢尔普霍夫斯科伊倾家荡产的情妇。

"不是我离开了她，而是她离开了我。唉，老弟，你试想，我这辈子花了多少钱啊！现在我能有一千卢布，能够离开所有的人，真的，我就心满意足了。我在莫斯科住不下去了。唉，有什么好说的呢？"

单听谢尔普霍夫斯科伊说，主人觉得乏味。他想说他自己炫耀一番。可是谢尔普霍夫斯科伊却想谈他自己，谈他的显赫的过去。主人给他斟了一杯酒，等他什么时候把话说完，好自吹自擂一番：他是怎样办起了这座过去谁也不曾有过的养马场的。而且他的玛丽不仅因为他有钱才爱他，也是真心实意地爱着他。

"我想告诉你，在我的养马场里……"他刚开始说，谢尔普霍夫斯科伊打断了他的话。

"从前呀，我敢说，"他开口道，"我爱生活，也会生活。你刚才谈到赛马，那你就说说你哪一匹马跑得最快？"

主人一听到又有机会来谈自己的养马场了，感到分外高兴。他刚要开口，谢尔普霍夫斯科伊又打断了他的话。

"是的，是的，"他说，"要知道，你们这帮养马场老板的所谓赛马，无非是出于虚荣心罢了，并不是为了欢乐和生活。我从前可不是这样的。今天我已经跟你说过了，我曾经有过一匹拉车的马，是一匹花马，浑身花斑，就跟你的牧马人骑的那匹一样。唉，真是一匹好马！说来你也不信，那是在四二年，我刚到莫斯科。我到马贩子那儿去，看到一匹花斑骟马。体格很好，我一看就中意了。价钱呢？一千卢布。我很中意，就买了下来，让它拉车。这样的马我不曾有过，现在没有，将来也不会有。无论就拉速，就力气，就外表的美，我都没有见过比它更好的马了。你那时还是个毛孩子，这事你不可能知道，但是我想，你总该听说过吧。全莫斯科都知道它。"

"是的，我听说过，"主人不乐意地说道，"但是我想跟你谈谈我的马……"

"那你听说过啦。我买下它的时候，既不知道品种，也没有畜种证书，这是我后来才打听到的。是我和沃耶伊科夫俩打听出来的。它是柳别兹内一世的儿子，名叫霍尔斯托梅尔，也就是量粗麻布的意思。因为它毛色不纯，赫列诺沃伊养马场把它给了马夫头，这个马夫头又把它给骗了，卖给了马贩子。这样的好马天下少有，老弟！唉，俱往矣。唉，青春不再！"他唱了一句茨冈歌，已经有了醉意，"唉，俱往矣，大好的岁月。我那时才二十五岁，我当时有八万银卢布①的年收入。没有一根白头发，满嘴的牙齿都像珍珠一样。无论干什么都马到成功。唉，俱往矣。"

"嗯，那时候的马也没有这样快。"主人利用对方说话的间歇说道，"我告诉你，我的头一批马开始做坐骑和套车的时候，还没有……"

"你的马？那时候可要快多了。"

"怎么快多了？"

"快多了。我现在还记得，有一次在莫斯科我驾着它出去赛车。我的马都不在那儿。我不喜欢大走马，我有一些纯种马：'将军'、肖莱、穆罕默德等。我平时总是驾花马外出。我的车夫是一个非常好的小伙子，我很喜欢他。现在他也变成酒鬼了。我就这样去了。有人说：'谢尔普霍斯科伊，你什么时候才能养几匹大走马呀？''你们那些破玩意儿，去他们的吧，我这匹拉车的花马准跑得过你们所有的马。''这可是跑不过的。''赌一千卢布。'于是击掌为定。大家起跑了。我超过了五秒钟，赢到了一千卢布。这又算得了什么呢？我还驾过纯种的三套马马车，三小时跑了一百俄里。全莫

---

① 一个银卢布相当于三点五纸卢布。

斯科都知道。"

于是谢尔普霍夫斯科伊便信口开河、滔滔不绝地胡诌起来，那位东道主连一句话也插不进去，只好垂头丧气地坐在他对面，给自己和他的杯子里斟酒，聊以解闷。

天色渐明，可他们俩还坐在那里。主人感到乏味极了，他站起身来。

"该睡觉就睡觉去吧。"谢尔普霍夫斯科伊说。他说着站起身来，跟跟跄跄、气喘吁吁地向安排给他住的房间走去。

夫妻二人在床上聊天。

"不，他真叫人受不了。喝醉了酒就没完没了地胡说。"

"他还向我献殷勤呢。"

"我怕他会开口借钱。"

谢尔普霍斯科伊和衣躺在床上，喘着粗气。

"我可能信口开河说得太多了，"他想道，"不过也没什么大不了。酒倒不错，但这家伙是个大混蛋。浑身商人气。我也是个大混蛋。"他自己对自己说，接着便哈哈大笑起来："过去我养活别人，现在别人养活我。不错，现在是温克勒莎在养活我，我向她拿钱花。他① 这是活该，他这是活该！话又说回来，得把衣服脱掉，靴子我可脱不下来。"

"来人哪！"他叫道。但是打发来侍候他的那个仆人早就睡觉去了。

他坐起来，脱去了军服上衣、坎肩，凑凑合合地褪下了裤子，但靴子怎么也脱不下来，那个软软的大肚子碍事。他好不容易脱下了一只，另一只折腾了半天，弄得气喘吁吁，人都弄累了。他就这样，一只脚套在靴筒里倒了下去，打起鼾来，整个房间都充

---

① 指温克勒莎的丈夫。

满了烟味、酒味和肮脏的老年人的气味。

第十二章

如果说这天夜里霍尔斯托梅尔还在回忆什么往事的话，也被瓦西卡打了岔。他把马披扔到它身上，疾驰而去。他把它拴在酒店门口，让它直到天亮都和一匹农民的马待在一起，它俩互相舔着。早晨它回到马群里，一个劲地搔痒。

"不知道什么东西痒得这么厉害。"它想。

又过了五天，请来了马医，他高兴地说："疥疮。让我去卖给茨冈人吧。"

"何必呢？宰了得了，让它今儿就一命归天。"

早晨静悄悄的，风和日丽。马群到野外去了。霍尔斯托梅尔留了下来。来了一个奇怪的人，又瘦又黑又脏，外衣上溅满了黑糊糊的东西。这是一个专剥兽皮的人。他连瞧都没瞧它一眼，就抓起霍尔斯托梅尔笼头上的缰绳，把它牵走了。霍尔斯托梅尔连头也没回，就像平时那样拖着四条腿，后脚上缠着干草，老老实实地跟着他走了。走出大门后，它想去井台，但是剥兽皮的人拽了一下缰绳说："不必了。"

剥兽皮的人和瓦西卡一前一后，走到砖棚后面的山沟里，便停了下来，仿佛在这个最普通的地方有什么特别的东西似的。这时候，剥兽皮的人把缰绳递给了瓦西卡，脱去外衣，挽起袖子，从靴筒里取出刀子和磨刀石，便动手磨起刀来。骟马向缰绳伸过头去，出于无聊想嚼嚼绳子，但又够不着，它只得叹口气，闭上了眼睛。它的一片嘴唇耷拉下来，露出磨平了的黄牙，接着就在磨刀声中打起了瞌睡。只有那条稍稍伸出的长有瘤子的病腿在微微哆嗦。蓦地，它觉得有人托住了它的颧骨，把它的脑袋往上抬。它睁开了眼睛，前面有两条狗。一条朝剥兽皮的人的方向嗅着，另一条蹲着，望着骟马，仿佛正等着它身上的什么东西似的。骟马望了它们一眼，接着便用颧骨蹭了蹭抓住它的那只手。

"大概想给我治病，"它想，"治就治吧！"

果然，他觉得有人在它的喉咙上做了什么手术。他觉得疼，哆嗦了一下，蹬了一下腿，但还是忍住了，等待着下文。接着是一种什么液体像一股喷泉似的流到了它的脖子上和胸上。它张开两肋吐了一口气，感到轻松多了。它的生命的整个重担减轻了。它闭上了眼睛，垂下头去，谁也没有去扶住它。然后脖子也低垂下去，接着四条腿也哆嗦起来，全身开始晃动。它倒不觉得害怕，反而感到惊异。一切都是那么新奇。它感到惊异，便向前、向上冲去。但是四条腿刚一挪动，就一个趔趄侧身倒了下去，它想跨前一步，却一个倒栽葱，又向左侧倒下了。剥兽皮的人等到痉挛停止，便赶开已经凑近的两条狗，抓住骟马的一条腿，把它翻了个身，让它肚子朝天，接着他便叫瓦西卡抓住这条腿，开始开膛剥皮。

"想当年，这也是一匹好马哩。"瓦西卡说。

"要是肥点，这张皮子就好了。"剥兽皮的人说。

傍晚，马群下山，那些走在左边的马看到山脚下有一摊鲜红的东西，旁边有一群狗在奔忙着，乌鸦和鹞鹰飞来飞去。一条狗用两腿蹬住马尸，摇晃着脑袋，把它咬住的那块马肉撕下来。褐色小牝马站住了，伸长了脑袋和脖子，深深地吸了几口气。牧马人好容易才把它赶走。

清晨，在遍地老林的山沟里，在杂草丛生的林边洼地上，有几只大脑袋的狼崽在快乐地嗥叫着。它们一共五只：四只几乎一般大小，有一只最小，脑袋比身体还大。一只瘦瘦的正在换毛的母狼拖着吃得鼓鼓的肚子——大肚子上的奶头几乎拖到地上——从灌木丛中走出来，冲着狼崽坐了下来。狼崽们围成一个半圆，伫立在它对面。母狼走到那只最小的狼崽面前，垂下尾巴，弯下脑袋，将嘴朝下，做了几个抽搐的动作，接着便张开牙齿锋利的大嘴，用足力气吐出了一大块马肉。狼崽子们更加向它凑近些，但是它威胁地向它们挪近一步，把整块马肉都给了那只小的。那只小狼崽仿佛在发怒似地嗥叫着，一口咬住马肉，将它按在脚下，大嚼起来。接着母狼又给第二只、第三只和所有的五只狼都吐出了一块肉，这时它才在它们对面躺下来休息。

一星期后，砖棚附近只剩下了一块巨大的颅骨和两根大腿骨，其余的统统被拖走了。到了夏天，一个收集骨头的农民又把这两根大腿骨和颅骨拿去派了用场。

谢尔普霍夫斯科伊这个曾经出入社交界、吃喝玩乐了一辈子的人的尸体，被掩埋到土里却要晚得多。无论是他的皮也罢，肉也罢，骨头也罢，都毫无用处。正如二十年来他那具出入社交界的行尸走肉一直是大家的沉重负担一样，最后把这具尸体掩埋入土又只是给人们增添了一项新的麻烦。任何人都早就不需要他了，他早就成了大家的累赘，但是埋葬死人的活死人还是认为有必要给这具立时腐烂肿胀的尸体穿上好的制服、好的皮靴，把这具尸体安放在好的新棺材里，棺材的四角还挂上新流苏，然后再把这口新棺材放进另一口铅椁里，把它运往莫斯科，并且在那里把前人的尸骨挖掘出来，接着就在原地把这具正在腐烂生蛆、穿着新制服和锃亮的皮靴的尸体掩埋起来，用土盖上了一切。

1868 年

臧仲伦 译

伊万·伊利奇之死

一

在司法机关大楼里，正在开庭审理梅尔温斯基家族一案。在庭间休息的时候，几名委员[①]和一名检察官都聚集到伊万·叶戈罗维奇·舍别克的办公室里，谈起了那著名的克拉索夫案件。费奥多尔·瓦西里耶维奇态度激昂，旁征博引，认定此案不属法院管辖，伊万·叶戈罗维奇固执己见，而彼得·伊万诺维奇则不置可否，从一开始就无意介入争论，他随便浏览着刚才送来的《新闻》报。

"诸位！"他说，"伊万·伊利奇死了。"

"真的？"

"这不，请看。"他对费奥多尔·瓦西里耶维奇说，递给他一张新出的、油墨气味很浓的报纸。

在黑色的边框中赫然印着："普拉斯科维娅·费奥多罗夫娜·戈洛温娜满怀悲痛讣告诸亲友：爱夫，高等审判厅委员伊万·伊利奇·戈洛温不幸于 1882 年 2 月 4 日逝世。谨定于星期

[①] 指高等审判厅委员。

五下午1时出殡。"

伊万·伊利奇生前是在座诸公的同僚，而且大家都很爱他。他患病已达数周之久，据说，得的是不治之症。他的职位仍替他保留着，但是据推测，倘若他死了，上峰很可能委派阿列克谢耶夫来担任他的职务，而阿列克谢耶夫的空缺则由温尼科夫或什塔贝尔递补。因此，聚会在办公室里的衮衮诸公，一听说伊万·伊利奇死了，每个人首先想到的就是，这个人的死，对于诸委员本人或者他们熟人的职务上的升迁，会有怎样的意义。

"现在，我想必可以得到什塔贝尔或者温尼科夫的位置了，"费奥多尔·瓦西里耶维奇想道，"此事上峰早已首肯，而这次晋升将为我增加八百卢布年俸，外加一个办公室。"

"现在可以呈请把我的内弟从卡卢加调来了，"彼得·伊万诺维奇想道，"妻子一定会非常高兴。现在她再也不会说我从来不肯为她的亲戚出力了。"

"我早就想他会一病不起的，"彼得·伊万诺维奇说出了声音，"可惜。"

"他到底生的什么病？"

"医生也没法确诊。或者说，确诊了，但众说不一。我最后一次看见他的时候，还以为他肯定会好起来的。"

"我在过节以后还一直没有上他家去过。可老想去。"

"那么，他有财产吗？"

"他妻子似乎薄有资产，但也不过区区之数。"

"是啊，应当去。可惜他家住得太远了。"

"应当说，离您太远了。离您住的地方，什么都远。"

"你们瞧，就因为我住在河对面，他总不肯原谅我。"彼得·伊万诺维奇笑容可掬地指着舍别克说。于是他们便谈论起城区距离的遥远，接着便去开庭。

由于此公溘然长逝，从而引起每个人推测由此可能产生的职务上的升迁和可能有的变化。除此以外，一个经常见面的熟人的死这一事实本身，还使所有闻讯的人产生一种庆幸感：死的是他，而不是我。

"怎么，他死了。可是你瞧，我没有死。"每个人都这么想或者这么感觉。伊万·伊利奇的一些相知，即他的一些所谓朋友们，此时不由得想到，现在他们还必须去履行一项非常乏味的礼尚往来：参加祭奠和吊唁遗孀。

过去与伊万·伊利奇相处最密的是费奥多尔·瓦西里耶维奇和彼得·伊万诺维奇。

彼得·伊万诺维奇是他过去在法律学校的同学，他认为过去多承伊万·伊利奇关照，心中十分感激。

吃午饭的时候，彼得·伊万诺维奇把伊万·伊利奇去世的消息告诉了妻子，又告诉她，也许有可能把内弟调到他们这个地区来。饭后，他也没躺下小憩片刻，便穿上燕尾服，坐车到伊万·伊利奇家里去了。

在伊万·伊利奇私邸的大门前，停着一辆轿式马车和两辆出租马车。在楼下前厅的衣帽架旁，靠墙放着一个覆盖着锦缎的棺材盖，棺材四周挂着璎珞和刷有金粉的绦带。两位身穿丧服的女士正在脱皮大衣。一位是伊万·伊利奇的妹妹，这是彼得·伊万诺维奇认识的，另一位是不相识的太太。彼得·伊万诺维奇的同僚施瓦茨恰好从楼上下来，他在楼梯上面看见彼得·伊万诺维奇走进来，就站住了，对他递了个眼色，仿佛说："伊万·伊利奇做得也够蠢的，换了足下与我，就完全不同啦。"

施瓦茨蓄着英国式的连鬓胡子的脸和他那穿着燕尾服的整个修长的身材，像平时一样，具有一种高雅的庄重，这种庄重与施瓦茨的谐谑、轻浮的性格适相矛盾，可是在这里却别具深意。彼得·伊万诺维奇这样想。

彼得·伊万诺维奇让女士们先走，接着他就慢条斯理地跟在她们后面向楼梯走去。施瓦茨见此也就不下楼了，他在楼梯上停住了脚步。彼得·伊万诺维奇明白他的用意：显然，他想跟他商定今天在哪儿打文特①。两位太太上了楼去看望死者的遗孀，施瓦茨严肃地抿紧嘴唇，投过调皮的一瞥，扬了扬眉毛，示意彼得·伊万诺维奇到右边死者的房间里去。

彼得·伊万诺维奇走了进去，像平时一样，这时他踌躇不决，不知道他在那儿应该做什么。他只知道在这样的场合画个十字总也无妨。但是画十字的时候要不要鞠躬，他心里却拿不定主意，因而取了个折中办法：走进房间后，他画了个十字，微微弯了弯腰，似乎在鞠躬。同时，随着胳膊和脑袋的动作，他偷眼打量了一下房间。两个年轻人，其中一个是中学生，大概是侄子辈的，正一面画着十字，一面退出房间。一位老妇人站着不动，一位奇怪地扬起眉毛的太太正在对她低声说着什么。一位身穿长礼服，精神抖擞、态度果断的诵经士正以排除一切干扰的神态大声诵读着什么；一名专管打杂的农民格拉西姆，正轻手轻脚地走过彼得·伊万诺维奇面前，往地板上撒着什么。一看见这个，彼得·伊万诺维奇就立刻嗅到一种腐尸的微臭。在最后一次拜访伊万·伊利奇的时候，彼得·伊万诺维奇曾在书房里见过这个农民，他当时正干着护理病人的差事，而且伊万·伊利奇特别喜欢他。彼得·伊万诺维奇不断画着十字，在介于棺材、诵经士和安放在墙角桌子上的神像这三者之间微微地鞠着躬。然后，他觉得似乎用手画十字的动作已经做得太久了，便稍停片刻，开始打量死者。

死者像死人一向躺的那样躺着，显得特别重，他僵硬的四肢

----

① 一种牌戏。

全无生气地陷进灵柩的垫子里，永远耷拉着的脑袋被放置在枕头上，蜡黄的前额突出着——死人向来都是这样的——两鬓坍陷，脑门微秃，鼻子突出，鼻子仿佛是被硬装在上嘴唇上似的。自从彼得·伊万诺维奇上次看见他以来，他变了许多，变得更瘦了，但是像所有的死人那样，他的脸却比活着的时候漂亮了些，主要是显得庄重了。他的面部表情似乎在说：凡是该做的事他都做了，而且做得很对。此外，在这个表情中还有一种对活人的责难和告诫。这种告诫在彼得·伊万诺维奇看来是不合时宜的，或者，起码是与他无关的。他不知道为什么感到有点儿不快，便再一次匆匆地画了个十字——他觉得画得太匆忙了，匆忙得近乎失礼——便转身向门口走去。施瓦茨正叉开两腿，两手在背后摆弄着他那圆筒礼帽，在外屋等着他。瞧一眼施瓦茨那玩世不恭、整洁挺括、英俊潇洒的仪表，就使彼得·伊万诺维奇的精神为之一爽。彼得·伊万诺维奇心里明白，他施瓦茨超然于这一切之上，毫无抑郁不乐之感。他那副样子就似乎在说：伊万·伊利奇的丧事绝不能成为一个充足的理由来破坏"庭规"，也就是说，任何事情都不能妨碍他们在今晚——当仆人摆好四支新开封的蜡烛的时候——打开纸牌，玩上一阵；总之没有理由可以设想，这件丧事会妨碍我们愉快地度过今天的夜晚。他把这个想法低声告诉了从他身旁走过的彼得·伊万诺维奇，并建议他们在费奥多尔·瓦西里耶维奇家碰头，打它一局。但是，看来，彼得·伊万诺维奇今晚是注定玩不成文特了。普拉斯科维娅·费奥多罗夫娜是一个身材不高的胖女人，尽管她费尽心机想朝相反的方向发展，身材还是从肩膀以下不断加宽，她穿着一身黑色的丧服，头上扎着花边缎带，跟那位站在灵柩对面的太太一样奇怪地扬起眉毛。她陪同别的太太们从自己的内室出来，把她们送到死者的房门口，然后说道："马上就要举行安魂祈祷了，请进去吧。"

施瓦茨模棱两可地鞠了个躬，站住了，似乎对这个建议既未表示接受，也未表示谢绝。普拉斯科维娅·费奥多罗夫娜认出了彼得·伊万诺维奇，便叹了口气，走到他的身边，牵起他的手，说道："我知道，您是伊万·伊利奇的生前知交……"她瞧了瞧他，等待他对这话做出相应的动作。

彼得·伊万诺维奇知道，正如在那边必须画十字一样，在这里就应当握一握手，叹口气说："请相信我！"于是他便这么做了。做完以后，他觉得效果恰如所料：他感动了，她也感动了。

"咱们走，趁那边还没有开始，我有点事想跟您谈谈，"她说，"请把您的胳膊给我。"

彼得·伊万诺维奇伸出了胳膊，他俩便向内室走去。当他们走过施瓦茨的身边时，施瓦茨伤心地向彼得·伊万诺维奇递了个眼色，他那玩世不恭的眼神似乎在说："打文特的事算吹啦！请别见怪，我们只能另找牌友了。您倘若能够脱身，五个人打也行。"

彼得·伊万诺维奇更加伤心地长叹了一声，普拉斯科维娅·费奥多罗夫娜感激地握了握他的手。他俩走进了她家的客厅，客厅的四壁糊着玫瑰色的珠皮呢①，灯光昏暗，他们在桌旁坐了下来：她坐在长沙发上，彼得·伊万诺维奇则坐在一张弹簧已坏、一坐下就不规则地乱颤的软凳上。普拉斯科维娅·费奥多罗夫娜本来想关照他坐在另一把椅子上去的，但她觉得眼下说这话跟她的处境不相称，便打消这个主意。彼得·伊万诺维奇在这张软凳上就座的时候，不由得想起了伊万·伊利奇从前是怎样布置这间客厅的，他还跟他商量过关于这种印有绿叶的玫瑰色珠皮呢的事。这位死者的遗孀从桌旁走过，想坐到长沙发上去的时候——整个客厅几乎摆满了家具和各种小摆设——她那黑披肩上的黑色

---

① 一种厚实的印花布，印有图案或花纹，多用于糊墙，或为家具包面。

花边被桌上的雕花挂住了。彼得·伊万诺维奇站起身来，想帮她解开，这时，他身下的软凳获得了解放，开始波动，把他推出来。这时，这位遗孀已经自己动手把花边摘了下来，于是彼得·伊万诺维奇又重新落座，压住了他身下那张正在造反的软凳。但是这位遗孀并没有把花边全摘下，因此彼得·伊万诺维奇又重新站起身来，软凳又开始重新造反，甚至还嘎地响了一声。当这一切都完了之后，她便掏出一块干净的麻纱手帕，哭了起来。由于花边的插曲和与软凳的斗争，把彼得·伊万诺维奇的感慨冲淡了，他坐在那里双眉深锁。幸亏伊万·伊利奇的听差索科洛夫走进来，打破了这个僵局。他进来报告说，普拉斯科维娅·费奥多罗夫娜选定的那块坟地索价二百卢布。

她停止了哭泣，用受害者的神态瞥了彼得·伊万诺维奇一眼，接着便用法语说她的境况十分艰难。彼得·伊万诺维奇默然以对，摇了摇头，表示他毫不怀疑地相信，这是势所难免，无可奈何的事。

"请抽烟吧。"她用豁达大度同时又悲恸欲绝的声音说道，接着她便跟索科洛夫谈起了那块坟地的价钱问题。彼得·伊万诺维奇一面点烟，一面听见她非常详尽地询问了关于各种坟地的价钱，然后把她要买的那一块定了下来。谈完坟地的事以后，她又吩咐了一些关于唱诗班的事。索科洛夫便走了出去。

"一切都要我亲自过问。"她对彼得·伊万诺维奇说，把放在桌上的相册挪到一边。接着，她又发现烟灰正在威胁着桌子，便忙不迭地将烟灰缸给彼得·伊万诺维奇挪近了一点，说道："如果硬说我由于悲痛无法照料实际工作，我认为这是假的。相反，如果说有什么事虽然不能给我慰藉……却能替我分忧的话，那就是为他操心张罗。"她又掏出手帕，好像要哭，但是她又突然振作起来，似乎强忍下悲痛，开始平静地说："不过我有件事想跟您谈谈。"

彼得·伊万诺维奇点点头，小心在意地不让软椅里的弹簧乱颤，这些弹簧又立刻在他的屁股底下动起来。

"最后几天他非常痛苦。"

"很痛苦吗？"彼得·伊万诺维奇问。

"哎呀，痛苦极了！他不停地喊叫。连续三天三夜，他直着嗓子喊个不停。简直叫人心碎。我真不明自我是怎么熬过来的，隔着三重门都听得见。哎呀！我经受了多大的痛苦啊！"

"莫非他当时还神志清醒？"彼得·伊万诺维奇问。

"是的，"她低声说，"直到最后一分钟。他在临死前一刻钟才安稳了，还请我们把沃洛佳领出去。"

彼得·伊万诺维奇跟死者相知多年。死者先是一个快乐的男孩，后来和他一起上学，及至成年，又是同僚。尽管他不愉快地意识到他自己和这个女人都在装腔作势，可是一想到他的痛苦，他还是不寒而栗。他仿佛又看到了那个前额，那个紧压在嘴唇上的鼻子。由人及己，他不由得感到毛骨悚然。

"三天三夜可怕的痛苦，然后是死。要知道这事对于我也可能立刻和随时发生。"他这样想到，霎时感到一阵恐怖。但是立刻，他自己也不知道怎么弄的，一个惯常的想法跑来帮了他的忙，遭到这个变故的是伊万·伊利奇，而不是他，他是不应该，也绝不会发生这种事的，他这样想就会抑郁寡欢，这是很不应该的，施瓦茨的脸色也分明说出了这层意思。彼得·伊万诺维奇作了这样的一番考虑以后，便放下心来，开始有兴趣地询问伊万·伊利奇临终时的种种细节，仿佛死不过是一种例外，这种例外仅为伊万·伊利奇所独有，而与他毫不相干。

他们东拉西扯地谈了一通伊万·伊利奇遭受到的十分可怕的肉体痛苦的诸般细节之后——这些细节，彼得·伊万诺维奇仅从伊万·伊利奇的痛苦对普拉斯科维娅·费奥多罗夫娜的神经起的作用便知道了——这位遗孀分明认为有必要转入正题了。

"哎呀，彼得·伊万诺维奇，多么痛苦呀，多么可怕的痛苦，多么可怕的痛苦呀。"她又哭起来。

彼得·伊万诺维奇连连叹息，等待她什么时候擤鼻涕。他看到她擤鼻涕了，便说道：

"请相信我……"于是她又侃侃而谈，终于道出了她找他到这里来的本意。她的用意是在探询，由于丈夫去世，如何向国库领取抚恤金等问题。她装模作样地似乎在征求彼得·伊万诺维奇关于抚恤金的意见，但是他看出来，连最微末的细则她都知道了，甚至他不知道的事她也了如指掌。她已经知道，由于丈夫去世，她可以从国库捞到什么的种种规定，但是现在她想要打听的是，能否想个办法捞到更多的钱。彼得·伊万诺维奇极力替她设想，到底有没有什么办法。但是设想了几种，又出于礼貌骂了几句我们的政府悭吝成性之后，他终于说道："再多恐怕不行了吧。"于是她叹了口气，显然开始在想如何把客人支使走。他明白了她的心思，便把烟弄灭，站起身来，握了握手，向前厅走去。

餐室里悬挂着一座挂钟，这钟是伊万·伊利奇从古董店里买来的，他对此颇感得意。彼得·伊万诺维奇在餐室里遇到了一位神父和几位来参加丧礼的熟人，他还看到一位他熟悉的年轻美貌的小姐，伊万·伊利奇的女儿。她一身丧服。她的腰肢很细，现在显得更细了。她的神情阴郁，表情果断，近乎愠怒。她向彼得·伊万诺维奇点头行礼时的那种神态，仿佛他犯了什么过错似的。在她背后，站着一位阔气的年轻人，也是满脸愠色，他是法院的预审官。彼得·伊万诺维奇听说，这就是她的未婚夫。彼得·伊万诺维奇向他们悲戚地点了点头，正想朝死者的房间走去，这时恰好从楼下走上来一个中学生，他是伊万·伊利奇的儿子，他的相貌酷似他的父亲。这简直是个小伊万·伊利奇。彼得·伊万诺维奇记得，伊万·伊利奇在法律学校读书的时候，就像他儿子现在这样。男孩的眼睛哭肿了，一副十三四岁男孩的那种邋遢样。那男孩一看见彼得·伊万诺维奇，就板起面孔，不好意思地皱起眉头。彼得·伊万诺维奇向他点了点头，便走进死者的房间。安魂祈祷开始了——蜡烛、呻吟、神香、眼泪和啜泣。彼得·伊万诺维奇站着，双眉深锁，低头望着身前的脚尖。他一次也没有看死者，一直到底都没有屈从于那令人沮丧的影响，而且是头一批走了出来。前厅里阒无一人。格拉西姆，就是那个专管打杂的农民，从死者的房间里跑出来，用他那有力的双手把所有的皮大衣一一扔开，终于找到了彼得·伊万诺维奇的大衣，递给了他。

"怎么样，格拉西姆老弟？"彼得·伊万诺维奇搭讪道，"舍不得吗？"

"这是上帝的旨意。我们大家都要上那儿去的。"格拉西姆说，露出他那雪白整齐的农民的牙齿，接着又像个干得正欢的仆人那样，迅速打开门，向马车夫一声吆喝，接着侍候彼得·伊万诺维奇坐上马车，又一个箭步跑回门廊，仿佛在想，他还须做什么。

彼得·伊万诺维奇在闻够了神香、尸臭和石碳酸的气味以后，这时吸到新鲜空气，感到分外愉快。

"您吩咐上哪儿？"车夫问。

"还不晚。顺道再去看看费奥多尔·瓦西里耶维奇。"

接着，彼得·伊万诺维奇便驱车出发了。果然，他进去的时候，他们才打完第一圈，因此他作为第五个牌友，很方便地参加了进去。

二

伊万·伊利奇过去的生活经历是最简单、最平常，但也是最可怕的。

伊万·伊利奇生前是高等审判厅委员，终年四十五岁。他是一位官吏的儿子。他父亲在圣彼得堡的各部和各司官运亨通，终于混到了这样一种地位——虽然十分明显，这种人不宜担任任何重要的职务——但是由于他们资格老和官衔高，又不能强令他们引退，因此便为他们增设了一些闲职，而他们也就领取数千卢布的干薪，六千至一万不等，并靠着这笔干薪颐养天年。

枢密顾问，各种不必要的机构中的不必要的成员，伊利亚·叶菲莫维奇·戈洛温便是这样一号人。

他有三个儿子。伊万·伊利奇是他的次子。他的长子也像父亲一样，官运亨通，不过是在另一个部里供职，他也凭着资历快要升到拿干薪的地位了。他的幼子却宦海失意，在官场中到处碰壁，现在铁路上供职。他的父亲和两位哥哥，特别是他的两位嫂子，不仅不喜欢遇见他，而且除非万不得已，连他这个人的存在也不愿意提起。他们还有一个妹妹，她嫁给了格列夫男爵。此人也像他的岳父一样是圣彼得堡的京官。伊万·伊利奇，诚如人们所说，乃是 le phenix de la famille[①]。他既不像他的哥哥那样不通人情、一板一眼，也不像他的弟弟那样冒失莽撞。他介乎二者之间——聪明伶俐、招人喜欢而又彬彬有礼。他曾与弟弟一起在法律学校攻读。弟弟没有毕业，读到五年级就被勒令退学，伊

---

① 法语：全家的骄傲。

万·伊利奇却以优异的成绩修完了全部学业。还在法律学校他就已经是他后来终生恪守不渝的那样一种人了：为人干练、和蔼可亲、交游广阔，但是又严格执行他认为是自己职责的事，凡是身居最高地位的人认为是职责的一切，他无不认为是自己的职责。无论在少年时代还是在成年以后，他都不是一个阿谀奉迎之徒，但他从少年时代起，恰如苍蝇之爱光一样，就唯上流社会身居最高地位的人马首是瞻，亦步亦趋地学习他们的一举一动，他们对生活的见解，并跟他们建立起友好的关系。他的童年和青年时代的一切迷恋都已烟消云散，没有留下大的痕迹。他也曾沉溺于女色和虚荣，最后，在高年级，也染上一些自由思想，但是这一切都在一定的限度之内，也就是他的敏锐的感觉向他正确指出的那个限度之内。

在法律学校的时候，他有过一些事先他就认为是十分卑鄙下流的行为，而且一边干一边对自己感到厌恶；但是后来，他看到那些身居高位的人也做过这些事，而且他们并不认为这些行为是坏的，因此他不仅转而承认这些行为是好的，而且把过去的所作所为忘得一干二净，即使想起它们，也毫无痛心之感。

伊万·伊利奇在法律学校以十品官的资格毕业，并从父亲那儿取得了一笔置装费以后，便到沙默尔的店里给自己定做了衣服，在表坠上挂了一枚上刻"respice finem"①的纪念章，然后告别了亲王和老师，并与同学们在多农大饭店饱餐了一顿，便手提时新的皮箱，带着从最好的商店里定做和买来的内衣、服装、刮脸和梳洗用具以及格子花毯等束装就道，到外省赴任，担任他父亲为他谋得的省长特派员的职务。

在外省，像在法律学校一样，伊万·伊利奇立刻就为自己定

---

① 拉丁语：宜有先见之明。

下了一种轻松愉快的处世之道。他秉公办事，仕途得意，同时又愉快而不失体面地寻欢作乐。有时他受上峰派遣去巡视各县，无论对上司或对下属都很庄重，并以一种他不能不引为自豪的一丝不苟和清廉正直的态度来完成上峰交给他的主要关于分裂派教徒的诸种事务。

尽管他年轻而又爱好酒色，在处理公务上却非常审慎，公事公办，甚至铁面无私；但是在社交事务中，他却常常谈笑风生，妙语惊人，从来都是和蔼可亲而又彬彬有礼的，诚如他的上司和上司太太——他已经成了他们家的常客——所说，他是一个 bon enfant①。

在外省的时候，有一位女士硬是缠住这位穿戴讲究的法律学校毕业生，与他发生过暧昧关系；他还有一个情妇是时装店的女裁缝；他也有过同一些前来公干的侍从武官纵酒作乐和在晚间寻花问柳的事；他也有过巴结上司，甚至巴结上司太太的事。但是这些事他都做得恰到好处，因此不可能遭人非议：这一切只能用一句法国格言来说明：il faut que jeunesse se passe②。这一切都是用干干净净的手，穿着干干净净的衬衫，口操法语干的，而且主要的，一切又都发生在最上层的社会，因而也就得到了身居高位的人的赞许。

伊万·伊利奇这样供职了五年，接着在职务上便发生了变化。出现了一些新的司法机构③，因此也就需要一批新的人。

于是伊万·伊利奇就成了这样的新人。

伊万·伊利奇被遴选为法院的预审官，尽管这个职务是在另一个省里，他必须放弃已经建立起来的关系，一切从头开始，他

---

① 法语：好孩子。
② 法语：年轻人难免要胡闹。
③ 1864 年沙皇政府实行司法改革，添设了一些新的司法机构。

还是欣然应命。朋友们都来为伊万·伊利奇送行，并与他合影留念，还送给他一只银烟盒。接着他便走马上任了。

在做法院预审官的时候，伊万·伊利奇仍旧一如既往，就像他担任特派员的时候那样 comme il faut①，彬彬有礼、公私分明，从而博得了普遍的尊敬。预审官的职务本身比起从前那个职务来，对于伊万·伊利奇也有兴趣得多，而且更吸引人。在他担任从前那个职务时，他常常穿着在沙默尔那儿定做的制服，从容不迫地走过战战兢兢、恭候接见的申请人以及对他不胜羡慕的官员们的身边，无需通报跨进上司的办公室，点起一支烟，与上司坐在一块儿饮茶——这固然很愉快，但是直接听命于他的人毕竟很少。当他接受派遣外出视察的时候，属于上述直接听命于他的人的，也只有一些县警察局长和分裂派教徒，他喜欢谦恭有礼地对待这样的下属，几乎跟他们平起平坐，他喜欢让他们感觉到，他本来是可以对他们颐指气使的，但是他对待他们却十分友好和平易近人。然而那时候这样的人毕竟很少。而现在，身为法院预审官，伊万·伊利奇感到，所有的人，毫无例外，甚至那些最显赫、最自负的人也都在他的掌握之中，他只要在印有案由的公文上写上几行字，这个显赫而又自负的人就将作为被告或者证人被带到他这里来，如果他不想让他坐下，他就得站在他面前，回答他提出的各种问题。伊万·伊利奇从来没有滥用过他的这个权力，相反，他总是尽量使这种权力的表现带有温和的色彩，但是意识到这个权力和可以使它带有温和的色彩，却成了他的这个新职务的主要兴趣所在和令他悠然神往的地方。至于在职务本身中，也就是在预审工作中，伊万·伊利奇很快就学会了这样的办事方法，即撇开与公事无关的一切情况，使任何最复杂的案件都只具有这样一

---

① 法语：正派，规矩。

种形式：公文上等因奉此，照章办事，他个人的观点被完全排除在外，主要是必须遵从一切规定的格式。这个工作是一件新事，而他就是在实践中制定 1864 年条例附件的开创人之一。

在调到一个新城市担任法院预审官之后，伊万·伊利奇结识了一批新交，建立了一些新的关系，并重新确立了自己的处世之道，举止行为也略有变化。他与省当局保持着某种适当的距离，并择优结交了一些居住在该城的司法界人士和富有的贵族，采取了一种对于政府不无微词的温和的自由主义和文明开通的作风。与此同时，伊万·伊利奇担任新职之后，一方面丝毫没有改变服饰的风雅，另一方面又蓄起了颔须，听凭胡须随意生长。

伊万·伊利奇在这个新城市的生活也十分愉快：跟与省长唱反调的一群人亲密无间；他的薪俸也比从前优厚了；此外，打惠斯特① 又给他的生活增添了不少乐趣。那时伊万·伊利奇已经开始打惠斯特了，他打起牌来轻松愉快，脑子灵活，十分精明，因为具有这个本领，所以一般说他从来都是赢家。

在新城市供职两年之后，伊万·伊利奇遇见了自己未来的妻子。普拉斯科维娅·费奥多罗夫娜·米赫尔是伊万·伊利奇经常出入的那个圈子里的一位非常妩媚动人、非常聪明、才貌出众的姑娘。伊万·伊利奇在公余之暇的消遣作乐中与普拉斯科维娅·费奥多罗夫娜建立了一种说说笑笑的、十分随便的关系。

伊万·伊利奇在身为特派员的时候是常常跳舞的。他当了法院预审官以后，跳舞就成为一种例外情形了。他跳舞已经具有这样一层意思：虽然我在新的机构中供职，而且又是五等文官，但是就跳舞而言，我能够证明，在这类逢场作戏中是能够胜过他人的。因此，在晚会即将结束时，他偶尔也与普拉斯科维娅·费奥

---

① 一种四人成局的牌戏。

多罗夫娜翩翩起舞，而且也主要是在这种跳舞的时候他征服了普拉斯科维娅·费奥多罗夫娜的心，她爱上了他。

伊万·伊利奇并没有想要结婚的明确意图，但是当这位姑娘爱上他以后，他不由得向自己提出了这个问题。"真是的，为什么不结婚呢？"他对自己说。

待字闺中的普拉斯科维娅·费奥多罗夫娜是位大家闺秀，长得也不难看，还薄有资产。伊万·伊利奇原可望攀一门更美满的亲事，但是这门亲事也就算好的了。伊万·伊利奇有他的薪俸，他希望她也应有此数。她出身名门，又是一个可爱、美丽和十分正派的女人。如果说伊万·伊利奇结婚是因为他爱上了他的未婚妻，并且发现她赞同他的人生观的话，那就错了，正像如果说他结婚乃是因为他周围的人赞同这门亲事一样。伊万·伊利奇结婚是出于两层考虑：他拥有这样一位妻子，乃是为自己做了一件快事；与此同时，他之所以这样做，乃是因为那些身居最高地位的人认为这样做是对的。

于是伊万·伊利奇便结婚了。

结婚过程本身以及最初的婚后生活——夫妻恩爱、新家具、新餐具、新床新被，直到妻子怀孕——都很好，以致伊万·伊利奇已经开始认为，结婚不仅不会改变他那轻松愉快、逍遥快活、永远体面、并为社会所赞许的生活的性质——伊万·伊利奇认为这是一般生活所固有的——而且还会加深它。但是就在这时候，从妻子怀孕的最初几个月起，却出现了一种意想不到的新情况，他对此怎么也摆脱不开。这种新情况是不愉快的、痛苦的和有失体面的。

妻子无缘无故地——像伊万·伊利奇所认为的那样——de gaité de coeur[①]——像他对自己所说的那样——开始改变生活的

---

① 法语：任性地。

欢愉与体面：她毫无道理地吃醋，硬要他对她嘘寒问暖。她对一切都吹毛求疵，并与他寻衅争吵，说一些不愉快的和难听的话。

起初，伊万·伊利奇希望用一种对待生活的十分随便和十分体面的办法——这种办法过去曾使他数度摆脱困境——来摆脱这种不愉快的情况。他尝试着无视妻子的心情，继续像过去那样轻松愉快地生活：邀请朋友们到家里打牌，自己也试着到俱乐部去或者去拜望朋友们。但是有一次妻子开始蛮不讲理地用粗话骂他，而且每当他不照她的要求办，她就骂不绝口。看来她已下定决心，不把他制服决不罢休，也就是说他必须坐在家里，像她一样闷闷不乐才是。对此，伊万·伊利奇真是大吃一惊。他至此才恍然大悟：夫妇生活——起码是跟他的妻子——并不总是能促进生活的愉快和体面的，相反，它常常破坏它们，因此必须严加防范，使自己免受这些破坏。于是伊万·伊利奇便开始寻找对策。公务是令普拉斯科维娅·费奥多罗夫娜肃然起敬的唯一的事，于是伊万·伊利奇便利用公务以及由此而产生的种种公事来与妻子斗争，借以保全自己的独立的小天地。

随着孩子的出生、想自己喂奶以及随之而产生的种种不顺心的事，加上孩子和母亲的真病和假病——对此，伊万·伊利奇必须表现出同情，可是他对于疾病及其症状简直一无所知——在家庭之外保全自己小天地的需要，对于伊万·伊利奇来说就变得更加迫切了。

随着妻子变得更加易怒和苛求，伊万·伊利奇也就把自己的生活重心越来越多转移到公务上去。与过去相比，他变得更加喜爱公务，功名利禄之心也变得更强了。

很快，婚后还不到一年吧，伊万·伊利奇就明白了，夫妻生活虽然提供了生活上的某些方便，可实际上却是一件非常复杂、非常棘手的事，为了履行自己的职责，即过一种体面的、为社会所称道的生活，就必须像对待公务一样，对此定出自己的一定之规。

于是，伊万·伊利奇就为自己定出了一套对待夫妇生活的一定之规。他向家庭生活要求的，仅仅是能够给予他在家吃饭、有主妇照料和有地方安睡的种种方便，而最主要的则是为舆论所确认的外表的体面。而他在其他方面所寻求的只是逍遥自在，如果他找到了这种自在的生活，就不胜感激之至；如果遇到反抗和埋怨，他就一头钻进自己独立的、与家庭隔绝的公务之中，并从中找到乐趣。

伊万·伊利奇受到上司的器重，被认为是一个克尽厥职的好僚属。过了三年，他就被提升为副检察官。新的职务、它的重要性、有可能提审任何人和把任何人关进大牢、公开的讲演，以及伊万·伊利奇在讲演中所取得的成功——这一切都使他更加沉湎于公务之中。

孩子接二连三地出世，妻子也变得越来越唠叨和爱发脾气了，但伊万·伊利奇定出的对待家庭生活的一定之规使他成了她的埋怨几乎打不穿的铜墙铁壁。

伊万·伊利奇在这个城市里为官七年之后，又被调到另一个省就任检察官。他们搬了家，钱又拮据，妻子又不喜欢他们搬去的那个地方。他的薪俸虽然比过去多，但是开销却更大了。除此以外，又死了两个孩子，因此家庭生活对于伊万·伊利奇就更加不愉快了。

普拉斯科维娅·费奥多罗夫娜把在这个新住地所发生的一切不幸都诿过于她的丈夫。夫妻之间谈话的多数话题，特别是关于孩子的教育，都会重新挑起过去引起龃龉的种种问题，而且这类争吵随时都可能爆发。夫妇间难得相亲相爱，而且为时不长。这不过是一些他们暂时停泊的小岛罢了，接着他们又重新驶进彼此怀恨、彼此疏远的汪洋大海。如果伊万·伊利奇认为这种疏远是不应该有的，那这种现象或许会使他觉得很伤心，可是现在他已经承认这种状况不仅是正常的，而且是他在家庭中孜孜以求的目标。他的目标在于使自己越来越多地摆脱这些不愉快的事，并使这些不愉快的事具有一种无害的、体面的性质，他跟自己的家庭在一起消磨的时间越来越少，他就用这个办法达到了这一目的。如果非同自己的家庭在一起不可的话，他就尽量利用外人在场这一点来确保这种状况。不过最主要的还是伊万·伊利奇有公务在身。他的全部生活兴趣都集中在官场之中。于是这种兴趣便吸引了他的全部注意力，意识到自己的权力有可能毁掉他想毁掉的任何人。当他走进法庭和会见下属时的威风，甚至只是一种表面上的威风，以及他对待上司和下属的成功，而最主要的则是他所感觉到的他的办案才干——这一切都使他十分得意，再加上跟同僚们的闲谈、宴聚和惠斯特，都使他感到生活十分充实。因此，一般说来，伊万·伊利奇的生活，正如他认为它应该如此的那样：愉快而体面地继续着。

他又这样过了七年。他的长女已经十六岁，又有一个孩子死了，只剩下了一个正在读中学的男孩，也是他们口角的对象。伊万·伊利奇想把他送进法律学校，而普拉斯科维娅·费奥多罗夫娜偏与他作对，把男孩送进了普通中学。他的女儿在家里读书，很有长进，男孩的学习也不错。

三

结婚以后的十七年间，伊万·伊利奇的生活就是这样过去的。他已经是一个老检察官了，几次升迁他都谢绝了，他盼着获得一个理想的职位，可是就在这时发生了一件出乎意料的不愉快的事，几乎完全破坏了他平静的生活。伊万·伊利奇期待着大学城的首席法官的职位，可是却不知怎么被霍普捷足先登。伊万·伊利奇很生气，开始责难他，并与他以及自己的顶头上司争吵起来。于是上峰开始对他冷淡了，而且在下一次的任命中，他又是榜上无名。

这事发生在 1880 年。这一年是伊万·伊利奇生活中最困难的一年。在这一年里，他一方面发现薪俸不足以维持生活，另一方面又发现大家都把他忘了，在他看来，这是对他的最大、最严重的不公平，可是别人却认为这是十分平常的事，甚至他的父亲也不认为自己责无旁贷地应该助他一臂之力。他感到所有的人都抛弃了他。他们认为他岁入三千五百卢布是极为正常，甚至是很幸福的。只有他一个人知道，一则是意识到人们的所作所为对他太不公平，二来是妻子的没完没了的数落，末了是他开始入不敷出，负债累累。总之只有他一个人知道，他眼下的地位是非常不正常的。

这年夏天，为了减少支出，他告了假，与妻子一起到普拉斯科维娅·费奥多罗夫娜的哥哥的乡村里度夏。

在乡下，由于摆脱了公务，伊万·伊利奇第一次感到不仅是寂寞，而且是无法忍受地烦恼。于是他决定，这样生活下去是不行的，必须采取某些断然的措施。

伊万·伊利奇在凉台上走来走去，度过了一整宿不眠之夜以后，决定到圣彼得堡去奔走一番，并申请调到另一个部去，借此惩罚一下那些不知人善任的衮衮诸公。

第二天，他不顾妻子和内兄的一切劝阻，首度到圣彼得堡去了。

他此行只有一个目的：求得一个岁入五千卢布的职位。他已经不再支持任何一个部、任何一个派系或者任何一种活动了。他需要的只是职位，岁入五千卢布的职位，行政工作也罢，银行也罢，铁路也罢，玛丽亚皇后掌管的机关也罢，甚至海关都成，但是非得有五千卢布不可，并且一定要调离那个不知人善任的部。

不料伊万·伊利奇此行却取得了惊人的、意外的成功。在库尔斯克，他的一位朋友伊利英登上了头等车厢，他告诉他，库尔斯克省省长收到的一封最新电报说，数日之内部里将发生人事更迭：彼得·伊万诺维奇的职位将由伊万·谢苗诺维奇接任。

这个正在拟议中的人事更迭，姑且不论对俄国自有其意义，对于伊万·伊利奇也具有特别重要的意义，因为这次将起用一名新人——彼得·彼得罗维奇，由此可见，他的朋友扎哈尔·伊万诺维奇也将跃居高位。这次人事更迭对伊万·伊利奇十分有利，因为扎哈尔·伊万诺维奇是伊万·伊利奇的同窗好友。

在莫斯科，这一消息得到了证实。伊万·伊利奇到达圣彼得堡之后，就找到了扎哈尔·伊万诺维奇，并取得了他的承诺，一定在他过去供职的司法部里给他谋一个职位。

一星期后，他电告妻子：

扎哈尔接任米勒的职位。我在首次官报中即将取得任命。

伊万·伊利奇由于这次人事更迭出乎意外地在他过去供职的部里取得了这样一项任命，他居然一跃而高出他的同僚两级并获得五千卢布年俸和三千五百卢布调任费。伊万·伊利奇把对自己过去的敌人和对整个部的一切恼怒都忘得一干二净，他简直幸福极了。

伊万·伊利奇回到了乡下，愉快而满意，很久以来他都没有这样了。普拉斯科维娅·费奥多罗夫娜也笑逐颜开，他俩又签订了"停火协定"。伊万·伊利奇告诉她，在圣彼得堡大家怎样庆贺他，他过去的所有敌人怎样丢人现眼，现在又怎样对他拍马逢迎，人们又怎样羡慕他的地位，他还特别讲到，在圣彼得堡大家都非常爱他。

普拉斯科维娅·费奥多罗夫娜听着他侃侃而谈，装作她对这些话都信以为真，没有跟他抬杠，只是作了一些他们在即将迁往的那个城市里如何重新安排生活的计划。伊万·伊利奇高兴地看到，这些计划也就是他的计划，他俩想到一块儿去了，他那一度遇到坎坷的生活又将具有真正的、它所固有的逍遥自在而又体面的性质了。

伊万·伊利奇这次回来只能作短暂的停留。9月10日他就必须前去上任，此外，还得有时间在新的地方安置下来，从省里把所有的东西都运去，还有许多东西需要添置和定购。一句话，关于如何安置的问题，他已成竹在胸，普拉斯科维娅·费奥多罗夫娜在心里的决定也几乎和他一模一样。

现在，一切都安排得如此顺利，他们夫妇俩又目标一致了。此外，他们不仅生活在一起，而且情投意合，即使在婚后的最初几年也从来没有这样情投意合过。伊万·伊利奇本来想立刻携眷赴任，可是他的妹妹和妹夫——他俩对伊万·伊利奇和他全家突然变得分外殷勤和亲近起来了——却坚持以为不可，于是伊万·伊利奇只好只身先行赴任。

伊万·伊利奇走了，他一直心情愉快，这是仕途得意和与妻子情投意合二者互相促进而产生的。他找到了一座非常好的住宅，夫妻俩梦寐以求的也正是这样的房子。高大、宽敞，古色古香的接待室，舒适雅致的书房，妻子和女儿的卧室，儿子的学习室——一切都宛如特意为他们设计好了似的。伊万·伊利奇亲自布置新居，挑选壁纸，添置家具——特别是老式家具，他认为老式家具别有一种古雅的气派——选购沙发套和椅套，于是东西便越来越多，逐渐接近了他私下制定的理想。当他刚布置到一半的时候，他的布置就超出了他的企望。他明白一切布置就绪以后所应具有的那种雍容大方和古雅脱俗的气派。他在临睡时想象着那面貌将焕然一新的客厅。他瞧着那装修尚未完工的客厅，他已经在想象中看到了那布置就绪时的壁炉、隔热板、格子架，那些随处摆放着的椅子、那些陈设在墙上的大盘和小碟，以及青铜摆设等等。他一想到他一定会使对此也有同好的帕莎①和小丽莎②大吃一惊，就不由得高兴起来。她们是无论如何也不会料到有这样的气派的。特别是他能够搜求到而且廉价买进了一批古董，这将使一切赋有一种特别典雅的气派。他在自己的书信中故意把一切说得比实际上坏，好让她们大吃一惊。这一切都使他兴趣盎然，甚至于他所热衷的新职务也没有引起他这么大的兴趣，这真是出乎他的意料之外。他甚至在开庭的时候也心不在焉。他在寻思窗帘应该用什么样的窗帘架，直的呢，还是拱形的呢？他简直乐此不疲。他常常亲自张罗，重新摆设家具，重新悬挂窗帘。有一次，他爬上一个小梯子，以便向怎么也弄不明白的裱糊匠说明他想要怎样悬挂窗帘，可是他失足摔了下来，不过他身体壮实，手脚灵活，没有跌倒，只是肋部在梯子边上碰了一下。碰伤的地方痛了一阵，但是很快也就好了。伊万·伊利奇在这段时间一直觉得身心特别愉快，特别健康。他在信中写道："我觉得我突然年轻了十五年。"他本想在9月份把一切布置就绪，可是却拖到了10月中旬。然而新居却布置得美轮美奂，不仅他自己这么说，而且所

---

① 帕莎是普拉斯科维娅的小名。
② 丽莎是伊万·伊利奇的女儿。

有看见过的人也都向他这么说。

　　其实，这是一切不十分富有、但又想摆阔的人常有的，其结果是彼此雷同：花缎、黑檀木、盆花、地毯以及黝暗和闪闪发光的青铜摆设——这一切无非是同一类人的互相仿效而已。他居然弄得如此雷同，简直毫无值得注目之处，而他却觉得这一切十分别致。他在铁路车站上迎来了自己的家属，把他们带到了灯烛辉煌、布置一新的住宅，系着白领结的听差给他们打开了通往饰有鲜花的前厅的门，接着他们就走进客厅和书房，高兴得连声赞叹。这时，他感到幸福极了，他领着他们到处参观，踌躇满志地听着他们的夸奖，高兴得满脸放光。当天晚上喝茶的时候，普拉斯科维娅·费奥多罗夫娜顺便问起，他是怎么摔下来的，他笑了，接着便绘声绘色地表演给他们看，他是怎么从梯子上滑下来的，又怎么把裱糊匠吓了一跳。

　　"幸亏我学过体操。别人非摔死不可，我不过在这儿稍微磕了一下，摸上去有点疼，但是现在已经不疼了，只留下一块乌青。"

　　于是他们就开始在新居里住下来，正如常有的情形那样，人们在某个新居住定以后，往往觉得样样都好，就缺少一个房间。他们的收入增加了，但也像常有的情形那样，还稍嫌不足，还缺少大约五百卢布的区区之数。总之，一切都很好。感到特别好的是在最初那个时期，那时一切尚未布置就绪，还需要继续布置。一会儿去采购，一会儿去定做，一会儿要重新摆设，一会儿要稍加调整。夫妻之间虽然还有某些争执，但是因为夫妻俩都满意，再加上又有许多事情要做，所以说过也就完了，没有引起大的口角。等到已经没有什么可以再布置的时候，他们才开始稍嫌寂寞，仿佛缺少了什么似的。但是紧接着他们又结识了一些新交，形成了一些新的习惯，于是生活也就充实起来。

　　伊万·伊利奇上午在法院视事，中午回家。在最初那个阶段，他的心情是好的，虽然稍感痛心，原因也是由于新居。桌布和椅套上的任何一个污点，窗帘上的被拽断了的绳子，都使他十分恼火。他在布置这所新居时花费了多大的心血啊，因此任何糟蹋都使他感到痛心。但是，大体说来，伊万·伊利奇的生活还是按照他的信仰，就像生活理应如此的那样度过的：轻松、愉快而且体面。他9点起床，喝咖啡，读报，然后穿上制服，坐车上法院。在那儿，他已经是轻车熟路了，立刻升堂视事。上诉人、办公室查讯、办公室本身、开庭——公审和预审。在这一切公务中，必须善于排除一切经常破坏公事正常进行的不登大雅之堂的俗事：除了公事关系以外，决不允许跟人们发生任何关系，而且发生关系的情由也只能是公事往来，而且关系本身也只能是公事公办。例如，来了一个人，想打听什么事。因为这不在他的职权范围之内，因此伊万·伊利奇也就不能与这种人发生任何关系。但是，倘若该人有事直接与审判厅委员有关，而且此种关系可以书写到等因奉此的公文上，在这种关系的范围之内，只要是能办到的事，伊万·伊利奇无不一一照办。与此同时，他还遵循着人与人之间形式上的友好关系，即谦恭有礼。等公务关系结束，其他任何关系也就随之告终。伊万·伊利奇这种严格区分公与私的本领已高度娴熟，而且凭着长期的实践和独到的才干，他对此早已驾轻就熟，游刃有余，以致所谓公私混淆云云，有时他也不费吹灰之力地偶一为之。他之所以敢这样做，乃是因为他感到一旦有必要，他有随时恢复秉公办事、铁面无私的本领。这事在伊万·伊利奇办来不仅轻松、愉快和体面，甚至还技艺精湛。在公务间隙，他就抽烟喝茶，稍许谈点政治，稍许谈点一般的问题，又稍许谈点打牌，而谈得最多的则是各种各样的任命。最后，他便拖着疲乏的身子，但是怀着一个优秀演奏家把自己的那个音部，乐队中的第一小提琴规规矩矩地演奏完毕的心情，回到家来。在家中，母女俩或是出门拜客或是有什么人来拜访她们；儿子或者上学校读书或是在跟家庭补习老师准备功课，在认真学习学校里教的课程。一切都很好。午饭以后，如果没有客人来访，伊万·伊利奇有时就读一点大家经常谈论的书。晚上，他就坐下来办公，也就是批阅公文，核对法律，对照供词，援引律例。对此，他既不感到乏味，也不感到愉快。在可以玩文特的时候，这些工作是乏味的，但是，倘若没有人玩文特，这毕竟比孤身独坐或者跟妻子待在一起要强些。伊万·伊利奇的乐趣是邀请一些在社会上有地位的男女宾客来家便宴，跟这种人通常消磨时间的办法一样——就像他家的客厅与所有的客厅一样——同他们在一起消遣作乐。

有一次，他们家甚至还举行了一次晚会，让大家跳舞。伊万·伊利奇很快活，一切也都很好，仅仅与妻子为了蛋糕和糖果的事发生了一场大的口角：普拉斯科维娅·费奥多罗夫娜有自己的计划，可是伊万·伊利奇却固执己见，硬要到一家售价昂贵的食品店里去购买，并且买了很多蛋糕，结果蛋糕剩下了，而食品店老板的账单却赫然开明共计四十五卢布。这场口角吵得很厉害而且不愉快，以致普拉斯科维娅·费奥多罗夫娜骂他是"笨蛋和窝囊废"。他抱住了自己的脑袋，而且一怒之下不知为什么提到了离婚。但是晚会本身是愉快的，真是群贤荟萃。伊万·伊利奇还和特鲁福诺娃公爵夫人跳了舞，这就是那位以创办"消愁会"而闻名的女人的妹妹。做官的乐趣是满足自尊心的乐趣，交际场中的乐趣是满足虚荣心的乐趣，而伊万·伊利奇的真正乐趣则是玩文特的乐趣。他认为，经历了一切，经历了生活中的种种不愉快之后，他的乐趣就是跟几个趣味相投的牌友和文文静静的搭档坐下玩文特——这种乐趣好比是蜡烛照亮了所有的不愉快——但是一定要四个人在一起玩，五个人就很不痛快了，虽然我总装作十分喜欢的样子，并且出牌的时候要玩得聪明而且认真，然后共进晚餐，喝一杯葡萄酒。在玩过文特之后，特别是稍许赢了一点钱的情况下——赢多了就不愉快了——伊万·伊利奇便心情特别愉快地上床就寝。

他们就这样生活着。他们结交的朋友都是最优秀的人物，达官显要和一些年轻人也是座上客。

在对他们到底应结交何等人的看法上，丈夫、妻子和女儿是完全一致的，他们都不约而同地把各种各样的朋友、亲戚和邋遢鬼拒之门外，闭门不纳，因为这些人从各处飞来，闯进他们四壁悬挂着日本盘子的客厅，对他们嘘寒问暖。很快，这些邋遢朋友们也就不再贸然前来了，于是戈洛温家就只剩下了一些最优秀的达官贵人。一些年轻人竞相追求丽莎，其中有一位姓彼得里谢夫的，是德米特里·伊万诺维奇·彼得里谢夫的公子，他的财产的唯一继承人，现任法院预审官，也在追求丽莎，因此伊万·伊利奇已经同普拉斯科维娅·费奥多罗夫娜在商议：何不让他俩一起乘车出游或者组织一场演出呢？他们就这样生活着。一切都在毫无变化地进行着，而且一切都很好。

四

大家都很健康。虽然伊万·伊利奇有时说，他口中有一股怪味，腹部左侧有点不舒服，但也说不上这就是不健康。

到后来，这种不舒服感却逐渐增加，虽然还没有发展成为疼痛，但他总感到肋下有一种隐痛，心情也变坏了。这种恶劣的心情日益加剧，已经开始破坏在戈洛温家刚刚建立起来的那种轻松、体面的生活的愉快感了。丈夫与妻子开始越来越频繁地争吵，轻松和愉快也很快销声匿迹，就连体面也难以维持了。口角又频繁起来。又只剩下一些"小岛"了，而夫妻能够意见一致、不吵不闹地共处的"岛屿"已经很少。

普拉斯科维娅·费奥多罗夫娜说，她丈夫的性格很难相处，现在看来，这话也不是没有道理的。她有一种喜欢夸大的习惯，她说，他的性格坏到极点，而且一向都是这样，要不是她的脾气好，谁也没法二十年如一日地忍受这种坏脾气。现在每次争吵都是由他挑起的，这话倒也不假。每当快要吃饭的时候，而且常常在他开始吃饭、正在喝汤的时候，他就要没碴找碴。一会儿是发现某件餐具被损坏了，一会儿是吃的东西不对他的口味，一会儿是儿子把胳膊肘放到桌子上了，一会儿又是女儿的发型叫他看不顺眼了。他把这一切都归咎于普拉斯科维娅·费奥多罗夫娜。普拉斯科维娅·费奥多罗夫娜起初还反唇相讥，对他说些不愉快的话，但是他一而再、再而三地在吃饭开始时发这么大的火，她才明白过来，这是由即将进食在他心中引起的一种病态，因此她也就忍气吞声，不置一词，只是催促大家赶快吃饭。普拉斯科维娅·费奥多罗夫娜把自己的忍让看成是很大的美德。她心中认定，她丈夫的性格太可怕了，造成了她毕生的不幸，于是她便自叹命苦起来。可是她越是自叹命苦，就越憎恨自己的丈夫。她开始盼望他死掉，但是她又不能盼望当真如此，因为这样一来，薪俸也就没有了。这就更加激起了她的怒火，对他怀恨在心。她认为自己太不幸了，不幸到连他的死都救不了她。她十分恼怒，但还是隐忍着，可是她的这种隐忍的恼怒又加剧了他的恼怒。

　　在一次伊万·伊利奇表现得特别蛮不讲理的口角之后，他解释说，他的肝火的确很旺，但这是因为有病的缘故，于是她就对他说，他既然有病，就应该去治疗嘛，而且硬要他去找一位名医。

　　他去了。一切都不出他所料，一切都像惯常发生的情形那样。让人等候，故意摆架子，是医生的一种臭架子，也是他所熟悉的，同他在法院里的情形一模一样。然后东敲敲，西听听，提出一些问题，要求人家做出他事先早已明确、显然是多余的回答，还有一种俨然的架势，那架势似乎在说，您一旦落到我们的手中，我们就会对一切做出安排，至于一切如何安排，我们是心中有数和毫无疑问的，对于任何人，无论贵贱，我们都可以千篇一律地把一切安排好。一切就跟在法院中一模一样。正如他在法院中对被告装模作样那样，现在这位名医也在对他装模作样。

医生说，如此这般的情况表明，您体内有如此这般的疾病，但是，假如经过如此这般的化验之后未予证实，那么就可以假定您有如此这般的疾病。倘若假设您患有某种疾病，那么……如此等等。对于伊万·伊利奇来说，重要的只有一个问题：他的病情是否危险？但是医生却对这个不恰当的问题不予理睬。从医生的观点看，这个问题是无聊的，因此无需讨论；当前要做的仅仅是估计各种可能性——究竟是游走肾呢，是慢性黏膜炎呢，还是盲肠炎？根本不存在伊万·伊利奇的生死问题，只有或是游走肾或是盲肠二者之间的争议。伊万·伊利奇亲眼看到，医生朝倾向于盲肠的方向圆满地解决了这一争议，他只作了一点保留：如果验尿之后能够提供新的罪证，那么此案就将重新审理。这一切恰如伊万·伊利奇本人曾千百次同样冠冕堂皇地对被告所做的那样。现在，医生也同样冠冕堂皇地做出了自己的归纳，并且洋洋得意地，甚至愉快地从眼镜上方望了被告一眼。伊万·伊利奇从医生的归纳中得出一个结论：情况不妙，但是他——也就是医生，也许还有所有的人——对此都感到无所谓，可是他却感到心情沉重。这个结论使伊万·伊利奇感到十分痛苦，使他的心中产生了一种对自己的巨大的怜悯感，同时对这个医生对于这样重要的问题居然漠然处之，感到极大的愤慨。

但是他什么话也没有说，只是站起身来，把钱放到桌子上，叹了一口气，说道：

"我们病人大概常常向您提出一些不恰当的问题，"他说道，

"但是，一般说，这病是否危险呢……"

医生用一只眼睛透过眼镜片严厉地望了他一眼，似乎在说："被告，如果您不在向您提出的问题的范围之内就此止步，我将不得不下令把您逐出法庭。"

"我认为需要告诉您的和适合告诉您的都告诉您了，"医生说，"以后的情况经化验后自会分晓。"接着医生便点头送客。

伊万·伊利奇慢腾腾地走出来，垂头丧气地坐上雪橇回家去。一路上，他不断琢磨医生说过的所有的话，极力把那些摸不清、猜不透的科学术语翻译成普通人所说的话，并从中找到了问题的答案：情况不妙——对我来说是很不妙呢？还是暂时无甚紧要呢？他觉得，医生所说的一切，其含意都是情况不妙。伊万·伊利奇觉得大街上的一切都是凄凉的。街上的出租马车是凄凉的，房子是凄凉的，行人、店铺也都是凄凉的。而这种疼痛，微微的、隐隐约约的、一秒钟也不停止的疼痛，与医生含糊其辞的话联系在一起，就具有了另一种更为严重的意义。现在，伊万·伊利奇怀着一种新的沉重感注视着这种疼痛。

他回到家里，开始把情况一五一十地告诉妻子。妻子听着，但是正当他说到一半的时候，女儿戴着帽子进来了，她准备同母亲一道出门。她勉强坐了一会儿，听了这些乏味的话，但是时间一长，她就受不了了，于是母亲也没有听完。

"嗯，我听了很高兴，"妻子说，"那你现在就得注意按时服药啰。把医生的处方给我，我这就打发格拉西姆到药房去买药。"她说罢就去换衣服了。

她在房间里的时候，他憋住了气，可是她一出去，他就长叹了一声。

"也罢，"他说，"也许确实无甚紧要……"

他开始服药，执行医嘱。而医嘱由于化验小便的结果也作了相应的改变。但是恰好在这时又出现了一个情况，在这次化验以及理应在这次化验之后紧接着做的检查中，出现了某种差错。这事不能怪医生，但结果是医生对他说的情况并没有出现。或是他忘记了，或是他没有说真话，或是他对他隐瞒了什么情况。

但是伊万·伊利奇还是严格地执行医嘱，而且他在这样执行的初期还得到了一种安慰。

自从找医生看过病以后，伊万·伊利奇全力以赴地、严格地执行有关摄生与服药的医嘱，密切关注自己的病痛以及自己整个机体的发展趋势。人的疾病以及人们的健康成了伊万·伊利奇的主要兴趣所在。每当人们在他面前谈到病人，谈到死者，谈到病愈的人，特别是谈到与他相类似的疾病的时候，他总是极力使自己的激动藏而不露，留神谛听，反复询问，并将这些话应用到自己的疾病上去。

病痛并没有减轻，但是伊万·伊利奇却强自振作，硬要自己相信病正在好转。当没有什么事情使他心神不宁的时候，他还可以欺骗欺骗自己。但是一遇到他和妻子发生不快，或是出现了公务上不顺心的事，以及打文特的时候手气不好，他就立刻感到自己病得很厉害。过去，他也遇到过这些不顺心的事，但是他期望着很快就可以改变逆境，他将奋发自强，取得成功，赢得全胜。可是现在任何不顺心的事都使他灰心丧气，悲观绝望。他寻思：瞧，我刚开始见好，药力正开始起作用，偏偏又遇到这桩可诅咒的不幸或是不愉快的事……于是他怨恨那件不幸的事，以及那些存心跟他过不去、想将他置之死地而后快的人。他感到这种怨恨会断送他的性命，但他又无法克制这种积愤。看来，他自己应该明白，他的这种怨天尤人只会加重他的病情，因此他不应该去理睬那些令人不愉快的区区小事。但是他的做法却适得其反：他说他需要安静，他也密切注视着破坏这种安静的一切，可是一遇到任何稍许破坏这种安静的事，就升起一股无名火。他读了一点医书，并常常去看医生，这就使他的病情更恶化了。但是病情的恶化是渐进的，因此将这一天与另一天相比，似乎差别也不大，因此他还能欺骗自己。可是当他去找医生看病时，他又觉得他的病情正在恶化，甚至发展迅速。尽管如此，他还是经常去就医。

这个月，他又去拜望了另一位名医，这位名医所说的话几乎和第一位一模一样，只是问题的提法略有不同罢了。找这位名医看病，只是加重了伊万·伊利奇的怀疑和害怕。他的朋友的朋友是一位很好的医生——可是他对疾病又作了完全不同的诊断——虽然如此，他却保证此病一定能够痊愈，可是他提出的问题和所做的假设却把伊万·伊利奇弄得更糊涂了，使他的疑心更深了。一位顺势疗法①派医生对疾病又作了另一种诊断，并给他开了药。于是伊万·伊利奇就悄悄地瞒着大家，把这药服了近一个星期。但是一星期以后，因为不见起色，他对过去的治疗和这次的治疗都失去了信心，更加心灰意懒起来。有一次，一位相识的太太讲到拜求神像能包治百病。伊万·伊利奇发现自己正在凝神倾听，并且对此事的可靠性信以为真。这个情况使他感到骇然。"难道我竟糊涂到这种程度了吗？"他暗自思忖，"不要紧！一切都是扯淡，不要疑神疑鬼了，应当选定一位医生，严格服从他的治疗。我就这么办得了。现在就此结束，再别去想它了，要严格执行治疗直到夏天。到那时候再看情况，这种犹豫不决现在该结束了……"这话说起来容易，可就是办不到。肋下的疼痛一直在折磨着他，似乎还在不断加剧，而且越来越变成经常性的，嘴里的味道也变得越来越怪了。他觉得他嘴里发出一股令人恶心的怪味，

---

① 有些药物大量应用在健康人身上，能产生一些症状，和要用此种药物来治疗的疾病的症状相似。用极微量此种药物治疗其病的方法，即顺势疗法。

他的食欲和体力也越来越差。不能再欺骗自己了。一件可怕的、新的、在伊万·伊利奇的一生中没有比这更重大的事情，在他身上发生了。关于这点只有他一个人知道，周围所有的人都不明白，或者不愿意明白，他们还以为世界上的一切都在照常进行。正是这一点使伊万·伊利奇感到最痛苦。

他看到，他的家属，主要是妻子和女儿，正热衷于出门拜客。她们什么也不懂，还嗔怪他老是闷闷不乐、吹毛求疵，似乎他在这方面犯了什么过错似的。虽然她们极力掩饰，可是他看得出来，他妨碍了她们，但是妻子对他的疾病也给自己规定了一定的态度，不管他说什么和做什么，她都对此恪守不渝。这个态度是这样的。

"你们是知道的，"她对自己的朋友们说，"伊万·伊利奇就像一切善良的人们那样，总不肯严格执行医生规定的治疗。今天他遵守医嘱服药和吃饭，按时就寝，可是到明天，我稍一疏忽，他就会突然忘了服药，吃起了鲟鱼——这是不许他吃的——并且坐下来打文特，一打就到 1 点钟。"

"唉，这是哪辈子的事呀？"伊万·伊利奇恼火地说，"不就是有一回在彼得·伊万诺维奇家嘛。"

"那昨天跟舍别克呢？"

"反正我也疼得睡不着……"

"不管什么原因，反正你这样下去永远也好不了，而我们却陪你受罪。"

普拉斯科维娅·费奥多罗夫娜对待丈夫的疾病的表面上的、说出来让别人和他本人听的态度就是如此，即这个病都是伊万·伊利奇自找的，而且这整个疾病乃是他对妻子所做的一件新的令人不愉快的事。伊万·伊利奇感到，她的这种态度是不自觉的，但是这种想法并没有使他感到好受些。

在法院，伊万·伊利奇发现，或者他自以为发现，人们对待他的那种同样奇怪的态度：一会儿他觉得，人们都在端详他，就像端详一个即将出缺让位的人一样；一会儿他的朋友们又突然友好地嘲笑他的疑神疑鬼，仿佛在他体内出现的那个非常可怕的，前所未闻的疾病正在不断地折磨他，而且正在不可阻挡地把他带往某处——这事倒成了他们最愉快的笑料似的。特别是施瓦茨的喜笑颜开，精力充沛和落落大方使他十分恼火，这一切使伊万·伊利奇想起了他本人在十年以前的模样。

朋友们常常前来凑牌局，大家就座。发牌，洗牌，红方块加红方块，共计七张。他的对手说没有王牌，于是给了他两张红方块二。还有什么可说的呢？兴高采烈，很可能赢得全胜。可是伊万·伊利奇却突然感到一阵隐隐作痛以及嘴里的那股味儿，对于自己会获得全胜居然感到高兴，他觉得十分荒唐。

他瞧着自己的对手米哈伊尔·米哈伊洛维奇，瞧着他如何用他那灵活的手拍着桌子，然后彬彬有礼而又宽容大度地放开输掉的牌，把它们推到伊万·伊利奇的身边，以便给他一种把赢得的牌收起来的愉快，而无须麻烦他远远地伸出手去。"他在想什么呀，他以为我衰弱到不能远远地伸出手去了吗？"伊万·伊利奇这样想着，把他的王牌忘了，多出了一次王牌，结果打了自己的牌。他本来已经胜券在握，最后却以三分之差输掉了，而最可怕的则是他看到米哈伊尔·米哈伊洛维奇十分难过，而他倒处之泰然。他为什么对一切都漠然置之？真叫人想起来都觉得可怕。

大家看到他很不舒服，便对他说："如果您累了，我们就不打了吧。您休息一下。"休息？不，他一点都不累，他们打完了这一圈。大家都闷闷不乐，沉默寡语。伊万·伊利奇觉得，他把这种闷闷不乐也传染给他们了，但又无法把它驱散。他们吃完晚饭，就各自回家了，只留下伊万·伊利奇一个人在独自寻思：他的生活毫无乐趣，而且使别人的生活也抑郁寡欢。此外，这种有害的状况不是在减弱，而是越来越厉害地渗透到他的整个机体之中。

他带着这样的想法，再加上肉体上的痛苦和内心的恐惧，躺到床上，而且他常常由于疼痛大半夜都睡不着。可是第二天早晨又得起床、穿衣、上法院、说话、写字，如果不去上班视事，那就得一昼夜二十四小时都待在家里，而其中的每一小时都是痛苦。他就这样生活在死亡的边缘上，而且孤孤单单，没有一个人了解他，没有一个人可怜他。

五

一两个月就这样过去了。在新年之前，他的内兄来到他们的城市，要住在他们家。当时伊万·伊利奇在法院。普拉斯科维娅·费奥多罗夫娜出去买东西了。他从公廨回来，走进自己的书房时，在那里遇到了他的内兄。他的内兄是一个健康好动的人，正在亲自收拾皮箱。他听见伊万·伊利奇的脚步声便抬起头来，默默地瞧了他一秒钟。这一瞥向伊万·伊利奇说明了一切。他内兄张开了嘴，一声"哎呀"没有喊出口便忍住了。这个动作肯定了一切。

"怎么，我变了吗？"

"是的……有点变化。"

他内兄说过这话以后，尽管伊万·伊利奇一再把话题引向自己的外表，他仍旧讳莫如深。普拉斯科维娅·费奥多罗夫娜回来了，他内兄便去找她。伊万·伊利奇锁上了门，照起了镜子，先照正面，接着又照侧面。他拿起了他和妻子的合影，把他的照片和他在镜中所看到的容貌两相对照：变化是巨大的。接着他捋起袖子，露出了胳膊瞧了瞧，又把袖子放下来，坐到沙发榻上，脸变得比黑夜还阴沉。

"不行，不行。"他自言自语道，接着便迅速站起身来，走到桌子跟前，打开卷宗，开始披阅，但是他读不下去。于是他打开了门，向客厅走去。客厅的门是关着的。他蹑手蹑脚地走到房门跟前，开始倾听。

"不，你太夸大其词了。"普拉斯科维娅·费奥多罗夫娜说。

"我怎么夸大其词了？你怎么看不出来呢，他已经是死人了，你瞧瞧他的眼睛，没有光。他生的什么病？"

"谁都不知道。尼古拉耶夫——这是另一位医生——说是什么什么，反正我也弄不清。可是列谢季茨基——就是那位名医——说恰好相反……"

伊万·伊利奇走开了，回到自己的房间，躺下来，开始想道："肾，游走肾。"他想起了医生对他说过的所有的话：肾怎样脱落，又怎样游走。于是他便在脑海中殚思极虑地想要捉住这个肾，不许它乱动，把它固定下来。他觉得自己的要求并不高。"不，我还得再去找一下彼得·伊万诺维奇，就是那位有医生朋友的朋友。"他摇了摇铃，吩咐套马，准备出门。

"你到哪儿去呀，Jean①？"妻子带着特别伤感和难得的和善的表情问道。

这种难得遇到的和颜悦色使他升起一股无名火。他阴郁地望了她一眼。

"我要去拜望一下彼得·伊万诺维奇。"

于是他就去拜望了那位有医生朋友的朋友。接着又同他一起去拜望了那位医生。他遇见了他，并同他谈了很长时间。

他从解剖学和生理学的角度详细分析了——按照医生的看

---

① 法语：约翰。相当于俄语中的伊万。

法——在他体内发生的种种情况，一切都明白了。

盲肠里有一个玩意儿，一个小玩意儿。这一切是能够治愈的。只要加强某一种器官的功能，并减弱另一种器官的活动，便能发生一种吸收作用，一切也就康复了。他回家吃饭稍许迟了点。他吃了饭，愉快地聊了一会儿天，但是很久都下不了决心回到自己的房间里工作。最后，他终于向书房走去，并且立刻坐下来办公。他披阅着案卷，工作着，但却时时刻刻想着还有一件暂时搁置一旁的重要的心事，必须等公务完毕之后再行处理。当他办完公事，他才想起，这件心事乃是对于盲肠的种种焦虑。但是他并没有陷于这种焦虑之中，他走到客厅去喝茶。这时正好有客人来访，大家在说话，弹琴，唱歌；那位法院预审官，女儿心爱的未婚夫也在座。照普拉斯科维娅·费奥多罗夫娜的说法，这个夜晚，伊万·伊利奇过得比其他人都愉快，但是一分钟也没有忘记还有一件暂时搁置一旁的关于盲肠的重要心事。11点钟的时候，他向大家告辞后回到了自己的房间。自从他患病以来，他就独自一人睡在书房旁的一个小房间里。他走进去，脱了衣服，拿起一本左拉的小说，但是他没有看书，而是在想。于是在他的脑海里便出现了他所向往的盲肠的康复。它经过吸收与分泌终于恢复了正常活动。"是的，这一切都是这样的。"他自言自语道，"不过应当助造化一臂之力。"他想起了药，于是便支起身子来服了药，接着又仰面躺下，注意药物如何在有效地起作用，药物又如何在消灭疼痛。"不过应当适时服药，以免发生副作用，我现在已经觉得稍许见好了，大大地见好了。"他开始抚摩肋下，摸上去并不疼。"是的，我不感到疼，的确已经大大见好了。"他吹灭了蜡烛，侧身躺下……盲肠正在康复和吸收。陡地，他感到一阵原有的熟悉的疼痛，一种隐隐约约的酸痛，而且疼个没完，疼痛虽微，但是很严重。嘴里又是那股熟悉的叫人恶心的怪味。他的心开始作痛，头脑一阵发晕。"我的上帝，我的上帝！"他说道，"又来了，又来了，永远也不肯停止了。"接着，他又蓦地看到了事情的另一面。"盲肠！肾，"他自言自语道，"问题不在盲肠，也不在肾，而是一个生与……死的问题。是的，有过生命，可是生命正在离开我，离开我，而我却没法留住它。是的，何必欺骗自己呢？我要死了——除了我以外，难道大家都不看得清清楚楚吗，问题仅仅在于还有多少星期，多少天罢了——也许就近在眼前？过去是光明，现在却是一片黑暗。过去我在这里，现在却在到那儿去！到哪儿去呢？"他感到浑身一阵发冷，呼吸停止了，只听见心脏在跳动。

"如果我不在了，那么还有什么呢？什么也没有了。那么当我不在的时候，我在哪儿呢？难道是死吗？不，我不想死。"他跳起来，想要去点蜡烛，他用发抖的手摸了一阵，把蜡烛和蜡烛台都碰倒在地板上，于是他又往后倒下，倒在枕头上。"何必呢？反正一样，"他睁开两眼凝视着黑暗，自言自语道，"反正是死。是的，死。可是他们谁也不知道，谁也不愿意知道，谁也不可怜我。他们在玩，可以听见从门外传来的远远的歌声和伴奏曲。他们对一切都置之漠然，可他们也同样要死的。这帮傻瓜们。我先死，他们后死，他们也一模一样。可是他们却在洋洋得意。这些畜生！"愤怒窒息着他。他感到十分痛苦，心头有说不出的难过。总不会是所有的人都命中注定非受这种可怕的恐怖不可吧。他爬起身来。

"反正这样不妥。应当安静下来，应当把一切从头到尾细细地考虑一番。"于是他就开始思前想后，"是的，且说得病之初。先是肋部碰了一下，我依然那样，今天如此，明天也还是如此。有一点酸痛，后来痛得厉害了些，然后去看医生。后来是沮丧，忧虑，又去看医生。于是我就越走离深渊越近了。体力减退。越走越近了。我变得憔悴不堪，两眼没有神。死就在眼前，可是我却在想什么盲肠。我想修复盲肠，可是这却是死期将至。难道是死吗？"他又感到一阵恐怖，开始上气不接下气地弯下腰去寻找火柴，可是却把胳膊肘碰到了床头柜上。它妨碍了他，把他碰得很疼，他一时怒起，便用力推了它一下，把床头柜推倒在地。他在绝望中气喘吁吁地仰面倒下，等待死马上来临。

这时候，客人们正在陆续告辞。普拉斯科维娅·费奥多罗夫娜正在送客。她听见有东西摔倒的声音，便走了进来。

"你怎么啦？"

"没什么。无意中碰倒的。"

她走出去，拿来一支蜡烛。他躺着，沉重和急促地喘着气，宛如跑了一俄里似的，目光呆滞地凝视着她。

"你怎么啦，Jean？"

"没……什么。碰……倒……了。"接着他又想道，"有什么可说的呢？她不会懂的。"

她的确不懂。她捡起了蜡烛，把它点着了，就匆匆走了出去：她要去送一位女客。

当她回来的时候，他依旧仰面躺着，望着上方。

"你觉得怎么样，你觉得病情更重了吗？"

"是的。"

她摇了摇头，又略坐了片刻。

"我说，Jean，我在想是否要把列谢季茨基请到家里来一趟。"

这就是说她想把那位名医请来，而不吝惜钱。他苦笑了一下说："不必了。"她略坐片刻便走到他身边，吻了吻他的前额。

当她吻他的时候，他对她真是恨之入骨，只是强忍着才没有把她推开。

"再见。上帝保佑你安睡。"

"好吧。"

六

伊万·伊利奇看到自己快要死了，经常处在绝望之中。

在内心深处，伊万·伊利奇知道他快要死了，但是他对这种想法不仅不习惯，而且简直不明白，怎么也弄不明白这一点。

他在基泽韦特的《逻辑》[①] 中所学到的那个三段论法的例子：卡伊是人，人都是要死的，所以卡伊也要死。这个例子他毕生都认为是对的，但仅仅适用于卡伊，而绝不适用于他。那是指卡伊这个人，一般的人，因此这是完全正确的；但是他既不是卡伊，也不是一般的人，他乃是一个从来都有别于所有其他人的完全特殊的人，他是万尼亚[②]。他先和妈妈、爸爸、米佳和沃洛佳在一起，整天和玩具、车夫、保姆一起厮混，后来又和卡坚卡在一起，经历过童年、少年和青年时期的喜怒哀乐。难道卡伊也闻过万尼亚那么喜欢闻的条纹皮球的气味吗？难道卡伊也是那么吻母亲的手的吗？难道母亲衣服的绸褶也是那么对卡伊窸窣作响的吗？难道他也在法律学校为了馅儿饼的事闹过风潮吗？难道卡伊也是这么谈恋爱的吗？难道卡伊也能这样开庭审案吗？

卡伊的确要死的，他也应当死，但是对于我，对于万尼亚，对于有感情有思想的伊万·伊利奇，这就是另一回事了。我也要死，这是绝不可能的。这简直太可怕了。

他所感觉到的就是如此。

"如果我也必须像卡伊那样死去，那我是应当知道这个的，我

---

① 基泽韦特(1766—1819)，德国哲学家，康德哲学的诠释者。他所著的逻辑教科书的俄译本曾在沙俄学校中被广泛采用。

② 万尼亚是伊万的小名。

是应当心中有数的，但是心中却毫无此种感觉。我和我所有的朋友都明白，这绝不会和卡伊一样。可现在却变成了这样！"他自言自语道，"这是不可能的。虽然不可能，但却是事实。这是怎么回事呢？我应当如何来理解这个呢？"

他无法理解，于是就极力驱除这个想法，认为这是一种虚妄的、不正确的、病态的想法，并且极力用另一些正确的、健康的想法把它们挤走。但是这一想法不仅是想法，而且似乎就是现实，它又来了，伫立在他的面前。

他又逐个地唤出另一些想法来取代这一想法，希望能够从中寻到支持。他企图回到从前的思路上去，这些思路过去曾为他遮挡过关于死的想法。但是说来也怪，过去遮挡过、掩盖过、消灭过关于死的意识的一切，现在已经不能再起这个作用了。最近一个时期，伊万·伊利奇的大部分时间都用来企图恢复过去的感情思路，不再去想到死。他一会儿对自己说："我应该去办公，过去我就是靠它生活的。"于是他就摈弃一切疑虑，向法院走去。他与同僚们交谈几句后便坐下来，按照老习惯漫不经心地，用若有所思的目光环视了一下公众，然后用瘦削的两手支着橡木软椅上的扶手，与平素一样探过身去，俯向同僚，并把案卷推过去一点，低声交谈了几句，然后他蓦地抬起眼睛，端端正正地坐好，发表了一些老生常谈，就宣布开庭。但是倏地在半中间，他肋下的疼痛毫不理会审案的进程，开始隐隐作痛起来。伊万·伊利奇注视着，极力不去想它，但是它却在继续作祟，它又来了，伫立在他面前，瞧着他，于是他大惊失色，眼睛里的光熄灭了，他又开始问自己："难道只有它才是真实的吗？"他的同僚和下属惊讶和痛心地看到，像他这样一位卓越、精明的法官，也居然会乱了章程，出现差错。他抖擞起精神，极力使头脑清醒，他好不容易才把审讯进行到终了，快快不乐地坐车回家。一路上，他伤心地想到，他的审判工作再也不能像过去那样把他想要隐蔽的事情隐蔽过去了，即使埋头审案，他也不能摆脱它。而最糟糕的是，它之所以引起他的注意，并不是为了想叫他做什么事，而仅仅是为了叫他看着它，正视它，什么事也别做地看着它，并忍受难以形容的痛苦。

为了摆脱这种状况，伊万·伊利奇就去寻求安慰，寻找别的挡箭牌，别的挡箭牌果然被找到了，并在一个短时间内似乎救了他，但是又立刻失去了招架的力量，倒不是因为这些挡箭牌被毁坏了，而是被洞穿了，似乎它能穿越一切，任何东西也无法阻挡它。

在最近这个时期，他有时走进由他布置的那间客厅，他摔倒的那间客厅。他为了这间客厅——他想起来都觉得痛心、可笑——为了布置这间客厅，他牺牲了自己的生命，因为他知道他的病是从那次碰伤开始的。他走进客厅，蓦地看到在油漆一新的桌子上有一处被什么东西划破的痕迹。他找寻原因，终于发现这是相册边上被弄弯了的青铜饰物造成的。他拿起了那本由他充满了爱粘贴起来的珍贵的相册，对女儿和她朋友们的漫不经心感到十分恼火。相册中有的地方被撕破了，有的照片被放倒了。他仔仔细细地把这些整理好，把相册上的铜饰又扳正了。

接着他想把这一套放置相册的 é tablissement[①] 移到另一个墙角里去，靠近花。他叫来了仆人：让女儿或者妻子前来帮忙。她们不同意，跟他抬杠，他据理力争，大发脾气。但是一切都很好，因为他把它给忘了，看不到它了。

不过当他亲自把东西移过去的时候，妻子却说："这又何苦呢？用人们会做的，你又要做对自己有害的事了。"这时，它突然

———————————
① 法语：设备。

穿过挡箭牌，一闪而过，他看见了它。它一闪而过，他还抱着希望它将就此隐匿不见，但是他不由得注意了一下肋下，那儿仍旧是老样子，还跟从前一样在隐隐作痛，他已经忘不掉它了，它分明在花丛后面窥视着他，这一切究竟是为什么呢？

"是的，就在这里，在这个窗帘上，我就像对敌发动猛攻时捐弃了生命。果真是这样吗？多么可怕，又多么愚蠢啊！这是不可能的！不可能的，然而这却是事实。"

他走进书房，躺了下来，他又和它单独待在一起了。他与它四目对视，但却拿它无可奈何。他只能望着它，不寒而栗。

七

伊万·伊利奇患病的第三个月，怎么就会出现这样的情况呢？这是没法说清楚的，因为这是一步一步、不知不觉地发生的，但是却出现了这样一种状况：无论是他的妻子、儿女，还是他的用人、朋友、医生，而主要的是他自己，大家都知道，别人对他的最大兴趣仅仅在于他是否能很快地、最终地让位，使活着的人摆脱因他的存在而产生的麻烦，而他自己也可以从自己的痛苦中解脱出来。

他睡得越来越少了，人家给他吃鸦片，并且开始给他注射吗啡，但是这并没有减轻他的痛苦。他在昏昏欲睡的状态中所感到的那种隐隐约约的哀愁起初曾使他的疼痛稍减，因为这是一种新的感觉，但到后来，它却变得同样痛苦，甚至比明显的疼痛更让人受不了。

人们遵照医嘱给他准备了特制的食物，但是他却觉得这些食物越来越没有味道，越来越让人生厌。

他们还给他做了一套供大小便用的特殊装置，可是每次都是活受罪。他感到受罪是因为这不干净、不体面，而且有臭味，再加上他知道，若要办理此事，还得有人在一旁伺候。

然而正是在这件不愉快的事情中，伊万·伊利奇得到了安慰。每次都由一个名叫格拉西姆的专管打杂的农民来把便盆拿出去。

格拉西姆是一个穿着整洁、面色红润、吃了城里的饭菜以后发起胖来的年轻庄稼汉。他永远乐呵呵的，性格开朗。起初，看到这个永远干干净净地穿着俄国式服装的用人干这种令人作呕的事，伊万·伊利奇感到不好意思。

有一次，他从便盆上站起来，没有力气把裤子提起来，便跌坐在软椅上，他恐惧地望着自己那裸露的、瘦骨嶙峋的、软弱无力的大腿。

这时格拉西姆迈着轻快有力的步伐走了进来，他穿着一双厚皮靴，随身带来一股皮靴发出的好闻的柏油味和一种沁人心脾的冬天的户外气息。他围着一条干净的麻布围裙，里面穿着一件干净的花布衬衫，挽着袖子，露出他那年轻有力的胳膊，他没有抬头望伊万·伊利奇——显然，他在抑制着在他脸上焕发出的生命的欢乐，免得使病人看了不痛快——径直走到便盆跟前。

"格拉西姆。"伊万·伊利奇用衰弱的声音说。

格拉西姆哆嗦了一下，显然是因为害怕做错了什么事。他动作敏捷地把他那红润、善良、单纯、年轻、刚开始长出胡子的脸向病人转了过来。

"您有何吩咐？"

"我想，你干这事一定感到不愉快吧。请你原谅我。我没有力气。"

"这是哪儿的话，老爷。"格拉西姆的眼睛一闪，露出了他那年轻的、洁白的牙齿，"为什么不侍候您呢？您有病嘛。"

于是他就用他那灵巧、有力的双手做完了自己惯常做的事，接着便轻手轻脚地走了出去。五分钟后，他又同样轻手轻脚地走了回来。

伊万·伊利奇依然坐在沙发椅上。

"格拉西姆，"当格拉西姆把洗干净的便盆放好以后，他说道，"请你过来一下，帮帮我的忙。"格拉西姆走上前去。"把我扶起来。我一个人太费劲了，可我又把德米特里打发走了。"

格拉西姆走上前去，用他那有力的双手抱住了他，就像他走起路来十分轻巧一样，灵巧而又轻轻地把他抱起来，一只手扶着他，另一只手给他提上了裤子，接着便想把他放下，让他坐好。可是伊万·伊利奇请他把自己扶到长沙发上去。格拉西姆就毫不费力地，似乎没有碰着挤着似的，连扶带抱地把他挪到沙发近旁，让他坐好。

"谢谢。你干什么都……那么灵巧，那么好。"

格拉西姆笑了笑，想要走开。但是伊万·伊利奇觉得跟他在一起十分舒服，他不想让他走。

"还有一件事：请你把那把椅子给我端过来。不，就这一把，把它放在我的脚下。我的腿抬高一点好受些。"

格拉西姆把椅子端过来，不磕不碰地一下子就把椅子放到了地板上，接着便把伊万·伊利奇的两腿扶起来放到椅子上。伊万·伊利奇觉得，当格拉西姆把他的两腿高高抬起的时候，他感到好受了些。

"我的腿抬高一点好受些，"伊万·伊利奇说，"请你把那边的那个靠垫给我搁在腿底下。"

格拉西姆照办了。他又把他的腿抬起来，然后放下。当格拉西姆把他的腿抬起来的时候，伊万·伊利奇又觉得好了些。他把腿放下，他就觉得差一些。

"格拉西姆，"他对他说，"你现在有事吗？"

"没有，老爷。"格拉西姆说，他向城里的用人们学会了怎样跟老爷们说话。

"你还需要做什么事吗？"

"我还需要做什么事吗？事情都做完了，不过还要劈点儿柴留明天用。"

"那么你给我把脚架高一点行吗？"

"那有什么不行的，行。"格拉西姆把他的腿抬高了一些，于是伊万·伊利奇觉得，这种姿势使他一点都不觉得疼了。

"那么劈柴怎么办呢？"

"您放心吧。咱来得及。"

伊万·伊利奇吩咐格拉西姆坐下来扛着他的腿，并且和他攀谈起来。事情也怪，他觉得，格拉西姆扛着他的腿，他就好受些。

从此以后，伊万·伊利奇有时就叫格拉西姆来，叫他用肩膀扛着他的腿，并且很喜欢跟他说话。格拉西姆轻快、乐意、纯朴而且善良地做着这事，这种善良使伊万·伊利奇深为感动。所有其他人身上的健康、精力充沛和精神焕发，常常使伊万·伊利奇觉得反感，只有格拉西姆的精力充沛和精神焕发不但不使伊万·伊利奇感到难受，反而使他得到安慰。

伊万·伊利奇感到最受不了的是虚伪，那种不知为什么被大家默认的虚伪，说什么他只是有病，而不是快要死了，只要他安心治病，就会取得某种很好的效果。可是他心里明白，不管他们做什么，除了更加折磨人的痛苦和死以外，什么效果也不会有。这种虚伪使他感到受不了。他感到受不了的是，大家都知道而且他也知道的事，他们就是不肯承认，而是想就他的险恶的病情对他说谎，而且还想迫使他本人也参加到这个骗局中来。虚伪，在他临死前施加到他头上的这种虚伪，这种把他的死这样一件可怕的、庄严的行为，同他们所有这些出门拜客、窗帘、午餐的鲟鱼降低到同一水平的虚伪，使伊万·伊利奇感到非常痛苦。说来也怪，每当他们向他玩弄这些花招的时候，他差点没向他们大喝一声：别再说谎了，你们知道，我也知道我快要死了，那就请你们起码别再撒谎好吧。但是他从来没有勇气这样做。他看到，他濒临死亡这样一件极其可怕的事，居然被他周围所有的人，被他毕生信奉的所谓"体面"本身，贬低到了一种偶然的、不愉快的事情的水平，一种多少有碍体面的事情的水平，就如人们对待一个身上发出臭味的人走进客厅一样。他看到，没有一个人可怜他，甚至没有一个人愿意了解一下他的处境。只有格拉西姆一个人了解他的处境，并且可怜他。因此，伊万·伊利奇只有和格拉西姆在一起才觉得好受些。有时候，格拉西姆接连几夜整宿整宿地扛着他的两腿，不肯去睡觉，还说："您放心吧，伊万·伊利奇，我会睡够觉的。"有时候，他会猝然跟他"你我"相称，补充道："要不是你有病，要不，为什么不待候你呢？"听到这话，他心里就觉得舒服。只有格拉西姆一个人不说谎，从各方面看来，只有他一个人懂得事情的真相，并且认为对此无须隐瞒，他只是可怜这位衰弱的、憔悴不堪的老爷。甚至有一次，当伊万·伊利奇打发他去睡觉的时候，他还直率地说：

"我们大家都要死的。为什么不待候您呢？"他说这话的意思是，他并不认为干这活是受累，因为这活儿是为一个快要死的人干的，他希望这事落到他头上的时候有人也能替他干同样的活儿。

除了这种虚伪以外，或者说正是由于这种虚伪，伊万·伊利奇感到最痛苦的是，没有一个人像他所希望的那样来可怜他：有时候，在经过长久的痛苦之后，他真希望——尽管他不好意思承认这一点——能有人像可怜一个有病的孩子那样来可怜可怜他。他真希望人们能像爱抚和安慰孩子们那样来爱抚他，吻他，为他而哭泣。他知道他是一位显赫的高等审判厅委员，他的胡子都白了，因此这样做是不可能的。尽管这样，他还是希望能够如此。在他和格拉西姆的关系中，有些地方与此颇相类似，因此他和格拉西姆的关系使他得到安慰。伊万·伊利奇真想哭，真想有人来爱抚他，为他哭泣，就在这时候他的同僚——高等审判厅委员舍别克光临了。伊万·伊利奇本来想哭和接受爱抚的，结果反而一本正经地板起面孔对于撤销原判的决定的意义习惯地说出了自己的见解，并且固执己见。存在于他周围以及存在于他自身之中的虚伪，极大地毒化了伊万·伊利奇生命的最后几天。

八

　　早晨。正因为是早晨，所以格拉西姆走了，仆人彼得来了，他吹灭了蜡烛，拉开一扇窗帘，开始悄悄地收拾屋子。早晨也罢，晚上也罢，星期五也罢，星期日也罢——反正都一样，反正都相同。持续不断的、一刻不停的剧痛，意识到那正在无望地逐渐离开、但还未完全离开的生命，正在日益迫近的那可怕的、令人憎恨的死——只有它才是唯一的现实——还有那劳什子的虚伪。一天天，一星期一星期、一小时一小时，在这里还有什么意义呢？

　　"请问，您不要喝茶吗？"

　　"他要的是规矩。老爷们每天早上必须喝茶。"他想道。但是嘴上却说：

　　"不要。"

　　"您不要挪到长沙发上去吗？"

　　"他要收拾房间，我在这里碍事，不干净，乱。"他想道，但是嘴上却说：

　　"不要，你别管我了。"

仆人又干了一会儿。伊万·伊利奇伸出了一只手。彼得殷勤地走上前去。

"您有何吩咐?"

"表。"

彼得拿起就放在他手边的表,递给了他。

"8点半。那边还没起床吗?"

"还没呢,老爷。瓦西里·伊万诺维奇——指他的儿子——上学去了,普拉斯科维娅·费奥多罗夫娜吩咐,如果您有事找她,就去叫醒她。请问要去叫醒她吗?"

"不,不必了。"他说。接着他又想:要不要喝点茶呢?"对,茶……拿来吧。"他说。

彼得向门口走去。伊万·伊利奇害怕一个人留下。"找件什么事情来留住他呢?对,吃药。"彼得,把药递给我。"他又想:为什么不吃药呢?也许吃药还有效。他拿起茶匙喝完了药。"不,不会有效的。这一切都是扯淡,都是骗局。"他一尝到那熟悉的、甜腻的和令人万念俱灰的药味,心里就想道:不,我没法相信。但是这疼痛,这疼痛又干吗呢?它哪怕能稍微停一会儿呢。他发出了呻吟。彼得回来了。"不,去,拿茶来。"

彼得走了,剩下伊万·伊利奇一个人,他开始呻吟,这与其说由于疼痛——尽管疼得非常厉害——倒不如说由于苦恼。"老是千篇一律,一成不变,老是这没完没了的白天和黑夜,哪怕能快点呢。什么东西快点?死,黑暗?不,不。一切都比死强!"

彼得用托盘端茶进来的时候,伊万·伊利奇很长时间莫名其妙地望着他,不明白他是谁和他来干什么。彼得被他看得手足无措起来。当彼得发窘的时候,伊万·伊利奇才醒悟过来。

"对,"他说,"茶……好,你放下吧。不过你来帮我洗洗脸,换一件干净衬衫。"

于是伊万·伊利奇便开始洗脸。他洗洗停停地洗了手，洗了脸，刷了牙，然后开始梳头，而且照了照镜子。他害怕起来：头发平贴在他那苍白的脑门上，使他觉得特别可怕。

给他换衬衫的时候，他知道，如果他低下头去看一眼自己的身体，他会觉得更可怕，因此他不敢看自己。但是一切总算做完了。他穿上晨衣，裹上毛毯，在沙发椅上坐下，准备喝茶。片刻间，他觉得精神倍爽，但是当他一开始喝茶，又是那股怪味，又是那种疼痛。他勉强喝完了茶，便伸直两腿躺了下来。他躺下以后就打发彼得走了。

一切依旧。一会儿闪出一点希望，一会儿绝望的大海又奔腾咆哮，永远是疼痛，永远是忧伤，永远千篇一律，一成不变。一个人待着感到特别凄凉，真想叫个什么人来，但是他没有叫就知道，他瞧着别人心里会更难受。"哪怕再给来点吗啡呢——昏睡过去倒好。我要对他，对医生说，让他再给我想点法子。这不行，这样下去是不行的。"

一小时、两小时就这么过去了。突然，前厅里响起了门铃声。没准是医生吧。不假，这是医生，满脸红光，精神抖擞，肥肥胖胖，喜笑颜开，他脸上的那副表情似乎在说：您一定被什么事情吓住了吧，咱们就来给您安排一切。医生也知道这种表情在这里并不合适，但是他的脸上既然永远挂上了这副表情，就取不下来了，正如一个人一早穿上了燕尾服出去拜客一样。

医生精神抖擞地、令人安心地搓着手。

"真冷。外面冷得厉害。让我烤烤火。"他说这话时的表情似乎在说，只要稍候片刻，让他先暖和暖和，等他暖和过来，一切就好办了。

"嗯，我说，怎么样？"

伊万·伊利奇感到，医生想说："事儿怎么样？"但是他也觉得这样说不妥，便改口道："您夜里睡得怎么样？"

伊万·伊利奇瞧着医生，脸上的表情似乎在问："难道你说谎从来不觉得害臊吗？"但是医生却不想明白他提的这个问题。

于是伊万·伊利奇便说道：

"仍旧疼得很厉害。疼痛不止，一点没有减轻。能有点什么药就好了！"

"是啊，你们这些病人从来都是这样的。嗯，现在，我似乎暖和过来了，甚至办事十分认真的普拉斯科维娅·费奥多罗夫娜也不会对我的体温有任何意见了。来吧，您好。"于是医生跟他握了握手。

接着，医生便抛开刚才说说笑笑的态度，开始一本正经地检查病人，号脉，量体温，并开始东敲敲，西听听。

伊万·伊利奇深知，而且觉得，这一切无疑都是扯淡，都是毫无意义的骗局。可是当医生跪着，向他伸过头去，将耳朵忽高忽低地贴在他身上，带着一副神气活现的模样在他身上做着各种体操动作的时候，伊万·伊利奇却任凭他去装模作样，就如从前他听凭律师信口雌黄一样，其实他已经知道得一清二楚，他们说的话都是谎言，以及他们为什么要撒谎。

医生跪在长沙发上，还在敲打着什么，这时普拉斯科维娅·费奥多罗夫娜的绸衣在门口窸窸窣窣地响了起来，听得见她在责备彼得，为什么大夫来了不通知她。

她走进来，吻了丈夫，然后立刻开始说明她早就起床了，当大夫来的时候，只是由于她误以为是别人，她才没有在这里。

伊万·伊利奇望着她，将她浑身上下打量了一番，什么都看不顺眼：她那白皙、丰腴、干净的手和脖子，她那头发的光泽，她那充满生气的眼睛的闪光。他对她深恶痛绝。由于对她油然而生的憎恨，她的接触使他感到十分难受。

她对他以及对他的疾病的态度依然和从前一样。正如医生一旦定出了他对病人的态度，就无法更改一样，她也定出了一套对待他的态度：他不肯做他应该做的什么什么，因此只能怪他自己，于是她就爱护备至地责备他——对待他的这种态度她也已经无法更改了。

　　"他就是不听话！不肯按时服药。主要的是两脚朝上，用这样的姿势躺着可能对他有害。"

　　她告诉医生，他怎样让格拉西姆扛着他的两条腿。

　　医生亲切地微微一笑，略含轻蔑之意，他似乎在说："有什么办法呢？这些病人有时就会想出这样一些傻事，但是可以原谅。"

　　检查完毕，医生看了看表，于是普拉斯科维娅·费奥多罗夫娜便向伊万·伊利奇宣布，不管他愿不愿意，反正她今天已经请了一位名医，他将同米哈伊尔·丹尼洛维奇——那位普通医生——一起会诊。

　　"请你千万不要反对。我是为了自己才这样做的。"她话中带刺地说，以此让他明白，她做任何事情都是为了他，她只有这样说才能使他无法拒绝她。他一言不发，双眉深锁。他感到，包围着他的这种虚伪已经乱成一团，简直难辨真假。

　　她替他做的一切完全是为了她自己，她对他说，她为了自己竟做着如此令人难以置信的事，以至于他倒应该从反面来理解这话了。

　　果然，在11点半，那位名医来了。又开始了听诊，以及先是当着他的面，后来又在另一个房间里进行的关于肾脏，关于盲肠的意味深长的谈话，然后是带着意味深长的表情的相互问答，以致他们又没有谈到现实的生与死的问题——现在他面临的只有这一个问题——却提出了什么肾和盲肠的问题，说什么他的肾和盲肠似乎工作得不对头，因此现在米哈伊尔·丹尼洛维奇和那位名医即将对它们发动进攻，迫使它们就范。

那位名医带着严肃的，但却并非没有希望的神情告辞了。

伊万·伊利奇抬起了闪烁着恐惧与希望之光的眼睛，怯生生地问，他的病有没有痊愈的可能。这位名医的回答是：无法保证，但可能性还是有的。伊万·伊利奇送别医生时的抱着希望的目光是如此可怜，以致普拉斯科维娅·费奥多罗夫娜看到这个目光忍不住哭了出来。这时，她正走出他的书房门，以便把出诊费交给那位名医。

由医生的鼓励而产生的兴奋，持续的时间并不长。又是那同样的房间，同样的画、窗帘、壁纸、药瓶，又是他那同样的不断作痛、备受煎熬的身体。于是伊万·伊利奇便呻吟起来。他们给他打了一针，他就昏睡过去了。

当他清醒过来时，已是暮色苍茫，给他端来了饭菜。他勉强喝了点鸡汤，于是又周而复始，又是那正在降临的黑夜。

吃过饭以后，在7点钟，普拉斯科维娅·费奥多罗夫娜走进他的房间，她的穿着打扮就像去赴什么晚会似的。束紧的肥大的乳房，她脸上还留有脂粉的痕迹。她还在早上就向他提到过他们要去看戏。今晚有刚来此地的萨拉·贝尔纳[①]的演出，他们有一个包厢，这是他坚持要他们订下来的。可是现在他把这事给忘了，因此她的打扮他看了很不顺眼。但是，他想起这是他自己硬要订一个包厢去看戏，因为这对于孩子们是一次有教育意义的审美享受，他便把自己的恼怒隐忍了下来。

普拉斯科维娅·费奥多罗夫娜顾盼自得地走进来，但是又似乎于心有愧似的。她坐了一会儿，问了他的健康状况，但是他看到，她不过是问问罢了，并不是为了想知道，因为她也知道没什么可问的，所以她就说起了她想要说的话：要不是包厢已经订下

---

① 萨拉·贝尔纳 (1844—1923)，法国著名女演员。

了，而且埃伦、女儿和彼得里谢夫——那位法院预审官，女儿的未婚夫——都去，而且又不可能让他们单独去，她是决不会去看戏的。她巴不得守着他坐在这里倒更愉快些。不过，她不在的时候，他可千万要遵照医生的嘱咐去做。

"对了，费奥多尔·彼得罗维奇——未来的姑爷——也想进来看看你。行吗？还有丽莎。"

"让他们进来吧。"

女儿进来了，袒胸露臂，裸露着年轻的身体，那使他十分痛苦的身体。可是她却把这个身体拿出来展览。她强壮、健康，分明在热恋中，并对妨碍她幸福的疾病、痛苦和死亡感到愤怒。

穿着燕尾服、烫着点 á la Capoul① 鬈发的费奥多尔·彼得罗维奇也进来了，雪白的衣领紧紧地裹着他那长长的、青筋毕露的脖子。衬衫的前胸一片雪白，黑色的紧身裤把强壮的大腿裹得紧紧的，一只手上戴着雪白的手套，拿着高顶礼帽。

在他之后又悄悄地溜进来一个中学生，穿着新制服，可怜巴巴的，戴着手套，眼睛底下有一块乌青。他为什么会有这块乌青，伊万·伊利奇是知道的。

他一直很可怜儿子。他那吃惊的、哀伤同情的目光显得很可怕。伊万·伊利奇觉得，除了格拉西姆以外，只有瓦夏一个人理解他和可怜他。

大家坐下，又询问了他的健康状况。接着便是沉默。丽莎问母亲望远镜在哪儿。于是母女俩便拌起嘴来，是谁把它放起来了，放在哪儿。结果弄得很不愉快。

费奥多尔·彼得罗维奇问伊万·伊利奇有没有看过萨拉·贝尔纳。伊万·伊利奇先是没有听懂他问的问题，可后来又答道：

---

① 法语：卡波式。

"没看过，您看过吗？"

"是的，看过她演的 *Adrienne Lecouvreur*[①]。"

普拉斯科维娅·费奥多罗夫娜说她在演什么角色的时候特别漂亮。女儿不同意。于是又谈起了她的演技的优美与真实，也就是那千篇一律的老生常谈。

在说到中间的时候，费奥多尔·彼得罗维奇望了伊万·伊利奇一眼，便住了嘴。其他人也瞧了他一眼，闭上了嘴。伊万·伊利奇两眼闪着怒火向前直视着，分明对他们十分恼怒。必须改变这种局面，但这是无法改变的。必须想个办法来打破这种沉默。可是谁都不敢造次，大家都害怕贸然破坏这种彬彬有礼的虚伪，使大家都明白事情的真相。丽莎第一个下决心打破这种沉默。她想掩饰大家都感觉到的东西，但却说漏了嘴。

"我说，如果要去的话，也该走了嘛。"她瞧了一眼表——这是父亲送给她的礼物——说道，接着便向那位年轻人会心地——只有他俩才明白其中的意思——微微一笑，站起身来。衣服开始窸窣作响。

大家也站起身来，然后便告辞走了。

他们走出去以后，伊万·伊利奇觉得心里松快了些：没有虚伪了，虚伪和他们一齐走了，但是却留下了疼痛。还是那同样的痛，还是那同样的恐惧，不见得更痛苦些，也不见得更好受些，反正每况愈下。

又是一分钟接着一分钟，一小时接着一小时地过去了，一切依旧，永远没完没了，那不可避免的终局也变得越来越可怕了。

"好吧，把格拉西姆叫来。"他在回答彼得的问话时说。

---

① 法语：《阿德里安娜·勒库弗勒》，系法国戏剧家斯克里布 (1791—1861) 作的剧本。

九

深夜，妻子回来了。她蹑手蹑脚地走进来，但是他听见了她的脚步声。他睁开眼睛，又急忙闭上。她想把格拉西姆打发走，亲自陪他。他睁开眼睛，说道：

"不。你走。"

"你很痛苦吗？"

"反正一样。"

"你吃点鸦片吧？"

他同意了，喝了下去。她走了。

直到凌晨3点钟前，他一直处在十分痛苦的昏睡中。他感到疼痛难忍，他觉得，他被塞进一只又窄又深的黑口袋，而且被越来越深地塞进去，然而就是塞不到底。加之，这件可怕的事是在他痛苦难当的情况下进行的。他又害怕，又想钻进去。他在挣扎，然而又在帮忙。突然间，他坠落下去，跌倒了，他醒了过来。还是那个格拉西姆坐在他的床脚头，在安静地、耐心地打着盹。可是他却躺着，把穿着袜子的两条瘦骨嶙峋的腿搁在他的肩膀上；还是那支罩着灯罩的蜡烛，还是那种无休止的疼痛。

"你走吧，格拉西姆。"他低声说。

"没关系，我再坐一会儿，老爷。"

"不，你走吧。"

他把腿缩了回来，侧身躺下，把一条胳膊压在身底下，自怜自叹起来。等格拉西姆走到隔壁房间去了，他便再也忍耐不住，像个孩子似的哭了起来。他哭的是自己的孤苦无告、自己的可怕的孤独、人们的残酷、上帝的残酷甚至上帝的不存在。

"你做这一切是为了什么？你干吗要把我带到人世间来呢？你为什么，为什么要这么可怕地折磨我呢……"

他根本没有希望得到回答，他哭的是没有回答、也不可能有回答。又痛起来了，但是他没有动弹，也没有叫人。他自言自语道："你来吧，你再疼吧！但这是为什么呢？我做了什么对不起你的事了呢，为什么呢？"

后来，他安静了下来，不仅不再哭了，甚至还停止呼吸，全神贯注：似乎他不是在倾听用声音说出来的说话声，而是在倾听他内心中升起的心声和思路。

"你到底要什么呢？"这是他听到的第一个可以用言语表达出来的明确的概念。"你到底要什么呢？你到底要什么呢？"他向自己重复道，"要什么？"——"不痛苦，活下去。"他答道。

他又全神贯注，留神谛听，连疼痛也没有使他分心。

"活下去？怎么活下去？"他的心声问道。

"对，活下去，像我过去那样活下去：心情舒畅，精神愉快。"

"像你过去那样活下去，心情舒畅、精神愉快吗？"那个声音又问。于是他就开始在自己心中逐一回想起他的愉快的生活中的最美好的时光。但是，说来也怪，所有这些愉快生活中的最美好的时光，现在看去完全不像当时所感觉到的那样，而且统统如此，除了儿时的一些最早的回忆。过去，在童年时代，有一些事情是的确愉快的，如果这些事情能够回来，倒是可以为它生活。但是那个体验过这种愉快的人已经不存在了，这仿佛是关于另一个人的回忆。

造成现在的伊万·伊利奇的那些事情一开始，过去被看作快乐的一切在他的心目中便渐渐消散，变成某种渺小的、常常令人生厌的东西了。

离童年越远，离现在越近，那些欢乐也就变得越渺小、越可疑。这是从他在法律学校上学的时候开始的。在法律学校倒还有某些确实美好的东西：那里有欢娱，那里有友谊，那里有希望。但是到了高年级，这些美好的时光就少起来了。然后是在省长身边第一次供职的时候，又出现了一些美好的时光：这是对于一个女人的爱情的回忆。然后这一切便乱作一团，美好的东西变得更少了。以后美好的东西又更少了点，越往后越少。

结婚……于是骤然出现了失望、妻子嘴里的气味、肉欲和装模作样！还有那死气沉沉的公务，还有那为金钱的操心，就这样一年，两年，十年，二十年——永远是这一套。而且越往后越变得死气沉沉。恰如我在一天天走下坡路，却自以为在步步高升。过去的情形就是如此。在大家看来，我在步步高升，可是生命却紧跟着在我的脚下一步步溜走了……终于万事皆休，你去死吧！

这到底是怎么回事呢？为什么呢？这是不可能的。生活不可能这样无聊，这样丑恶。如果生活真是这样无聊，这样丑恶的话，那又何必会死去，而且是痛苦地死去呢？总有些什么地方不对头吧？

"也许，我过去生活得不对头吧？"他脑子里突然出现了这个想法，"但是又为什么不对头呢？我做什么都是兢兢业业的呀？"他自言自语道，接着他便立刻把这唯一能够解决生与死之谜的想法当作完全不可能的事，从自己的脑海里驱逐掉了。

"你现在到底需要什么呢？活下去？怎么活下去呢？像你眼下在法院里，当执行吏宣布：'开庭！……'时那样活吗？开庭，开庭，"他向自己重复道，"瞧，这就是法庭！我可没有犯罪呀！"他愤怒地大叫："为什么审判我？"接着他便停止了哭泣，把脸转过去对着墙，开始想那朝夕思虑的问题：为什么？这一切恐怖到底是为什么？

但是，不管他怎样苦苦思索，还是找不到答案。可是当他想到——这个想法常常来光顾他——这一切乃是因为他生活得不对头的时候，他又立刻想起他一生循规蹈矩，兢兢业业，于是他便把这个奇怪的想法赶走了。

<h1 style="text-align:center">十</h1>

又过了两星期。伊万·伊利奇已经躺在长沙发上起不来了。他不愿意躺在床上，所以就躺在沙发上。几乎所有的时间他都面壁而卧，他孤独地忍受着那无法解决的同样的痛苦，孤独地思考着那无法解决的同样思想。这是怎么回事呢？难道当真要死吗？于是他内心的声音便答道："是的，这是真的。"那这些痛苦又是为了什么呢？这声音又答道："就这样，不干什么。"此外，往下想就是一片空虚。

从伊万·伊利奇开始患病的时候起，从他头一次去找医生看病的时候起，他的生活就分裂为两种彼此对立、互相交替的心情：时而是绝望和等待着那不可理解的、可怕的死；时而是希望和兴致勃勃地观察着自己体内的活动；时而他眼前只看见暂时偏离自己职守的肾或者盲肠；时而又只看见那用任何办法也无法幸免的不可理解的，可怕的死。

这两种心情从他患病之初便互相交替出现。但是越病下去，关于肾的种种推测就越变得可疑和荒诞不经，而死即将光临的意识却变得越来越真切了。

他只消想一想，三个月以前他是什么样子，现在他又是什么样子，想一想他怎样在一步步地走下坡路，便任何一点希望都破灭了。

近来，他一直处在孤独之中，他孤独地脸朝着沙发背躺着。身居人口稠密的城市之中，熟人无数，家属众多，可是他却感到一种在任何地方，无论在海底还是地下，都不可能有的深深的孤独——伊万·伊利奇在这可怕的孤独中，只靠回忆往事过日子。他的过去一幕接一幕地出现在他的面前。总是从时间最近的开始，逐渐引向最遥远的过去，引向儿时，然后便停止在那里。伊万·伊利奇想起了今天端给他吃的黑李子酱，他便想起了儿时那半生不熟的、皱了皮的法国黑李子，想起它那特别的味道和快吃到核时的满嘴生津。由于想起李子的味道，同时又出现了一连串儿时的回忆：保姆、弟弟和玩具。"别想这个了……想起来太痛苦了。"伊万·伊利奇自言自语道，于是他又转向现在。他看到沙发背上的纽扣和山羊皮的皱纹。"山羊皮既贵又不结实，就是因为它起了口角。但那是另一块山羊皮，而且也是另一次争吵，当时，我们把父亲的皮包扯破了。我们受到了惩罚，可是妈妈却拿来了馅儿饼。"于是思想又停留在童年时代，伊万·伊利奇又觉得很痛苦，于是他又极力把这个思想驱散，努力去想别的事。

与此同时，随着这个回忆的峰回路转，他心中又萦回着另一串回忆——想到他的病情是怎么加剧和发展的。越是追溯回去，生活的情趣就越多。生活中的善越多，生活本身的情趣也越多。二者水乳交融，相辅相成。"正如病痛越来越厉害一样，整个生活也越来越坏了。"他这样想。在生命刚开始的时候有一小点亮光，以后便越来越黑暗，越来越迅速。"与死亡距离的平方成反比。"[1]伊万·伊利奇想。于是一块石头以加速度向下飞落的形象便深印在他的脑海中。一连串有增无止的痛苦，正在越来越迅速地飞向终点，飞向那最可怕的痛苦。"我在飞……"他战栗，动弹，想要反抗。但是他心中明白，反抗是没有用的，于是他就用他那看累了的，但又不能不看着他前面的东西的眼睛看着沙发背，等待着，等待那可怕的坠落、

---

[1] 意为离死亡越近，速度越快。

碰击和毁灭。"反抗是不行的，"他自言自语道，"但是哪怕能明白这是为什么呢！那也办不到。如果说我生活得不对头，那倒也是一种解释。但就是这点没法承认。"他自言自语道，想起自己毕生奉公守法、循规蹈矩和品行端正。"就是这点不能认账。"他一面对自己说，一面哑然失笑，好像有什么人会看见他的微笑并被他的微笑所骗似的。

"无法解释！痛苦，死……这又是为什么呢？"

十一

就这样过了两星期。在这两星期中，发生了伊万·伊利奇和他的妻子所盼望的事情：彼得里谢夫正式提出了求婚。这事发生在晚上。第二天，普拉斯科维娅·费奥多罗夫娜走进丈夫的房间，边走边寻思着怎样向他宣布费奥多尔·彼得罗维奇的求婚，可是也正是在昨天夜里伊万·伊利奇的病情进一步恶化了。普拉斯科维娅·费奥多罗夫娜看见他躺在那张长沙发上，不过换了个姿势。他仰面躺着呻吟，目光呆滞地望着身前。

她先谈到药。他把自己的视线向她转了过来。她没有把她要说的话说完。他在这一瞥中表现出了极大的憎恨，而且是对她的极大的憎恨。

"看在基督份上，你就让我安安静静地死吧。"他说。

她想走开，但是这时女儿进来了，走到他跟前去问候。他像看妻子那样望了望女儿。她问候他的健康，对于她的问题他只是冷冷答道，他很快就可以把他们大家解放出来不受他的拖累了。母女俩一言不发，坐了片刻便出去了。

"咱们到底做了什么错事啦？"丽莎对母亲说，"好像这是咱们干的似的！我可怜爸爸①，但是他干吗要折磨咱们呢？"

医生像往常一样来到了。伊万·伊利奇在回答他"是"与"否"的时候，一直用愤恨的目光盯着他，最后终于说道："您明知道您已束手无策，那您就别管我了吧。"

"咱们总可以减轻一点痛苦吧。"医生说。

"那您也办不到，您就别管我了。"

医生走进客厅，告诉普拉斯科维娅·费奥多罗夫娜说，病情很严重，若要减轻痛苦——痛苦一定很剧烈——只有一个办法，服鸦片。

医生说他的肉体痛苦很剧烈，这话倒不假。但比他的肉体痛苦更可怕的是他的精神上的痛苦，这也是他的主要痛苦所在。

他的精神上的痛苦在于，昨夜，当他望着格拉西姆那睡眼蒙眬的、善良的、颧骨突出的脸时，他突然想：怎么，难道我的整个一生，自觉的一生，当真都"错了"吗？

他想到过去他觉得是完全不可能的事，就是他的一生过得不对头——也许这是真的。他想到他反对身居最高地位的人们认为是好的东西的那些微弱的企图，那些他立刻从自己的脑海里赶走的微弱的企图——这些倒可能是对的，而其他的一切倒可能是错的。他的工作、他的生活安排、他的家，以及这些社会与公务的利益——这一切倒可能是错的。他企图在自己面前替这一切辩护，可是他忽然感到，他所辩护的事情太站不住脚了，根本就没有什么可以辩护的。

"倘若果真如此的话。"他对自己说道，"那我在离开人世的时候才认识到，我毁掉了上天给予我的一切，而且一切都已无可挽回，那又怎么样呢？"他仰面躺着，开始重新逐一检查自己整个的一生。

_____

① "爸爸"两字是用法国腔的俄语说的。

当他在早上看见用人，然后是妻子，然后是女儿，然后是医生的时候，他们的一举一动、一言一行都证实了他在夜间所发现的那个可怕的真理。他在他们身上看到了他自己，看到了他过去赖以生存的一切，他清楚地看到这一切统统错了，这一切乃是一个掩盖了生与死的可怕的大骗局。这一认识加剧了，十倍地加剧了他肉体上的痛苦。他呻吟，辗转反侧，撕扯着身上的衣服。他觉得，这些衣服使他喘不过气来，使他难受。为此，他恨他们。

他们给他服了大剂量的鸦片，他昏睡过去了，但是在吃午饭的时候疼痛又开始发作。他把所有的人统统赶了出去，痛得直打滚。

妻子走到他的身边说：

"Jean，亲爱的，这事你就算为我（为我？）做的吧。这不会有什么害处的，反而时常有用。怎么样，这没关系的。没病的人也常常……"

他睁大了眼睛。

"什么？领圣餐①吗？干什么？不要！不过……"

她哭了起来。

"行不行，亲爱的？我去把咱们的那位叫来，他非常和气的。"

"好极了，太好了。"他说。

当神父来了，并听了他的忏悔以后，他的心才软下来，他仿佛摆脱了自己的疑惑，感到一阵轻松，正由于这样，痛苦也似乎减轻了。霎时间，他升起了一线希望。他又开始想到盲肠以及治愈它的可能性。他两眼噙着泪水领了圣餐。

领完圣餐以后，他们又扶他躺下，他感到一阵暂时的轻松，

---

① 又称领圣体圣血，东正教的一种礼仪：由神父对面饼和葡萄酒（象征耶稣为众人免罪而舍弃的身体和血）进行祝祷，然后由教徒领食之。教徒临终要领最后一次圣餐。

生的希望又出现了。他想起了他们建议他做手术的事儿。"活，我想活。"他自言自语道。妻子前来祝贺他①。她说了一些人们惯常说的话，又加了一句：

"你觉得好点了，是吗？"

他看也没有看她就说道："是的。"

她的衣服，她的体态，她的面部表情，她说话的声音，统统都在对他说着同样的话："错了。你过去和现在赖以生存的一切，不过是向你掩盖了生与死的一片虚伪和一场骗局罢了。"他一想到这个，憎恨就油然而起，而伴随着憎恨又升起了肉体上的剧烈的痛苦，而与痛苦俱来的则是意识到那不可避免的、即将来临的毁灭。出现了一种新的情况：他感到一阵绞痛和刺痛，疼得气都喘不过来了。

当他说"是的"的时候，他脸上的表情是可怕的。他说完"是的"以后，便直视着她的面孔，接着便异常迅速地——就他的虚弱而言——翻过身去，脸朝下，大叫：

"走开，走开，你们别管我了！"

十二

从此刻起，便开始了不停地喊叫，这叫声是如此可怕，隔着两道门也不能不使人毛骨悚然。在回答妻子问话的那一瞬间，他就明白他完了，无可挽回了，末日，真正的末日到了，可是他的疑惑仍旧没有得到解决，疑惑仍旧是疑惑。

"哎哟！哎哟！哎哟！"他用各种声调叫道。他开始大叫："我不要！"接着便是一个劲儿地喊叫"哎哟"。

---

① 祝贺他领了圣餐。

整整三天，在这三天中，对他来说是不存在时间的，一种无形的不可抗拒的力量正在把他塞进一只漆黑的口袋，他就在那黑咕隆咚的口袋里挣扎着。他苦苦地挣扎着，就像一个死囚明知道他已不能生还，可还在刽子手的手下苦苦挣扎一样。尽管他在拼命挣扎，可是每分钟都感到他离那他胆战心惊的事越来越近了。他感到他的痛苦在于，他正在钻进那个漆黑的洞穴，而更痛苦的则是那个洞他钻不进去。妨碍他钻进去的是，他认定他的一生是光明正大的。对自己一生的这种自我开脱拽住了他，不让他前进，这就更使他痛苦不堪。

蓦地，有一股什么力量当胸对准肋下推了他一下，他的呼吸更困难了，他终于跃进了洞穴，可是在那边，在洞穴的尽头，有件什么东西在发亮。他当时的情形，就像他常常在火车车厢里发生的情形那样，他自以为在前进，其实却在后退，到末了他才突然辨明了真正的方向。

"是的，一切都错了，"他自言自语道，"但是这不要紧。可以，可以再往'对'的方面做嘛。那么什么才是'对'的呢？"他问自己，忽然安静了下来。

这事发生在第三天的末尾，在他临死前一小时。就在那时候，那个中学生悄悄地走进了爸爸的房间，走到他的床边。那个生命垂危的人还在拼命喊叫，两手乱甩。他的手打着了中学生的头。中学生抓住了它，把它贴到嘴唇上，哭了起来。

就在那时候，伊万·伊利奇跃进了洞穴，看到了光明，这时他才恍然大悟，他的一生都错了，但这事还是可以纠正的。他问他自己：那么什么才是"对"的呢？接着他便屏息静听，安静了下来。这时，他觉得有人在吻他的手。他睁开眼睛，望了儿子一眼。他可怜起他来了。妻子走到他的身边。他望了她一眼。她张开了嘴，鼻子上和腮帮子上还挂着没有擦净的眼泪，她神情绝望地望着他。他也可怜起她来了。

"是的，我给他们增添了痛苦，"他想道，"他们觉得惋惜，但是等我死了以后，他们会好起来的。"他想说这话，但是没有力气说出来。"其实，何必说呢，应当做到才是。"他这样想。他用目光向妻子指了指儿子，说道："领走……可怜……还有你……"他还想说"宽恕"，但却说成了"快去"，因为没有气力更正，他便挥了一下手，他知道，谁该明白谁就会明白的。

他突然明白了，那使他苦恼和不肯走开的东西，正从他的左右和四面八方忽然立刻都走开了。他既然可怜他们，就应当做到使他们不痛苦。做到使他们，也使他自己摆脱这些痛苦。"多么好又多么简单啊。"他想。"可是疼痛呢？"他问他自己，"它到哪里去了呢？喂，疼痛，你在哪儿呀？"

他开始寻觅。

"是的，这就是它。那有什么要紧，让它去疼吧。"

"可是死呢？它在哪儿？"

他在寻找他过去对于死的习惯的恐惧，可是没有找到它。

"它在哪儿？死是怎样的？任何恐惧都没有，因为死也没有。"

取代死的是一片光明。

"原来是这么回事儿！"他突然说出声来，"多么快乐啊！"

对于他，这一切都是在一瞬间发生的，而这一瞬间的意义已经固定不变。对于守候在旁的人来说，他的弥留状态又持续了两小时。他的胸膛中有什么东西在呼哧呼哧地响，他那瘦削不堪的身体也在微微颤抖。然后呼哧声和嘎哑声便越来越少了。

"完了！"有人在他的身旁说道。

他听见了这话，并在自己心中把这话重复了一遍。"死——完了，"他对自己说，"再也没有死了。"

他吸进一口气，但是刚吸下半口就咽了气，两腿一伸，死了。

1886 年 3 月

臧仲伦　译

伊万·伊利奇之死　**169**

克莱采奏鸣曲 ①

"只是我告诉你们：凡看见妇女就动淫念的，这人心里已经跟她犯奸淫了。"

——《马太福音》第五章第二十八节

"门徒对耶稣说，人和妻子既是这样，倒不如不娶。耶稣说，这话不是人都能领受的，唯独赐给谁，谁才能领受。因为有生来是阉人，也有被人阉的，并有为天国的缘故自阉的。这话谁能领受，就可以领受。"

——《马太福音》第十九章第十、十一、十二节

一

这事发生在早春时节。我们坐车已经走了一天一夜了。短途旅客不断上下，但是有三个旅客和我一样，从火车的始发站起就

---

① 《克莱采奏鸣曲》是贝多芬于1803年创作的 A 大调小提琴奏鸣曲，因献给法国小提琴家克莱采(1766—1831)而得名。

一直坐到现在：一个是既不漂亮也不年轻的会吸烟的太太，面容疲倦，身上穿一件男不男女不女的大衣，头上戴一顶小帽；另一个是这位太太的朋友，他的年龄在四十岁上下，十分健谈，随身带的行李都是崭新的，而且十分齐整；第三个是一位个子不高的绅士，他独处一隅，动作急速而仓促，人还不老，但是一头鬈发却显然过早地变白了，他的双目熠熠发光，异乎寻常，目光常常迅速地从一件东西转移到另一件东西上。他身穿一件出自高级裁缝之手的镶着羔皮领的旧大衣，头戴一顶羔皮的高筒软帽。他解开纽扣的时候，可以看见大衣底下穿着一件带褶的外衣和俄国式的绣花衬衫。这位绅士还有一个特点是，有时候爱发出一种奇怪的声音，既像咳嗽，又像一种欲笑又止的干咳。

在整个旅途中，这位绅士极力避免与其他旅客交谈和结识。邻座同他攀谈的时候，他的回答常常简短而生硬，他或是看书，或是一面眺望窗外一面吸烟，或是从自己的旧行囊中取出食物，独自嚼茶或吃东西。

我觉得他对自己的孤僻也感到苦恼，我几次想开口同他说话，但是每次当我们的目光相遇时——这是常常发生的，因为他就坐在我的斜对面——他就掉过头去，拿起书本，或者眺望窗外。

第二天傍晚，火车停在一个大站上的时候，这位神经质的绅士下车去打开水，为自己沏了茶。那位随身带着又新又齐整的行李的先生——我后来才知道他是一位律师——同他的邻座，那位穿着男不男女不女的大衣的会吸烟的太太，也到车站的茶座里喝茶去了。

当这位先生和这位太太不在的时候，又有几个新上车的旅客其中有一个是脸刮得光光的，满脸皱纹的高个儿老头，显然是个商人，他身穿貂皮大衣，头戴大帽檐的呢子便帽。这个商人就在太太和律师座位的对面坐了下来，并且立刻同一个年轻人攀谈起来。这个年轻人，看那模样，像是商号的伙计，他也是在这一站上车的。

我坐在他们的斜对面，因为火车停着不动，所以在没有人走过的时候，我间或能听到他们的谈话。商人先宣称，他是到自己的庄园去，他的庄园离此仅一站路，然后，他们俩就照例谈到行情和买卖，谈到莫斯科眼下的生意，接着又谈到下诺夫戈罗德的集市。那伙计便谈起他们两人都知道的某富商怎样在集市上纵酒作乐的情形，但是那老头不让他说完便讲起了过去他亲自参加过的在库纳温开怀畅饮的情景。他对自己能参加这样的豪饮分明感到很骄傲，并且洋洋得意地谈到，有一次他怎样和刚才提到的那位朋友在库纳温喝得酩酊大醉，干下了这么一件荒唐事，谈到此事他就窃窃私语，伙计听了哈哈大笑，笑得整节车厢都听得见。那老头也笑了起来，露出两颗大黄牙。

我已经不指望他们会讲出什么有意思的话来了，便站起身来，想在开车之前到站台上去走走。在车厢门口我遇到了那位律师和那位太太，他俩正边走边热烈地谈论着什么。

"要出去来不及了，"那位爱跟人搭讪的律师对我说道，"马上要摇第二遍铃了。"

我还没来得及走到车的尽头，铃声果然响起来。当我回到车厢的时候，那场热烈的谈话还在那位太太和那位律师之间继续进行着。那个老商人默默地坐在他们对面，目不斜视，间或不以为然地啧啧作声。

"后来她就直截了当地对自己的丈夫宣布，"当我走过律师身边的时候，他笑容可掬地说道，"她不能，也不愿意和他生活在一起，因为……"

接着，他又说下去，说些什么我就听不清了。在我之后又进来了一些旅客，列车员走了过去，一个办事员也匆匆地跑了进来，喧闹了好一阵。由于太吵，我听不清他们说的话。当一切重归平静以后，我才重新听到律师的谈话声，显然，谈话已经从个别的情况转到了一般性的话题。

律师说，欧洲的舆论界现在对离婚问题很有兴趣，而在我国，这一类事情也层出不穷。律师发现只有他一个人在说话，便停止了自己的高谈阔论，转过身去问老头。

"在从前那会儿可没有这样的事，对不对？"他笑容可掬地问道。

老头想要回答什么，但是这时候火车开动了，于是老头便摘下便帽，开始画十字，并低声祷告。律师把眼睛转向一边，彬彬有礼地等待着。老头念完了祷词，又画了三次十字，才端端正正地戴上自己的帽子，把帽檐压得很低，并在座位上坐端正了，方才开始说话。

"这事儿过去也常有，先生，不过要少一些，"他说，"如今这世道，这事儿哪能没有呢？大伙的文化太高了嘛。"

火车越开越快，在铁轨交接处不断发出轰隆隆的响声，因此我很难听清他们在说什么，但是听听也怪有意思的，于是我就挪近了些。我的邻座，那位目光炯炯的神经质的绅士，显然也听出了味，他在留神谛听，不过没有离座。

"受教育有什么不好呢？"那位太太淡淡地一笑，说道，"像过去那会儿，新郎新娘彼此甚至都没有见过面，难道这样结婚倒好吗？"她继续说着，按照许多太太的习惯，不去回答对方说的话，而是去回答自以为对方会说的话。"她们既不知道自己爱不爱他，也不知道能不能够爱他，就随随便便地嫁个人完事，结果痛苦一辈子，依你们看，这样倒更好吗？"她说。她这番话显然是冲着我和律师说的，她根本无意对跟她交谈的老头说这番话。

"大家的文化太高了嘛。"商人重复道，鄙夷地望着那位太太，对她的问题避而不答。

"我倒想知道您如何来解释受教育和夫妻不睦之间的关系。"律师微微露出一丝笑容,说道。

商人想说什么,但是那位太太打断了他的话。

"不,那样的时代已经过去了。"她说。

但是律师拦阻了她:"不,还是让这位先生谈谈他的高见吧。"

"有了文化尽干傻事。"老头斩钉截铁地说。

"让那些并不相爱的人结婚,然后又大惊小怪,责怪他们不能和和睦睦地过日子。"那位太太抢先说道,扫了一眼律师、我、甚至那个伙计。那个伙计从自己的座位上站起身来,一条胳膊支在椅背上,笑眯眯听着大家说话。"只有畜生才能听凭主人摆布随意交配,而人是有爱恋之心的。"她说道,分明想要刺一下那位商人。

"您这话就说得不对了,太太,"老头说,"畜生是牲口,而人是受到法律保护的。"

"跟一个人没有爱情,又怎么能生活在一起呢?"那位太太一直急于说出自己的看法,她大概觉得这些见解很新颖。

"过去可不讲这个,"老头用一本正经的腔调说道,"只是眼下才时兴这一套。有一点屁事儿,她就说:'我不跟你过啦。'庄稼汉们要这有什么用?可是这时髦玩意儿也时兴开了。说什么:'给,这是你的衬衫和裤子,统统给你,我可要跟万卡走啦,因为他的头发比你的鬈。'这还有什么可说的呢?一个女人最要紧是应该懂得害怕。"

那个伙计看了看律师、太太和我,分明忍俊不禁,并且准备看大家对老头的话作何反应来决定是表示嘲笑还是表示赞同。

"害怕什么?"太太说。

"害怕这个呗。应该害怕自己的丈——夫嘛!就是应当害怕这个。"

"哎呀，我说老爷子，那种时代已经过去啦！"那位太太甚至不无恼怒地说道。

"不，太太，那种时代是不会过去的。夏娃，也就是女人，是用男人的肋骨做的①，过去是这样，直到世界末日也是这样。"老头说道，严厉而胜利地摆了摆头，以致那个伙计立刻认定，商人已经胜利在握，于是他放声大笑起来。

"你们男人家才这么认为。"太太说，她看了我们大家一眼，依旧不肯认输，"你们自己可以胡作非为，可是却想把女人关在深闺之中。你们自己大概是可以为所欲为的吧。"

"谁也不许为所欲为。不过一个男人不会给家里惹是生非，可是一个老娘儿们却是靠不住的破鞋。"商人继续开导大家说。

商人说话的口气是那么威严，分明就要征服自己的听众了，甚至那位太太也感到自己被压倒了，但是她仍旧不服输。

"是的，但是我想，你们也会赞同的，女人总也是人吧，她也和男人一样有感情。如果她不爱自己的丈夫，她又该怎么办呢？"

"不爱？"商人皱起眉头，噘起嘴唇，厉声重复道，"没准会爱的！"

那伙计听到这个意想不到的论据特别满意，他啧啧连声，表示赞许。

"不会的，她不会爱的，"太太说道，"如果没有爱情，总不能强迫她爱吧？"

"嗯，如果妻子对丈夫不忠实，那怎么办呢？"律师说。

"这是不许可的，"老头说，"应当看好她，不许她胡来。"

"如果发生了这种事，那怎么办呢？要知道，这是常有的事呀。"

"有些人家常有，我们这儿可没有。"老头说。

---

① 出自《圣经·旧约·创世记》。

大家都默然以对。伙计动弹了一下，又凑近了些，他大概不甘落后，便笑眯眯地开口道：

"可不是嘛！我们那儿就有一个小伙子出了一件丑事。谁是谁非也是很难判断的。也是碰到了这样一个女人，偏是个骚货。她就胡搞起来了。可是这小伙子循规蹈矩，又有文化。起先，她跟账房胡搞。他好言好语地劝她，她就是不听，干尽了卑鄙下流的事，还偷起他的钱来。他就打她。可怎么样呢？她反倒越变越坏了。竟跟一个不信基督的犹太人，请恕我说句粗话，搞起破鞋来了。他怎么办呢？干脆把她给甩了。直到现在，他还在打光棍，而她呢，就到处鬼混。"

"就因为他太傻，"老头说，"要是他一开头就不许她胡来，狠狠地把她制服了，兴许她倒会安分守己。一开头就不能由着娘儿们胡来。在地里别相信马，在家里别相信老婆。"

这时候列车员进来收到下一站的车票。老头把自己的车票交给了他。

"可不是嘛，对女人就得先来个下马威，把她给制服了，要不一切都完蛋。"

"嗯，那您自己怎么刚才还谈到，有些成了家的男人还在库纳温集市上寻欢作乐呢？"我忍不住问。

"那又当别论。"商人说，从此再不开口了。

当响起火车汽笛声的时候，商人便站起身来，从座位下取出行囊，掩上衣襟，接着举了举帽子，便下车了。

二

老头一走，大伙就你一言我一语地谈起来。

"一位思想古板的老爷子。"伙计说。

"真是一个活生生的'治家格言派'①，"那位太太说，"他关于妇女和婚姻的观点多么不讲理啊！"

"可不是嘛！对于婚姻的观点我们离欧洲的看法还远得很哩。"

"要知道，这种人不明白的主要的点是，没有爱情的婚姻并不是真正的婚姻，"太太说，"只有爱情才能使婚姻变得圣洁，只有被爱情圣洁化了的婚姻才是真正的婚姻。"

伙计笑吟吟地听着，希望尽可能多地记住一些聪明的言谈以备将来应用。

就在这位太太发表宏论的中间，我蓦地听到身后一种声音，既像是戛然而止的笑声，又像是失声痛哭。我们回过头去，看见我的那位邻座，那位白发苍苍、目光炯炯的孤独的绅士，显然对我们的谈话感到了兴趣，不知不觉地走到了我们身旁。他站着，将两手放在椅背上，分明十分激动：他的脸红红的，脸上的肌肉在不停地抽搐。

"什么样的爱情……爱情……爱情……才能使婚姻变得圣洁呢？"他木讷地说。

那位太太看到谈话对方那副激动的神态，便尽可能柔和而周到地回答他。

"真正的爱情……只有男女之间存在着这种爱情，婚姻才是可能的。"太太说。

"是啊，但是真正的爱情又指的是什么呢？"那位目光炯炯的绅士不好意思地微笑着，怯生生地问道。

"任何人都知道什么是爱情。"太太说，显然不想跟他再谈

---

① 《治家格言》是俄国 16 世纪的一部要求家庭生活无条件地服从家长的法典性作品。后来人们便称恪守这个古训的老派人为"治家格言派"。

下去了。

"但是我不知道,"那位绅士说,"必须下一个定义,您到底指什么……"

"怎么?说起来也很简单。"太太说,但又沉思了一会儿。"爱情吗?爱情就是对一个男人或者一个女人具有超出对其他所有人的特别的爱恋。"她说。

"这种爱恋能保持多长时间呢?一个月?两天?半小时?"那位白发绅士笑了起来,说道。

"不,对不起,您分明别有所指吧?"

"不,我说的是同一回事。"

"她是说,"律师指着太太插嘴道,"婚姻必须首先出于一种爱恋之情,也可以说爱情吧,只有存在着这种爱情,只有在这样的情况下,婚姻才可能是某种,可以说吧,神圣的东西。其次,任何婚姻,如果没有自然的爱恋之情——也可以说爱情吧——做基础,那它自身也就没有了任何道德约束力。我理解得对吗?"他问那位太太。

太太点了点头,表示赞同他对自己想法的解释。

"其次……"律师继续说道。但是那位现在两眼熠熠发光的神经质的绅士显然再也忍不住了,他不等律师说完,便开口道:

"不,我说的也正是对一个男人或者对一个女人具有超出对其他所有人的爱恋,不过我现在要问的是:这种爱恋能保持多久?"

"保持多久吗?很久很久,有时候是终生不渝。"太太耸了耸肩膀答道。

"要知道,这种情形只有小说里才有,在现实中是从来没有的。在现实中,这种对一个人具有超出对其他人的爱恋,可能保持几年,不过这是很少见的,更多的是几个月,要不就是几星期,几天,几小时。"他说,显然知道他的意见使大家都感到吃惊,对此他颇感得意。

"哎呀，您说什么呀？那可不对。不，对不起。"我们三人不约而同地说道，甚至那个伙计也发出了某种不以为然的声音。

"是的，诸位，我知道，"那位白发绅士大声说道，把我们的声音全给压倒了，"你们讲的是自以为存在的东西，而我讲的则是实际存在的东西。任何一个男人对于每一个漂亮的女人都会体验到你们称之为爱情的那种感情。"

"哎呀，您说的话太可怕了。但是人与人之间是的确存在着那种被称作爱情的感情的呀，而且这种感情不是保持几个月和几年，而是要保持一辈子的。"

"不，这种感情是没有的。即使说一个男人终身爱着某一个女人，可是那个女人却完全有可能爱上另一个男人，这在世界上过去从来如此，现在也还是如此。"他说罢便取出烟盒，点上了一支烟。

"不，不可能，"他继续反驳道，"就像在一大车豌豆中，您看到的两粒豌豆不可能紧挨在一起一样。此外，这不仅不可能，还会产生厌倦。一辈子就爱一个男人或者一个女人——这无异说一支蜡烛可以点一辈子。"他一面说，一面贪婪地吸着烟。

"但是您说来说去都是说的肉体的爱。难道您就不允许有建立在理想上一致、精神上融洽无间的基础上的爱情吗？"那位太太说。

"理想上的一致！精神上的融洽无间！"他重复道，发出自己特有的那种怪声，"既然如此——请恕我出言粗鲁——那又何必睡在一起呢？要不然，由于理想上的一致，人们都可以睡到一块儿了。"他说罢便神经质地笑起来。

"但是对不起，"律师说，"事实与您所说的话是矛盾的。我们看到，男婚女嫁是确实存在的，全人类或者大部分人类都过着结婚生活，而且许多人都诚实地过着长期的结婚生活。"

那位白发绅士又笑了起来。

"你们说，婚姻是应该建立在爱情之上的，当我表示怀疑除了性爱以外这种爱情是否存在的时候，你们却用存在着婚姻来证明存在着爱情。可是婚姻在我们这个时代不过是一场骗局罢了！"

"不，先生，对不起，"律师说，"我只是说，过去存在，现在也还存在着婚姻。"

"婚姻是存在的。不过它为什么要存在呢？有些人把婚姻看作是某种神秘的事，看作是一种在上帝面前必须履行的圣礼。在这些人中，婚姻的确过去存在过，现在也还存在着。婚姻存在于他们之中，可是却不存在于我们之间。在我们这儿，人们虽然也男婚女嫁，但他们在婚姻中所看到的，除了性交以外，别无他物，其结果不是一场骗局就是使用暴力。当不过是欺骗的时候，那还比较容易忍受一些。夫妻双方不过在骗人。他们是过着一夫一妻制的生活，而实际上过得却是一夫多妻制和一妻多夫制的生活。这固然可憎可厌，也还差强人意。最常见的情形却是，夫妻双方都承担了同居终身的表面上的义务，可是从第二个月起就已经彼此憎恨，希望分居，但又依旧住在一起，于是便出现了可怕的精神上的痛苦，它迫使人们去酗酒，去自杀，去杀人，去服毒自尽和互相下毒。"他越说越快，不让任何人插嘴，而且越来越慷慨激昂。大家都一言不发，感到很尴尬。

"是的，毫无疑问，在夫妇生活中常有一些令人咋舌的插曲。"律师说，希望就此结束这场有伤大雅的激烈谈话。

"我看，你们已经认出我是谁了吧？"白发绅士低声地、似乎坦然地说道。

"不，我还未曾有此荣幸。"

"也谈不上什么荣幸。我就是那个您刚才暗示说发生过令人咋舌的插曲，发生过杀妻插曲的波兹内舍夫。"他迅速地瞥了一眼我们中间的每个人，说道。

谁也不知道说什么是好，大家相对默然。

"好吧，反正一样。"他说，又发出他惯常的那种怪声，"不过，请诸位原谅！啊！……我不给你们添麻烦了。"

"不，您请别那么想……"律师说，他自己也不知道"别那么想"什么。

但是波兹内舍夫对他不予理睬，而是迅速转过身去，回到自己的座位上。那位先生和那位太太在窃窃私语。我就坐在波兹内舍夫的身旁，我也想不出说什么好，只得相对无言。看书吧，天色已暗，于是我就闭上眼睛，想假寐片刻。我们就这样一言不发地坐到了下一站。

在这一站，那位先生和太太坐到另一节车厢里去了，这是他们早就和列车员说好了的。那个伙计也在座位上安顿好，睡着了。波兹内舍夫一直在抽烟、喝茶，这茶还在上一站就沏好了。

我睁开眼睛，瞧了他一眼。他蓦地坚决地，并且恼怒地对我说道：

"现在，您知道我是谁了，您跟我坐在一起也许觉得不愉快吧？那我可以走开。"

"哦，不，这是哪儿的话。"

"好，那您不想喝点茶吗？只是浓了点儿。"他给我倒了杯茶。

"他们说话……总是在撒谎……"他说。

"您指什么？"我问。

"还是那老问题：关于他们的所谓爱情以及什么是爱情的问题。您不想睡觉吗？"

"毫无睡意。"

"那您是否愿意听我讲一讲这种所谓爱情是怎样使我落到我目前这个地步的呢？"

"好吧，如果您不觉得痛苦的话。"

"不，沉默才使我痛苦。请喝茶。是不是太浓了？"

茶的确浓得跟啤酒一样，但是我还是喝了一杯。这时候列车员走了过去。他默默地，恶狠狠地目送着他。直到他离开了车厢，他才开口说话。

三

"好吧，那我就来讲给您听……不过您真的想听吗？"

我又重说了一遍我非常想听。他沉吟片刻，用两手搓了搓脸，方才开口说道：

"既然要说，那就得原原本本从头说起。必须告诉您我是怎么结婚和为什么要结婚的，以及我在结婚以前又是怎样的一个人。

"结婚以前，我跟大家一样，生活在我们这个圈子里。我是一个地主和大学学士，还当过贵族长。结婚以前，我跟大家一样，过着荒淫无度的生活，同时又跟我们这个圈子里所有的人一样，一面过着荒淫无度的生活，一面还自以为我过的生活很正当。我心想，我是一个人人见了都喜欢的男子，而且是个无可訾议的正人君子。我不是一个以勾引女人为乐的人，也没有那些不自然的癖好^①，而且也并不把这事当作生活的主要目的，就像许多与我年龄相同的人常常做的那样，我对于酒色之好是有节制的，无伤大雅的，是为了有益于健康。我避免染指那种可能用生孩子或者用对我的一往情深把我缠住的女人。话又说回来，也许，也有过孩子，也有过一往情深，但是我做得像根本没有这回事一样。对此，我不仅认为是道德的，而且还以此感到自豪。"

他说到这里，停了下来，并且发出他惯常发出的那种声音，

---

① 指喜爱男色。

每当他出现一个显然是新的想法的时候，他常常这样。

"要知道，最为人不齿的地方也就在这里。"他叫道，"荒淫无耻并不在于肉体，肉体上的任何胡作非为还不就是荒淫无耻，荒淫无耻，真正的荒淫无耻，就在于跟一个女人发生了肉体关系，而又极力摆脱对这个女人的道义上的关系。而我又偏偏把这种超然物外看作是自己的一大美德。我记得有一次我感到很痛苦，就因为我没有来得及付钱给一个大概爱上了我、并且委身于我的女人。直到后来，我把钱寄给了她，以此表示我在道义上与她毫无瓜葛之后，我才感到心安。您别点头了，好像您同意我的观点似的。"他蓦地向我嚷道，"这种花招我是知道的。你们大家，还有您，您，如果不是罕见的例外的话，充其量，您和我观点一致。不过，反正一样，请恕我直言，"他继续说道，"但是问题在于，这可怕，可怕，太可怕了！"

"什么可怕？"我问。

"我们对于女人以及同她们的关系方面所处的那个迷误的深渊。是的，谈到这一点我就无法平静，倒不是因为我发生了像他所说的那个插曲，而是因为自从我发生了那个插曲以后，我才恍然大悟，我才完全用另一种眼光来看待一切。一切都翻了个个儿，一切都翻了个个儿！……"

他点上了一支烟，然后将胳膊肘支在膝盖上，开始说下去。

在黑暗中我看不见他的脸，只是透过车厢的震动声可以听见他那令人感动的、悦耳的声音。

四

"是的，只有在像我这样受尽痛苦之后，只是由于这段心酸的经历，我才懂得了这一切的根源所在，我才懂得了什么才是对的，也因此而看到了现实生活的全部可怕之处。

"请看，把我引上这一插曲的那事是怎么开始和何时开始的吧。这事开始的时候，我还不满十六岁。发生这事的时候，我还在中学读书，我的哥哥是大学一年级的学生。当时，我还没有跟女人发生过关系，但是也像我们这个圈子里所有不幸的孩子们一样，我已经不是一个洁身自好的小孩了。我早就被别的男孩子带坏，而且已经是第二个年头了。女人，不是某一个女人，而是作为某种令人馋涎欲滴的女人，任何一个女人，女人的裸体，已经在折磨着我了。我的单身生活并不是清白的。我跟我们这个圈子里百分之九十九的男孩们一样，感到苦恼。我害怕，我痛苦，我祷告，接着便是堕落。我已经在思想上和事实上都学坏了，但是我还没有迈出最后一步。我在独自走上毁灭之路，但是我还没有染指过别人。但是有一次，我哥哥的一个同学，一个大学生，一个爱说笑逗乐的人，也就是一个所谓好心肠的糊涂虫，也就是那个教会我们喝酒、打牌的最大的混蛋，在一次开怀畅饮之后，怂恿我们到那个地方去。我们去了。当时，我哥哥也还是一个清白的少年，他也是在那天夜里堕落的。我那时还是一个十五岁的男孩，可是我玷污了自己，也参与玷污了一个女人。当时，我根本不懂我在做什么。要知道，我还从来没有听见任何一个大人说过我做的那事有什么不好。即使现在也绝不会有人听到这种话。诚然，这在圣训里有①，但是《十诫》只有在考试中回答神父问题的时候才用得着，而且也并非十分有用，还远不如在拉丁文的假定句里使用 ut 这条不

---

① 指《摩西十诫》中的第七诫："不可奸淫"。见《圣经·旧约·出埃及记》第二十章第十四节。

可移易的规律更有用。

"就这样，我还从来没有听见一个大人——他们的意见我是很尊重的——说过，这事有什么不好。相反，我倒听见我所敬重的那些人常说，这是好的。我听说，做过这事以后，我内心的斗争和痛苦就会平静下来，我非但听说过而且还读到过，我还听见大人们常说，这对健康有好处。我又听见同学们说，干这种事能叫人刮目相看，是一种敢作敢为的表现。所以，总的说来，除了一片叫好声以外，我简直看不出有任何不好的地方。那么染上脏病的危险呢？但是连这一点也是被预见到了的。这事自有为民操劳的政府在关心。它监督着青楼妓院的正常活动，保证中学生们可以放心大胆去放荡淫乱。并有一批拿着官俸的医生在监督此举。这样做是理所当然的。因为这些医生认为，淫乱有益于健康，因此他们也就制定出一套实行正确的、井然有序的淫乱的办法。我认识一些母亲，他们就是这样来关心儿子们的健康的。而且科学也怂恿他们去寻花问柳。"

"这跟科学有什么关系呢？"我说。

"医生是什么人？他们是科学的祭司。是谁断言这有益于健康而使青年人去干淫乱的勾当的？是他们。然后他们又道貌岸然地给人家治疗梅毒。"

"治疗梅毒有什么不对呢？"

"因为如果把用于治疗梅毒的精力的百分之一用来根除淫乱的话，那梅毒早就绝迹了。而事实上，人们的精力不是用来根除淫乱，而是去鼓励它，并确保进行淫乱是安全的。不过，问题并不在这儿。问题在于，不仅是我，甚至于百分之九十——如果不是更多的话——不仅是我们这一阶层的人，而且所有的人，甚至农民，都发生过这一类可怕的事。我之所以堕落，并不是因为我拜倒在某个女人的美貌的自然诱惑下。不，任何女人都诱惑不了我。我之所以堕落，乃是因为我周围的人在堕落之中所看到的不是最合法的和有益于健康之举，就是最合情合理，不仅情有可原，甚至对于年轻人还是一种没有过错的游戏。我当时根本不懂得这就是堕落，我只是开始沉湎于那种半是快乐半是需要之中。人家告诉我，一个人到了一定的年龄都会有这种需要，于是就像我开始喝酒、抽烟一样，开始沉溺于这个淫乱中。然而在我的第一次堕落中毕竟还有某种特别的、令人感动的东西。我记得，在那里，我还没有走出房间就立刻产生一种凄恻的伤心之感，我真想痛哭一场，痛哭自己童贞的毁灭，痛哭我那永远被戕害了的与女人的关系。是的，我对女人的那种自然的、淳朴的关系被永远戕害了。从那时候起，我对女人的纯洁的关系便再也没有了，也不可能再有。我成了一个人们所谓的淫棍。而做一个淫棍乃是一种生理状态，就像一个吸毒者、一个酒鬼和一个烟鬼已经不是一个正常的人一样。同样，一个为了寻欢作乐而与几个女人发生过肉体关系的男人，也已经不是一个正常的，而是一个不可救药的人——一个淫棍。正如一个酒鬼和一个吸毒者，从他们的脸色和举止一下就可以认出来一样，一个淫棍也是可以一眼就认出来的。一个淫棍可以有所节制，也可能有所斗争，但是对女人的那种淳朴的、襟怀坦荡的、纯洁的关系，那种情同手足的关系，他已经再也不会有了。从他如何端详和打量一个年轻女人的神态就可以立刻认出他是一个淫棍。于是我就成了一个淫棍，从此不能自拔，也正是这点把我给彻底毁了。"

五

"是的，正是这样。我后来就越走越远了，走上了各种各样的邪路。我的上帝！一想到我在这方面的一切令人作呕的行为，我就不寒而栗！我所记得的我的过去就是如此，可当时朋友们还嘲笑我的所谓天真无邪呢。而你听到的那些花花公子、那些军官和巴黎人又是怎样的呢！所有这些先生们，还有我，当我们这些对于女人犯下数百件形形色色骇人听闻的罪行的三十岁上下的淫棍们洗干净脸，刮了胡子，洒了香水，穿着清洁的内衣，身着燕尾服或者军服，迈步走进客厅，或者去参加舞会的时候，真乃是纯洁的象征——英俊飘逸，风流倜傥！

"您不妨想一想事情应该怎样，而事实上又是怎样的吧。本应该是这样的：在社交场合有这么一位先生来接近我的妹妹或是我的女儿，而我则深知他的生活的时候，我就应该走上前去，把他叫到一边，低声对他说：'亲爱的先生，我知道你是怎样生活的，知道你怎样过夜并且同谁在一起过夜。这里没有你立足之地。这里都是纯洁的、白璧无瑕的姑娘。你快走吧！'本来应该这样。可实际上却是：当这样一位先生翩然光临，搂着我的妹妹或者女儿，跟她跳舞的时候，只要他有钱和有关系，我们就会高兴得什么似的。也许他在看上了某个舞星①之后会对我的女儿特别垂青吧。即使他身上还留下一些病根和不健康，那也无关紧要。现在的医术十分高明。可不是吗？我就知道有几位上流社会的姑娘，由她们的父母做主，高高兴兴地嫁给了梅毒患者。哦！哦，多么令人作呕啊！总有一天这种污浊和虚伪会被揭露出来的！"

接着，他又好几次发出他特有的那种怪声，喝起了茶。茶浓极了，又没有水可以把它冲淡些。我喝了两杯茶以后感到特别兴奋。很可能，茶也对他起了作用，因为他变得越来越亢奋了。他

---

① 原文意为"谐谑歌女"。这是巴黎某个轻歌剧舞星和歌女自取的艺名。后来这一艺名成了普通名词，专指一些声名狼藉的舞星和歌女。

说话的声音也变得越来越铿锵悦耳，越来越富于表情了。他不断地变换姿势，一会儿脱帽，一会儿戴上，而且他那面部表情在我们所坐的那片半明半暗之中奇怪地变化着。

"唉，我就这样活到了三十岁，但是我一分钟也没有放弃过结婚的念头，我想为自己安排一个最崇高、最纯洁的家庭生活，于是我就抱着这个目的四处物色适合于这一目标的姑娘。"他继续说，"我一面在糜烂的淫乱生活里干着卑鄙龌龊的勾当，一面却又在到处物色就其纯洁性来说配得上我的姑娘。我对许多姑娘都看不上眼，就因为她们在我看来还不够纯洁。后来，我终于找到了一位我认为配得上我的小姐。这是奔萨省的一位从前很富有而如今败落了的地主的两位千金之一。

"有一天晚上，在我们泛舟出游之后，我们踏着月色回家。我坐在她身旁，欣赏着她那裹着针织衫的苗条的身材和她的鬈发，这时我蓦然决定，这就是我要找的那个她。在那天晚上，我觉得，我感觉到和想到的一切她都懂得，而我所感觉、所想的乃是一些最崇高的东西。实际上，只不过是那件针织衫还有她那鬈发把她的脸衬托得特别妩媚罢了。于是在那天跟她接近之后，我就想跟她更加亲近。

"真是咄咄怪事，认为美就是善，这完全是一种错觉。一个美丽的女子说了一句蠢话，你听了会不觉其蠢，反而觉得很聪明。她出言粗俗，行为卑劣，你却觉得十分可爱。而当她既不说蠢话，出言也不粗俗，但长得很漂亮的时候，你又会立刻相信，她是惊人地聪明和温良贤淑。

"我满心高兴地回到家来，认定她是一个温良贤淑的女中魁首，所以她配得上做我的妻子，于是我就在第二天提出了求婚。

"真是乱弹琴！在一千个结婚的男子里——不仅在我们的风尚习俗里，而且不幸的是也在老百姓中——未必有一个人不是在正式结婚以前已经结过十次婚的。要不就是像唐璜①一样，结过上百次、上千次婚——诚然，我听到过，也看到过，现在也有一些纯洁的年轻人，他们感到和懂得这事非同儿戏，而是一件终身大事。但愿上帝保佑他们！但是在我那个时代，一万个人里面还没有一个这样的人——这一点是众所周知的，但都装作不知道。在所有的小说里都不厌其详地描写过男主人公们的感情，描写过他们漫步的池塘和花丛。但是在描写他们对某一位少女的伟大的爱时，却无一字提及这个风流人物的过去，只字不提他出入青楼妓院，只字不提那些女仆、厨娘和别人的妻子。即使也有这样一些不登大雅之堂的小说，那也绝不让它们落到姑娘们的手中，特别是那些最需要知道这些情况的姑娘们的手中。在这些姑娘们面前，他们先是装作那充斥我们的城市甚至农村生活的半数的荒淫无耻根本就不存在。然后，人们对这种弄虚作假已经习以为常，最后，就像美国人那样，自己也开始真心实意地相信，我们都是一些生活在君子国里的正人君子。于是姑娘们，那些可怜的人儿，也就对此深信不疑。而我那不幸的妻子也就是这样信以为真的。我记得，当时我已经是她的未婚夫了，我把我的日记拿给她看，从这本日记中，她多少可以知道一些我的过去，主要是有关我最近一次的男女私情，这事她可能已经从别人那里听说了，那时不知道为什么我感到有必要把这件事告诉她。我记得，当她知道了并且懂得了这是怎么一回事以后，她是多么恐惧、绝望和不知所措啊。我看到，她那时想要抛弃我。她为什么不干脆把我抛弃呢？"

他又发出他惯常的那种声音，然后沉吟片刻，呷了一口茶。

---

① 唐璜是中世纪西班牙传说中的青年贵族，是一个到处寻花问柳、以勾引良家女子为乐的花花公子。

六

"不，话又说回来，还是这样好，还是这样好！"他大声说，"这对我是报应！但是，问题不在这儿。我想说，在这类事情里，要知道，受骗上当的只是那些不幸的姑娘。她们的母亲是知道这点的，特别是那些受过自己丈夫熏染的母亲，对这点更是洞若观火。她们装作对男人们的纯洁无瑕深信不疑，可实际上她们的做法却全然不是这样。她们知道，下什么样的钓饵才能为她们自己和为她们的女儿使男人上钩。

"只有我们男人不知道，而我们之所以不知道，乃是因为我们不想知道，可是女人们却知道得一清二楚，我们的所谓最崇高和最富有诗意的爱情，并不取决于对方的温良贤淑，而是取决于双方肉体上的接近，同时也取决于对方的发型、衣服的颜色和剪裁。试问您，一个以引诱男人为己任的、老于此道的、专爱卖弄风情的女人，她情愿冒哪一种危险：情愿当着被她勾引的男人的面被揭露为撒谎、残忍，甚至荒淫无耻好呢？还是情愿穿着缝制蹩脚、难看的衣服出现在他的面前好？——任何一个女人都宁愿选择前者。她知道，咱们这帮哥们儿总是鼓起如簧之舌，高谈什么高尚的情操，而实际上我们需要的只是她们的肉体，因此我们将会原谅一切卑鄙龌龊的行为，就是不能饶恕服装丑陋、趣味低级、缺乏风度。一个专爱卖弄风情的女人是自觉地知道这一点的，但是任何一个天真的少女却跟动物出于本能一样，不自觉地懂得了这一点。

"由此而出现了那些叫人作呕的针织衫，那些假臀部，那些裸露的肩膀、胳膊以及几乎是胸脯。女人，特别是那些经过男人调教过的女人，知道得十分清楚，那些冠冕堂皇的高谈阔论不过是空谈罢了，男人们需要的是肉体，以及使肉体纤毫毕露、显得最富有诱惑力的一切。于是女人们就投其所好，如法炮制。我们对这种不成体统的事已经习以为常，而且这种见怪不怪已经成了我们的第二天性，假如我们抛弃这种习惯，睁眼看一看我们这些上层阶级卑鄙无耻的生活的真面目，就不难看出，这不过是一所彻头彻尾的大妓院罢了。您不同意吗？对不起，我会证明给您看的。"他打断我的话，开始说道，"您说，我们上流社会的妇女另有旨趣，不同于那些窑姐儿，可是我说不，我这就来证明给您看。如果人们生活的目的不同，生活的内容不同，那么这个不同就必定会反映到她们的外表上来，她们的外表也将各异。但是请您看一看那些不幸的为人不齿的娘们儿，再看一看那些最上层社会的太太们吧：一样的装束，一样的款式，一样的香水，一样的裸露着胳膊、肩膀和胸脯，把突起的臀部同样裹得紧紧的，同样热衷于各种珠光宝气的贵重饰物，同样的寻欢作乐、跳舞、听音乐和唱歌。那些娘们儿是不择手段地勾引男人，这些女人也同样如此，毫无二致。如果严加判定，应该说，短期的妓女通常被人看不起，而长期的妓女却受到人们尊敬。"

七

"是啊，于是这些针织衫呀、鬈发呀和假臀部呀就把我给逮住了。要逮住我是轻而易举的，因为我受的就是这种环境的熏染，就像温室里的黄瓜一样，自作多情的青年男子也在这样的环境下快速成长。要知道，我们饱食终日，无所用心，我们的富于刺激性的过量的食物别无他用，只会不断燃起我们的淫欲。您诧异也罢，不诧异也罢，情况就是如此。要知道，直到最近，我自己对于这点还毫无所知，现在才恍然大悟。正是由于这一点，我才感到痛苦，我痛苦的是谁也不明白这个道理，就像刚才那位太太那样，净说一些这样的蠢话。

"可不是嘛！今年春天，有些农民在我家附近修筑铁路路基。一个农民小伙子，通常的食物是面包、克瓦斯和大葱，他活得很好，而且身强力壮，干一些地里的轻活。可是他一上铁路，他的伙食就变为荞麦饭和一俄磅 ① 肉。可是他要干十六小时的活，推三十普特 ② 重的小车，也就把这一俄磅肉消耗完了。他也觉得正合适。可是我们每天要吃两俄磅肉，还有野味以及各种各样增加热量的珍馐美味以及饮料，这些又当如何消耗呢？只好用于发泄肉欲。如果所到之处那个救急阀是敞开的，便一切平安无事。但是您试着关掉阀门，就像我当时把它暂时关闭一样，就会立刻激起冲动，这种冲动在我们故意造作的生活的影响下，就会表现为一种地地道道的自作多情，有时甚至还会表现为一种柏拉图式的精神恋爱。于是我就像大家男欢女爱那样堕入了情网。因为一切都已具备，又是欣喜若狂，又是含情脉脉，又是诗情画意。其实，我的这次恋爱，一方面是她的妈妈和几名女裁缝操劳活动的作品，另一方面也是我饱食终日无所用心的成果。如果一方面没有泛舟出游，又没有缝制细腰身的女裁缝等等，而我的妻子又穿了一件不合身的宽大长衫，独自待在家里；另一方面，假如我又处在一个人的正常的情况下，只吃用于工作所需的那么一点食物，假如那个救急阀对我又是敞开的——当时不知道为什么它偶

---

① 一俄磅相当于四百零九点五一克。
② 一普特相当于十六点三八千克。

尔被关上了——那我也就不会自作多情了，而这一切也就不会发生了。"

八

"真是无独有偶，我的状况甚佳，她的服装颇好，再加泛舟出游，心旷神怡。二十次都失败了，这次却成功了。简直是个圈套。我不是说笑逗乐。要知道，时下的婚姻就是这样做成的，简直是一些故意设下的圈套。那么什么才是自然的呢？一个少女长大成人了，必须把她嫁出去。如果这个少女不是奇丑无比，又有一些男子愿意娶她，这似乎是最简单不过的事了。从前就是这么办的。一个姑娘成年了，父母就为她张罗婚事。过去是这么办的，现在，所有的人：中国人、印第安人、伊斯兰教徒，以及我国的老百姓，也都是这么办的。全人类至少有百分之九十九的人也都是这么办的。只有百分之一，或者不到百分之一的我们这类淫棍，才认为这样做不好，于是便花样翻新。但又新在哪里呢？新就新在叫姑娘们都坐着，让男人们像逛市场似的任意挑选。而姑娘们则等呀，想呀，就是不敢说出来：'先生，选我吧！''不，选我！''不要选她，选我！''你瞧，我的肩膀等等多漂亮呀！'于是我们这些男人们便走来走去，左顾右盼，洋洋得意。他们心想：我知道，我才不上当呢。他们走来走去，东张西望，洋洋得意，因为这一切都是为他们安排的。可你瞧，他一不留神——啪的一下，给逮住啦！"

"那又该怎么办呢？"我说，"怎么，应该让女人提出求婚吗？"

"我也不知道应该怎么办。如果讲平等，那就应该平等到底。如果人们认为说媒求亲有损尊严的话，那么这种做法更糟糕一千倍。过去，权利和机会是均等的，可现在，女人不过是一名陈列在市场上的女奴，或是一块引人掉进陷阱里去的诱饵而已。您试试对随便哪一位母亲或者姑娘本人如实以告，说她孜孜以求的就是想逮住一个未婚夫。上帝啊，这是多大的侮辱啊！可是要知道，她们苦心孤诣在做的不就是这个吗？而且除此以外，她们也无事可做。要知道，当你看到乐此不疲的有时是非常年轻的、可怜的、白璧无瑕的姑娘们的时候，多么叫人不寒而栗啊！再者，如果冠冕堂皇地这么做倒也罢了，可事实上一切都是骗局。'哎呀，物种起源，这多么有意思啊！哎呀，丽莎可喜欢绘画啦！您要去参观画展吗？太有教育意义啦！坐马车去，去看戏，去听交响乐吗？哎呀，这太好啦！我的丽莎爱音乐都着了迷啦。您为什么不同意这个信念呢？坐船去吧！……'而骨子里想的只有一样东西：'你就要了我吧，要我的丽莎吧！不，要我！哎呀，你哪怕先试试呢！……'哦，多令人作呕啊！虚伪透了！"末了，他说道。他把最后一点茶喝完，接着便开始收拾茶碗和茶具。

九

"您是知道那种所谓女人统治的，"他把茶和白糖收进行囊，开口说道，"世界吃尽了女人统治的苦头，这一切之所以产生，也都是因为这个道理。"

"怎么是女人统治呢？"我说，"权利、优先权不都在男人这边吗？"

"是的，是的，就是这话呀，"他打断了我的话，"我要对您说的也正是这话，正是这一点说明了那种不寻常的现象。一方面，这是完全正确的，妇女被贬低到了无以复加的地位；另一方面，她又统治着一切。这和犹太人的情形一模一样，他们用自己的金钱势力来报复自己所受到的压迫，女人的情况也是如此。'啊，你们只许我们做买卖。好哇，我们这些做买卖的就来控制你们。'犹太人说。'啊，你们只许我们做你们发泄肉欲的对象，好哇，我们这些发泄肉欲的对象就来奴役你们。'女人们说。女人的无权并不在于她不能表决或者不能做法官——做这些事并不构成任何权利——而在于必须在性关系上与男子平等，有权随心所欲地利用男人或者置男人于不顾，有权随心所欲地挑选男人，而不是被他们所挑选。您会说这太不像话了，好吧，那么男人也不应该有这样的权利。现在是男人有的权利女人没有。于是为了弥补这个权利之不足，她就在男人的肉欲上下功夫，通过肉欲来降服他，使他仅仅在形式上挑选女人，而实际上则是女人在挑选他。而她一旦掌握了这种手段，就滥用起这个手段来了，取得了驾驭人们的可怕的权利。"

"可是这种特殊的权利又表现在哪里呢？"我问。

"这种权利表现在哪里吗？无所不在，到处可见。您到每个大城市的商店里去走一走。那里有数以百万计的财富，人们为此而耗费的劳动简直无法计算。可是您再看一看，在百分之九十的这样的商店里可有什么供男人使用的东西？生活中的一切奢侈品都是女人所必需，并为她们而存在的。您再计算一下所有的工厂。这些工厂的很大一部分都是为女人制造毫无用处的装饰品、马车、家具和消遣品的。数以百万计的人们，一代又一代的奴隶们，毁在工厂这类苦役般的劳动中，而这仅仅是为了满足女人们的任性的要求。女人们像女王一样，把百分之九十的人类都置于受奴役和繁重劳动的羁绊之下。而这一切是由于人们使她们受到了屈辱，剥夺了她们与男子的平等权利。于是她们就用对我们的肉欲施加的影响，把我们捕捉到她们的罗网中来实行报复。是的，一切都是因为这个道理。女人把自己造成了一种对男人的肉欲施加影响的工具，以致使男人不能平静地与女人相处。男人只要一走近女人，就会被她勾了魂去，弄得神魂颠倒。过去，每当我看到一位太太穿着舞衣，打扮得花枝招展，我就感到别扭，感到可怕，可现在我简直感到恐惧，因为我看到的无疑是某种对人们有危险的和违法的东西，我真想去把警察叫来，请求他们保护，以便抵御这种危险，并要求取缔和扫除这类危险品。

"是啊，您在笑话我！"他对我嚷道，"可是这根本不是什么玩笑。我坚信，有朝一日，也许很快，人们就会明白这个道理，并且会感到惊讶，一个容许这类破坏社会治安的行为存在的社会居然能够存在，而且在我们这个社会里居然会容许妇女穿戴着直接引起肉欲的服饰，这无异在各种游园会上，在各个花径小道上设置形形色色的陷阱——甚至比这还要糟糕！为什么要禁止赌博，而女人们穿戴着各种妖形怪状、引起肉感的装束就不予以禁止呢？她们比赌博可要危险一千倍呀！"

十

"我就这样被她们捉住了。我真是所谓堕入了情网。我不仅把她看作是一个十全十美的女子，甚至在我当未婚夫的这个时期，我把自己也看成了一个毫无瑕疵的正人君子。要知道，任何一个坏蛋，只要他去找，总能找到一些在某个方面比他还要坏的坏蛋，因此他总能找到一些足以自豪的借口，从而自鸣得意起来。我也是这样。我结婚并不是为了钱——简直无利可图，我结婚并不像我的大多数朋友那样，是为了钱或者趋炎附势：因为我富而她穷，这是其一；其次，我引以为豪的是，别人结婚是打算今后仍像婚前那样继续过那种一夫多妻制的生活，而我却坚决主张在婚后履行一夫一妻制。为此，我心里的那份自豪呀，就没法说了。是的，我是一头愚蠢无比的猪，可是我却自以为是天使。

"我当未婚夫的时间并不长。现在，每当我想起我当未婚夫的那段时期，就不能不感到害臊！多么可憎可厌啊！要知道，爱情的真谛在于精神，而不在于肉欲。好吧，如果爱情是精神上的，是一种精神上的交往，那么这种精神上的交往就应当表现在言语、谈话和交谈之中。可是我们却完全不是这么回事。每当我们单独相处的时候，谈话真是困难极了，这简直像是西绪福斯的劳役①。挖空心思在想说什么，可是把话说了出来，又得相对无言，搜索枯肠，简直无话可说。关于我们未来的生活，关于我们的安排、计划，可以说的一切都已经说完了，那么还说什么呢？要知道，如果我们俩是动物，那我们就会知道，我们根本无须说话，可眼下却正好相反，必须说话，而又无话可说，因为我们感兴趣的东西，并不是用言谈可以解决的。可是与此同时，还有那岂有此理的风俗习惯。糖果啦、珍馐美味啦，大吃大喝啦，还有这一切令人生厌的婚礼准备工作。谈论居室、新房、被褥、便服、睡衣、内衣、化妆品。您要明白，如果像那个老头儿所说的那样，按照《治家格言》去结婚的话，那么羽毛褥子啦、妆奁啦、被褥啦——这一切不过是伴随圣礼而必须具备的一应物品罢了。可是我们，十个结婚的人中未必会有一个人，他不仅不相信圣礼，甚至不相信他所做的乃是他的某种义务。同样，一百个男人中未必会有一个人过去不是结过婚的，五十个人中未必会有一个人事先不准备一有机会就对自己的妻子不忠实，大多数人都把到教堂去②看做只是占有某个女人的特殊条件。您试想，这一

---

① 西绪福斯是古希腊神话中的科林斯王，因得罪诸神，被宙斯贬谪冥土，罚做永久苦役：他必须将巨石推上山顶，但是将到山顶，巨石又复滚下。此处西绪福斯的劳役是指无休止的、徒劳无益的工作。

② 指结婚。

切繁文缛节在此具有多么可怕的意义啊。可见事情的全部真谛就在这里，这简直像在做买卖。把一位白璧无瑕的姑娘出卖给一个淫棍，并为这笔买卖履行某种手续。"

<h2 style="text-align:center">十一</h2>

"大家都是这么结婚的，我也就这么结婚了，接着便开始了大吹大擂的所谓蜜月。要知道，单是这一名称就有多么下流啊！"他恶狠狠地嘀咕道，"有一次，我在巴黎观光，观看各种游艺杂耍，我在广告牌上看到了一个长胡子的女人和一只水狗，就想进去看个新鲜。原来，这不过是一个穿着女人衣服的袒胸露臂的男人，和一只披着海象皮在浴缸里游泳的普通的狗而已。真是令人兴味索然。但是当我走出来时，马戏团老板却恭恭敬敬地把我送了出来，并且指着我对入口处的观众说：'你们请问这位先生，是不是值得一看？请进吧，请进吧，每人一个法郎！'我不好意思说不值得一看，马戏团老板大概也估计到了这一点。那些在蜜月中感到非常卑鄙龌龊、但又不忍使别人扫兴的人，大概也是这样。我也不忍去扫任何人的兴，但是现在我真不明白，我当时为什么不如实以告。我甚至认为，必须把这事的真相公之于众：别扭、可耻、恶心、遗憾，而主要的是无聊，无聊透顶！这就像我刚学会抽烟时的感觉一样，当时我真想吐，唾沫都流了出来，但是我把唾沫咽了下去，装作津津有味的样子。抽烟的快乐，就像闺房中的乐趣一样。如果真有什么乐趣的话，那也是以后的事：夫妇双方都必须在自身中养成这种淫逸无度才能找到个中乐趣。"

"怎么是淫逸无度呢？"我说，"要知道，您讲的可是人类最自然的属性呀。"

"自然的？"他说……自然的属性？不，我的意见恰好相反，我坚信，这不是……自然的。是的，完全不是……自然的。您不妨去问问孩子们，问问……有走上邪路的姑娘家。我妹妹在非常年轻的时候就嫁给了一个……比她大一倍的男人，嫁给了一个淫棍。我记得，在新婚之夜……们简直诧异极了，看见她面色煞白，满脸泪痕，从他身边逃出……浑身哆嗦。她说，她无论如何，无论如何，她甚至说不出口他……求她干什么。

"您还说这是自然的！……要吃饭，这是自然的。吃饭是快乐的，轻松的，愉快的，而……一开始就无须羞羞答答，可是这件事却是可憎可厌，可耻和……苦的。不，这是不自然的！我坚信，一个还没有学坏的姑娘……都是憎恶这种行为的。"

"那么，"我说，"人……怎么传宗接代呢？"

"可不是嘛！人类……绝种啊！"他恼怒而又揶揄地说道，好像早就料到我会提出这……他所熟悉的、言不由衷的反对意见似的。"为了英国的勋爵们……随意纵欲而宣传避孕，这是可以的。为了能够更多地寻欢……而宣传避孕，这也是可以的。可是你稍一提到为了道德而实……孕，我的天哪，就一片大呼小叫：就因为一二十个人不愿做……不如的东西，人类可别绝种呀。不过，对不起。我不喜欢……光，可以把它挡住吗？"他指着那盏路灯，说道。

我说，我完……无所谓，于是他就像做任何事情那样，急匆匆地爬上座位，用……窗帘把灯光给挡住了。

"反正，"我……，"如果大家都把您所说的奉为金科玉律，那人类是可能绝种的……

他没有立刻回答。

"您倒说说……人类将怎样传宗接代呢？"他说，又坐到我的对面去，并且又……两腿，趴下身子，用胳膊肘支在膝盖上。"人类又干吗要传宗接代呢？"他说。

"怎么干吗？要不然的话，我们不是也就不存在了吗？"

"我们干吗要存在？"

"怎么干吗？就为了活着呀。"

"活着又干吗呢？如果没有任何目的，如果我们只是为了活而活着，那活着大可不必。如果是这样的话，那叔本华①呀，哈特曼②呀，以及所有的佛教徒们呀，就都是完全正确的了。好吧，假定活着是有目的的，那么目的达到以后，生命就应当结束，这岂不是明摆着的道理吗？这是不言自明的，"他带着明显的激动说道，分明十分重视他的这一想法，"这是不言自明的。请注意：如果人类的目的是幸福、善良和爱，您爱说什么都成；如果人类的目的就是像神启里所说的那样，所有的人将被爱合而为一，他们将化干戈为玉帛，等等。可是到底是什么东西在阻碍我们达到这个目的呢？是我们的各种情欲在阻碍着我们。而在七情六欲之中最强烈、最凶恶、最顽固的一种情欲，就是性爱和肉欲之爱。因此，如果铲除了各种情欲，也铲除了它们之中最高和最强烈的一种——性爱，那么神启就会实现，人类就将大同，人类的目的就将达到，而人类也就无需再活下去了。只要人类还活着，人类的面前就会有理想，当然不是兔子或者猪猡那种繁殖得越来越多的理想，也不是猴子或者巴黎人那种尽可能纤巧精致地享受性欲快感的理想，而是一种通过节欲和贞洁而达到的善的理想。人们一直在追求这个理想，现在也还在追求，请看，其结果又如何呢？

"其结果是，肉欲之爱成了一个救急阀。人类现今活着的这一代没有达到目的，它之所以没有达到目的，就是因为它身上有七

---

① 叔本华(1788—1860)，德国唯心主义哲学家，唯意志论者。他强调所有的人都是利己主义者，但人们利己的"生活意志"，在现实世界中无法满足，故人生充满着痛苦。

② 哈特曼(1842—1906)，德国唯心主义哲学家。他宣称人生是虚幻的。

情六欲，而七情六欲中最强烈的一种就是性欲。而有性欲就有新的一代，因此也就有可能在下一代达到此目的。如果下一代还达不到，还有再下一代，如此世代相传，直到目的达到了，神启实现了，人类大同了为止。要不然，其结果又会怎样呢？如果我们假定上帝创造人是为了达到某种目的，可是却把他们造成了会死的而又没有性欲的，或是长生不老的。如果他们会死，但又没有性欲，那么结果又将如何呢？他们活了一阵，没有达到目的，又死了。因此为了达到目的，上帝就必须创造另一种新的人。如果他们是长生不老的，那么我们可以假定——虽然由同样一些人来改正错误，并臻于至善，比起新的一代人来要困难些——我们可以假定，经过几千年几万年的努力之后，他们终于达到了目的，但是到那时候他们再活下去还有什么用呢？把他们打发到哪儿去呢？还不如现在这种状况最好……但是，也许您不喜欢这个说法吧，也许您还是一位进化论者吧？即便如此，其结果也相同。最高等的动物——人类，为了在与其他动物的斗争中生存下来，就必须像一窝蜜蜂那样抱成一团，而不是无休止地繁衍生殖，必须学蜜蜂那样，培育出一些无性的成员，就是必须力求节欲，无论如何也不应该煽起淫欲，而现在我们的整个生活制度却都是朝这个方向努力的。"他沉吟片刻，"人类会绝种吗？难道有什么人——不管他是怎样看世界的——会怀疑这一点吗？要知道，这就像人总要死一样是毫无疑义的。要知道，根据教会的一切教义来看，世界的末日总有一天要来临，而根据一切科学学说来看，同样的情形也是不可避免的。因此，根据道德的学说来看，其结果也相同，这又有什么可以大惊小怪的呢？"

说完这一席话以后，他沉默了很久，又喝了一杯茶，抽完了一支烟，接着又从行囊中拿出了几支新烟，把它们放进自己那肮脏的旧烟盒。

"我懂得您的意思，"我说，"震颤派①教徒也有某种类似的观点。"

"是的，是的，他们也是有道理的，"他说，"性欲，不管怎样梳妆打扮，也是一种恶，一种必须与之斗争的可怕的恶，而不是像我们现在这样去鼓励它。《福音书》上说，看见妇女而生邪念的，他心里已经跟她奸淫了，这话不仅是对别人的妻子而言，实际上，这话主要还是针对自己的妻子说的。"

十二

"在我们现在这个世界里，情况恰好相反：如果说一个人在未娶亲以前还想到节欲，那么在结婚之后，任何人都认为，现在节制性欲已经不必要了。要知道，婚后的蜜月旅行，小两口得到父母允许外出单独居住——这无非是一种得到认可的纵欲而已。但是谁如果破坏了道德的法规，它是要报复的。不管我如何费尽心机想给自己安排好蜜月，结果仍旧一无所获。我自始至终都感到可厌、可耻和无聊。但是很快我又感到痛苦和难受，这种心情很快就开始了。好像是第三天或者第四天吧，我发现妻子百无聊赖，我就问她为什么闷闷不乐，并且拥抱她，我还以为她想要我做的无非就这些罢了，可是她却推开我的手，哭了起来。什么事情使她这样伤心呢？她又说不出来。可是她觉得忧郁、难受，想必是她那受尽折磨的神经告诉了她我俩关系的卑劣的真相，但是她又说不出来。我开始刨根问底地问她，她说什么离开了母亲心里觉

---

① 震颤派是基督教在美国的一个宗教派别。教徒们祭神时边唱边跳，先是四肢颤动，接着就全身摆动。他们相信这样能使自己直接和圣灵相通，因而得名。他们主张财产公有，人人必须劳动，而且不许结婚。

得难受诸如此类的话。我觉得，这不是她的真心话。于是我就开始劝她，但是没有提到她的母亲。当时我不明白她不过是心绪烦闷罢了，至于想母亲无非是借口而已。但是，她马上就生气了，说什么我没有提到她的母亲，好像是不相信她的话似的。她对我说，她看出来了，我不爱她。我责备她太任性了，于是她的脸色就一下子全变了，她满面怒容，忧郁的表情一扫而光，她用最恶毒的语言责备我自私和残忍。我瞅了她一眼。她满脸一副冷若冰霜的神气，而且充满了最大的敌意和几乎是对我的仇恨。我记得，我看到这种情形以后，简直大吃一惊。'怎么啦？这是怎么回事？'我想道，'爱情乃是两个心灵的结合，可是代替这个的却是这副模样。这绝不可能，这绝不是她！'我试着用细声软语规劝她，可是却撞上了一堵冷冰冰的、充满了恶毒和敌意的不可逾越的高墙，因此我霎时间怒火中烧，接着我们便互相说了一大堆难听的话。我俩第一次争吵留下的印象是可怕的。我把这称为争吵，其实这不是争吵，这乃是实际上存在于我俩之间的那个深渊的一次大暴露。我俩之间的卿卿我我已被肉欲的满足消耗殆尽，剩下的就只有存在于我们实际的相互关系中的互相敌对，也就是两个完全同床异梦的、然而又都希望通过对方为自己取得尽可能多的快感的利己主义者在四目对视。我把我俩之间发生的这些事称为争吵，其实这不是争吵，这不过是由于肉欲的暂时中止而暴露出来的存在于我俩之间的真实关系罢了。我当时还不懂，这种冷冰冰的敌对态度正是我俩之间的正常关系，我之所以不明白这个道理，还由于这种敌对态度在初期很快又被重新激起的经过升华的肉欲，也就是男欢女爱掩盖了。

"我原以为，我俩吵了架又言归于好了，今后这类事情也就不会再发生了。但是就在这第一个蜜月中，很快，另一个彼此厌腻的时期又来临了，我们又不再需要对方了，于是又发生了争吵。这第二次争吵比第一次争吵更使我感到震惊。由此可见，第一次争吵并不是偶然的，我想这是顺理成章的，而且今后一定还会如此。第二次争吵是由一件最不值得一提的原因引起的，因此格外使我感到震惊。因为钱而发生了龃龉，我对钱从来是慷慨大方的，妻子要用更不会小气。我只记得，她说了一句什么愚蠢的、卑鄙的东西，这是无论我还是她都不应该有的。我勃然大怒，责备她说话太没有分寸，她也对我反唇相讥，于是又吵了起来。在她的言语以及脸部和眼睛的表情中，我又看到了曾经使我大吃一惊的那种同样的、深深的、冷冰冰的敌意。我记得，我也曾跟我的兄弟、朋友、父母争吵过，但是我与他们之间从来没有产生过像眼下这种特别的、怀有恶意的怨恨。但是曾几何时，这种彼此憎恨又被男欢女爱，也就是肉欲掩盖了，我还自我安慰地想：这两次争吵不过是一场误会罢了，是不难纠正的。但是紧接着又发生了第三次、第四次争吵，于是我明白了，这绝非偶然，而是理应如此，而且今后也必将如此。我想到我将面临的情况，真是不寒而栗。与此同时，还有一个可怕的思想在折磨着我：只有我一个人同妻子生活在一起才过得这样糟，而不是像我从前所期望的那样相亲相爱，在别人的夫妻生活中是绝不会有这种情形的。我当时还不知道，这是共同的命运，但是大家也都像我一样认为，这是他们独有的不幸，于是也就把自己的这件独有的、羞与外人道的不幸掩盖了起来，不仅不让外人知道，甚至也不让自己知道，自己对自己都不承认这一点。

　　"这种情况从结婚初期就开始了，从此就习以为常，而且越演越烈，一发不可收拾。从最初几星期起，我就在心灵深处感到，我上当了，事情的结果完全出乎我的意料，结婚不仅不是幸福，而且还是某种令人十分痛苦的事，但是我也像大家一样，不肯对自己承认这一点——要不是末了发生的事，恐怕到现在我还不会对自己承认这一点——不仅瞒着外人，也瞒着我自己。我当时怎么会看不出我真正的处境呢？对此，我现在都感到诧异。事情本来是不难看出来的，一旦吵完，连到底是什么事情引起争吵的都想不起来了。我们的脑子都来不及造出足够的理由来为经常存在于我们相互之间的敌意寻找遁词。但是更叫人吃惊的是，连言归于好也找不出足够的借口。有时候还有言语、解释，甚至眼泪，但是有时候……唉！现在想起来都叫人作呕，在互相说了一些最叫人难堪的话语以后，会突然间无言地相视而笑，于是便接吻、拥抱……呸，多么令人作呕啊！我当时怎么会看不出这事要多丑就有多丑呢……"

十三

　　这时有两个旅客上车，他们在远处的长凳上坐了下来。在他们就座的时候，他缄口不言，但是当他们坐定以后，他又继续讲起来，显然他一分钟也没有失去自己思想的线索。

　　"要知道，最可恶的主要是，"他开口道，"在理论上规定，爱情应是某种理想的、崇高的事，而在实际上爱情乃是某种可憎可厌的、猪狗不如的事，连说起它和想起它来，都叫人觉得可憎可厌和可耻。要知道，造化所以要把这造成可憎可厌和可耻的，并不是没有道理的。既然这是可憎可厌和可耻的，那就应当这样去理解它。可现在，恰好相反，人们装腔作势地把可憎可厌和可耻的事当作是美好的和崇高的。那么我的爱情的最初的标志究竟是什么呢？那就是兽性大发，不仅不以为耻，反而引以为荣：我的精力居然如此充沛。当时我丝毫没有考虑到她的精神生活，甚至连她的肉体生活也不在意。我感到诧异，我们俩之间的彼此痛恨究竟是从何而来的呢？其实，事情是一清二楚的：这种彼此痛恨不过是人的天性对于把它压下去的兽性的一种抗议罢了。

"我对我们彼此间的憎恨感到惊讶。要知道，舍此也没有别的办法。这种憎恨不过是两个同谋犯的互相憎恨而已——既恨对方的教唆，又恨自己的参与犯罪。这怎么不是犯罪呢？要知道，她也怪可怜的，在我们婚后的第一个月就怀孕了，可是我们那种猪狗似的关系还在继续着。您以为我说话离题了吗？不，我丝毫没有离题！我是在把我怎样杀死妻子的经过原原本本地告诉您。在法庭上，他们问我，我是怎么杀死妻子的，用的是何种凶器。这帮蠢货！他们还以为我是在那时候杀死她的，用刀，在10月5日。我不是在那时候杀死她的，要早得多。正如现在他们大家，大家还在杀人一样……"

"那他们用的什么凶器呢？"我问。

"这也真叫人感到吃惊，居然没有一个人愿意知道如此彰明较著的事，对此，医生是一定知道并且应当加以宣传的，可是他们却讳莫如深。要知道，这事最简单不过了。男人和女人被造成像动物一样，在性爱之后便开始怀孕，接着是喂奶，在这种情况下，性爱对于妇女以及婴儿都是同样有害的。女人和男人的数量相等。由此将得出什么结论呢？这似乎是一清二楚的。并不需要什么大的智慧便可以得出这样的结论，连动物也都在这么办，那就是节制性欲。但是不然，科学已经发达到在血液里发现了某种奔跑着的白血球，以及各种各样毫无用处的蠢事，可是它却不懂得这个道理。起码我们没有听到它说过这样的话。

"因此，女人只有两条出路：一条是把自己弄成畸形，根据需要的程度消灭掉或者不断地消灭她自身作为一个女人亦即母亲的机能，以便男人能够放心大胆地，经常地寻欢作乐。另一条出路甚至不能叫作出路，而是一种简单、粗暴、直接违反自然法则的做法，而在一切所谓规规矩矩的家庭中都是照此办理的。具体地说，就是女人应该违反自己的天性，同时既怀孕、又喂奶，又供她的丈夫享乐，也就是做一个连畜类都没有堕落到如此地步的人，况且她的体力也不够。因此在我们的日常生活中就出现了不少歇斯底里症和神经衰弱，而在老百姓中就出现了所谓‘中邪’①。请注意，清清白白的姑娘们是绝不会中邪的，只有娘们儿，而且是跟丈夫生活在一起的娘们儿，才会得这种病。我国的情况是如此。在欧洲也一模一样。所有治疗歇斯底里患者的医院都住满了破坏自然法则的女人。要知道，这些所谓中了邪的女人以及沙尔科②的女病人们，那都是完全残废了的人；至于半残废的女人，更是充斥全世界。您只要想一想，一个女人十月怀胎或者喂养一个生下来的婴儿，在她的身体内进行着一件多么伟大的工作啊——为我们承续子嗣、接替我们的东西在成长。而这个神圣的工作居然被破坏了，被什么破坏了呢？想起来都觉得可怕！人们居然还在侈谈什么妇女的自由和权利。这无异于一些食人生番在喂肥俘虏以供他们食用，同时却硬说，他们所关心的是俘虏们的权利和自由。”

这一席话都是我闻所未闻的，使我感到十分惊讶。

“那又该怎么办呢？如果是这样的话，那么，”我说，“势必对自己的妻子两年里只能亲热一次了，而男人……”

“男人是离不开女人的，”他接口道，“那些可爱的科学祭司又在晓谕大众了。换了我，就要命令这些术士们代行那些——按照他们的说法——男人离不开的女人的职责，看他们到时候还有什么可说的！您让一个人相信，说什么他离不开伏特加、烟和鸦

---

① 一种发生于女人的歇斯底里性的疾病，病发时，全身痉挛，狂呼乱叫。

② 沙尔科（1825—1893），法国精神病理学家。

片，于是这些东西就变得当真离不开了。如此说来，上帝倒不明白到底需要什么了。加上他没有向术士们请教，于是便把世界安排得十分糟糕了。请看，这事就安排得不妥帖。他们认定，一个男人需要满足而且必须满足自己的淫欲，可是这里却夹进了什么生育和喂奶，妨碍了这种需要的满足。那怎么办呢？去求教那些术士们吧，他们会安排妥帖的。他们也果然想出了办法。唉，什么时候才能把这些术士们连同他们的骗术暴露于众，使之声誉扫地呢？是时候了！事情已经发展到这种地步，人们在发疯，在开枪自杀，而一切都是由此而产生的。不如此又怎么办呢？畜类都似乎知道，它们的后代是为它们传宗接代的，因而在这方面遵循一定的规律。只有人才不知道，也不想知道这个道理。他所关心的只是尽情享乐。这是谁呢？这是万物之灵的人。请注意，畜类只有在需要繁殖后代的时候才交配，可是这个下流的万物之灵，却随时都能行乐。不仅如此，他还把这种兽行吹嘘为世之瑰宝，并美其名曰爱情。于是他就以这个爱情亦即无耻兽行的名义毁坏着——难道不是吗——人类的一半。女人本应该成为人类迈向真理与幸福的助手，可是男人却为了自己的寻欢作乐把所有的女人都变成了仇敌，而不是内助。您再看，到底是什么东西在到处阻碍着人类的前进运动？是女人。她们怎么会变成现在这种样子的呢？无非是因为这个原因罢了。是的，是的。"他重复说了好几遍，接着便开始动弹，掏出烟卷吸了起来，显然希望自己的心情能够稍许平静些。

十四

"我就这样过着猪狗似的生活，"他又用从前那种声调继续说道，"最糟糕的是，我一面过着这种卑鄙下流的生活，一面还自以为是个正人君子，因为我并不垂涎别的女人，因此我过的乃是一种正大光明的家庭生活，而且我毫无过错。如果说我们经常发生争吵的话，那也是她的不是，她的脾气不好。

"不用说，错并不在她。她跟所有的人，跟大多数人都是一模一样的。她受过教育，就像一个妇女在我们这个社会所处的地位所要求的那样，因此她也像富有阶级的所有妇女——无一例外——那样被教育成人，她们也不可能不受到这样的教育。现在有人在侈谈什么新的妇女教育，这一切无非是空谈而已：所谓妇女教育，就现有的对于妇女的并不是虚情假意的、而是真正普遍一致的观点看来，正好恰如其分。

"妇女教育永远必须符合男人对于女人的观点。我们大家都知道，男人是怎么看待女人的："Wein，Weiber und Gesang" ①——诗人在诗歌中就是这么说的。试看所有的诗歌、所有的绘画和雕塑，从情诗以及裸体的维纳斯和弗林娜这类的雕塑开始，您可以看到，女人不过是供男人玩乐的工具罢了；她在特鲁巴是如此，在格拉乔夫卡 ②是如此，在宫廷舞会上也是如此。请注意魔鬼的狡猾：好吧，你们尽管去寻欢作乐吧，那你们就应该坦白地说，这是为了寻欢作乐，女人不过是一桌珍馐美味罢了。可是不然，先是骑士们硬说，他们非常崇拜女；非常崇拜，但是仍旧把她看作他们玩乐的工具。现在又有人硬说，他们是尊重女人的。有些人给女人让座，给女人拾手帕；另一些人则承认她有担任一切职务、参与治理国家的权利，等等。凡此种种他们都做了，而他们对女人的看法却万变不离其宗。她不过是一件供男人玩乐的工具罢了。

---

① 德语：醉酒、女人与歌唱。
② 特鲁巴和格拉乔夫卡是沙俄时代莫斯科两条妓院最多的街道。

她的肉体是供男人玩乐的工具，而且她也知道这一点。这无异是一种奴隶制。要知道，奴隶制无非是一些人享有许多人的被迫的劳动而已。因此，为了消灭奴隶制，就必须使人们不希望享有他人的被迫的劳动，并认为这是一桩罪恶和耻辱。然而人们贸然取消了奴隶制的外形，规定从此不许买卖奴隶，于是他们便自以为并且也使自己相信，奴隶制已经不复存在了。他们看不见也不愿意看见奴隶制依旧存在，因为人们一如既往地喜欢享有他人的劳动成果，并认为这样做是好的和正确的。既然他们认为这是好的，那随时随地都可以找到一些人，他们比别人强，也比别人狡猾，他们是擅长此事，精于此道的。妇女解放问题也是如此。要知道，女人之被奴役，仅仅由于人们希望享有她，把她当作享乐的工具，而且认为这样做很好。于是他们解放了妇女，给了她各种各样与男子平等的权利，但是他们却继续把她看作享乐的工具，而且无论在童年时代，还是在社会舆论中，都是这样教育她的。于是她就依然故我，依然是一个被人作践、被人糟蹋的女奴，而男人也依然故我，仍旧是一个骄奢淫逸的奴隶主。

"人们只是在大学里和议院里大谈妇女解放，可是实际上却把女人看作是供他们玩乐的对象。你们去教她吧，就像她在我们这儿被教养成的那样，教会她也这样来看她自己吧，于是她就将永远是一个劣等动物。或者她在那些混蛋医生的帮助下实行避孕，也就是说她成了一个地地道道的娼妓，从而堕落到了连禽兽都不如的程度，堕落到了一件东西的程度。或者她就像一个女人在大多数情况下那样，变成一个精神病患者，一个歇斯底里的、不幸的女人。事实上她们也是如此，缺乏在精神上发展的可能。

"中学和大学是不可能改变这一点的。要改变这一点，只有先改变男人对女人的看法，以及女人对自己的看法。只有当女人把处女的地位看作是最高的地位，才能改变现状，而不是像现在这样，把一个人的最高情操看作是丢人现眼和奇耻大辱。如果做不到这一点，不管每个少女所受的教育如何，她的理想仍旧是把尽可能多的男人，尽可能多的好色之徒吸引到自己身边来，以便有可能从中挑选。

"至于某个女人对数学懂得多一些，另一个女人会弹竖琴，这都于事无补。只有一个女人把一个男人迷住了，她才能幸福，才能达到她所能够希望的一切。因此一个女人的最主要的任务是要会迷住男人。过去是这样，将来也是这样。在当今这个世界中，这种情况在少女时代是这样，在出嫁以后也仍将继续下去。在少女时代，这是为了选择对象，而在出嫁以后则是为了把丈夫攥在自己的手心里。

"唯一能够中止或者哪怕暂时遏制这种状况的，就是孩子。即便这样，那也是在这个女人不是成为畸形，也就是说在她亲自喂奶的时候才能是这样。但是这时候医生又出面干涉了。

"我的妻子是愿意亲自喂奶的，而且以后的五个孩子也都是她喂的奶，可是在奶第一个孩子的时候，她的健康不佳。于是这些医生就恬不知耻地让她脱掉衣服，在她身上摸了个遍，对此，我还得对他们表示感谢，还要付钱给他们；这些可爱的医生们认定她不应该喂奶，于是她在最初这个阶段就被剥夺了可以使她不再搔首弄姿的唯一手段。我们的第一个孩子是奶妈喂的，也就是说，我们利用了一个女人的贫穷和无知，诱骗她撇下自己的孩子来奶我们家的孩子。而作为报酬，我们给她戴上一个镶有金银花边的月牙形头饰。但是问题并不在这儿，问题在于，正在这时候，当她摆脱了妊娠和喂奶之后，过去沉睡在她心中的那种女性的搔首弄姿就特别强烈地表现出来。与此相应的是，在我身上，嫉妒的痛苦也特别强烈地表现出来。在我婚后生活的整个时期，这种嫉妒之苦不断折磨着我，而这种痛苦也不能不折磨着那些像我这样不道德地和妻子生活在一起的衮衮诸公。"

十五

"我在婚后生活的整个时期一直体验到这种嫉妒之苦。但是有若干时期我尝到的个中苦味特别尖锐。其中有一个时期是在我的第一个孩子出生以后，医生禁止她喂奶的时期。在这个时期，我的嫉妒心特别重，首先是因为我的妻子正经历着一种做母亲所特有的烦躁不安，这是生活常规遭到无缘无故的破坏必然会引起的；其次因为我看到她轻易地就抛弃了一个做母亲的应尽的道德义务，我正确地，虽然是无意识地得出了结论：若要她抛弃夫妇之间的义务，她想必也是同样轻而易举的，何况她十分健康，尽管那些可爱的医生们一再禁止，她还是亲自喂养了以后的几个孩子，而且喂养得非常好。"

"话又说回来，我看您是不喜欢医生的，"我发现他每次提到医生的时候那种特别深恶痛绝的口吻，便说道。

"这不是喜欢不喜欢的问题。他们把我的生活给毁了，正像他们过去毁掉，现在还在继续毁坏千千万万人的生活一样，因此我不能不把后果和原因联系起来。我明白，他们和律师们以及其他人一样想赚钱，可是我情愿把自己收入的一半拱手送给他们。我想，每一个明白他们在干什么的人，也都情愿把自己财产的一半送给他们的，只要他们不干预你们的家庭生活，从此不再登门。我没有去搜集材料，但是我知道数十起这样的案例——这样的案例真是比比皆是。在这些案件中，他们把婴儿杀死于母腹之中，却硬说母亲不能分娩，可是这位母亲后来还是生了好几个孩子，而且都是顺产。要不，他们就借口施行什么手术，干脆把母亲杀死。要知道，谁也没有去统计过这些凶杀案，正像没有人会去统计宗教裁判所到底杀死了多少好人一样，因为据称，这是为了人类的幸福。他们所犯的罪行是罄竹难书的，但是，所有这些罪行比之他们带到这个世界上来的——特别是通过女人——极端实利主义的道德败坏，是微不足道的。如果照他们的指点去办，由于疾病蔓延，人们将不是走向大同，而是走向分崩离析：根据他们的学说，那大家就应当分开坐，不应当把嘴里的石碳酸喷雾器取下来——话又说回来，他们已经发现连石碳酸也无济于事了。但是这也无关紧要。当前之大毒乃在于对人们，特别是对女人的诲淫诲盗。

"现在已经不能说：'倘若你生活得没有意思，那你就好好地生活吧。'现在既不能对自己，也不能对别人说这种话了。如果你生活得没有意思，那原因在于你的神经功能不正常，或者诸如此类的原因。这就需要去向他们就医，于是他们就开给您一帖在药房索价三十五戈比的药，那您就吃下去吧。您的病情恶化了，您就再吃药，再去就医。真是一套妙不可言的把戏！

"但是问题不在这儿。我想说的仅仅是她亲自给孩子们喂奶喂得很好，正是这类妊娠和哺乳救了我，使我免受嫉妒之苦。如果不是这些，一切还会发生得更早些。孩子们救了我，也救了她。在八年中，她生了五个孩子。而且所有的孩子都是她亲自喂大的。"

"那么他们现在在哪儿呢？我是说您的孩子们。"我问。

"孩子们吗？"他惊恐地反问道。

"请原谅我，您想起这些也许感到难受吧？"

"不，没有什么。我的孩子被我的大姨子和她的哥哥领走了。他们不肯把孩子给我。我把产业交给了他们，他们还是不肯把孩子给我。要知道，我简直像个疯子。我现在就是从他们那儿来的。

我看到了孩子们，但是他们就是不肯给我。要不，我会教育他们，让他们长大了不至于像他们的父母那样。可是他们硬要这些孩子长大了跟他们的父母一模一样。唉，有什么办法呢！他们不相信我，不肯把孩子们给我，这是可以理解的。因为我自己也不知道我能不能教育好他们。我想我无能为力。我已是一具行尸走肉，一个废物。我身上只有一样东西。我知道。是啊，这是确实的，我懂得了一些大家还不会很快懂得的道理。

"是啊，孩子们还活着，而且正在成长为一些野蛮人，就像他们周围所有的人们那样。我看到了他们，看到了三次。我对他们已经无能为力。我现在回南方老家去。我在那里有一座小房子和一座小花园。

"是的，人们还不会马上明白我所懂得的道理。在太阳和其他星球上是否有很多铁，以及有何种金属——这是可以很快弄清楚的；至于要了解足以揭露我们的猪狗似的生活的东西——那就难了，太难了。

"您居然在听我讲的这些话，真是不胜感激之至。"

十六

"您刚才提到了孩子。关于孩子，眼下又在散布一种多么可怕的弥天大谎啊。孩子是上帝的祝福，孩子是快乐。要知道，这一切统统是欺人之谈。这一切从前有过，但现在已经面目全非。孩子是磨难，别无其他。大多数母亲直接感受到了这一点，有时她们在无意中也直言不讳地把这话说了出来。您不妨去问一问我们这个富有者圈子里的大多数母亲，她们会告诉您的，她们因为害怕她们的孩子生病和夭折，宁可不要孩子。如果孩子已经出生，为了不致被他们拴住，不致活受罪，她们也不愿喂奶。孩子的可爱，孩子带给她们的快乐，他的可爱的小手小脚和整个小身体带给她们的乐趣，还补偿不了她们所受的痛苦——且不说由于孩子生病或夭折，光是担心孩子可能生病和夭折，就已经够她们受得了。权衡利弊，还是得不偿失，因此她们不愿意有孩子。她们直言不讳地、大胆地说出了这一点，还自以为这种感情是出于对孩子们的爱，是出于一种她们引以为豪的好的、值得称赞的感情。她们没有看到，她们的这种论调直接否定了对孩子的爱，而仅仅肯定了她们的自私。对于她们来说，由于孩子的可爱而产生的快乐，还抵不上为他担惊受怕而产生的痛苦，因此她们不要孩子，即便她们将来也许会爱他们。她们不是为了可爱的小东西而牺牲自己，而是为了自己而牺牲有可能成为可爱的小东西的人。

"很清楚，这不是爱而是自私。但是要为这种自私而谴责她们，谴责这些富有家庭的母亲们，一想到她们为了孩子们的健康而受尽折磨——这又得感谢在我们养尊处优的生活中的那些医生们了——又于心不忍。甚至现在，只要我一想起在最初那个阶段，那时我们已经有了三四个孩子，妻子为了照顾他们真是废寝忘食，忙得不可开交，一想起她当时的生活和境况，我就不寒而栗。我们简直不是在过日子。这种生活危险频仍，从危险中得救，又发生危险，又死命挣扎，又得救——这种情况周而复始，就像待在一条即将下沉的船上似的。我有时候觉得，她这样做是故意的，她故意装作为孩子们寝食不安，目的是为了制服我。这样一来，一切问题便迎刃而解了，并且对她有利。我有时候觉得，她在这种情况下所做所说的一切，都是她的故意做作。但是不，她自己也非常痛苦，她经常为了孩子们，为了他们的健康和疾病痛不欲生。这对于她是一种精神上的极大痛苦，对我也是如此。她怎能不痛苦呢！要知道，这种对于孩子的爱怜、哺育、爱抚和保护孩子们的动物的本能，她是有的，正如大多数妇女都有这种动物的本能一样，但是却没有动物所具有的缺少想象和思考力。一只母鸡是不会担心它的小鸡会出什么事情的，它也不知道这只小鸡可能得的所有疾病，更不知道人们自以为可以祛病延年的所有的药物。对于母鸡来说，它的雏儿们并不是痛苦。它为自己的小鸡做着它所能够做的事，并且乐此不疲，它的雏儿对它来说是快乐。当小鸡开始生病的时候，它需要做的事情是明确的：它暖和它、喂它。当它做这些事情的时候，它知道它所做的一切都是它必须做的。万一小鸡死了，它也不会问自己，它为什么死，它到哪里去了，它咕咕咕地叫一阵，然后就不叫了，于是便跟从前一样继续生活下去。可是对于我们这些不幸的女人以及对于我的妻子来说，却不这么简单。姑且不谈疾病应该怎么治疗，就说怎么教育孩子和抚养孩子吧，她从四面八方到处打听，并且读了不少众说纷纭、经常变来变去的章法。应当这样来喂，喂这个；不，不是这样，也不是喂这个，而是应当这样；穿衣呀，喝水呀，洗澡呀，让孩子睡觉呀，散步呀，呼吸新鲜空气呀——对于这一切，我们，主要是她，每星期都会知道一些新的章程。好像人们从昨天起才开始生儿育女似的。结果因为没有这样喂奶，没有这样洗澡，而且做得又不是时候，于是孩子就生病了。到头来，竟然都是她的错，她没有做到她应该做的事。

"这还是健康的时候，就这样已经够受的了。要是一生病，那就完蛋了，简直痛苦极了。据说，疾病是可以医治的，既有这样的科学，又有这样的人——医生，他们精通此道。但是并不是所有的医生都精通医道，只有最高明的才行。就这样，孩子病了就必须去找那位最高明的、能够起死回生的医生，这样孩子才能得救；倘若没有抓住那位医生，或者你住在这儿，而那位医生偏不住在这儿，孩子的小命就算完了。这并不是她一个人特有的信仰，她那个圈子里所有的女人都这样相信，她从四面八方听到的就只有这么一类话：叶卡捷琳娜·谢苗诺夫娜的两个孩子死了，就因为没有及时去请伊万·扎哈雷奇，可是伊万·扎哈雷奇却救活了玛丽亚·伊万诺夫娜的大女儿；再看彼得罗夫家，因为听从了医生的劝告，及时隔离，大家分散到各个旅馆去住，孩子们至今还活着，而没有分散居住的呢，孩子们都死了。还有一位太太，她的孩子身子弱，他们听了医生的劝告，到南方去疗养，这才救了孩子的命。她对自己的孩子有一种动物般的爱恋，当这些孩子的小命取决于她能否及时得知伊万·扎哈雷奇对此说些什么，她怎能不终生提心吊胆，备受煎熬呢？至于伊万·扎哈雷奇究竟会说什么，谁也不知道，他自己更不知道，因为他心里一清二楚，他对于医道一窍不通，什么病也治不好，只不过是信口雌黄，闪烁其词，只要人们仍旧相信他深谙医道就成。要知道，倘若她完全是个动物，她也就不会痛苦了；倘若她完全是个人，她就会相信上帝，她就会像那些虔信上帝的乡下女人那样说，那样想：'上帝给的，上帝又拿去了，天命难违呀。'她就会想，所有的人——包括她的孩子们——的生与死，人们是无权过问的，只有听命于上帝。如果她能这样想，她就不会认为她能防止孩子们的病与死，可是她没有能够做到这一点，所以感到痛苦。要不然，对于她来说，情况就是这样的：给了她一些最脆弱的、多灾多难的小东西，而对这些小东西她又感到一种热烈的、动物般的爱恋。此外，这些小东西又都托付给她了，可是与此同时，保全这些小东西的方法我们却一无所知，倒是那些毫不相干的局外人知道得一清二楚，而要取得这些人的治疗与医嘱，就必须付大价钱，而且付了大价钱也不见得永远奏效。

"有了孩子以后的整个生活，对于妻子，而且也是对于我，并不是快乐，而是痛苦。又怎么能不痛苦呢？于是她就经常处在痛苦之中。常常，我们在一场争风吃醋或者普通的争吵之后刚刚平静下来，刚想过几天安静日子，读点书，想些问题，刚抓起了一件什么事情，突然听说：瓦夏呕吐了，或者玛莎便血了，或者安德留沙出疹子了，于是万事全休，简直不得安生。坐车上哪儿去，去请什么医生，又送到哪儿去隔离呢？于是又开始灌肠呀，量体温呀，喝药水呀，请医生呀。这件事还没有完，另一件事又接踵而至。我们就从来不曾有过正常的、安定的家庭生活。有的只是，正如我刚才告诉您的，经常从想象的和真实的危险中被拯救出来。要知道，现在在大多数家庭里的情形就是如此，而在我家则是特别严重。妻子是一个舐犊情深的人，而且人家说什么她都相信。

"因此，有了孩子以后，不仅没有使我们的生活得到改善，反而把它的气氛毒化了。此外，孩子还成了我们发生纷争的新借口。自从有了孩子以后，随着他们越长越大，正是孩子们越来越经常地成为我们争吵不休的资料和对象。孩子不仅是我们争吵的对象，也是我们争斗的武器；我们似乎都在利用孩子来彼此进行争斗。我们每人都有一个自己喜欢利用的孩子作为争斗的武器。我多半利用大儿子瓦夏与她大打出手，而她则利用丽莎与我争吵不休。此外，孩子们渐渐长大以后，他们的性格也定型了，他们就成了我们各自拉到自己这边来的同盟军。这些可怜的孩子曾为此受到极大的痛苦，但是我们在战火频仍中根本无心去考虑他们。女孩是我的同盟军，而那个大男孩却像他的母亲，是她的宠儿，因此经常被我憎恨。"

十七

"您瞧，我们过的就是这样的生活。我们的关系越来越敌对，最后竟发展到不是分歧产生敌对，而是敌对产生分歧了。不管她说什么，她还没有开口，我就不同意，她对我也一样。

"在婚后的第四年，双方似乎都已自行认定，我们是不可能彼此和解的了，彼此也不可能取得一致。于是我们也就不再企图彼此说到一块儿去了。对于一些最简单的事情，特别是对于孩子们，我们经常各执己见。我现在想起来，当时我根本就没有把我坚持的那些意见看得很重，以至于不能放弃；但是因为她的意见与我的相反，如果我让步，那不就意味着对她让步吗？这正是我办不到的。她大概也认为她在我面前从来都是完全正确的，而我在自己心目中，在她面前也一向是神圣不可侵犯的。我们两人单独相处的时候，常常相对无言，或者说一些，我相信，连动物彼此之间也会进行的谈话：'几点啦？该睡觉了。今天午饭吃什么？坐车上哪儿去呢？报纸上有什么新闻？去请医生吧。玛莎嗓子疼。'只要稍许超出这个小得不能再小的谈话范围，就会大动肝火。为了咖啡、桌布、马车、打文特时出的一张牌，就会爆发冲突和恶语伤人，而这些都是鸡毛蒜皮的小事，无论对哪一方都不可能有任何重要性。起码在我身上经常沸腾着对她的可怕的憎恨！有时候，我看着她怎样斟茶、晃腿，或者把汤匙举到嘴边，吧嗒着嘴唇喝汤，就觉得不顺眼，对她深恶痛绝，认为这种举动太难看了。我当时没有发现，这些互相憎恨的时期在我身上竟是与我们称之为相亲相爱的时期丝毫不差、成等比例地交替出现的。紧接着相亲相爱的时期就是互相憎恨的时期，相亲相爱的时期越恩爱，互相憎恨的时期就越长久；相亲相爱的表现越弱，互相憎恨的时期就越短。那时候我们不懂，这种相亲相爱和互相憎恨不过是同一种动物感情的两个极端罢了。如果我们当时明白自己的状况，这样生活一定是很可怕的。但是我们既不明白，也看不到。如果一个人生活得不对头，他可以装糊涂，对自己的处境的灾难性视而不见——这对于那个人来说既是一条生路，也是一种惩罚。我们就是这样做的。她极力想借紧张的、永远忙碌的家务来忘掉自己：布置房间呀，赶制自己的和孩子们的衣服呀，关心孩子们的学业和健康呀，等等。我也有自己的自我陶醉的办法——沉湎于公务、打猎和打牌。我们两人经常很忙，我们都感觉到，我们越忙对对方就越没有好气。'你倒好，挤眉弄眼的，'我对她寻思道，'可你的无理取闹却折磨了我一夜，我还要去开会呐。''你倒好，'她不仅这样想，而且说了出来，'可是我却守着孩子一夜都没合眼。'

"我们就这样过日子，眼前老是一团迷雾，看不见我们当时所处的状况。要不是发生了曾经发生过的那件事，我也许会这样过到老，一直到死还自以为没有虚度此生，即使不特别好，却也不算太坏，跟大家一样。我也许至今都不会明白我当时挣扎于其中的无穷的不幸和可鄙的虚伪。

"我们是拴在一根锁链上的两个彼此仇视的囚犯，我们互相毒化对方的生活，而又极力对此视而不见。那时我还不知道，百分之九十九的家庭都像我一样过着这种精神上极端痛苦的生活，而且也不可能是另一种样子。但是那时候，我对人对己都还不明白这个道理。

"说出来也怪，在正确的和甚至于不正确的生活中，有着多么惊人的巧合啊！正当生活对于父母双方变得不堪忍受的时候，为了给孩子们的教育创造条件，却必须搬到城里去居住。于是就出现了搬到城里去的需要。"

他说罢便停了下来，发出了一两声他常有的那种怪声。这种声音现在听来简直就像是一种强压下去的号啕大哭。我们进站了。

"几点了？"他问。

我看了看表，已是午夜两点。

"您不累吗？"他问。

"不，倒是您累了吧。"

"我憋得慌。对不起，我出去走走，喝点水。"

于是他便跌跌撞撞地穿过车厢。我独自坐着，反复琢磨着他对我说的一切，因为想出了神，没有发现他已经从另一头回来了。

十八

"是的，我老爱扯到题外去。"他又开始说道，"我思前想后，想了很多，现在我对许多事情的看法不同了，这一切我都想说一说。于是我们就在城里住了下来。不幸的人还是住在城里好些。在城里，一个人可以活到一百岁而没有发现他早就死了，烂掉了。简直没有时间去考虑自己的事情，老是很忙：事务呀，社交活动呀，健康呀，艺术呀，孩子们的健康呀，他们的教育呀，等等。一会儿必须接待某人与某人，去拜访某人与某人，一会儿又必须去看看这位太太，听听这位先生或者这位太太的高论。要知道，在城里，任何时候都会有一位，甚至一下子就有两三位绝不能失之交臂的社会名流。一会儿必须为自己延医治疗，给这个看病或者给那个看病，一会儿又是教师、家庭补习教师、家庭女教师，而生活却是一片空虚和无聊。您瞧，我们的生活就是这样，共同生活的痛苦也感觉少了些。此外，在最初一个阶段，事情多得不可开交，必须在一个新城市里安顿下来，布置新居，再就是从城市到乡下，从乡下到城市来回奔跑，忙个不停。

"我们过了一个冬天，可是在第二年冬天却出了下面这样一件谁都没有注意的事。这事看来微不足道，可是它却导致后来发生的一切。她身体不好，于是那些混蛋医生就不让她生育，并且教给了她方法。我对这事十分反感。我极力反对这样做，可是她却以一种轻率的顽固固执己见，我只好屈服。我们过的那种猪狗似的生活的最后的理由——生儿育女——被解除了，于是生活就变得更加令人作呕了。

"一个农民，一个干活的人是需要孩子的，虽然养育不易，他还是需要孩子，因此他保持夫妇关系还有道理可言。可是我们这些已经有了孩子的人已经不需要再有孩子了，他们只会使我们多操一份心，多添一笔开销，多增加一些遗产继承人，他们不过是累赘。因此保持这种猪狗似的生活，对于我们来说，已经毫无道理可言。要不就是我们人为地不要孩子，要不就是把孩子看作一种不幸，看作一种疏忽所造成的后果，这就更加丑恶了。这是毫无道理可言的。但是我们在道德上已经如此堕落，我们甚至看不到有为自己辩白的必要。现今有教养人士的大多数都沉湎于这种贪淫好色的生活而丝毫不受到良心的谴责。

"有什么好谴责的呢？因为在我们的日常生活中已经毫无良心可言，除非是舆论和刑法的'良心'，如果可以这样说的话。但是在这里两种良心都没有被违背：无须对社会感到任何羞愧，大家都这么干。玛丽亚·帕夫洛夫娜如此，伊万·扎哈雷奇也是如此，何苦生下一大堆叫花子或者剥夺自己参加社交活动的可能性呢？在刑法面前也无须感到羞愧和害怕。只有那些不成体统的大姑娘们和大兵的老婆们才把孩子扔到池塘里和井里。这种女人当然应当关进大牢，可是我们这里一切都做得又及时又干净利落。

"我们就这样又生活了两年。那些混蛋医生的方法显然开始奏效了，她的身体发胖了，人也变漂亮了，就像夏天最后的'姹紫嫣红'。她感觉到了这一点，于是便精心修饰起来。她身上出现了一种妖艳的美，令人目眩神迷。她年方三十，已不再生育，吃得又好，容易激动，因此别有一番媚态。她的模样使人心荡神驰。每当她从男人中间走过，她就把他们的目光吸引到自己身上。她就像一匹久不拉车、膘肥体壮、上了套的牝马，但是它的笼头被卸除了。哪有什么笼头呀！就像我们百分之九十九的女人没有任何笼头一样。我感觉到了这一点，我感到害怕。"

十九

蓦地，他站了起来，坐到紧挨着窗口的位子上。"对不起。"他两眼凝视着窗外说道，就这样默默地坐了两三分钟。接着，他长叹了一声，又坐到我的对面。他的脸完全变了样，目光凄恻，一种奇怪的、近似微笑的神情弄皱了他的嘴唇。"我有点累了，但是我要讲下去。时间还很多，还没天亮。是的，"他点起了一支烟，又开始说道，"自从她停止生育以后，她的体态变得丰满了，她的心病——关于孩子的无休止的痛苦——也开始逐渐好转；不仅逐渐好转，她仿佛从酒醉中清醒过来，如梦初醒似地看到了那充满欢乐的大千世界。她一度把这个大千世界忘了，但是她过去在这个人世间不会生活，她也根本不了解它。'可别蹉跎光阴！流光易逝，时不再来！'在我的想象中她就是这么想的，或者不如说，她是这么感觉的，除此以外，她也不可能有别的想法和别的感觉，因为她受的教育是：世界上只有一样东西值得关注——那就是爱情。她出嫁了，尝到了一点这种爱情的味道，但是这种爱情不仅远不是人家交口称誉和她所盼望的，而且还充满了失望和痛苦，接着又立刻来了一种意外的磨难——孩子！这种磨难把她弄得精疲力尽。亏了那些好心的医生，她才懂得一个人也可以不怀孩子。她大喜过望，尝试了一下那个办法，于是她的感情复活了，为了她所知道的唯一的东西——为了爱情，她又生气勃勃了。但是跟丈夫的爱情已面目全非，因为丈夫已经被嫉妒和形形色色的怨恨弄得面目可憎，叫人烦死了。她开始憧憬着另一种纯洁而新鲜的爱，至少我认为她是这么想的。于是她就开始左右顾盼，仿佛在等待什么似的。这种情形我是看到的，不能不深感忧虑。常常发生这样的事：她大胆地说——她和我说话一向通过别人，即看上去是和别人说话，而话却是说给我听的——根本不顾她在一小时以前还说了完全相反的话，半开玩笑半正经地说，母爱不过是一场骗局，当一个人还年轻，还可以享受生活的时候，把自己的一生贡献给孩子们真是太不值得了。那时候，她照看孩子们少了，也不像从前那样拼命了，可是她却越来越多地注意起自己和自己的外表来了——虽然她对此极力掩饰——关心自己的爱好，甚至本身的提高。她又兴致勃勃地练起了她从前完全荒废了的钢琴。于是一切便由此开始了。"

他又把疲惫的目光转向窗外，但看来克制住了自己的感情，立刻接下去说道："于是这个人就出现了。"他嗫嚅着，用鼻子发出一两声他惯常发出的那种特别的声音。

我看到，每次提起这个人的名字，回想到他，谈到他，都使他十分痛苦。但是他克制住了自己的感情，仿佛冲破了拦阻他的障碍，又毅然决然地继续说道："在我的眼里，照我的评价，他是一个非常坏的人。倒不是因为他在我的生活中起了多么坏的作用，而是因为他的确很坏。话又说回来，他的坏只是一个证明，证明她多么不能自持。没有他也就会有别的人来证明，事情早晚会发生。"他又不作声了。

"是的，这是一个音乐家，一个小提琴手；他并不是一个职业音乐家，而是一个半职业半业余的以客串为业的人。

"他父亲是地主，是家父的近邻。他父亲败落下来以后，孩子们——三个男孩——都得到了安置，只有这个最小的被送到巴黎，交给他的教母抚养。他在那里被送进了音乐学院，因为他有音乐才能，毕业后成了一名小提琴手，常常在音乐会上演奏。他为人……"显然，他想说一些关于他的坏话，但是他克制住了自己，接着便匆匆说道，"嗯，至于他过去是怎么生活的，我就不得而知了，我只知道，那一年他回到了俄国，并且来看望了我。

"他有一双水汪汪的杏仁般的眼睛，带笑的红嘴唇，两撇抹了发蜡的小胡子，最新、最时髦的发式，一张俗气而又漂亮的脸，以及一些女人们称之为此人'并不难看'的东西。他的体格单薄，虽然并不丑，可是他的臀部却特别发达，像女人，或者像果天托特人①。据说果天托特人的臀部也很发达，也都有音乐天赋。他见人喜欢故作亲热，但他又很敏感，一遇到人家稍有抵触，就立刻适可而止，借以维持他那外表的尊严。他脚穿一双带有纽扣的皮鞋，颈系一条颜色鲜艳的领带，穿戴着一些外国人在巴黎经常买的东西——这一切都带有一种别致的巴黎气派。这些东西由于自己的别致和新颖，对女人一向都有吸引力。在他的言谈举止中有一种做作的、表面的谈笑风生。您知道，他还有一种用暗喻、说半句话的习惯，仿佛说：'这一切您都是知道的，也是记得的，不尽之意，请您自己补充。'

"于是他和他的音乐就成了一切的祸根。要知道，在法庭上此案却被说成是一切皆由嫉妒而起。完全不是那么回事儿，也就是说，不是'完全不是那么回事儿'，而是似是而非。法庭上是这么裁定的。因为妻子有了外遇，我为了捍卫自己被玷污的名誉——要知道，他们就这么说的——才杀人的，因此我被无罪开释。我在法庭上极力想把此案的意义说清楚，可是他们却把这理解成为我想为妻子的贞操恢复名誉。

"她和那个音乐家的关系，不管它究竟如何，对于我毫无意

---

① 非洲西南的一个民族。

义，对于她也一样。对于我有意义的乃是我刚才告诉您的，也就是我的猪狗似的生活。一切皆由于我们两人之间存在着那个可怕的深渊——这事我已经对您说过了——我们之间的相互仇恨已经紧张到了可怕的程度，一遇口实就足以产生险象。我们之间的争吵在最后那个阶段正在变成一种可怕的东西，它与那同样强烈的兽欲交替出现，那就显得更加骇人听闻了。

"如果出现的不是他，就会出现别的人。如果不是以嫉妒作借口，就会有别的东西作借口。我坚持认为，一切像我那样生活的丈夫，肯定不是纵欲无度，就是分居，要不就干脆自杀，或者像我所做的那样杀死自己的妻子。如果有谁不曾发生过这样的事，那就是极其罕见的例外。要知道，我在结束这种状况以前，曾有好几次差点自杀，她也曾数度服毒。"

二十

"是啊，在那以前不久，情况就是这样。

"我们仿佛处在一种休战状态，并且没有任何原因要来破坏它。突然，在一次闲谈中，我谈到有这么一条狗在展览会上获得了奖牌。她说：'不是获得奖牌，而是得到好评。'于是争论就开始了。我们开始逐一指摘，互相数落：'嗯，这事早就老掉牙了。一向都是这样：你说……''不，我没有说过。''那么，是我瞎说喽！……'我感到那种可怕的争吵眼看就要爆发，此时我恨不得自杀或者把她杀死。我明知道争吵立刻就会爆发，但我对此也畏之如火，因此我就想忍下这口气算了，可是怒火却攫住我的全身。她也处在同样的情况下，也许还更糟。她故意歪曲我的每一句话，给它加上原来没有的意义。她的每一句话都浸透了毒汁，只要她知道我哪儿最疼，她就专找这种地方来刺我。话越说越多。我大喝一声："住嘴！"或者诸如此类的话。她猛一下冲出房间，向育儿室跑去。我拼命想要拦住她，以便把话说完，并且把道理说透，我抓住了她的胳膊。她就假装我把她抓疼了，大叫："孩子们，你们的爸爸打我啦！"我喝道："不许胡说！""你们看，这已经不是头一回啦！"她使劲嚷嚷，或者说一些诸如此类的话。孩子们扑到她的身边去，她就安慰他们。我说："你别装相！"她就回嘴："对你来说，什么都是装相；哪怕你杀了人，你也会说，他在装相。现在我算把你看透了，你就想下这个毒手！""哼，你死了倒好！"我嚷道。我记得，这些可怕的话把我吓了一跳。我怎么也没有料到，我会说出这么可怕的、粗暴的话来，这些话居然能从我的嘴里说出来，这使我感到吃惊。我一面嚷嚷着这些可怕的话，一面向书房跑去，接着便坐下抽烟。我听见她走进前厅，准备出去。我问她上哪儿，她不理我。"哼，让她见鬼去吧。"我对自己说。我回到书房，又躺下来抽烟。我脑子里生出了成千上万个计划，怎么报复她，怎么甩掉她，怎么挽救这一切，又怎么才能做得像没事人似的。我想着这一切，一面不断地抽烟，抽烟，抽烟。我想干脆离开她跑掉，躲起来，跑到美国去。想到后来，我甚至幻想把她甩了，这该多好啊，再去跟另一个漂亮的、完全不相干的女人相好。怎么甩法呢？除非她死了或者干脆同她离婚，于是我就开始设想，怎么才能做到这点。我看到自己的脑子乱了，想的都不是应该想的东西，为了不使自己看到我想的东西不是我所该想的，我就拼命抽烟。

"可是家里的生活还在照常进行。家庭女教师来问：'madame①在哪儿？什么时候回来？'仆人也来问要不要上茶。我走进餐室，孩子们——特别是已经懂事的大女孩丽莎——都用

---

① 法语：太太。

询问的、仇视的目光瞧着我。我们默默地喝着茶。她一直没有回来。一晚上都过去了，她还是没有回来。两种感情在我心里此起彼伏：一种是恨她，恨她老不回来，使我和所有的孩子们都很痛苦，其结局无非是她回来了也就完事了；另一种是害怕她不回来，去寻死觅活。我本想去找她。但是到哪儿去找她呢？到她姐姐那儿吗？但是登门去询问未免太愚蠢了。那就由她去吧，如果她想折磨人，那就让她自己折磨自己好了。要不然，这次称了她的心，下次会闹得更凶。如果她不在她姐姐那儿，正在自寻短见或者已经自寻短见了，那又怎么办呢？……11点，12点，1点。我没有进卧室去，一个人躺在房间里等她太蠢了，可是在这里我也躺不住。我想找点事做，写几封信，看点书，但是我做什么事都没有心思。我独自坐在书房里，痛苦、恼怒，同时留神谛听外面的动静。3点，4点，她还是没有回来。快天亮的时候，我睡着了。醒来一看，她仍旧没有回来。

"家里的一切仍照常进行，但是大家都莫名其妙，大家都用疑问和责备的目光看着我。他们推测，这一切都是由我引起的。可是我还在进行着同样的内心斗争——一面恨她用这种办法折磨我，一面却又替她担心。

"11点左右，她姐姐来了，是来替她当说客的。于是便开始了老一套的谈话：'她的心情非常不好。这到底是怎么回事呢？''说到底，什么事也没有。'于是我就说到她的性格真叫人受不了，我说，我根本没有做什么对不起她的事。

"'话又说回来，总不能老这样下去呀。'她姐姐说。

"'那就看她了，与我无关，'我说，'反正我决不走第一步。要离婚就离婚。'

"大姨子走了，一无所获。我跟她谈话的时候曾气势汹汹地说，我决不走第一步，可是她一走，我出去看见孩子们那种可怜巴巴和惊慌失措的样子，我已经准备迈出第一步了。这时候我已经乐于这样做了，但是又不知道从何做起。我又走来走去，不断抽烟，吃饭的时候还喝了点伏特加和葡萄酒，终于达到了我无意中想要达到的境界：我已经看不到自己处境的愚蠢和卑劣了。

"3点左右，她回来了。她遇到我的时候一句话也没有说。我还以为她屈服了，我就说我的火气是被她的横加指责惹出来的。可是她却板起面孔，十分痛苦地说，她不是来讲和的，而是来接孩子的，因为我们已经没法生活在一起了。我便说错不在我，是她逼得我发火的。她板起面孔，郑重其事地望着我，然后说道：

"'别废话，你会后悔的。'

"我说我最讨厌装腔作势。于是她嚷嚷了一句什么话，这话我没听清，她就跑进了自己的房间。她进去后，只听见钥匙响了一下，她把自己锁在里面了。我推了推门，她不理我，于是我就怒气冲冲地走开了。半小时后，丽莎满脸泪痕跑了进来。

"'怎么？出了什么事吗？'

"'听不见妈妈的声音了。'

"我们跑去。我使劲拉门。门闩没有插好，两扇门打开了。我走近床前。她穿着裙子和高靿皮鞋，姿势怪别扭地躺在床上，已经失去了知觉。床前的小桌上有一只放鸦片的空瓶子。我们把她救醒了。接着是眼泪汪汪，最后便和解了。也说不上是和解，双方依旧怀恨在心，互相敌对，再加上这次争吵引起的痛苦，每人都把这次痛苦全部归咎于对方。但是这一切总得设法收场呀，于是生活又照老样子过下去了。就这样吵来吵去，越吵越凶，接连不断，有时一周一次，有时一月一次，有时每天都吵。周而复始，没完没了。有一次，我甚至已经领了出国护照——争吵持续了两天——但紧接着又是假惺惺的解释，假惺惺的和解，于是我又留了下来。"

二十一

　　"这个人出现的时候，我们就处在这样的关系中。此人一到莫斯科——他姓特鲁哈切夫斯基——就来拜访我。这事发生在上午。我接待了他。过去我们曾一度'你我'相称。他企图用一种含糊其辞的介于'你'和'您'之间的口吻，坚持与我'你我'相称，可是我却直截了当地定下了调子，互相称'您'，他也就立刻依从了。我第一眼看见他就很不喜欢他。但是说来也怪，冥冥之中有一种奇怪的力量在指使我没有把他拒之门外，没有请他滚蛋，而是相反，请他登堂入室。要是我跟他冷冷地寒暄几句，也不介绍他跟妻子认识，便跟他告别，那是再简单不过的了。但是偏不这样，好像鬼使神差似的，我谈起了他的演奏。我说，人家告诉我，他已经不拉小提琴了。他说，恰好相反，他现在拉得比从前更多。他又想起我从前也爱玩玩乐器。我说，我现在已经不玩了，倒是我妻子钢琴弹得很好。

　　"说来也怪！在我与他相见的第一天和第一小时，我与他之间的关系就好像只有在那事发生过以后应该有的那种样子。我与他的关系似乎有点紧张：我注意他或我所说的每一句话、每一个措词，并认为这些话十分重要。

　　"我把他介绍给我的妻子。于是我们就立刻谈起了音乐，他表示愿意陪她练琴。这一阵，妻子一直娴雅动人，富于诱惑力，漂亮得令人目眩神迷。看来，她从看到他的第一眼起就喜欢上他了。此外，她也很高兴，因为她很希望有人用小提琴给她伴奏，为此她还从剧院里特意雇来一位小提琴师——这下，有小提琴伴奏，弹起琴来就更有意思了。她的脸上也表现出了这种喜悦。但是她一看到我的脸色，就立刻懂得了我的心情，于是便改变了脸上的表情，接着就开始了那种互相欺骗的游戏。我愉快地笑着，装作我感到很高兴似的。他就像一切色鬼望着漂亮女人那样望着我的妻子，装作他感兴趣的只是我们所谈的话题，其实，他对此已经毫无兴趣。她也极力装作若无其事的样子，可是她所熟悉的我那醋劲大发的假惺惺的微笑以及他那色迷迷的眼神，显然使她兴趣倍增。我看到，从他们第一次见面时起，她的眼神就焕发出一种特别的光彩，而且，大概是由于我的醋意吧，我看到，他俩之间好像立刻通了电似的，因而唤起了相同的神色、眼神和微笑。她脸红，他也脸红；她微笑，他也微笑。我们谈了一阵音乐、巴黎和各种各样的琐事。他站起身来告辞，笑容可掬地站着，拿着礼帽，把礼帽放在他那微微抖动着的大腿上，一会儿瞧着她，一会儿瞧着我，仿佛在等待着我们下一步究竟怎么办似的。我所以对这一刻牢记不忘，就是因为在这一刻我完全可以决定不再邀请他，那就什么事情也没有了。但是我望了他们两人一眼。'你别以为我会对你吃醋。'我在心中对她说。'你也别以为我会怕你。'我在心中又对他说。接着我便邀请他晚上无论如何把小提琴带来，陪我的妻子一起弹琴。她吃惊地瞧了我一眼，顿时满脸绯红，于是便好像害怕似的开始拒绝，说什么她的琴弹得还不够好。她的这个拒绝使我更加恼怒，因此我就更加坚持非请他来不可。我还记得我望着他走出去时的那种奇怪的感情：他像小鸟似的迈着跳跃式的步伐从我们家走出去，我望着他的后脑勺，望着他那梳成分头的黑头发衬托着他的白脖子。我不能不向自己承认，这个人的到来使我感到痛苦。'这取决于我，'我想道，'就这么办：从此永远不再见他。'但是，果真这么办的话，那不等于承认我怕他了吗？不，我才不怕他呢！这样做太丢人了，我对自己说。我明知道妻子听得见我说话，于是我就在前厅里非坚持让他今晚带着小提琴来不可。他答应了我的请求，便告辞了。

"晚上，他果然带着小提琴来了，于是他们就在一起弹奏。但是到底弹奏什么却很久没有商量妥，因为他们需要的乐谱偏偏没有，而有的那些乐谱呢，我的妻子没作准备又弹不好。我非常喜欢音乐，很赞同他们在一起弹奏，我给他又是支乐谱架，又是翻乐谱。他俩弹奏了一些曲子，几支无词歌和一首莫扎特的小奏鸣曲。他的琴拉得好极了，他有一种高超的、通常称之为情调的东西。此外，他还有一种细腻、高雅的审美力，这与他的人品完全不相称。

"不用说，他比我的妻子高明得多，他帮助她，同时又彬彬有礼地夸奖她的演技。他的举止很得体。妻子也好像只对音乐感兴趣，表现得十分随便和自然。我虽然也装作对音乐感兴趣的样子，但整个晚上都不断地为嫉妒所折磨。

"自从他的眼神与妻子相遇的第一分钟起，我就看到他们两人都是禽兽，尽管他们俩都是有地位的人，又碍于上流社会的体面。他们似乎在一问一答。'可以吗？''哦，当然，完全可以。'我看到，他怎么也没有料到我的妻子，一位莫斯科的太太，竟会如此妩媚动人，他对此感到喜出望外。因为他毫不怀疑她是同意的。全部问题在于这个讨厌的丈夫不要从中作梗就成。倘若我是一个正人君子，我也许会不懂得个中的奥妙，但是我也像大多数男人一样，在没有结婚之前，我也是这样来揣度女人的，因此我对于他心中在想什么洞若观火。我特别感到痛苦的是，我确凿无疑地看到，她对我除了经常的恶语相对以外，毫无其他感情可言，只是间或掺杂着习惯性的放纵肉欲而已。可是这个人却凭着他外表的优雅和新颖，而主要是凭着他那无疑是卓越的音乐才能，凭着由于共同演奏而产生的接近，凭着音乐，特别是小提琴对于敏感的天性所发生的影响，不仅肯定会赢得她的欢心，而且还无疑会毫不犹豫地征服她，击溃她，随意摆布她，将她玩弄于股掌之上，要她干什么就干什么。我不能不看到这一点，因此我觉得非常痛苦。但是尽管如此，或者正是由于这个缘故，有一种力量却迫使我违心地不仅对他特别彬彬有礼，而且还跟他很亲热。我这样做，无非是为了表示我不怕他。这是做给妻子看的呢，还是做给他看的？要么就是为了自欺欺人，做给我自己看的——这我不知道，反正自从我与他首次交往，我就无法对他态度随便。为了不致起意立刻杀死他，我就得对他表示亲热。晚餐时我请他喝昂贵的葡萄酒，对他的演奏表示赞赏，笑容可掬地同他说话，并且请他下星期来吃午饭，再同我妻子一起演奏。我说，我将邀请我的朋友，一些音乐爱好者，来听他拉琴。我们就这样结束了这次会面。"

波兹内舍夫十分激动，变换了一下他坐的姿势，并且发出一种他惯常发出的那种特别的声音。

"说来也怪，此人的到来对我起了多大的影响啊！"他又开始说道，分明作了很大的努力才使自己保持平静，"这事以后的第二天或者第三天，我在参观了一个展览会以后回家，我走进前厅，蓦地感到有一件沉重的东西像一块石头似的压在我的心上，我搞不清这到底是怎么回事。这可能是当我穿过前厅的时候我发现了什么足以联想起他的东西。直到我走进书房，我才弄清这究竟是怎么回事。为了不致弄错，我又回到了前厅。是的，我没有弄错，这是他的外套。您知道，这是一件时髦的外套——尽管我还不清楚这是怎么回事，我却会以不平常的注意力发现与他有关的一切——我一问，他果然在这里。我没有穿过客厅，而是穿过学习室向大厅走去。我的女儿丽莎正在读书，保姆和最小的女孩坐在桌旁正在转一个什么盖子。大厅的门关着，我听见从里面传出了不快不慢的 arpeggio[①]，以及他们两人说话的声音。我侧耳倾听，但是听不清他们在说什么。显然，这些钢琴声是故意用来掩盖他

———————————

① 意大利语：琶音。

们的说话声的，也许还有接吻声。我的上帝！我心中什么滋味没有啊！现在，我一想到当时隐藏在我心中的那股兽性，就不寒而栗。我的心顿时紧缩起来，停止了跳动，然后又像打鼓似的怦怦乱跳起来。在任何恼怒中，一向有一种主要的感情，这就是自叹命苦。‘居然当着孩子们的面，当着保姆的面！’我想道。也许，我的脸色很可怕，因为连丽莎都用奇怪的眼光望着我。‘我该怎么办呢？’我问自己，‘进去吗？我不能进去，天知道我会干出什么事来。’但我也不能一走了事。保姆用这样的眼光望着我，仿佛她了解我的处境似的。‘可是又不能不进去。’我对自己说，接着便迅速打开了门。他坐在钢琴旁，正用他那向上屈曲的大而白皙的手指弹奏着 arpeggio。她站在钢琴一边的犄角上，俯身看着那本打开的乐谱。她第一个看到我或者听见我走进来的声音，抬起头来望了我一眼。她是大吃一惊而又装作并不感到吃惊呢，还是她的确并不惊慌，反正她并没有吓一大跳，也没有动弹，只是脸红了，而且这也是以后的事。

　　“‘你来了我真高兴，我们正决定不了星期天演奏什么呢。’她说，那声调是我们俩单独在一起她跟我说话时从来没有用过的。这事，以及她把自己与他称作‘我们’，使我十分恼怒。我一言不发向他问了好。

　　“他握了握我的手，接着便立刻笑吟吟地——我觉得这种笑简直是嘲笑——向我解释，他带了一些乐谱来，是准备星期天演奏用的，可是到底演奏什么，他俩的意见不一致：演奏难度较大的古典作品，即贝多芬的小提琴奏鸣曲呢，还是演奏一些小乐曲？一切是如此自然和简单，简直无可挑剔，然而我还是坚信，这一切都是假的，是他们商量好了来骗我的。

　　“对于那些爱吃醋的人——在我们的社会生活中，大家都是醋罐子——来说，最最令人痛苦的关系之一莫过于某种上流社会的规矩，即允许男人与女人之间最大限度地危险地接近。如果在舞会上对两性的接近横加干涉，或者不许医生去接近自己的女病人，不许那些从事艺术、绘画、尤其是音乐的人互相接近，这定将贻笑大方。人们在双双对对地从事最高尚的艺术——音乐，这就需要有一定程度的接近，这种接近是无可非议的，只有那种不像话的、醋劲大发的丈夫才会从中看到什么不足为训的东西。其实，大家都知道，我们上流社会中的大部分通奸案都是通过这样一些活动，尤其是通过音乐发生的。我脸上的表情很尴尬，我很久都说不出一句话来，我的尴尬分明也影响了他们，使他们也尴尬起来。我就像一只翻倒的瓶子，因为水装得太满了，反而倒不出来。我真想臭骂他一通，把他赶出去，但是我感到，我仍旧必须对他客客气气，以礼相待。于是我也就这么办了。我假装不管演奏什么我都赞成。我当时有一种奇怪的感情：对于他的在场我越是感到痛苦，这种感情就越是迫使我更加亲切地对待他。正是出于这种奇怪的感情，我对他说，我完全相信他的审美力，并且劝她也应相信他才好。他又待了一段必要的时间——这段时间足以消除因我惊慌失色地突然走进房间而又一言不发所产生的不愉快的印象——便告辞了，并装作现在终于决定明天演奏什么了。可是我完全相信，较之他们所关心的事来，演奏什么的问题对于他们来说乃是一件完全无所谓的事。

"我十分恭敬地把他送到了前厅——对于一个前来破坏你全家的平静、毁坏你全家幸福的人，怎能不送呢——我特别亲切地握着他那白皙而柔软的手。"

二十二

　　"那天我一整天都没有跟她说话，我说不出来。她一走近我，就激起我心里对她的无比憎恨，恨得连我都替自己感到害怕了。在吃午饭的时候，她当着孩子们的面问我什么时候动身。下星期我要到县城去开会^①。我告诉了她何时动身。她问我路上还需要不需要什么东西。我一言不发，默默地吃完了饭，又默默地走进了书房。最近她从来不到我的房间里来，尤其是在午后。我正躺在书房里生闷气，蓦地，我听见了熟悉的脚步声。我脑子里猝然生出一个可怕的、丑恶的想法：她就像乌利亚的妻子^②那样，为了掩盖她已经犯下的罪，特意在这个她从来不来的时候到我这里来。'难道她是到我这里来的吗？'我听着她的越来越近的脚步声，想道。如果她是来找我的，那就说明我想得对。于是我心里升起了对她的说不出的憎恨。脚步声越来越近了。她莫非是打这儿路过到大厅去？不，门"呀"的一声打开了，门口出现了她那漂亮修长的身影，她的脸上和眼睛里有一种胆怯和讨好的神态，她想掩饰这种表情，但是我还是看见了，并且知道她所以如此的原因。我长时间地屏住呼吸，差点憋死。我一面继续望着她，一面抓起了烟盒，点上了一支烟。

　　"'这是怎么回事？人家到你这儿来坐一会儿，你倒抽起烟来了。'她说着便挨近我坐到长沙发上，靠在我身上。

　　"我挪开身子，免得碰着她。

---

① 指参加县贵族会议。
② 乌利亚是犹太—以色列联合王国国王大卫的名将，他的妻子拔示巴与大卫私通。大卫为了永远占有拔示巴，设计将乌利亚杀害。见《圣经·旧约·撒母耳记下》第十一章。

"'我看得出来，我要在星期天演奏，你是不满意的。'她说。

"'我丝毫没有不满意。'我说。

"'难道我看不出来吗？'

"'嗯，你既然看出来，那我就恭喜你了。除了你的所作所为像个娼妓以外，我什么也没有看见……如果你想要跟马车夫似的骂街，我就走。'

"'走开！'我更凶地咆哮起来，'只有你才会把我逼疯，你逼我干出什么事情来，我可不负责！'

"'我听任自己的怒火发作，我陶醉于怒火之中，我真想做出点非同寻常的事，以示我的愤怒已经到了极点。我非常想打她，把她打死，但是我知道这样做是不行的，因此，为了出气，我从桌子上顺手抓起一个镇纸，又一次大叫：'走开！'说罢便把它摔到她身边的地板上。我瞄得很准，正好落在她的身旁。她只好从房间里走出去，但是，走到门口又停了下来。于是我就立刻，趁她还看得见——我是故意做给她看的——从桌上拿起各种东西：烛台呀，墨水缸呀，把它们统统摔到地上，继续大叫大嚷：

"'走开！滚！干出什么事情来，我可不负责！'

"她走了——我的怒气也立刻消了。

"过了一小时，保姆来找我，她说我妻子的歇斯底里症又犯了。我走去一看：她又哭又笑，但是一句话也说不出来，全身哆嗦。她没有装假，倒是真病了。

"天快亮的时候，她安静了下来，于是在我们称之为爱情的那种感情的影响下，我们又言归于好了。

"早晨，当我们言归于好之后，我向她承认，我因为她跟特鲁哈切夫斯基接近而吃她的醋。她听了这话一点也不觉得尴尬，反而极其自然地付之一笑。据她说，她甚至觉得奇怪，她怎么可能看上这样一个人呢？

"'一个正正经经的女人，除了音乐带来的快乐以外，对于这种人难道还能有什么别的感情吗？如果你愿意，我准备从此不再见他。甚至在这个星期天，虽然已经约请了所有的朋友。你干脆写封信给他，说我不舒服，不就完了？只有一点叫人恶心，很可能有人会想，特别是他自己会想，他是一个危险人物。我的自尊心是不允许别人这样想的。'

"要知道，她并没有撒谎，她是相信她所说的话的；她希望用这些话来激起自己对他的蔑视，用这些话来保护自己不受他的侵犯，但是她没有能够做到这一点。一切都跟她作对，特别是这个该诅咒的音乐。一切就这么收场了，于是在星期天客人们来了，他们又在一起演奏了。"

二十三

"我这人很爱虚荣，我想，说这话是多余的。如果在我们的通常生活中，一个人不爱虚荣，那活着还有什么意思啊！于是，在那个星期天，我就兴味盎然地布置晚宴和安排起音乐晚会来了。我亲自去选购宴会上的一应物品和邀请客人。

"6点以前，客人到齐了，他也身穿燕尾服、佩戴着俗不可耐的钻石袖扣来了。他的举止十分随便，对一切都匆匆地报以赞同和会心的微笑。您知道吗，他那种特别的表情似乎在说，您所做和所说的一切，正是他盼望做和盼望说的。他身上的一切不登大雅之堂的东西，我都看在眼里，而且那时我感到特别痛快，因为这一切使我放心了，并且也说明，对于我的妻子来说，此人太低下了，正如她所说，她是决不肯自轻自贱到这步田地的。我现在已经不允许自己再吃醋了。第一，我已经饱受嫉妒之苦，应当休息一下；第二，我愿意相信妻子的保证，并且信以为真。尽管我不再吃醋了，但是无论在吃饭的时候，还是在晚会的前半部分，当音乐还没有开始的时候，我见到他和她还是很不自然。我依旧监视着他俩的一举一动和左右顾盼。

"所谓晚宴也就是一般的晚餐，无聊而且装腔作势。音乐开始得相当早。唉，那天晚会的一切细节我记得多么清楚啊！我记得他怎样把小提琴取了来，打开琴盒，取下了某太太给他绣的琴盖，取出了小提琴，开始调弦。我记得妻子怎样装作若无其事的样子，我看出，在这种表面上的若无其事下，她掩盖着很大的胆怯——主要是对自己的演技所感到的胆怯——她装模作样地坐到钢琴旁，于是便开始了由钢琴弹出的通常的 A 音，小提琴的拨奏以及定音。然后我记得他们怎样互相瞥了一眼，接着又回头看了看纷纷就座的宾客，然后又互相说了一句什么话，便开始了。她先弹了第一个和音。他的面容变得庄重、严峻而又讨人喜欢，他倾听着自己的琴声，小心翼翼地用手指轻抚着琴弦，与钢琴声相应和。接着演奏便开始了……"

他说到这里停了下来，接连好几次发出自己的那种怪声。他想继续说下去，但是他发出一声抽泣，又停了下来。

"他俩演奏的是贝多芬的《克莱采奏鸣曲》。您知道第一乐章的急板吗？您知道吗？！"他叫道，"唉！……这支奏鸣曲太可怕了，特别是这一部分。一般说来，音乐是一样可怕的东西。这到底是怎么回事？我不懂。音乐是什么？音乐起什么作用？据说，音乐会使人的心灵高尚——胡说，这是瞎话！它的确会起作用，起一种可怕的作用，我说的是对我自己，但它起的根本不是使人的心灵变得崇高的作用。它既不能使人的心灵变得崇高，也不能使人的心灵变得卑下，它只能刺激人的心。我怎么对您说呢？音乐能迫使我忘掉自己，忘掉自己的真正处境，它能把我带进另一种不是我自己的处境之中。

在音乐的影响下，我似乎感觉到了我本来感觉不到的东西，懂得了我本来不懂的东西，做到了我本来做不到的事情。对此，我的看法是这样的：音乐对人的作用就像打哈欠和笑一样，本来我并不觉得困，但是我看见别人打哈欠，自己也打哈欠；我并不觉得好笑，但是我听见别人笑，自己也就笑了。

"它，也就是音乐，能一下子把我直接带进写音乐的人当时所处的心境之中。我和他心心相印，并同他一起从一种心境转到另一种心境，但是我为什么会这样，我也不知道。就拿那个创作《克莱采奏鸣曲》的人贝多芬来说，他为什么处在这样的心境中，他肯定知道；这种心境促使他采取某种行动，因此这种心境对于他是有意义的，对于我却毫无意义。因此，音乐只能刺激我而不能让我的心情平静下来。例如，一奏起进行曲，兵士们就会和着进行曲的拍子前进，音乐也就达到了目的；奏起了舞曲，我就翩翩起舞，音乐也达到了目的；再如，唱起了弥撒曲，我就领圣餐，音乐也达到了目的，否则就只有激动，而在这种激动之中应当做些什么，却一无所知。正因为这个缘故，音乐有时所起的作用是十分可怕的、吓人的。在中国，音乐是由国家管辖的。本来就应当这样嘛。难道可以允许任何人，不管他是谁，单独对另一个人或者对许多人施行催眠术，然后对他们为所欲为吗？尤其是当这个施行催眠术的人竟是一个随便遇到的，没有道德的人，那就更不能允许了。

"要不然的话，这种可怕的手段就会落到任何人的手里。例如，就拿这支《克莱采奏鸣曲》第一乐章的急板来说吧。难道可以在客厅里，在这群袒胸露臂的太太们中间演奏这段急板吗？演奏完了，拍拍巴掌，然后吃吃冰激凌，谈一通时下的流言蜚语？这类作品只能在某种重要的、具有重大意义的场合才能演奏，而且只有在要求做出某种与这支乐曲相适应的重大行动的时候才能演奏。演奏完毕就应当去做这支乐曲激励你去做的事。要不然，在不适当的地点和时间去唤起无处发泄的精力和情感，就可能产生破坏作用。起码这支乐曲对我起的作用是可怕的。我觉得，仿佛有一种在此以前我所不知道的完全新的感情、新的希望陡然展现在我的面前。原来我过去所想和所过的生活都不对，原来应当像这样，仿佛有人在我心中说。我那时知道的那个新东西到底是什么呢？我也弄不清，但是意识到这个新的意境却令我十分欢喜。还是那样的一些人，其中包括我的妻子和他，现在看来却与过去迥然不同了。

"在这段急板之后，他俩又演奏了一支绝妙但却普通、毫无新意的 andante①，变奏部分也很俗气，至于终曲，那简直差劲极了。接着，他们又应客人之请演奏了恩斯特②的悲歌和各种各样的小乐曲。这一切都很好，但是这一切使我产生的印象还不及第一支曲子使我产生的印象的百分之一。因为这一切都是在第一支曲子所产生的印象的背景上发生的。整个晚上，我的心情都十分轻松愉快。我从来没有看见我的妻子像那天晚上那样。当她演奏的时候，那神采飞扬的眼神，那严峻的、别具深意的表情，当他们演奏完毕以后，那种慵懒无力，那种淡淡的、楚楚可怜的、幸福的微笑。这一切我都看见了，但是我并不认为这有任何其他意义，她无非是体会到了那种与我相同的感受罢了，无非是一种新的、从未体验过的感情仿佛被唤醒了似的，同时展现在她和我的面前罢了。晚会圆满结束后，大家也就各自回去了。

"特鲁哈切夫斯基知道我过两天就要去开会，因此在告辞的时候说，希望他下次来的时候能再为我重复一次今晚的愉快。从

---

① 意大利语：行板。
② 恩斯特(1814—1865)，奥地利小提琴演奏家和作曲家。

这个建议里我只能得出这样的结论：他认为我不在家的时候，他是不应该到我家里来的，我听到这话觉得很高兴。事情是这样的，因为我在他离开莫斯科以前是回不来的，所以我跟他不可能再见面。

"我头一次以一种真正愉快的心情握了握他的手，感谢他给予我的快乐。他也和我的妻子告别。我觉得他们的告别也是十分自然的和得体的。一切都很好。我们夫妻两对这次晚会都很满意。"

二十四

"两天以后，我在最好、最平静的心情中辞别了妻子，到县城去了。在县城里，事情永远多得不可开交，这是一种完全特殊的生活和特殊的小天地。头两天我是在官廨里度过的，每天工作十小时。第二天，有人到官廨里来，给我拿来了一封妻子的信，我立刻读了这封信。她谈到孩子，谈到叔叔，谈到保姆，谈到买东西，接着又捎带地像谈一件最平常的事情似地谈到特鲁哈切夫斯基的来访，他带来了他答应带来的乐谱，他还答应再来拉一次琴，但是她谢绝了。我不记得他答应过要带乐谱来，我觉得当时他告辞的时候表示过暂时不再来了，因此这件事使我很不痛快。但我是如此之忙，简直没有工夫去想这件事，直到晚上，我回到寓所以后，才把这封信重读了一遍。除了特鲁哈切夫斯基趁我不在家的时候又来过一趟以外，我觉得这封信的整个调子也都是牵强的。于是嫉妒这头疯狂的野兽又在它的巢穴里咆哮起来，而且想要蹿出去。但是我害怕这头野兽，就赶紧把它锁了起来。'这种嫉妒是多么卑劣的感情啊！'我对自己说，'还能有什么比她写的更自然的呢？'

"于是我躺到床上，开始想明天要办的事。到这儿来开会，换了一个新地方，我通常很久都睡不着，可是这次我很快就睡着了。您知道，也常有这种情形，你会像触电似的猝然惊醒。我就是这样醒过来的，而且一醒过来就想到了她，想到我对她的肉欲的爱，同时又想到特鲁哈切夫斯基，想到她与他之间的一切都已经完了，恐惧和憎恨攫住了我的心。但是我又开始自譬自解。'真是荒唐，'我对自己说，'毫无根据，什么事也没有，现在没有，过去也没有。我居然能设想出这种可怕的事来，这岂非贬低了她，也贬低了我自己吗？''一个类似以卖艺为生的拉小提琴的，一个出名的窝囊废，突然之间，一位可敬的女人，一位受人尊敬的一家之母，我的妻子，却会……多么荒谬绝伦啊！'我一方面这样想。'这又怎么不可能呢？'另一方面我又这样想。那件最简单明了的事又怎么不可能发生呢？——我就是为了这事才同她结的婚，我也是为了这事与她共同生活的，我需要在她身上得到的唯一的东西就是这个，因此其他的人以及这位音乐家想要从她身上得到的也必定是这种东西。他是一个未婚的男子，身体又好——我记得他在吃肉排的时候怎样嚼脆骨，以及他怎样用他那鲜红的嘴唇贪婪地噙住酒杯——喂得肥头大耳、油光锃亮。他不仅放荡不羁，而且看来还是以'及时行乐'作为生活信条的。而且他们之间还有音乐上的联系，一种最细致入微的淫欲的交流。什么东西能阻止他，使他不敢造次呢？什么也没有。相反，一切都在向他招手。而她呢？她又是什么人呢？她过去是，现在仍然是一个谜。我不了解她。我只知道她是一个动物。而动物是任何东西也不能，也绝对阻挡不了的。

"直到现在我才想起了那天晚上他俩的面容，他俩在奏完《克莱采奏鸣曲》后又奏了一支热情奔放的小乐曲，我不记得这是谁的作品，一支肉感到了淫猥下流地步的短曲。'我怎么能外出呢？'我对自己说，一面回想着他们的面容，'他们两人之间的一切都是在那天晚上发生的，这难道还不清楚吗？那天晚上，他们两人之间已经没有了任何障碍，但是他俩，尤其是她，在他俩发生了那件事以后，却感到了某种羞涩，这难道还看不出来吗？'我记得，当我走到钢琴前面去的时候，她怎样在擦着汗，脸上泛起两朵红霞，露出淡淡的、楚楚可怜的、幸福的微笑。他们俩当时已经避免四目对视了。直到吃晚饭的时候，他给她倒了一杯水，他们才互相看了一眼，莞尔一笑。我现在毛骨悚然地想起这个被我无意中看见的他俩之间的匆匆一瞥以及那依稀可辨的微笑。'是的，一切都完了。'一个声音对我说。可是另一个声音又立刻说了完全相反的话：'你大概糊涂了，这是不可能的。'我在黑暗中躺着，感到不寒而栗。我划着了火柴，不知怎的，我觉得待在这个糊着黄壁纸的小房间里很可怕。我点着了一支烟，像平素一样，每当我在不能解决的矛盾中绕圈子时，我就抽烟，于是我就一支接一支地抽烟，以便麻醉自己的神经，不去正视这些矛盾。

"我整夜没有睡着，到5点钟我才毅然决定，再不能在这种紧张状态下待下去了，必须立刻动身。于是我就起床叫醒了侍候我的卫兵，吩咐他立刻套马。我写了一张便笺，派人送到会上，说我有急事必须立刻回莫斯科，并恳请一位委员代替我的职务。早上8点，我便坐上四轮马车匆匆登程。"

二十五

列车员走了进来，他发现我们的蜡烛已经点完，便把蜡烛吹灭了，也没有换上一支新的。窗外已是拂晓。当列车员还待在我们这节车厢里的时候，波兹内舍夫一直长吁短叹，一言不发。

可是列车员一出去，他就继续讲起来，在半明半暗的车厢里只听到列车前进时车窗的震动声和那个伙计的均匀的鼾声。在晨曦朦胧中，我全然看不清他的人。只听得见他那越来越激动、越来越痛苦的说话声。

"路上得坐马车走三十五俄里，再坐火车走8个小时。坐着马车一路驰去，真是赏心悦目。秋风萧瑟，阳光明媚。您知道吗，是在这样一个时节，马蹄铁的棘刺一溜儿印在油光锃亮的道路上。道路平滑，阳光灿烂，空气清新。坐着四轮马车一路驰去，真惬意极了。当天色大亮时，我就出发了，我心头感到轻松些。望着马匹、田野和行人，我简直忘了我要到哪儿去。有时我觉得我不过是乘兴出游罢了，并没有那件使我非回去不可的事，这类事情一概都没有。能这样忘怀一切，我觉得特别愉快。当我想起我是到哪儿去的时候，我对自己说："到时候再说吧，现在别去想它了。"再加上半路上出了点事，使我在路上耽搁了，这就使我的心思更加分散。四轮马车坏了，必须修理。这个损坏具有重大的意义，它使我不能像原来估计的那样在5点钟到达莫斯科，而是在午夜12点钟，并在12点多才回到家里，因为我没能坐上快车而只能坐普通客车。找大车啦，修理啦，付钱啦，在客店里喝茶啦，跟店家聊天啦——这一切使我的心思更加分散了。直到暮色四合时才一切准备就绪，我又重新登程，夜里坐车比白天还好。一弯新月，夜来微寒，道路更好，蹄声得得，车夫也和气。我一路走去，感到心旷神怡，几乎完全忘记了等待着我的那件事，或者正因为我知道是什么在等待着我，我才尽情享受，与生活的欢乐永远告别。但是我的这种平静状态，压制自己感情的能力，随着乘坐马车的行程一结束也就结束了。我一走进火车车厢，就开始了完全另一种状态。坐在火车车厢里的这八小时旅程，对于我简直太可怕了，这个我一生一世忘不了。是因为我坐进车厢以后，自以为已经到家了呢，还是因为铁路对人有一种刺激作用，反正我一坐进车厢以后，已经再也控制不住自己的想象了，它开始一刻不停地、栩栩如生地向我描绘着燃起我的嫉妒心的那一幅幅图画，而且一幅比一幅下流，统统都是关于我不在家时家里所发生的事情，以及她怎样对我不忠实的情景。我注视着这些画面，我被愤慨、恼怒，以及因为自己被人侮辱而感到一种特别的陶醉煎熬着；我目不转睛地注视着它们，我不能不看它们，我抹不掉它们，也不能不一再想象到它们。而且，我越是注视着这些想象出来的图画，就越是信以为真。这些图画的逼真似乎在证明我想象出来的东西都是实有其事的。有一个魔鬼，好像违背我的意志似的，想起了和帮助我想起了一些最可怕的念头。我想起了很久以前跟特鲁哈切夫斯基的哥哥的一次谈话，我把这次谈话同特鲁哈切夫斯基和我的妻子联系起来，我带着一种狂喜的心情想起了这次谈话，并用它来把我的心撕碎。

"这是很久以前的事了，但是我还是记起了这件事。我记得，有一次，有人问特鲁哈切夫斯基的哥哥，他是不是常去逛妓院，他说一个规规矩矩的人既然随时随地都能找到一个规规矩矩的女人，他是不会到那种地方去的，因为在那里很可能染上脏病，而且又脏又恶心。于是他，他的兄弟，就找到了我的妻子。'不错，她已经不是一个妙龄少女了，旁边还缺了一颗牙，也稍许臃肿了些，'我替他想道，'但是有什么办法呢，有什么就将就享用一下吧。''是啊，他找她做自己的情妇，还是对她的俯就哩。'我对自己说，'而且她是保险的，没有脏病。''不，这是不可能的！我在瞎想什么呀！'我恐惧地对自己说，'这种事情是绝对不会有的。甚至没有任何根据去假定这样的事情会发生。难道她不是对我说过，连想到我可能吃他的醋都是对她的侮辱吗？是的，但是她在撒谎，一直都在撒谎！'我叫道——于是一切又从头开始……在我们这节车厢里除了我只有两个旅客——一对老年夫妻，他们俩都不爱说话，而且还在一个站上下了车，于是就只剩下我一个人了。我宛如一头关在笼中的野兽，一会儿跳起来走到窗口，一会儿又开始踉踉跄跄地走来走去，极力催促火车快走，但是这列火车就像我们这节车厢一样，还是连同它的全部座位和所有的玻璃窗在颤巍巍地前进……"

说罢，波兹内舍夫就站起身来，走了几步，然后又坐下来。

"哦，我真怕，真怕铁路上的火车，一看见它我就不寒而栗。是的，太可怕了！"他继续说道，"我对自己说：'想点别的事吧。嗯，比如说，可以想想我喝茶的那家客店的老板嘛。'于是眨眼之间在我的想象中就浮现出了那位蓄着一把长胡子的店家和他的孙子，一个和我的瓦夏一般大的男孩。我的瓦夏呀！他一定看到那个音乐家怎样在吻他的母亲了。他那可怜的心又将怎样想呢？她才不在乎呢！她爱他……于是从前的那些想法又在我的心中升起。不，不……那么，我就来想关于视察医院的事吧。是的，想想昨天那个病人怎么控告医生的事也行。而那个医生也蓄着两撇小胡子，就跟特鲁哈切夫斯基一样。他多么无耻……他们俩都欺骗了我，说什么他要离开莫斯科。于是一切又从头开始。我所想的一切都与他有关。我痛苦极了。我的主要痛苦在于我被蒙在鼓里，疑神疑鬼，无所适从，不知道应该爱她呢，还是应该恨她。我的痛苦是如此强烈，我记得，我当时猛然产生了一个想法，一个我十分中意的想法：不如走到铁路上干脆卧轨自杀算了。那样至少可以不再犹豫和疑神疑鬼了吧。妨碍我这样做的唯一障碍是我对自己的怜悯，而紧随着这种怜悯又立刻激起我对她的仇恨。而对于他则抱着一种奇怪的感情：一面是恨，一面是意识到自己的屈辱和他的胜利。但是对她，我只有可怕的恨。'绝不能自寻短见而让她自由自在；应当让她也多少吃些苦头，至少也得让她明白我所受的痛苦。'我对自己说。为了排遣愁思，每到一站我都下车。在一个车站上，我看见在小卖部里有人在喝酒，于是我也立刻进去喝了一杯伏特加。有一个犹太人正好站在我身旁，他也在喝酒。他打开了话匣子，正谈得起劲，我为了不致在自己的车厢里一个人待着，就陪他一起走进了他那肮脏的三等车厢，那里烟雾弥漫，到处吐满了瓜子壳儿。我挨着他坐下，他便信口开河讲了一些奇闻逸事。我听着他说话，但是不明白他在说什么，因为我还在继续想自己的心事。他发现了这一点，就开始要求我注意听他讲；这时，我就站起身来，又回到了自己那节车厢。'应当好好考虑考虑，'我对自己说，'我想的到底对不对，我感到痛苦有没有根据。'我坐下来，想要心平气和地考虑一下，但是代替心平气和的思索的却是立刻开始的原先那些东西：代替思考的是一幅幅图画和一幕幕戏。'过去，有多少次我也这么痛苦过，'我对自己说——我想起了过去的这类醋海风波——'结果都是无的放矢。这次也是这样，也许，甚至是肯定的，我将发现她正在安静地睡觉；她猝然醒来，一看是我，一定很高兴，而我根据她的谈话和眼神将会感觉到什么事情也没有，这一切都是无稽之谈。哦，这该多好啊！''但是不，这种情况发生得太多了，现在就不会有这种便宜事了。'一个声音对我说道，于是一切又从头开始。是啊，精神上的无比痛苦也就在这里！为了打消一个年轻人的好色，我大可不必带他到花柳病院去，只消让他钻进我的内心去看看就行了，让他看看那些魔鬼在怎样撕裂着我的心！要知道，这是可怕的，我居然认为自己拥有对于她的肉体的无可置疑的、完全的权利，就好像这是我的肉体似的。与此同时，我又感到我无法支配这个肉体，这个肉体不是我的，她可以随意处置它，而她却希望不是像我所想要的那样来处置它。而我非但丝毫奈何他不得，而且也拿她毫无办法。他将像管家万卡[①]那样在临刑前唱起一支小曲，说他如何吻了她那香甜的嘴唇儿，等等。胜利的还是他。而对于她，我倒更加无可奈何了。如果她想做而没有做，可是我又知道她想这样做，那就更糟了：宁可她干了，让我知道，而不要这样成天疑神疑鬼。我说不清我到底希望什么。我只要她不去希望做她一定会希望做的那种事。这已经是完完全全的疯狂了！"

二十六

"在到达终点的前一站，列车员进来收了票，我也收拾起了自己的东西，走到设有制动闸的平台上。由于想到离家已经很近，这事即将分晓，更加强了我的激动。我觉得冷，下巴颏也哆嗦起来，牙齿在打战。我随着人群机械地走出车站，雇了一辆马车，便坐车回家去了。我一路走去，望着稀稀落落的行人和看院子的。路灯和我的马车把它阴影投到地上，一会儿在前，一会儿在后，我什么也不想。走了约莫半俄里，我觉得脚冷，于是我想到我曾在车厢里脱下了毛袜，把它放进了提包。提包在哪儿呢？在这儿吗？在这儿。那么柳条箱在哪儿呢？我想起我把行李完全给忘了，但是我又想起了行李票，把它拿了出来，我觉得不值得再回去取行李了，于是又继续往前驰去。

"尽管我现在极力回想，可是却怎么也想不起我当时的心情。我那时在想什么？我准备怎么办？什么都不记得了。我只记得，我当时意识到我一生中的一件非常可怕、非常重大的事件就要发生了。这件重大的事是由于这么想才发生的呢，还是因为我预感

---

① 典出俄国民间古诗，管家万卡诱奸了女主人，到处夸耀，后被主人绞死。

到要发生才发生的呢？——我不知道。也可能是在那件事发生以后，我在此以前的所有经历都在回忆中被冲淡了。我的车子来到了我家的台阶跟前，已经12点多了。还有几辆出租马车停在台阶旁等候着顾客，因为他们看到窗子里还有灯光，还亮着灯的窗户是在我的寓所的大厅和客厅里。我不明白为什么这么晚我家的窗户还有灯光，我就在等待什么可怕的事情即将发生的心情中登上了台阶，拉了门铃。一个善良、卖力、但很蠢的听差叶戈尔出来开了门。我第一眼看到的就是，在前厅里的衣帽架上，除了别的衣服以外，还挂着一件他的外套。我本来应该感到惊奇，但是我并没有感到惊奇，似乎这是意料之中的事。'果然不出所料。'我对自己说。我问叶戈尔谁在这儿，他告诉我是特鲁哈切夫斯基，我又问还有没有什么人。他说：

"'没有了，老爷。'

"我记得，他向我回答这话时的口气似乎是想让我高兴一下，让我消除疑虑，别以为还有什么人在这儿。'没有了，老爷。是的，是的。'我仿佛对自己说。

"'那孩子们呢？'

"'谢谢上帝，都很健康，早睡了，老爷。'由此可见，并不像我想象的那样：我过去以为将要发生不幸，结果却平安无事，一切照常。现在可不能照常了，你瞧，这一切都是我曾经想象过的，我还以为这不过是想象罢了，可现在，你瞧，一切都千真万确。这就是一切。……

"我差点失声痛哭，但立刻就有一个魔鬼向我悄声说道：'你哭吧，伤感吧，他们就会从容分开，于是罪证没有了，这样，你就会一辈子疑神疑鬼，伤心痛苦了。'于是那种暗自伤怀的心情倏地烟消云散，出现了一种奇怪的感情——说来您也不信——一种快感，这下我的痛苦可以结束了，这下我就可以惩罚她、甩掉她、出一出我心头的这口气了。于是我就出了这口气——变成了一头野兽，一头又凶恶又狡猾的野兽。

"'别进去，别进去，'我对叶戈尔说，他想走进客厅，'你这就去办一件事，去雇一辆马车，马上就去。这是行李票，去把行李取回来。走吧。'

"他走过走廊去取自己的大衣。我担心他会把他们吓跑，于是就把他一直送到他的小屋，并且等他把衣服穿好了。从客厅里——中间隔着另一个房间——传来了说话声以及刀叉和碗碟声。他们在吃东西，没有听到门铃的声音。'只要他们现在不出来就成。'我想。叶戈尔穿上了自己那件阿斯特拉罕的羔皮大衣，出去了。我放他走出去以后就随手锁上了门，当我感到现在就剩下我一个人，而且我必须立刻采取行动的时候，我却感到不寒而栗。怎么行动我还不知道。我只知道现在一切都完了，关于她是否无辜的一切怀疑都已不可能存在了，我要立刻惩罚她，与她一刀两断。

"从前我还有点犹豫，我曾对自己说：'也许这不是真的，也许我猜错了。'现在这种怀疑已经不复存在。一切都已无可挽回地决定了。偷偷地瞒着我，深更半夜一个人跟他在一起！这简直是胆大包天，不顾一切了。或者还更糟糕：在犯罪中常常表现出一种故意的大胆和放肆，以便这种放肆能够表明他们的清白无辜。一切都清清楚楚。毫无疑问。我害怕的只有一点，可别让他们跑了，然后又编出一套谎话，使我缺乏明显的罪证，无法惩治他们。为了能够尽快地逮住他们，我便蹑手蹑脚地向他们安坐在那里的大厅走去，不是穿过客厅，而是经过走廊和育儿室。

"在第一间育儿室里，男孩子们都已经睡着了。在第二间育儿室里，保姆动弹了一下，似乎快要醒的样子，我想象她知道了一切以后会怎么想，一念及此，我那自叹命苦的想法又攫住了我，不由得潜然泪下。为了不把孩子们吵醒，我赶紧蹑手蹑脚地跑进走廊，然后走进自己的书房，躺到沙发上，失声痛哭起来。

"'我是一个光明正大的人，我也是父母所生，我一辈子都在幻想家庭生活的幸福，我是一个男子汉，从来没有对她不忠实过……可是晴天一声霹雳！她已经有五个孩子了，却把一个拉小提琴的搂在怀里，就因为他唇红齿白！不，她不是人！她是一条母狗，一条下贱的母狗！就挨着孩子们的房间，还说什么她爱他们，一辈子都在装腔作势。还给我写她所写的那封信！居然会这么无耻地挂到人家的脖子上！我又知道什么呢？也许，她一向就这样。也许她早就跟仆人们私通，生下一大堆孩子，还说这些孩子是我的。倘若我明天回来，她就会梳妆打扮，花枝招展，以一种娇慵困倦的优美的动作——我看到了她那又妩媚又可恨的整个面孔——来迎接我，于是这头嫉妒的野兽就会一生一世盘踞在我的心中，撕裂着我的心。保姆会怎么想呢？还有叶戈尔？还有我那可怜的小丽莎！她已经多少懂事了。居然这般无耻！居然这般虚伪！居然做出这种发泄兽欲的事！她的这种兽欲我是一清二楚的。'我对自己说。

"我想站起身来，但是站不起来。心跳得使我无法站稳脚跟。是的，我会中风而死的。她会把我气死。她才巴不得这样呢。怎么办？就听凭她把我气死吗？办不到，这样她就太称心如意了，我决不会给她这种快乐的。是的，我坐在这里，他们却坐在那里边吃边笑，而且……是的，尽管她已经不是一个妙龄少女了，可是他并不嫌弃她；她毕竟长得还不难看，主要的是她对他那宝贵的健康至少是无害的。'那时候我为什么不掐死她呢？'我对自己说。我想起了一星期以前我把她推出书房，然后砸东西的情景。我清楚地想起了我当时的心境；不仅是想起了，而且感觉到了我当时要打人、要毁坏一切的愿望。我记得，当时我多么想采取行动啊，于是一切考虑，除了采取行动所必需的考虑以外，都被我置之度外。我进入了这样一种状态，宛如一头野兽或一个人在危险时刻处于一种全身紧张的影响下，这个人会行动准确，从容不迫，但是又不浪费一分钟，直奔那唯一确定的目标。"

二十七

"我的第一个行动就是脱去靴子，只穿着袜子就走到沙发上方的墙壁跟前，墙上挂着我的枪和匕首，我取下一把弯形的、一次也没有用过的、异常锋利的大马士革匕首。我把匕首抽出刀鞘。我记得，刀鞘掉到沙发后面去了，我还记得，我自言自语道：'以后得把它找出来，免得丢了。'然后我脱去了一直未脱的大衣，只穿着袜子就轻手轻脚地朝那儿走去。

"我悄无声息地走到门口，猛地打开了门。我现在还记得他们脸上的表情。我所以还记得这个表情，是因为这种表情给了我一种使人感到痛心的快乐。这是一种恐惧的表情。我要的就是这个。我永远也忘不了他们猛一看见我时脸上显露出来的绝望的恐惧的表情。他好像坐在桌子旁边，但是他一看到我或者一听到我的声音以后，就倏地站起身来，背靠着碗柜，木然不动。他脸上只有一个确凿无疑的恐惧的表情。她脸上也是同样的恐惧的表情，不过其中还羼杂着一点别的什么。如果她的表情只有一种，也许就不会发生后来发生的那件事了；但是在她的面部表情中还有——起码在最初的一瞬间我是那么觉得的——一种恼恨和不满，好像人家破坏了她的爱情缠绵，破坏了她跟他在一起的幸福似的。那会儿她似乎什么也不需要，只要人家不来干涉她眼下的幸福就成。两种表情只在他们的脸上停留了一刹那。他脸上的恐惧表情立刻换成一种疑问的表情：可不可以扯个谎搪塞过去呢？倘若可以，那就应该开始了。如果不可以，那就应该另作打算。但是打算什么呢？他探询地望了她一眼。她脸上的懊恼与不快的表情，在她看了他一眼之后，也换成了一种——据我看来——对他的关切之情。

"我在门口停留了片刻，背后握着匕首。在这一瞬，他微微一笑，用一种若无其事到可笑程度的声调说道：

"'我们在弹琴玩儿……'

"'真没想到。'她同时也学着他的腔调开口道。

"但是他们两人还没有把话说完，我在一周以前所体验到的那种疯狂的感情就支配了我。我又感到了那种需要破坏，需要诉诸暴力，需要疯狂的喜悦，并听凭这种狂暴一发而不可收。

"他们两人还没有把话说完……他害怕的那另一件事就开始了，从而一下子打断了他们想说而没有说完的一切。我向她扑去，仍旧把匕首藏在背后，以免他上来阻拦我向她胸下的肋部扎去。我一上来就选中了这个地方。当我向她扑去的时候，他看见了，而且我完全没有料到他会这样，竟一把抓住我的胳膊，喊道：

"'您冷静点，您怎么啦！来人哪！'

"我挣出胳膊，又一言不发地向他扑去。他的眼睛和我相遇了，他的脸直到嘴唇陡地变得刷白，两眼似乎很特别地倏忽一闪，而且我万万没有想到，他竟一头钻到钢琴底下，向门口跑去。我刚要拔脚追他，但是在我的左胳膊上吊上了一件沉重的东西——这是她。我甩开了她，可是她又更重地吊在我的胳膊上，不让我脱身。这个意想不到的阻碍、重压，以及她那使我感到十分恶心的接触，更加使我怒不可遏。我感到我完全疯了，而且样子一定很可怕，可是我对此反而感到高兴。我使出全身气力挥动左臂，胳膊肘正好碰到了她的脸上。她喊叫了一声，放开了我的胳膊。我想跑去追他，但转念一想，我穿着袜子去追赶我妻子的情夫也未免太可笑了，我不愿意成为人家的笑柄，我愿意让人家觉得可怕。尽管我处在可怕的疯狂中，可是我却记得这事的全过程，我对别人产生了什么印象，甚至这个印象还部分地支配着我。我向她转过身来。她摔倒在榻上，用一只手捂着被我碰伤的眼睛，瞧着我。她的脸上充满了对我这个仇人的恐惧和憎恨，就像一只耗子在人们提起使它落网的那只捕鼠器时的眼神一模一样。我在她身上除了这种对我的恐惧和憎恨以外，什么也没有看到。这正是那种另有新欢必然会引起的对我的恐惧和憎恨。再者，如果她一声不吭，我倒也可以克制自己，不致做出我已经做下的那件事来。但是她忽然说起话来了，并且用一只手抓住我那握着匕首的胳膊。

"'你冷静点！你怎么啦？你到底怎么啦？什么事情也没有，什么也没有，什么也没有呀……我敢起誓！'

"我本来还不至于立刻造次，要不是她最后那句话——我从中得出了相反的结论，也就是说一切都已经发生了——要求我立即做出回答，而这回答又必须与我当时的情绪相适应，我的怒火crescendo[1]，而且还会不断上升，狂怒也有它自己的规律。

"'别撒谎，臭婊子！'我大喝一声，伸出左手一把抓住她的胳膊，但是她挣脱了。于是我没有放下匕首又伸出左手，终于掐住了她的脖子，将她仰面摔倒，并开始掐她的脖子。她的脖子可真硬呀……她用两手抓住了我的手，把我的手从她的喉咙上掰开，我好像正等着她来这一手似的，便使出浑身力气把匕首向她左肋下的腰眼捅去。

"人们常说，他们在狂怒发作的时候，往往不记得他们干了些什么——这是胡说，是瞎话。我什么都记得，而且一秒钟也没有停止过记忆。我越是在自己的狂怒上面火上加油，我心中的意识之光就燃烧得越亮，在这种情况下，我绝不会看不到我所做的一切。每一秒

———————————
[1] 意大利语：渐强，原为音乐术语。

钟我都知道我在做什么。我不能说我预先知道我将要干什么，但是我正在干的那一瞬间，甚至还似乎略早一些，我就知道我正在干什么，似乎就为的是我将来有可能后悔，就为的是我以后能够对自己说我本来是可以住手的。我知道，我捅的是肋下，匕首扎得进去。在我干这件事的一瞬间，我知道我正在做一件可怕的事，这事是我从来没有做过的，而且这事将会产生可怕的后果。但是这一想法只像闪电似的一掠而过，而在这一想法之后紧接着的就是行动。这个行动我记得特别清楚。我当时听到了，而且现在还记得，当我的匕首捅进去的时候，她的胸衣和还有什么东西阻挡了一下，然后刀子就捅进了一块软的地方。她用两手抓住匕首，把手都拉破了，但是没有能够抓住。后来，我在监狱里，当我身上发生了精神上的转变以后，我很长时间都在想着这一时刻，尽力回忆着往事，一再琢磨。我记得有那么一小会儿，仅仅是一小会儿，在我采取行动之前，我可怕地意识到，我正在杀害而且已经杀死了一个女人，一个手无寸铁的女人，我的妻子。我记得我认识到这一点以后的恐怖，因此我得出结论，甚至现在我还模糊地记得，把匕首捅进去以后，我又立刻把它拔了出来，希望能够挽救我所做的事，并且就此罢手。我一动不动地站了一小会儿，等待着将会发生什么事，能不能设法挽救。这时她突然跳起身来，大叫：

"'保姆！他把我杀啦！'

"保姆闻声跑来，站在门口。这时，我一直站着，等待着，不敢信以为真。但是就在这时候，一股鲜血从她的胸衣下涌了出来。直到这时我才明白事情已经无可挽回了，于是我立刻认定本来就无需挽回，我要的就是这样，我应该做的就是这事。我一直等到她倒了下去，保姆一面喊着'天呀'一面向她跑去的时候，我才扔掉匕首，走出房间。

"'不必慌张，应当知道我现在应该怎么办。'我对自己说，既不看她，也不看保姆。保姆大呼小叫地呼唤使女。我穿过走廊，派了一名使女前去，就回到自己的房间里。'现在应该怎么办呢？'我问自己，我马上就明白了我应该做什么。我走进书房，径直走到墙壁跟前，从墙上取下手枪，检查了一遍——手枪已经装上了子弹——把它放在桌上。然后我又从沙发后面取出刀鞘，接着便坐到沙发上。

"我就这样坐了很久。我什么都不想，什么也不回忆。我听见外面乱哄哄的。我听见有人坐车来了，后来又有人来了。然后我又听见，而且看到叶戈尔把我带回来的柳条箱拿进了书房。好像有谁还需要这东西似的！

"'你听说出了什么事吗？'我说，'告诉看院子的，叫他们去报告一下警察局。'

"他什么话也没说就走了。我站起身来，锁上了门，接着拿出香烟和火柴，开始抽烟。我一支烟还没有抽完，就倒下睡着了。我大概睡了两小时。我记得，我在梦中看见我和她很和睦，虽然吵过架，但又言归于好了，虽然有些龃龉，但我们还是和和睦睦的。一阵敲门声把我惊醒了。'这是警察。'我醒来时想道，'我好像杀了人。也许这是她，而且什么事也没有。'外面又敲了一下门。我没搭理，还在思索那个问题：到底有没有发生那件事呢？是的，发生过。我想起了胸衣的阻挡，刀子的插入，我背上像浇了一盆冷水。'是的，发生过。是的，现在应该打死我自己了。'我对自己说。但是我一面说这话，一面又知道我绝不会自杀。然而我还是站起身来，重新把手枪拿在手里。但是事情也怪。我记得，从前有许多次我都差点自杀，甚至那天在火车里，我也觉得这是轻而易举的事，其所以轻而易举，是因为我想，我这样做一定会使她大吃一惊。现在我不仅绝不会自杀，甚至连想都不会去想它了。'我干吗要这样做呢？'我问自己，可是没有答案。又有人敲了敲门。

'对，应当先了解一下这是谁敲门。反正还来得及。'我放下手枪，并且用报纸把它盖上。我走到门口，拉开插销。这是我妻子的姐姐，一个好心肠的、蠢笨的寡妇。

"'瓦夏！这是怎么回事？'她说着，那眼眶里随时准备好的眼泪就扑簌簌地掉了下来。

"'你要干什么？'我粗暴地问。我知道对她恶声相向不仅毫无必要，而且大可不必，但是我又想不出任何其他口吻。

"'瓦夏，她快要死了！伊万·费奥多罗维奇说的。'伊万·费奥多罗维奇是一位医生——她的医生和健康顾问。

"'难道他在这儿吗？'我问，对她的满腔怒火又涌上了心头，'那又怎么样呢？'

"'瓦夏，你去看看她吧。唉呀，这多可怕呀。'她说。

"'要不要去看看她呢？'我向自己提出了这个问题。我立刻答道：'应当去看看她，想必一向都是这样做的；当一个丈夫像我这样杀死了妻子以后，那就一定要去看看她。''既然向来如此，那就应当去。'我对自己说，'倘若有此必要，任何时候都是来得及的。'我指的是关于我企图开枪自杀的事。想罢我就跟着她去了。'现在就要遇到一片数落和愁眉苦脸了，但我决不向他们屈服。'我对自己说。

"'且慢，'我对她的姐姐说，'不穿靴子多难看，至少让我把鞋穿上。'"

二十八

"说来也令人惊奇！当我走出房间，经过那些熟悉的房间的时候，我心中又出现了那种但愿什么事也没有发生的想法，但是医生使用的那类讨厌的东西——碘仿呀，石碳酸呀——的气味，却使我吃了一惊。不，一切都发生过了。我穿过走廊走过育儿室时，看见了小丽莎。她用惊恐的神色望着我。我甚至觉得五个孩子都在这里，而且大家都在望着我。我走到门口，女仆从里面给我开了门就出去了。首先扑进我眼帘的就是她那放在椅子上的银灰色衣服，整个衣服都被血染黑了。她弓起膝盖，躺在我们的双人床上，甚至是躺在我平常睡的这一边——走进去比较方便。她半倚半躺地斜靠在枕头上，解开了上衣。伤口上似乎已经敷上了什么东西。屋子里满是浓郁的碘酒气味。首先而且最使我感到吃惊的是她那满脸青肿，她的一部分鼻子和眼皮下面都肿了。这是她想拽住我，被我的胳膊肘碰伤留下的痕迹。她身上已经毫无美貌可言，有的只是使我感到厌恶的东西。我在门旁站住，'进来呀，到她身边来呀。'她姐姐对我说。

"'对，她大概想忏悔了。'我想。'饶恕她吗？对，她快要死了，可以饶恕她。'我想，极力做出宽宏大量的样子。我走到她的身边。她吃力地向我抬起了眼睛——其中一只被我打伤了——又吃力地、断断续续地说道：

"'你如愿以偿了，杀了……'在她的脸上，透过肉体的痛苦，甚至死亡的逼近，现出了与从前一模一样的、我见惯了的那种冷酷的兽性的憎恨，'孩子们…我还是不能……交给你……给她——她姐姐——带走……'

"我认为最重要的那件事，就是她的罪孽，她的失节，她却似乎觉得不值得一提。

"'对，欣赏一下你干的好事吧。'她说着，望着门口抽泣起来。门口站着她的姐姐和孩子们。'对，看你做了什么事情啊！'

"我转过头去望了一眼孩子们，又看了一眼她那满是青肿的被打伤的脸，我才生平第一次忘掉了我自己，忘掉了我的夫权和我的骄傲，我这才生平第一次发现她也是个人。那使我受到侮辱的一切——我那整个的嫉妒心，在那时看来是如此渺小，而我所干的那事又是如此重大，我恨不得把脸贴到她的手上说：

"'饶恕我吧！'但是我不敢。

"她闭上了眼睛，一言不发，她分明气力不支，说不下去了。后来，她那被伤残的脸开始哆嗦，脸被扭歪了。她有气无力地推开了我。

"'这一切是为什么呢？为什么呢？'

"'饶恕我吧。'我说。

"'饶恕？这一切全是废话！……只要不死，那该多好啊！……'她叫道，微微支起身子，两只眼睛像发热病似的熠熠发光，逼视着我。'对，你如愿以偿了！……我恨你！……哎呀！嗳唷！'她分明在说胡话了，她好像害怕什么东西似的叫道，'来吧，你杀死我吧，你杀死我吧，我不怕……不过把大家，把大家都杀了，把他也杀了。他走啦，走啦！'

"谵语一直继续着。她已经不认识人了。就在那天将近中午的时候，她死了。在此以前，在8点钟的时候，我被带到了警察分局，并从那里入狱。我在牢里候审，蹲了十一个月，我对自己和自己的过去思前想后，终于想明白了。我是到第三天才开始明白过来的。在第三天他们把我带到那儿去了……"

他还想说什么，但是他止不住想要失声痛哭，于是便停了下来。他鼓足了劲才继续说道：

"直到我看到她躺在棺材里的时候，我才开始明白过来……"他抽泣了一下，但立刻又匆匆地说下去，"直到我看到她死后的脸相时，我才明白我所做的一切。我终于明白了，是我杀死了她。由于我的所作所为，她本来是一个能够动弹的、有暖气的活人，现在却变成了一具不能够动弹的、蜡黄的、冰冷的尸体，这是无论何时何地，使用何种方法都不能挽回的了。没有经历过这种事的人就没法明白……呜！呜！呜！……"他失声叫了几下，就不出声了。

我俩相对默然，坐了很久。他坐在我对面，低声抽泣，一言不发，浑身哆嗦。

"好了，请原谅……"

他转过身去，背对着我，在座位上侧身躺下，盖上了毯子。在列车开到我需要下车的那一站时——这是早晨8点钟——我走到他的身边想跟他告别。不知他是睡着了呢，还是假装睡着了，反正他没有动弹。我用手触动了他一下。他掀开毯子，看得出来，他并没有睡着。

"再见。"我说，向他伸出了手。

他也向我伸出手来，微微一笑，但是笑得如此凄恻，使我不禁想哭。

"嗯，请原谅[①]。"他重复了一遍他在结束整个故事时所说的那句话。

1889 年

臧仲伦　译

---

① 俄语中"请原谅"一词，又可作"再见"解。此处一语双关。

谢尔盖神父

一

40 年代，在彼得堡发生了一件使大家惊奇的事。一位美男子，公爵，胸甲骑兵团禁卫骑兵连连长，大家都预言，他将被提升为侍从武官，拿稳了随侍皇帝尼古拉一世的灿烂前程，可是他在与深得皇后宠幸的美丽的宫中女官举行婚礼前一个月，突然呈请退职，断绝了同未婚妻的关系，把自己一处不大的田庄交给了妹妹，进了修道院，想要出家当修士。这件事看来非同寻常，对于不知道内情的人更是不可思议，可是对于斯捷潘·卡萨茨基公爵本人，发生这一切是如此合乎自然，他简直不能想象，除此以外他还能有别的做法。

斯捷潘·卡萨茨基的父亲是一位退伍的禁卫军上校，他死的时候，儿子才十二岁。他临终时嘱咐，不要把儿子留在家里，应该把他送进武备学校[①]。母亲虽然舍不得让儿子离开家，但是她不敢违拗亡夫的遗愿，还是把他送进了武备学校。这位遗孀自己也携同女儿瓦尔瓦拉移居圣彼得堡，以便在儿子所在的地方住下来，

[①] 这是沙俄为贵族子弟开办的一种军官学校。

逢年过节的时候接他回家。

这孩子才华出众，自尊心很强，因此，他各门功课都名列第一，特别是他酷爱的数学，成绩更加拔尖。在队列训练和骑马方面，他也同样名列前茅。虽然他比一般人个子要高，但是长得英俊潇洒。此外，倘不是他性情暴躁，在操行上也是个模范生。他不喝酒，不好色，刚正不阿。唯一妨碍他为人表率的，是他那一触即发、暴跳如雷的性格。当他怒火爆发的时候，他就完全失去了自制力，变成一头野兽。有一次，一个同学拿他收藏的矿物标本开了句玩笑，他差点把这个同学从窗口扔出去。另一次，他差点完蛋：他把一大盘肉丸子扣到庶务官的脸上，向这个军官扑过去，揍他；揍他的原因，据说是他说话不算数，并且当面撒谎。倘若不是校长把这件事遮盖过去，把庶务官逐出校门，他一定要被黜当兵。

他十八岁毕业，进贵族禁卫团当了军官。他还在武备学校的时候，皇帝尼古拉·帕夫洛维奇[①]就认识他，进了禁卫团以后，皇帝也对他十分赏识，因此大家预言，他稳可以当上侍从武官。而卡萨茨基也非常想得到这个，这不仅是出于虚荣心，主要是因为他还在武备学校的时候就热烈地，正是热烈地爱着尼古拉·帕夫洛维奇。每当尼古拉·帕夫洛维奇——身穿军服，唇髭上有一只鹰钩鼻、蓄着剪短的连鬓胡子、身材颀长——昂首挺胸，健步走进武备学校——他常来看他们——声音洪亮地向学生们问好的时候，卡萨茨基就感到恋人般的狂喜，正如他后来遇到他的意中人所感到的那种狂喜一样。所不同的只是他对尼古拉·帕夫洛维奇的一片痴情更为强烈。他真想有机会向他表露一下自己的无限忠心，甘愿为他做出任何牺牲，甚至慷慨捐躯。尼古拉·帕夫洛维

---

① 即沙皇尼古拉一世。

奇也知道这种狂热是什么引起的，就故意激发它。他同军校学生一起玩，让他们随侍左右，他对他们一会儿像孩子似的随便，一会儿很友好，一会儿又庄严肃穆。在卡萨茨基最近发生的殴打军官的事情之后，尼古拉·帕夫洛维奇对卡萨茨基未置一词，但是当卡萨茨基走到他的身边，他又故作姿态地叫他走开，并且皱紧眉头，举起手指表示威胁。后来，他在临走的时候又说："您要明白，一切我都知道，不过有些事我不想知道罢了。但是它们全在这里。"他指了指心。

然而，当军校毕业生觐见皇上的时候，他已经不再提起这件事，而是像往常一样对他们说，为了他们能够为皇上和祖国效忠，他们有事全可以直接找他，他将永远是他们最好的朋友。大家像往常一样十分感动，而卡萨茨基想到过去打庶务官的事，不禁声泪俱下，发誓要鞠躬尽瘁，效忠于敬爱的沙皇。

卡萨茨基进禁卫团以后，他母亲就带了女儿先是搬到莫斯科，后来又搬回农村。卡萨茨基把财产的一半分给了妹妹。而他留下的那一半，仅够他在那个奢侈讲究的禁卫团里供自己花销。

从外表看，卡萨茨基似乎只是一个仕途得意，而又颇为出色的非常普通的年轻禁卫军人而已，但是他的内心中却进行着复杂而紧张的活动。这种内心活动从他小时候起就似乎是形形色色，层出不穷，但实质上万变不离其宗，归结到一点，就是不管做什么事，都力求尽善尽美，做出成绩，以博得人们的夸奖和惊叹。不管是军事训练还是一般功课，他都认真去做，非要得到夸奖，并把他提出来作为大家的表率才肯罢休。一件事达到了目的，就接着做另一件。他就这样在各门功课上都获得了第一。还在军官学校的时候，有一次，他发现他的法语会话不够流利，就全力以赴，力争达到掌握法语就像他掌握俄语一样。后来他学习下棋，同样孜孜不倦，终于达到还在军校上学的时候就下得非常出色的境界。

除了效忠沙皇和祖国这个总的人生使命之外，他还常常给自己提出一些其他目标，无论这些目标怎样微不足道，他还是全力以赴，不达目的，决不罢休。但是，当他达到了预定的目标，另一目标又立刻呈现在他的脑海，代替了从前的。这种力争出人头地，以及为了出人头地而力求达到预定的目标，充满了他的整个生活。为此，当他担任军官以后，他就立志要尽善尽美地精通本职工作，虽然他那抑制不住的暴躁性格积重难返，使他又屡犯军纪，有害于他的上进，但他还是很快成了一名模范军官。后来，他在上流社会的一次谈话中，感到自己受的普通教育尚有不足之处，他立志要充实它，于是就坐下来埋头读书，终于达到了他预期的目的。后来他又立意在高等上流社会取得一种卓越的地位，学会了跳舞，而且跳得很好，他很快达到了目的：他被邀请参加上流社会的所有舞会和某些晚会。但是这一地位并没有使他满足。他习惯于事事领先，而在这件事上他离独占鳌头还差得远。

　　那时的高等社会，依我看，无论何时何地都由四种人组成：一、富有的宫廷显要；二、并不富有，但是在宫闱之内出生和长大的人；三、巴结朝廷显贵夫人的人；四、既不富有，又非出生宫闱，但对第一类和第二类人曲意奉迎的人。卡萨茨基不属于前两类，充其量只能纳入后两类之列。他刚踏入上流社会，便立志要与这个社会的一个女人搞上关系。出乎他的意料，他很快就达到了这个目的。但是他很快看到，他出入的那个阶层不过是较低的阶层罢了，还有更高的阶层，而在这个高等的宫廷阶层里，他虽然被接纳，但总显得是外人，他们对他彬彬有礼，但是言语态度间往往流露出他们还有自己人在，而他并不是自己人。卡萨茨基想在那里成为自己人。为了达到这一目的，他必须或者当上侍从武官——他正等待着这个——或者在这个圈子里结婚。他下决心要做到这一点。他看中了一个姑娘，这是一位美人和内侍女官，她不仅是他想要进入的那个社会里的自己人，而且是在这个高级圈子里所有身居要职、地位稳固的人努力想要接近的一个女人，这便是科罗特科娃伯爵小姐。卡萨茨基不单纯是为了自己的前程才去追求科罗特科娃小姐，她还异常妩媚，因此他很快就爱上了她。起先，她对他特别冷淡，但是后来突然全都变了，她变得很温存，她的母亲也特别殷勤地邀他到她们家做客。

卡萨茨基提出求婚，被接受了。他感到奇怪：他竟轻易地得到了这样的幸福，而且在她们母女俩的言语态度间又流露出某种特别的、令人奇怪的东西。他太钟情了，他太迷恋了，因此居然没有发现在城里几乎尽人皆知的一件事。他的未婚妻在一年前曾是尼古拉·帕夫洛维奇的情妇。

二

在预定举行婚礼的日子前两周 ①，卡萨茨基坐在沙皇村他的未婚妻的别墅里。这是一个炎热的五月天。未婚夫陪同未婚妻在花园里散了会儿步，在菩提树林荫道的一条长凳上坐了下来。梅丽穿着一件白色的薄纱连衣裙，显得分外姣美。她仿佛是贞洁和爱的化身。她坐着，一会儿低下头，一会儿抬头望望这位魁梧的美男子。卡萨茨基特别温柔和特别小心翼翼地在同她说话，唯恐自己有一个姿势、一句话玷污和亵渎了未婚妻的天使般的纯洁。卡萨茨基属于 40 年代——现在已经绝迹——的这样一类人：他们在两性关系上对自己恣意放纵，内心也不谴责这种行为的不洁，但是却要求自己的妻子白璧无瑕，守身如玉。对自己圈子里每一个

---

① 这是作者的疏忽。在第一章中提到的是在举行婚礼前一个月。

少女的这种白璧无瑕他们是尊重的，也这样来对待她们。男人可以纵情酒色的这种观点是非常错误和有害的，但是关于女人的那种观点却与现在年轻人的观点截然不同——现在的年轻人把每一个少女都看作是在寻找配偶的雌儿，我看上面的那种观点是有益的。少女们看见把她们这样神化，也就努力去多多少少做个女神。卡萨茨基就抱有对女人的这种观点，而且他也是这样来看待自己的未婚妻的。这天，他特别钟情，对未婚妻没有感觉到一丝一毫的肉欲，相反，他脉脉含情地看着她，就像看着一件高不可攀的东西似的。

他伸直自己高大的身躯，两手拄着军刀站在她面前。

"我现在才知道一个人所能体验到的全部幸福。这就是您，这就是你，"他怯怯地微笑着说，"给予我的幸福！"

他正处在这样的时期，还不习惯于对人称"你"。在精神上，他感到她高高在上。对这位天使称"你"，他感到害怕。

"由于……你，我才认识到我自己，认识到我比我想象的要好。"

"我早知道这个了。因此我才爱上了您。"

近处响起了夜莺的啼啭，微风过处，嫩绿的树叶在微微摆动。

他拿起她的手吻了一下，眼泪涌上了他的眼睛。她明白他是在感谢她刚才所说的她爱上了他。他走了几步，沉默了一会儿，然后又走到她跟前坐下。

"您知道，你知道，得了，反正一样。我跟你亲近不是无私的，我想建立起跟上流社会的联系，但是后来……我了解了你，这与你相比是多么渺小啊。为了这个，你不生我的气吗？"

她没有回答，只是用手摸了摸他的手。

他明白，这个动作的意思是：不，我不生气。

"是的，你刚才说……"他踌躇了一下，他觉得这么说太无礼了，"你说，你爱上了我，但是，请原谅我，这我是相信的，但是除此以外，我总觉得还有什么东西在使你担忧，使你不安。这是什么呢？"

"对，要么现在，要么永远守口如瓶，"她想道，"他反正会知道的。但是现在他绝不会走掉。啊呀，倘若他走掉，这该多么可怕呀！"

她用爱恋的目光打量了一下他那魁梧、高贵、健壮有力的身躯。现在她爱他胜过爱尼古拉。假如不是皇位，她才不愿意拿这个人去换皇上呢。

"您听我说。我不愿意不诚实。我应该把一切都说出来。您会问是什么？那就是，我曾经爱过别人。"

她用恳求的姿势把自己的手放在他身上。

他一言不发。

"您想知道是谁吗？对，是他，皇上。"

"我们大家都爱他，我想，您是在学校……"

"不，是在后来。这是一时的迷恋，但是后来就过去了。但是我应该说出来……"

"嗯，那又怎么样呢？"

"不，我不是一般地。"

她用双手蒙住脸。

"怎么？您委身给他了吗？"

她一语不发。

"做了情妇？"

她一言不发。

他跳了起来，脸像死人一样苍白，颧骨抽搐着，站在她面前。他现在想起了，有一次，尼古拉·帕夫洛维奇在涅瓦大街遇见他，曾向他亲切祝贺①。

"我的上帝，我干了什么呀，斯季瓦②！"

"别碰，别碰我。噢，多痛苦啊！"

他扭头向屋里走去。在屋里，他遇见了她的母亲。

"您怎么啦，公爵？我……"她看见他的脸以后，不作声了。血猝然涌上了他的脸。

"您知道这事，居然想利用我来替他们遮丑。倘若你们俩不是女人的话……"他在她的头顶举起了巨大的拳头，嚷了一声，便转身跑了出去。

假如他的未婚妻的情夫不是一国之君，他非打死他不可，但这人偏偏是他崇拜的沙皇。

第二天，他就递上假条并呈请退职，同时推说有病，什么人也不见，接着就到乡下去了。

夏天他是在自己的村子里度过的，顺便安排一下家务。夏天结束以后，他没有回圣彼得堡，而是进了修道院，出家当了修士。

他的母亲写信给他，劝他做事不要这样不留后路。他回信说，上帝的使命高于一切其他考虑，而他已经领悟到这个使命了。只有他妹妹一个人——她也像她哥哥一样骄傲和虚荣心很强——了解他。

她明白，他所以去当修士，是为了比那些想要显示站得比他高的人站得更高。她对他的了解是正确的。他出家就是为了表明，他把别人以及从前他自己供职的时候认为非常重要的一切都视同粪土，而且他正登上一个新的高度，从那里可以居高临下地俯视他从前曾经羡慕过的芸芸众生。然而也不像他妹妹瓦莲卡③所想的那样，只有这一

---

① 指卡萨茨基同梅丽订婚一事。

② 斯季瓦是斯捷潘的小名。

③ 瓦莲卡是瓦尔瓦拉的小名。

种感情在主宰着他。他心中还有另一种瓦莲卡所不知道的、真正的宗教感情，这种感情同骄傲感以及凡事争先的愿望交织在一起，支配着他。过去他一直把梅丽想象成圣洁的天使，对梅丽的失望和受到的侮辱是如此厉害，这一切就把他引向绝望，绝望又把他引向哪里呢？——引向上帝，引向在他心中从来没有被破坏过的童年的信仰。

三

在圣母节①那天，卡萨茨基进了修道院。

修道院院长是一个贵族，一个博学的著述家和长老，也就是说，他隶属于由瓦拉希亚②沿袭下来的传统——修士必须毫无怨言地服从他选定的领导人和师父。修道院长是著名的阿姆夫罗西长老的徒弟，阿姆夫罗西是马卡里的徒弟，马卡里是列昂尼德长老的徒弟，列昂尼德又是派西·韦利奇科夫斯基③的徒弟，而卡萨茨基就拜这位修道院长为师。

卡萨茨基在修道院除了意识到他那种凌驾于别人之上的优越感之外，就像在他所做过的所有事情中那样，甚至在修道院里，他也竭力争取在外表和内心两方面做到尽善尽美，并从中找到乐趣。在禁卫团里，他不仅是一个无可指责的军官，而且他做的比

---

① 圣母节在俄历十月一日。

② 瓦拉希亚，地区名，今已不用，在罗马尼亚西南部喀尔巴阡山和多瑙河之间。1763年，当时的著名宗教活动家派西·韦利奇科夫斯基应当地国王之请，来到瓦拉希亚整顿修道院，并担任德拉戈米尔纳修道院住持，以教规严格著称。

③ 派西·韦利奇科夫斯基(1722—1794)，俄国18世纪著名的宗教活动家，摩尔达维亚的尼亚梅茨基修道院的修士大司祭。17岁进修道院当修士，以苦修和生活严肃著称。曾创立一个特殊的修士团体圣以利亚隐修院。他曾到瓦拉希亚帮助国王整顿修道院。生平著译颇多，在宗教界很有名。阿姆夫罗西、马卡里、列昂尼德均为俄国19世纪著名的长老。

上级要求的还多，从而扩大了完美的范围。同样，在修道院里，他也力求做一个完美无缺的修士：克尽厥职、克制、谦卑、宽厚、从行动到思想都很清白、顺从。特别是最后一个品德，或者说美德，减轻了他生活的艰难。修道院靠近首都，参观者不断，修士生活中的许多要求，都是他所不喜欢的，都在诱惑他，但是这一切都被顺从二字化为乌有：说长道短不是我的事，完成规定的职事才是我的本分，不管在圣遗骨①旁守灵，在唱诗班唱诗，或者在客舍记账，一切可能产生的疑惑，不管是对什么事情，都被对长老的顺从扫除净尽。倘若不是顺从，他很可能为教堂祈祷的冗长和单调，参观者的熙来攘往，以及师兄弟们的无聊庸俗感到苦恼，但是现在这一切不但都被快乐地忍受了，而且成了他生活中的慰藉和支持。"我不知道为什么同样的祷告一天必须听好几遍，但是我知道必须这样。由于知道必须这样，我就在这里面找到了乐趣。"长老曾对他说，正如为了维持生命必须有物质食粮一样，为了维持精神生命，也必须有精神食粮——教堂的祈祷。他相信这话是对的，固然，有时候清早他虽然勉强起来参加教堂祈祷，但是这确实给予他无可置疑的安慰和快乐。快乐来自谦卑的意识，以及所作所为和长老的一切规定的毋庸置疑。他的生活的兴趣不仅在于越来越大地驯服自己的意志和越来越谦卑，而且还在于达到基督徒的一切美德，这些美德在最初一段时期他觉得是容易做到的。他把自己的全部财产送给了修道院而且毫不惋惜，他也不偷懒。对下属表示谦卑，在他不仅是容易的，而且带给他一种乐趣。甚至战胜淫欲之罪——无论是好色还是淫乱，他做起来也毫不费力。长老特别告诫他不要犯这个罪，但是卡萨茨基高兴的是，他并没有犯这个罪。

① 即被教会敬为圣徒的人死后留下的干尸。据说它能显灵，有神效。

只有想起未婚妻使他痛苦。不仅是想起，甚至设想一下可能发生的事，都使他难受。他的脑海里不由得浮现出他所熟悉的那位皇上的宠姬，后来嫁了人，成了贤妻良母。她的丈夫身居要职，既有权，又有势，还有一个改邪归正的美丽的妻子。

在良好的时刻，这些思想并没有使卡萨茨基心烦意乱。当他在良好的时刻想起这些，他反而庆幸自己摆脱了这些诱惑。但往往也会出现这样的时刻，他赖以安身立命的一切突然在他眼前黯然失色，虽然不能说他不再信仰他所赖以生存的东西，但他不再看见它，不能再在自己心中唤起他所赖以生存的东西，而回忆和对自己贸然出家的悔恨攫住了他整个的心。

对这种状况的拯救是一应职事——工作和从早到晚地整天祈祷。他像平常一样祈祷、跪拜，甚至超过平常，祈祷得更多了，但他只是用肉体在祈祷，没有灵魂。这样的状况常常持续一天，有时候两天，然后自行消失。但是这一天或者两天是可怕的。卡萨茨基感到他已不在自己，也不在上帝的掌握之中，而是处在某种异己力量的支配下。在这个时期，他所能做和做过的一切，就是听从长老的教导，守身自持，清静无为，坐以待变。总的说来，在整个这段时间里，卡萨茨基不是凭自己的意志，而是凭长老的意志在生活，而在这个顺从中自有一种特别的宁静。

卡萨茨基就这样在他出家的第一所修道院度过了几年。在第三年末，他落发为修士司祭，赐名谢尔盖。落发对谢尔盖来说是一件重大的内心事件。他过去在领圣体圣血时也曾体验到一种莫大的欣慰和精神振奋；而现在，轮到他来主领祈祷了，主持奉献祈祷居然使他进入一种兴高采烈和深受感动的境界。但是后来这种感情越来越淡漠，有一次正赶上他处在他常有的这种被压抑的心情下主领祈祷，他感到连这也将消失。的确，这种感情衰退了，但是留下的习惯还在。

总的说来，在修道院生活的第七年，谢尔盖开始感到厌倦了。需要学习的一切和需要做到的一切，他都做到了，此外再没有什么事情可做了。

然而，麻木不仁的状态却越来越严重。也就在这时候，他知道了母亲的死耗和梅丽出嫁的消息。他对这两个消息都漠然置之。他的全部注意力和全部兴趣都集中在自己的内心生活。

在他出家的第七年，大主教对他特别垂青，为此长老对他说，如果上面有意委派他高级的职务，他是不应该拒绝的。于是修士的虚荣心在他心中抬头了，而这正是修士们视为大忌的。他被指派到京城附近的一所修道院去。他想要拒绝，但是长老命令他接受。他只得接受委派，告别了长老，转到另一所修道院去。

这次往京都的修道院，在谢尔盖的生活中是一件大事。

各种各样的诱惑接踵而至，谢尔盖只好把全副精力都用来对付这个。

在过去那所修道院里，女性的诱惑很少使谢尔盖感到痛苦，但是在这里，这种诱惑却以可怕的力量抬头了，甚至取得了某种固定的形式。有一个出名的品行不端的太太开始来勾引谢尔盖。她跟他攀谈，请他到她家里去做客。谢尔盖严词拒绝了，但他却被自己的愿望的明确性吓了一跳。他非常害怕，因此把这件事写信告诉了长老，除此以外，他为了防范自己，又叫来了自己的年轻的徒弟，克服羞耻向他承认了自己的弱点，并请他看住他，除了祈祷和应做的职事以外，不让他到任何地方去。

除此以外，对谢尔盖的一个很大的促使他犯罪的诱惑是这所修道院的院长，一个在宗教界飞黄腾达、尘缘未断、八面玲珑的人，谢尔盖对他十分憎恶。无论谢尔盖怎样克制自己，他还是克制不了这种反感。他极力忍让，但是内心深处还是谴责他。这种不好的感情终于爆发了。

这事发生在他来新修道院的第二年。事情的经过是这样的：圣母节那天，大教堂里正在进行彻夜祈祷。来客云集。修道院院长亲自主领祈祷。谢尔盖神父站在自己通常站的位置上进行祈祷，也就是说，他正处在他祈祷时经常有的那种内心斗争的状态中，特别是在大教堂，不是由他亲自主领祈祷的时候。他的内心斗争表现在：那些参观者们、先生们，特别是女士们激怒了他。他极力对他们视而不见，不去看周围发生的一切：一个士兵怎样把人们推开，陪他们进来，女士们怎样互相把修士指给对方看——她们甚至常常指着他和另一位漂亮的修士。他仿佛给自己设了障眼物，除了圣像幛前的烛光、圣像和诵经的人以外，极力对一切视而不见，除了唱和念的祷告词以外，对一切听而不闻，除了那由于意识到自己正在做应该做的事而体验到的忘我境界以外，任何别的感情也不去体会。当他听着和默诵着听过这么多次的祷告的时候，总是体验到这种忘我的境界。

他就这么站着，鞠躬行礼，在需要画十字的时候画十字，内心斗争着，一会儿潜心于冷静的谴责，一会儿又故意什么也不想，心如止水。正在这时候，法衣圣器室执事尼科季姆神父——这人对于谢尔盖神父也是促使他犯罪的一大诱惑，他对修道院长的阿谀奉承使谢尔盖神父不由得常常要指责他——走到他的身边，向他深深一鞠躬，说院长叫他到祭坛去。谢尔盖神父整了整法衣，戴上修士帽，小心翼翼地穿过人群向祭坛走去。

"Lise, regardez à droite, c'est lui."[①] 他听见一个女人的声音。

"Où，Où？ Il n'est pas tellement beau."[②]

———————————

① 法语：丽莎，你往右边看呀，这就是他。
② 法语：哪儿，哪儿？他也不怎么漂亮嘛。

他知道这是在说他。他一面听着，一面像往常受到诱惑时常常做的那样，不断地默祷："不要使我们受到诱惑。"他低下头，垂下眼睛，走过讲经台，绕过那些身穿法衣，这时正从圣像幛旁走过的唱诗班的领唱们，走进北边的门。他进了祭坛，按照惯例在胸口画着十字，向圣像深深鞠躬，然后抬起头来望了院长一眼。他用眼角看到在院长身旁还站着另一个有什么东西在闪闪发光的人影，但是没有向他们转过身去。

院长身穿法衣，站在墙边。他从大肚子和肥胖的身体上披的法衣下面伸出短胖的小手抚摩着法衣上的金丝花边，正笑容可掬地和一个军人说话。那军人穿着缀有绣花缩写字、两肩饰有绶带的御前侍从的将军服。谢尔盖神父用自己的军人习惯的眼睛一下就看清了这些花字和绶带。这位将军是他们团从前的团长。现在他显然身居要职，谢尔盖神父立刻发现院长是知道这个的，他正对此感到高兴，因此他那胖胖的红脸伴着秃顶，容光焕发。这使谢尔盖神父十分不快，觉得受了侮辱。看院长的意思，把他谢尔盖神父叫来，不是为了别的，而是为了满足一下将军的好奇，正如将军所说，他想看一看他过去的同僚。谢尔盖神父一听这话，更增添了不快。

"非常高兴看到天使般模样的您，"将军伸出手来说，"希望您没有忘记老同事。"

须眉皆白的院长红光满面，笑容可掬，仿佛对将军所说的话表示赞许，而将军那保养得很好的脸上带着一副自鸣得意的笑容，嘴里喷出一股酒味，颊须上散发着雪茄烟的臭气——这一切都惹恼了谢尔盖神父。他向院长再次鞠了个躬，说道：

"法师，您叫我？"说到这里，他停了下来，他的脸部表情和整个姿态都似乎在问："干什么？"

院长说："是的，同将军见见面。"

"法师，为了免受诱惑，我已远离尘世，"他说，脸色苍白，嘴唇发抖，"您为什么又在这里让我受到这种诱惑呢？而且在祷告的时候，在上帝的神殿里。"

"走吧，走吧。"院长猛地面红耳赤，皱紧眉头，说道。

第二天，谢尔盖神父请求院长和师兄弟们原谅他的倨傲，但是与此同时，经过一夜的祈祷之后，他决定必须离开这所修道院。他把这事写信告诉了长老，并恳请长老允许他返回长老的修道院。他写道，他感到自己的弱点，没有长老的帮助，他独自一人是抵挡不了这些诱惑的。同时，他忏悔自己犯的倨傲的罪。下一次邮班送来了长老的回信。长老在信中写道，他的傲气是一切的根源。长老向他说明，他的怒火所以爆发，因为他的谦卑和不为僧侣们感到的荣耀所动，不是为了上帝，而是为了自己的那点傲气：你看，我多么了不起，我什么也不需要。正是由于这点，他才会对院长的行为觉得受不了。我为了上帝把一切都视同粪土，他们却拿我像野兽似的展览。"倘若你蔑视荣誉是为了上帝，你就会忍受。你身上的世俗的傲气还没有熄灭。我的孩子谢尔盖，我一面想着你一面祷告。关于你，上帝给我的启示是这样的，像过去一样地生活，要顺从天命。也就在这时候我获悉，过着圣徒生活的隐修士伊拉里翁在他的隐修地死去。他在那里生活了十八年。坦宾诺的住持问我，有没有哪位师兄愿意到那里去居住。恰好你在这时候来信。你就到坦宾诺修道院去找派西神父吧，我会写信告诉他的，你请求他允许你占用伊拉里翁的修道室。这倒不是说你可以代替伊拉里翁，但是为了克服傲气，你需要一个隐修的地方。愿上帝祝福你。"

谢尔盖听从了长老的忠告，把他的信给院长看了，求得了他的允许，把修道室和自己的一应物品交给修道院，便动身向坦宾诺隐修院去了。

坦宾诺隐修院的住持是一个非常好的当家人，商人出身，他随和地接纳了谢尔盖，把他安顿在伊拉里翁的修道室，起初给了他一名侍者，后来又听从他的意愿，留下了他一个人。修道室是在山里挖的一个窑洞。伊拉里翁就埋葬在这间窑洞里。窑洞的后室葬着伊拉里翁，前室则有一个铺着草垫的壁龛，供睡觉用，室内有一张小桌和一块搁板，搁板上放着圣像和书。在外面那扇经常关着的门上也钉着一块搁板，一名修士每天一次从修道院里拿来的食物，就放在这块搁板上。

于是谢尔盖神父便成了隐修士。

四

在谢尔盖隐修生活第六年的谢肉节，邻城里一伙快活的有钱人，有男有女，在吃完春饼、喝过酒之后，决定驾着三套马的雪橇外出郊游。这伙人中有两位律师、一位富有的地主、一位军官和四个女人。女人中一位是军官的太太，另一位是地主的太太，第三位是一个少女——地主的妹妹，第四位是一个离了婚的太太，一个美人，有钱而怪僻，她那乖张的行为常常使全城为之吃惊和不安。

天气好极了，路像地板一样。他们在郊外跑了大约十俄里，便停下来，开始商量往哪儿去：回去呢，还是继续往前走？

"这条路是通哪儿的？"那位离了婚的美丽的太太马科夫金娜问。

"通坦宾诺，离这儿十二俄里。"向马科夫金娜献殷勤的那位律师说。

"嗯，再往下呢？"

"再往下就经过修道院到隐修院了。"

"就是那位谢尔盖神父住的地方吗？"

"对。"

"卡萨茨基？那位美男子，隐修士？"

"对。"

"女士们！先生们！咱们去找卡萨茨基吧。先在坦宾诺休息一下，吃点东西。"

"但是，咱们就来不及回家过夜了。"

"没关系，就在卡萨茨基那儿过夜。"

"很可能那儿有所修道院的客舍，而且非常好。我替马欣辩护的时候，到那儿去过。"

"不，我要在卡萨茨基那儿过夜。"

"得了，哪怕您再神通广大，这也是不可能的。"

"不可能？打赌！"

"行啊。倘若您在他那儿过夜，要我给什么都行。"

"A discré tion."①

"您也得这样！"

"那当然。走吧。"

给车夫们拿来了酒，他们自己则拿来了一箱馅儿饼、酒和糖果。女士们把自己紧裹在白色的狗皮大衣里。车夫们争论了一下由谁领头，一个年轻小伙子就剽悍地侧转身子，把长鞭一扬，一声吆喝——铃声清脆地响起来，滑木也发出吱吱的声音。

雪橇轻轻地颠簸着和摇晃着。拉边套的马套着一副镶有金属饰件的套具，马尾巴被高高地缩起，它们平稳地、愉快地飞奔着，像抹了油一般光滑平坦的路面迅速地朝后倒退。车夫不时剽悍地抖动一下缰绳。律师和军官面对面地坐着，跟身旁的马科夫金娜闲扯。而她则裹紧大衣，一动不动地坐着，想道："千篇一律，一

---

① 法语：要什么给什么。

切都叫人恶心。红红的油亮的脸，酒味，烟味，说来说去那一套，思想总也出不了那个圈子，一切都围着'恶心'二字打转，可是他们还自鸣得意，坚信非这样不可，而且他们可以这样一直活到死。我可不干。我感到无聊。我需要有什么东西来把这一切全打乱，翻个过儿。嗯，哪怕像萨拉托夫的那些人也好，他们好像出去玩时给冻死了。嗯，我们这帮人会怎样做呢？将怎样表现呢？肯定非常卑鄙，大家都只顾自己。而且，我的表现也很可能是卑鄙的。但是我起码长得漂亮。他们都知道这个。那么，那位修士呢？难道他连这个都不懂吗？不可能。这是他们唯一懂得的，就像秋天我跟那个军官学校学生一样，那家伙真蠢……"

"伊万·尼古拉伊奇！"她说。

"什么事？"

"他有多大年纪？"

"谁呀？"

"当然是卡萨茨基。"

"好像四十开外吧。"

"怎么，所有的人他都接见吗？"

"所有的人，不过他并不常常接见。"

"把我的腿盖上，不是这样。您真是笨手笨脚！对了，再裹紧点儿，再裹紧点儿，就这样。别捏我的腿呀！"

他们就这样一直跑到修道室所在地的树林跟前。

她走下雪橇，命令他们走开。他们再三劝阻她，她倒生起气来，命令他们快走。于是雪橇走了，而她，裹着她那件白色狗皮。

五

谢尔盖神父闭门隐修已经第六年了。他四十九岁。他的生活是艰难的。并不是素食和祈祷有什么艰难，这算不了艰难，而是内心的斗争，这是他无论如何没有料到的。斗争的根源有二：怀疑和肉欲。而这两个敌人总是一起抬头。他曾经以为这是两个不同的敌人，其实这二者是相同的。怀疑一消除，淫欲也随之消灭。但是他始终认为，这是两个不同的魔鬼，一直同他们分别斗争。

"我的上帝！我的上帝！"他想道，"你为什么不赐给我信仰？是的，淫欲，是的，圣安东尼①和别的圣徒也曾和淫欲斗争，但是他们有信仰。他们有信仰，而我却有这样的没有信仰的时刻和日子。倘若尘世是罪恶的，必须弃绝尘世，那么整个世界，它的全部美，又是为了什么呢？你为什么要设置这个诱惑呢？诱惑？我想逃避尘世的欢乐，在也许什么也没有的地方孜孜以求，难道这就不是诱惑吗？"他对自己说着，心里不寒而栗，对自己感到深深的厌恶。"败类！败类！还想当圣徒哩。"他开始骂自己，接着便开始祷告。但是刚开始祷告，他在修道院里惯常的模样就鲜明地浮现在他的眼前：戴着修士帽，穿着长袍，道貌岸然。他摇了摇头："不，这不是真相。这是欺骗。但是我骗得了别人，骗不了我自己，骗不了上帝。我不是一个正人君子，而是一个可怜而又可笑的人。"于是他掀开法衣的衣襟，望了一眼他那穿着衬裤的可怜的腿，笑了笑。

---

① 圣安东尼(251—357)，埃及隐修士，被认为是修士的始祖。他以苦行和禁欲著称，他生平受过许多女性诱惑，但毫不动摇。

然后他放下衣襟，开始念经、画十字和鞠躬行礼。"难道这张卧榻将成为我的葬身之地吗？"他念道。仿佛有一个魔鬼在向他低声耳语："单身的卧榻本来就是葬身之地嘛。虚伪！"于是他在想象中看到了那个曾与他妍居的寡妇的双肩。他甩了一下头，继续念经。他念完戒律，又拿起《福音书》打开来，翻到他反复诵读而且都会背了的地方。"我信，但我信不足，求主帮助。"[1]他收起涌上心头的一切怀疑，就像人们安放一个不易平衡的物体一样，他把自己的信仰重又安放在那条摇晃不定的细腿上，然后小心翼翼地离开它，以免把它碰倒。眼前的障幕又出现了，他心安了。他重念了一遍自己童年的祈祷："主啊，带我去，带我去吧。"于是他不仅感到了轻松，而且还感到快乐和深受感动。他画了一个十字，在铺在窄凳上的褥子上躺下，把夏天穿的法衣枕在头底下。他睡着了，睡得很轻。在梦中，他仿佛听见铃铛的声音。他不知道这是醒了还是仍在梦中。但这时敲门声把他从梦中惊醒。他站了起来，不相信自己的耳朵。但是敲门声又响了起来。对，这是很近的敲门声，在敲他的门，还有一个女人的声音。

"我的上帝！我在《圣徒传》中读到，魔鬼常常装扮成女人的模样，难道这是真的吗？……是的，这是女人的声音，而且声音是那样温柔、畏怯、可爱！呸！"他啐了一口唾沫。"不，这是我的幻觉。"他说，便走到设着诵经台的那个墙角，用正确的、习惯的姿势双膝跪下，在这个下跪的姿势中他找到了快慰。他跪下，头发披散在脸上，他把已经光秃的脑门紧贴在潮湿、阴冷的花条布地毯上——地板透风。

……他念着赞美诗，那个小老头皮缅神父对他说过这能驱妖辟邪。他用有力的神经质的两腿轻轻地抬起他那消瘦的很轻的身

---

① 见《圣经·新约·马可福音》第九章第二十四节。

体，他想继续念下去，但是他没有念，而是身不由己地竖起耳朵在听。他希望能再听到那声音，但是万籁无声。水依旧滴滴答答地从屋顶滴下来，滴到放在房角的小木桶里。外面细雨夹着浓雾，消融着积雪，静静的，静静的。突然窗外响起了沙沙声，而且显然是人的声音——还是那个温柔的、怯生生的声音，这样的声音只能属于一个可爱的女人，这声音在说：

"让我进来吧，看在基督的分儿上……"

仿佛全身的血都涌进了心脏，而且停止不动。他连气都不敢出："愿神兴起，使他的仇敌四散……"①

"我可不是魔鬼呀……"听得出，说这话的嘴巴在微笑，"我不是魔鬼，我不过是一个有罪的女人，迷了路——不是误入迷途，而是真的迷了路。她笑了。我冻坏了，请求一个安身之地。"

他把脸贴近玻璃，神灯反射在玻璃上，到处在闪闪发光。他把手掌贴近脸的两侧，向外仔细张望。浓雾，细雨、树，原来是在右边。她，对，她，一个穿白色长毛皮大衣的女人，戴着帽子，有一张十分可爱、善良、受惊的脸，她就在这儿，离他的脸只有两俄寸，正弯下腰看他，他们的眼睛相遇了，彼此都认出了对方。并不是说他们从前彼此见过，他们从来没有见过面，但是在他们交换的眼光里，他们——特别是他——感觉到，他们彼此相识，相互了解。交换过这样的眼光以后，再要怀疑这是魔鬼，而不是一个普通的、善良的、可爱的、怯生生的女人，那是不可能了。

"您是谁？您来干什么？"他说。

"您倒是开门呀，"她用撒娇似的专横口吻说道，"我冻坏了。跟您说，我迷了路。"

"要知道我是修士，一个隐居修炼的人。"

----

① 见《圣经·旧约·诗篇》第六十八篇第一节。

"唉呀，您就开门吧。您难道要在您祷告的时候让我在窗下冻死吗？"

"您是怎么……"

"我又不会吃了您。看在上帝的分儿上，让我进来吧。我简直冻坏啦。"

她自己也觉得毛骨悚然。她说这话几乎带着哭音。

他离开窗户，望了一眼戴着荆棘冠的基督像。"主啊，帮助我，主啊，帮助我。"他说道，画着十字，深深地鞠躬，然后走到门旁，将门打开，进了门廊。在门廊里，他摸着了门钩，开始拔它。他听到门的那一边有脚步声。她正离开窗户向门口走来。"啊呀！"她突然叫了一声。他明白，她是一脚踩到门槛旁的水坑里了。他的手哆嗦着，他怎么也拔不出被门绷紧了的挂钩。

"您倒是怎么啦，让我进来呀。我全身都湿了，我冻僵啦。您净想着拯救灵魂，我可是冻僵啦。"

他把门使劲向身边一拉，拔出了门钩，他没有估计到门的弹力，把门顺手向外一推，碰了她一下。

"啊，对不起！"他说，突然完全变成了很久以前与女士们交往时的惯用口吻。

她听到这个"对不起"以后，微微一笑。"嗯，他还不怎么可怕。"她想道。

"没什么，没什么。请您原谅我，"她从他身边走过，说道，"要不是情况这么特殊，我是说什么也不敢惊动您的。"

"请进。"他说，让她从身旁走过。一种他很久没有闻过的优雅的香水的强烈芳香沁入了他的心脾。她穿过门廊走进了里屋。他把外面的门砰地带上，没有挂上门钩，便穿过门廊走进了里屋。

"主耶稣基督，上帝的儿子，饶恕我这个罪人吧。主啊，饶恕我这个罪人吧。"他不仅在心中不停地默祷，甚至形诸脸色，不由地翕动嘴唇，念念有词。

"请进。"他说。

她站在房间中央，水从她身上滴到地上。她在仔细地打量他，她的眼睛在笑。

"请原谅我，我破坏了您的隐修。但是您看，我实在没有办法。事情的经过是这样的。我们从城里出外郊游，我跟他们打赌，我将一个人从麻雀村走到城里，但是在这儿迷了路，就这样，要不是碰巧遇见您的修道室……"她开始撒谎了。但是他的面容使她发窘，使她没法再说下去，便住了嘴。她意想中的他完全不是这样的。他并不是她所想象的那样的美男子，但是他在她的眼中仍旧非常美。卷曲的头发与斑白的胡须，端正的、秀气的鼻子，两眼像两枚火炭似的熠熠发光。当他举目直视的时候，使她吃了一惊。

他看出她在撒谎。

"是呀，是这样，"他说，看了她一眼，又低下眼睛，"我一会儿再到这儿来，您请自便。"

于是他拿下灯，点上蜡烛，向她深深一鞠躬，走了出去，进了隔板后面的小屋，她听见他在那里挪动什么东西。"大概他在用什么东西顶住门，不让我进去。"她想道，微微一笑。她脱下狗皮白大氅以后，开始取下用发卡卡在头发上的软帽和帽子底下的针织头巾。她站在窗下的时候，根本没有淋湿，她那样说，不过是催促他让她进去的借口。但是她在门旁的确踩了水坑，因此左脚一直湿到小腿肚，皮鞋和高统套鞋里也满是水。她坐到他的床上——一块木板，不过上面铺了一条小毯子——开始脱鞋。这间小小的修道室，她觉得美极了。这间三俄尺宽四俄尺长的窄小房间，像玻璃一样清洁。小屋里只有一张床，就是她现在坐的；床上方的小搁板上放着书；墙角是一个小小的诵经台；门上钉着几颗钉子，挂着皮大衣和法衣；诵经台的上方挂着一张戴着荆棘冠的基督像和一盏神灯。屋里的气味很怪：油味、汗味和泥土味。一切她都喜欢，甚至这味儿。

湿了的两脚，特别有一只脚使她不放心，她开始急急忙忙脱鞋，一面不时露出笑容。她感到高兴的与其说她达到了自己的目的，倒不如说她看到她居然扰乱了这个非常可爱、令人莫名其妙、又怪又招人喜欢的男人的心。"嗯，不理我，那也没什么大不了。"她自言自语道。

"谢尔盖神父！谢尔盖神父！您是这么称呼的吧？"

"您有什么事？"一个低低的声音回答道。

"请您原谅我，我破坏了您的隐修。但是，真的，我实在没有别的办法。我当真会生病的。就现在我也不知道我是不是病了。我全身都湿了，两只脚冰冷冰冷的。"

"请原谅我，"一个低低的声音回答道，"我无法为您效劳。"

"我本来是无论如何不敢惊动您的。我只要等到天亮。"

他没有回答。她听见他在低声地念念有词——显然，他在祷告。

"您不会到这边来吧？"她微笑着问，"要不，我要脱衣服啦，得烤一烤。"

他没有回答，继续在墙的那一边用平静的声音祷告。

"对，这才像个人。"她想，费劲地脱着那只咕哧咕哧响的高统套鞋。她拽着鞋，但拽不下来，她觉得这很好玩。她轻轻地笑出声来，但她知道，他听得见她的笑声，而且这笑声会在他身上取得她预期的效果，因此她笑得更响了，而这个快乐、自然、善良的笑声果然在他身上取得了她想要取得的效果。

"是啊，这样的人是可以爱的。瞧那双眼睛，瞧那张纯朴、高贵和——不管他怎么喃喃地祷告——和充满热情的脸！"她想道。

"我们女人是骗不了的。还在他把脸贴近玻璃看见我的时候，他就明白了，就看上了我。眼睛亮了一下，便铭刻在心里了。他爱我，喜欢我。对，他喜欢我。"她终于脱下了套鞋和皮鞋，开始脱长筒袜。要脱袜子——脱掉这双系在吊袜带上的长筒丝袜，就必须撩起裙子。她觉得不好意思起来，便说道：

"别进来呀。"

但是墙那边没有任何回答。不快不慢的念念有词的声音在继续着，还有一些动作的声音。"大概，他在磕头，"她想道，"但是他不会鞠躬告辞的。他在想我，就像我在想他一样。他正怀着同样的感情在想着我的这两条腿。"她拉下湿漉漉的长筒袜，光脚踩在床上，缩起两腿。她双手抱住膝盖坐了不大一会儿，若有所思地望着前方："这样荒无人烟的隐修院，这样的寂静。再也不会有人知道的……"

她站起来，把袜子拿到炉子跟前，挂在通风口上。一种特别的通风口。她把它转了一下，然后，轻轻地迈着光脚回到床上，把腿又蜷起来坐在上面。墙那边已经悄无声息。她瞧了一眼挂在她胸前的小表。已经 2 点了。"我们那帮人要 3 点左右来。"剩下不到一小时了。

"怎么，我一个人在这儿就这么坐下去吗？多荒唐！我不干。我就叫他来。"

"谢尔盖神父！谢尔盖神父！谢尔盖·德米特里奇·卡萨茨基公爵！"

门那边静悄悄的。

"听我说呀，这太残酷了。要不是我有事，我才不叫您哩。我病了，我不知我到底怎么啦。"她用痛苦的声音说道，"哎哟，哎哟！"她扑到床上，呻吟起来。说来也怪，她仿佛真的觉得她浑身无力，全身都疼，她在哆嗦，发高烧。

"听我说呀，帮帮我吧。我不知道我到底怎么啦。哎哟！哎哟！"她解开上衣，露出胸脯，将裸露到肘部的两条胳膊一甩，"哎哟！哎哟！"

这时候，他一直站在自己的贮藏室里，不停地祷告。把晚祷文全部念完之后，现在他正一动不动地站着，眼观鼻，鼻观心，在心中作着祷告，不断默诵着："主耶稣基督，上帝的儿子，饶恕我吧。"

但是他一切都听见了。他听见她脱衣服时绸衫子的窸窣声，听见她光着脚在地板上走路的声音，听见她用手给自己搓脚的声音。他感到他意志薄弱，每一分钟都可能毁灭，因此他不停地祷告。他仿佛体验到童话里的英雄一往无前时体验到的那种心情。就这样，谢尔盖听到，感觉到，危险和毁灭就在这里，就在他的上下左右，他只有一眼也不去看她，才能得救。但是想要看一看她的愿望骤然攫住他整个身心。而就在这一刹那，她说道："听我说呀，这太不人道啦，我会死的。"

"对，去就去，但是我要像那位神父做的那样，把一只手按在淫妇头上，另一只手放进火盆。但是没有火盆呀。"他回头一看——灯！他伸出一只手指放在火苗上，皱起了眉头，准备忍受，他觉得似乎相当久了竟毫无感觉，但是突然——他还说不上疼不疼和到底有多疼，就皱起了眉头，把手缩了回来，连连甩着手："不，我干不了这个。"

"看在上帝份上！哎哟，到我这里来一下吧！我要死了，哎哟！"

"那怎么办，我要毁灭吗？那不成。"

"我这就到您那里去。"他说，接着便打开房门，也不看她，就从她身边走过，进了那扇通向门廊的门——他常常在门廊里劈柴——摸着了劈柴的木墩和靠墙的斧子。

"就来。"他说罢就右手拿起斧子，把左手的食指放在木墩上，抡起斧子，一下就砍在食指的第二个关节以下。手指蹦了起来，比砍断一根同样粗细的劈柴要容易，它翻了个过儿，啪的一声蹦到木墩边上，然后落到地上。

他听见这声音比感到疼痛要早一些。但是他还没有来得及感到奇怪为什么不疼，就突然感到一阵剧痛和流下的温暖的血。他迅速用法衣的下摆裹住被砍断的指关节，把它紧按在大腿上，回头走进了房门。他在那女人面前站住，垂下眼睛，低声问道。

"您有什么事？"

她望了望他那苍白的脸和左边的抖动着的面颊，她突然觉得羞耻起来。她跳下床，抓起皮大衣披在身上，裹住了身子。

"是的，我觉得疼……我着了凉……我……谢尔盖神父……我……"

他抬起眼睛望着她，眼睛里闪耀着平静的快乐的光，他说：

"好妹妹，你为什么要毁灭自己的不死的灵魂呢？诱惑必须进入尘世，但是诱惑经由他而进入尘世的那个人是有祸的……祷告吧，求上帝宽恕我们。"

她听着他的话，望着他。她突然听到有液体滴下的声音。她低头一看，看见血正从他的手上沿着法衣往下流。

"您把手怎么啦？"她想起了她听到的声音，便拿起灯，跑进门廊，看见地上有一节血淋淋的手指。她回到屋里，脸色比他的还要苍白，她想对他说什么，但是他悄悄地走进贮藏室，随手关上了门。

"请饶恕我，"她说，"我用什么来赎自己的罪呢？"

"走开。"

"让我来给您包扎一下伤口吧。"

"离开这里。"

她匆忙地、一言不发地穿好衣服。她穿戴好了，裹上大衣，便坐下等候。外面传来了铃铛的声音。

"谢尔盖神父，请您饶恕我。"

"走吧，上帝会饶恕的。"

"谢尔盖神父，我一定改变自己的生活，别嫌弃我。"

"走吧。"

"请您饶恕我，祝福我。"

"为了圣父、圣子和圣灵，"可以听见从隔板后面传来的声音，"走吧。"

她号啕大哭，走出了修道室。律师向她迎面走来。

"得了，输啦，没有办法。您坐哪儿？"

"哪儿都行。"

她坐上雪橇，一直到家都没有说过一句话。

一年以后，她正式落发，接受苦行戒律①，在修道院里过着刻苦的生活。她的师父是一位隐修士，名字叫阿尔谢尼，他间或用写信的方式指导她。

六

谢尔盖在闭门隐修中又过了几年。起先，人家给他拿来的许多东西他都收下了：有茶，有白糖，有白面包，有牛奶，有衣服，有劈柴。但是日子越往后，他对生活的要求也就越严格，他拒绝一切

---

① 这里的"正式落发，接受苦行戒律"，是指进修道院后，经过一段时间的修行，正式落发当修女。这是修士（修女）落发的第二级。落发后，由修道院长赐予法名，正式脱离尘世。第一级落发是刚进修道院的时候。最后一级落发是修行多年，道行日深，举行落发仪式后，即遁迹山林，穿上苦行修士服，进行隐修。正教教徒的落发，只剪去一圈头发。

多余的东西，最后发展到除了一星期一次的黑面包以外，他什么也不要。给他拿来的一切，他都分给了前来求他的穷人。

谢尔盖神父的全部时间都在自己的修道室里度过，不是祈祷，就是跟越来越多的来访者交谈。谢尔盖神父间或外出，也仅仅是一年两三次到教堂里去。有时，他也外出挑水和砍柴，如果对此有需要的话。

这样的生活过了五年，就发生了很快传遍各地的马科夫金娜事件，她的夜访，此后她内心发生的变化，以及她的进修道院。从那时起，谢尔盖神父的名声开始大振。来访者越来越多，在他的修道室四周也搬来了修士，建起了教堂和客舍。谢尔盖神父的名声越传越远，而且恰如我们惯常见到的那样，他的名望往往超过了他的事迹。人们开始从很远的地方源源不断地来找他，也有带病人来的，硬说他能治好他们的病。

他第一次治愈病人是在他隐修生活的第八年，是治好一个十四岁的男孩。他母亲把他带来找谢尔盖神父，硬要谢尔盖神父把手按在他头上①。谢尔盖神父从来没有想到他能治病。

他把这种想法认为是犯了倨傲的大罪。但是带孩子来的那位母亲硬是苦苦哀求，在地上磕头求告，她说，为什么他能给别人治病就不肯治好她的儿子呢？她请他看在基督的份上行行好。谢尔盖神父认定能治病的只有上帝，她对此的回答是，她只请求他把手按一按，祷告祷告。谢尔盖神父拒绝了，走进了修道室。但是第二天——这事发生在秋天，夜里已经很冷——他走出修道室去挑水，又看到了那个母亲，带着她的儿子——一个十四岁的男孩，脸色苍白、骨瘦如柴，他又听到她同样的哀告。谢尔盖神父

---

① 指施行基督教的按手礼：由神父把手按于领受者头上，念诵规定经文，以求得"圣灵"降于其身。

想起了那个不义之官的故事^①，过去他毫不怀疑他必须拒绝，现在他却感到怀疑，而感到怀疑之后，他就开始祈祷，一直祈祷到他在心中拿定主意为止。他拿定的主意是这样的：他必须满足那个女人的要求，因为她的信仰能够救她的儿子。至于他谢尔盖神父本人，在这种情况下不过是上帝选中的微不足道的工具而已。

于是谢尔盖神父便走出去找那母亲，满足了她的愿望，把手按在孩子的头上，开始祷告。

母亲带着孩子走了，过了一个月，孩子居然痊愈了，于是谢尔盖长老——现在人们都这么称呼他——治病如神的名声传遍了四乡。从那时候起，没有一个星期没有病人川流不息地来找谢尔盖神父。他既然没有拒绝这一些人，也就不能拒绝另一些人，于是他便把手按在他们头上，进行祷告，居然许多人痊愈了，于是谢尔盖神父的名声就越传越远了。

就这样在修道院里过了九年，在闭门隐修中又过了十三年。

谢尔盖神父已经有了长老的仪表：长长的银髯，头发虽然稀少，但是仍旧黑而鬈曲。

七

谢尔盖神父已经有几个星期在执著地想着一个问题：屈从于这样的地位。他这样做好不好？这个地位与其说是他自己找的，

---

① 见《圣经·新约·路加福音》第十八章第一至六节："耶稣设一个比喻，是要人常常祷告，不可灰心：说，某城里有一个官，不惧怕神，也不尊重世人。那城里有个寡妇，常到他那里，说，我有一个对头，求你给我伸冤。他多日不准，后来心里说，我虽不惧怕神，也不尊重世人，只因这寡妇烦扰我，我就给他伸冤吧，免得他常来缠磨我。主说，你们听这不义之官所说的话。"

不如说是修士大司祭和修道院院长强加给他的。这事开始于那个十四岁的男孩痊愈之后，从那时起，谢尔盖每月、每周、每天都感到他的内心生活被毁坏了，被一种外在的生活所代替。仿佛有人把他里子朝外地翻了个过儿。

谢尔盖看到，他成了吸引来访者和施主们到修道院里来的工具。正因为此，院方才为他安排了使他能充分发挥效用的条件，例如，人们完全不让他有劳动的可能，为他准备好了他可能需要的一切，而要求于他的仅仅是，他不要剥夺给那些来访者的祝福。为了他的方便，他们替他安排了接见的日子。他们安排了一间男客接待室和一个专供他替来人祝福的地方。这个地方四周围了栏杆，免得那些向他挤过来的女客把他撞到。倘若说人们需要他，他为了执行基督博爱的信条就不能拒绝人们想要看到他的要求。而避开这些人是残忍的——这一点他不能不同意，但是随着他越来越献身于这样的生活，他越来越感觉到他内心生活变成外在的了，他心中的活命之泉 ① 在日见枯竭，他所做的一切，越来越多地是为了人们，而不是为了上帝。

不论他向人们劝谕，还是单纯地祝福；不论他替病人祝祷，还是向人们指破迷津，倾听人们对他的感谢——因为据说，他曾以治病或者规诫帮助过这些人——对此种种，他不能不感到高兴，他也不能不关心自己工作的后果，以及它对人们的影响。他想，他是一盏点亮的灯，他越是感觉到这个，他就越感觉到他心中燃烧着的上帝的真理之光正在渐渐黯淡和熄灭。"我做的事在多大程度上是为了上帝，在多大程度上是为了人？"——这个问题常常折磨着他。对此，他倒不是不能回答，但是他不敢正视这个问题。他在灵魂深处感到，魔鬼用为人的活动偷换了他为上帝的整个活

---

① 指迷信中一种能起死回生的活命之水。

动。他所以感觉到这个，是因为过去人们打断了他的隐修，使他感到苦恼，而现在他却为他的隐修本身感到苦恼。他对这些来访者感到不胜负担，被他们弄得精疲力尽，但是他在灵魂深处对他们的来访还是高兴的，他高兴听到那包围着他的一片颂扬。

甚至有一个时期，他决心出走，躲起来。他甚至把一切都考虑好了这事应当怎么办。他给自己准备好了一套农人的衬衫、裤子、褂子和帽子。他借口说，他需要这些东西是为了布施给那些向他求告的人。他把这套衣服藏在身边，考虑他将怎样穿戴起来，把头发剪短，离开这里。先坐火车离开，坐过三百俄里再下车，然后再沿着一个个村子走。他问过一个当兵的老汉，他是怎么求乞的，人家是怎么布施和留他住宿的。这老汉就告诉他，在哪儿乞求布施和在哪儿借宿好，谢尔盖神父也想照此办理。甚至有一天夜里，他穿好衣服，想要走了，但是他拿不定主意：留下好还是出走好？起先他犹豫不决，后来犹豫过去了，他便习以为常，向魔鬼屈服了。这套农人的服装只是使他回想起他曾有过这样的想法和感情而已。

来找他的人一天比一天多，留给他修道和祈祷的时间却一天比一天少。有时候，在头脑清醒的时刻，他想，他就好比那从前有过一泓清泉的地方。"从前曾经有过活命之水一般的纤细的清泉，静静地从我身上流出，流过我的全身。当'她'——他常常满怀喜悦地回想起那一夜和她——现在的阿格尼娅姆姆 ①——诱惑我的那时候，那才是真正的生活。她尝到了那洁净的水。但是从那时候起，水还没有来得及流到一定数量，一群口渴的人就来了，他们你推我搡，互相拥挤。他们把什么都推了进去，剩下了一摊泥浆。"他在难得的头脑清醒的时刻这样想；但是他最惯常的状况

———————————

① 即那个曾经诱惑过他的离了婚的太太马科夫金娜。现在她成了修女，名叫阿格尼娅姆姆。

是：疲倦和因这疲倦而产生的自我陶醉。

有一年春天，在仲春节①前夕，谢尔盖神父在自己的窑洞教堂里作彻夜祈祷。容纳得下的人都进来了，大约二十人左右。这都是些有钱的老爷和商人们。谢尔盖神父对所有的人都一视同仁，但是让谁进来，却是由一个指定照料他的修士和一个每天从修道院派到他的隐修地来的值日修士挑选的。一大群人，大约八十余名朝圣的香客，特别是一群村妇拥挤在外面，在等候谢尔盖神父出来替他们祝福。谢尔盖神父在主领祈祷，当他唱着赞美诗走出来……走到他的先行者的棺材跟前时，他摇晃了一下，差点跌倒，幸亏有一个站在他身后的商人和一名跟在他后面充当助祭的修士扶住了他。

"您怎么啦？神父！谢尔盖神父！亲爱的！主啊！"一些女人七嘴八舌地说道，"脸白得像手绢。"

但是谢尔盖神父立刻恢复了常态，虽然他的脸色还十分苍白。他把商人和助祭从身边推开，继续唱着赞美诗。谢拉皮翁神父、助祭，还有教堂差役，以及经常住在隐修地、侍候谢尔盖神父的索菲娅·伊万诺夫娜太太，都齐声恳求他暂停祈祷。

"不要紧，不要紧的，"谢尔盖神父说，在他的胡子底下微微露出一丝微笑，"不要中断祈祷。"

"是的，圣徒们就是这样做的。"他想道。

"真是圣徒！上帝的使者！"他立刻听到身后的索菲娅·伊万诺夫娜和那个扶过他的商人的声音。他不听众人劝说，继续主领祈祷。大家又互相拥挤着，穿过甬道，回到了小教堂。在那里，虽然稍许把时间缩短了一点，谢尔盖神父还是把彻夜祈祷做完了。

做完祈祷，谢尔盖神父立刻给在场的人祝了福，然后走出来，

---

① 仲春节，东正教在复活节和圣三一节之间的节日。

走到洞口外一棵榆树下面的长凳前。他想休息一下，呼吸呼吸新鲜空气，他觉得这对他是十分必要的。但是他刚一出来，人群就向他拥去，请求他祝福，请他指破迷津。这里有一群女香客，她们总是从一个圣地走到另一个圣地，从一个长老走到另一个长老那里，她们在任何圣地和任何长老面前永远是无限感动。谢尔盖神父深知这是一类司空见惯的、最不虔诚、最冷酷和最矫揉造作的人。其中还有一些云游派旧教徒，他们大都是脱离定居生活的退役士兵；还有一些是贫穷的、大都爱酗酒的老汉，他们从一个修道院走到另一个修道院，到处流浪，但求一饱；也有一些愚昧无知的村民和村妇，带着他们的自私要求，或者要求治病，或者要求为他们的一些最实际的事排忧解难：女儿出嫁呀，承租店铺呀，购买土地呀，或者要求解脱他们睡觉时把孩子无意中压死或是跟人养私生子的罪孽呀，等等。对这一切谢尔盖神父是早就熟悉的，而且毫无兴趣。他知道，他从这些人身上得不到任何新东西，这些人在他心中也引不起任何虔诚的感情，但是他仍旧喜欢看到他们，喜欢看见这群需要他、珍视他，需要和珍视他的祝福、他的话的人。因此他一方面把这群人当作累赘，另一方面他又喜欢这群人。谢拉皮翁神父想把他们赶走，说谢尔盖神父累了，但是这时候谢尔盖神父想起了《福音书》上的话。"让小孩子到我这里来，不要禁止他们。"[1] 一想到这个，他对自己的行为非常感动，便说让他们进来吧。

他站起来，走近栏杆。人们都聚集在栏杆近旁。他开始替他们祝福，并且回答他们的问题。他说话的声音是那样微弱，连他自己也大为感动。他虽然愿意接见所有的人，但是力不从心：他两眼又一阵发黑，他摇晃了一下，抓住了栏杆。他又感到血涌上

---

① 见《圣经·新约·马太福音》第十九章第十四节。

了脑袋，先是脸色发白，然后突然满脸通红。

"是啊，看来，只能到明天了。我今天不行啦。"他说，向大家作了一个总的祝福，便向长凳走去。那商人又扶着他，拉着他的手走了过去，帮他坐下。

"神父！"听见人群中喊道，"神父！神父！你不要离开我们！没有你我们就完了！"

商人扶着谢尔盖神父坐在榆树下面的一条长凳上，自告奋勇担任起警察的职务，非常坚决地将人们驱散。尽管他说话很轻，谢尔盖神父听不清他说什么，但是他说话的神气坚决而愤怒。

"滚开，滚开。祝福过就行了嘛，你们还要干什么？走。要不然，说真的，我可要揍啦。得了，得了！那大婶，那个缠黑色包脚布的，走开，走开。你往哪儿钻呀？跟你说，不干了。明天做什么听上帝安排，今天统统完了。"

"大叔，我就瞧一眼他的脸。"一个小老太婆说。

"我让你瞧！往哪儿钻？"

谢尔盖神父发现，商人的态度似乎太厉害了，于是就用衰弱的声音告诉侍者，请他不要把人赶走。谢尔盖神父知道，不管怎么说，他还是会把他们赶走的。他也很希望独自留下，歇会儿，他派侍者去说，无非是想给人留下一个好印象罢了。

"好，好。我不赶他们，我问问他们有没有良心，"商人回答，"他们简直要人家的命嘛。他们简直没有一点同情心，他们心里只有自己。跟你们说，不行。走。明天。"

商人终于把所有的人都赶走了。

商人如此卖力，是因为他喜欢整饬秩序，喜欢赶人，喜欢对他们为所欲为，而主要是因为他有求于谢尔盖神父。他是一个鳏夫，他有一个独生女儿，有病，还没有出嫁，他跋涉一千四百俄里专程把她带来见谢尔盖神父，是希望谢尔盖神父能治好她的病。

他在女儿生病的两年间到处替她延医治病，先是在省城大学区的附属医院里——没有治好；后来又带她到萨马拉省的一个农人那里——稍许减轻了一点；后来又带她到莫斯科的一个医生那里，花了不少钱——仍旧毫无起色。现在他听人说，谢尔盖神父能治病，就把她带来了。因此，商人把所有的人全赶走以后，便走到谢尔盖神父面前，二话没说，就双膝跪下，用大嗓门说道：

"神圣的神父，祝福我的生病的女儿吧，医好她的病痛吧。我大胆拜倒在您的神圣的脚下。"说罢就两手相握，拱手当胸。他做这一切和说这一切，仿佛是在做一件由法律和习俗明确和硬性规定的事情一样，仿佛必须这样，而不能用别的什么办法来请求治愈他的女儿。他做这事的时候信心十足，甚至连谢尔盖神父也觉得，所有这一切的确必须这样说、这样做才对。不过他还是吩咐他站起来说究竟有什么事。商人说，他的女儿是一个二十二岁的还没有出阁的闺女，两年前，她母亲得急病死了之后，她也犯了病，哎呀一声，就像他说的那样，从此得了精神病。如今他把她从一千四百俄里以外带到这里，她眼下在客舍等着，谢尔盖神父吩咐带她来她就来。她白天不能出门，怕光，要出来只能在太阳下山以后。

"怎么，她身体很弱吗？"谢尔盖神父说。

"不，她的身子骨倒不特别弱，还挺壮实，据大夫说，她不过是神经衰弱罢了。谢尔盖神父，如果您现在吩咐带她来，我就一口气跑回去。神圣的神父呀，让当爹的心死而复生吧，不要让我断子绝孙哪——请您用祈祷救救我的有病的女儿吧。"

商人又扑通一声双膝下跪，歪着脑袋，拱手抱拳，长跪不起。谢尔盖神父再次吩咐他站起来，心想自己的工作也真够烦难的了，虽然如此，他还是勉为其难。他重重地叹了口气，沉默了几秒钟，然后说：

"好，晚上带她来吧。我替她祷告祷告，但是我现在累了。"他闭上了眼睛，"到时候我会派人去找您的。"

商人踩着沙地蹑手蹑脚地退走了，可是皮靴发出的吱吱声反而更响。但他终于走了，剩下了谢尔盖神父一个人。

谢尔盖神父的整个生活不是祈祷就是接待来客，但今天的日子特别艰难。早上是一位从外地来的权贵同他谈了许久。他走后又来了一位太太，带着儿子。儿子是一位年轻教授，不信教，而母亲则是一位虔诚的教徒，十分敬仰谢尔盖神父。她把儿子带来，硬要谢尔盖神父同他谈谈。话谈得很不投机。年轻人显然不想和修士争论，对他所说的一切都表示同意，仿佛勉强顺着一个衰弱多病的人似的，但是谢尔盖神父看得出来，这个年轻人并不相信上帝，尽管如此，他仍旧十分安闲、自在和平静。现在，谢尔盖神父怏怏不乐地想起了这次谈话。

"吃点东西吧，神父。"侍者说。

"好，随便拿点什么来吧。"

侍者走进了盖在离窑洞洞口十步远的一间小修道室，谢尔盖神父又剩下了一个人。

谢尔盖神父只身独处，样样事自己动手，只用圣饼和面包充饥的日子早就过去了。人们早就向他证明，他没有权利忽视自己的健康。他们给他吃素的但是有益健康的食物。他吃得很少，但是比从前多多了，而且常常吃得津津有味，而不是像从前那样，一边吃一边感到厌恶和自觉有罪。现在也同样如此。他吃了点粥，喝了一碗茶，又吃了半个白面包。

侍者走了，剩下他一个人坐在榆树底下的长凳上。

那是一个非常美丽的5月的傍晚，白桦、白杨、榆树、稠李和橡树上的叶子刚刚绽开。榆树后面的一丛丛稠李正繁花盛开，尚未凋落。一只夜莺就在近旁，另外两只或者三只，在下面河边的灌木丛里婉转歌唱。很远就可以听到从河那边传来的大概是下工回来的工人的歌声。太阳落到了森林后面，透过层层绿叶，迸溅出万道金光。这一边，是一片璀璨的新绿，那一边，连同榆树，则是一片昏暗。甲虫在飞，又常常摔下，掉到地上。

晚饭后，谢尔盖神父开始默祷："主耶稣基督，上帝的儿子，饶恕我们吧。"然后他开始念赞美诗。突然，在念赞美诗中间，不知从哪儿飞来一只麻雀，它从树丛里飞下地来，叫着，跳着，蹦到他跟前，不知被什么吓了一跳，又飞走了。他祷告着，诉说自己脱离尘世的决心，他想快点把它念完，好派人去叫商人把他生病的女儿带来：她引起了他的兴趣。她使他感兴趣的是，这也是一种消遣，毕竟是一个新人。再说，她父亲和她都认为他是神的侍者，他的祈祷必定灵验。他虽然矢口否认这点，但是他在灵魂深处还是认为自己是这样的人。

他常常觉得奇怪，这是怎么发生的：他斯捷潘·卡萨茨基居然成了一名非同凡响的神的侍者，简直成了神医。他成了神医，这是毫无疑问的。他不能不相信他亲眼看到的奇迹，从那个衰弱无力的男孩开始，直到最后一个由于他的祈祷而眼睛复明的老妇人为止。

不论这有多么奇怪，但这毕竟是事实。商人的女儿所以引起他的兴趣，首先因为她是个新人，她信仰他，其次因为他可以在她身上又一次证明他那能治百病的能力和他的声望。他想：人们不远千里而来，会登报，皇上会知道，欧洲，那个不信上帝的欧洲也会知道。他突然对自己的虚荣心感到羞惭，于是他又开始祷告上帝，"主啊，上天的主宰，安慰者，真理之灵啊，来吧，进到我们的心中来吧，洗涤我们身上的一切污浊。上帝啊，拯救我们的灵魂。把我满身的尘世虚荣污垢清洗掉吧。"他又重复祷告了一遍，他想起，他为这事不知道祷告多少遍了，但他的祷告迄今为止毫无效果：他的祷告为别人创造出奇迹，但是他却不能为自己向上帝求得摆脱这种渺小的情欲。

他想起自己在隐修初期的祷告，那时候，他祈求上帝赐给他纯洁、谦卑和爱，他觉得那时候上帝是垂听他的祷告的。他清白，砍断了自己的手指，他举起那截满是皱褶的断指吻了一下。他觉得那时候他自觉渺小，常常厌恶自己，感到自己罪孽深重。他觉得他那时候也曾有过仁爱之心，他想起他是抱着怎样的恻隐之心去欢迎那个来求他的老头，那个来要钱的喝醉酒的兵和她的。但是现在呢？他问自己：他爱什么人吗？他爱索菲娅·伊万诺夫娜吗？爱谢拉皮翁神父吗？对今天到过他这里的所有的人他是不是都怀有博爱之心呢？他爱不爱那位年轻学者呢？——他曾那样谆谆善诱地同这个年轻人谈话，他关心的只是卖弄自己的聪明，显示自己有学问，并不落后。他们爱他，他感到高兴，他需要他们的爱，但是他却不觉得自己爱他们。他现在既没有爱，没有谦卑，也没有纯洁。

听到商人的女儿才二十二岁，他很高兴。他还想知道她究竟漂亮不漂亮？他问她的病情，正是想知道她是不是具有女性的魅力。

"难道我竟这样堕落吗？"他想。"主啊，帮助我，让我恢复原来的样子吧，主啊，我的上帝。"他拱手当胸，开始祷告。夜莺在婉转歌唱，甲虫飞到他头上，在他的后脑勺上爬着，他把它拂落在地上。"他①究竟有没有呢？就好像我在敲一座从外面锁着的房子的门……门上挂着锁，我应该是看得见他的。这锁就是夜莺、甲虫、大自然。也许，那个年轻人是对的。"接着，他开始大声祷告，祷告了很久，直到这些想法消失不见，他又感到平静

---

① 指上帝。这时，谢尔盖开始怀疑上帝是否存在。

和充满了信心为止。他摇了一下铃，对走出来的侍者说，让商人和他的女儿现在就来吧。

商人挽着女儿的胳膊把她带来了。他把她搀进修道室，便立刻走了。

女儿一头金发，十分白嫩，是一个苍白、丰满、非常矮小的姑娘，她有一张受惊的、孩子般的脸和很发达的女性的体态。谢尔盖神父仍旧坐在洞口的长凳上。当那姑娘走过来，在他身旁停下，他替她祝福的时候，他对自己的放肆大吃一惊：他竟会这样地打量她的全身。她走过去了，他感到自己好像被螫了一下似的。他从她的面貌看出来，她性欲很强，但是智力迟钝。他站起来，走进修道室。她正坐在凳子上等他。

他走进去的时候，她站了起来。

"我要找爸爸。"她说。

"别怕，"他说，"你哪儿疼呀？"

"我哪儿都疼。"她说，忽然嫣然一笑。

"你的病会好的，"他说，"你祷告吧。"

"祷告什么呀，我祷告过，一点没用。"她一直在微笑，"还是您祷告吧，把手按在我身上。我梦见过您的。"

"怎么梦见过？"

"我梦见过您就这样把手按在我的胸口。"她拿起他的一只手，把它贴在自己胸前，"就按在这儿。"

他把右手伸给她。

"你叫什么呀？"他问，全身哆嗦着，他感到他被征服了，淫欲已经脱离了约束。

"我叫玛丽亚。怎么啦？"

她拿起他的手，吻了吻，然后伸出一只手搂住他的腰，紧紧地偎依着他。

"你要干什么？"他说，"玛丽亚，你是魔鬼。"

"得啦，没准不要紧的。"

于是她搂着他，同他一起坐到床上。

拂晓，他从屋子里出来，走上了台阶。

"难道这一切是真的吗？父亲一来，她会告诉他的。她是魔鬼。我该怎么办呢？瞧，那就是我用来砍断自己手指的斧子。"

他抓起斧子，向修道室走去。

侍者迎上前来。

"您要劈柴吗？把斧子给我。"

他把斧子给了他。他走进修道室，她还躺着，在睡觉。他恐惧地望了她一眼，走进修道室，取下农人的衣服穿好，拿起剪子剪短了头发，就走出去，顺着小道向山脚下的河边走去，他已经四年没有到那里去了。

河边有一条路，他顺着这条路走去，走到吃午饭的时候。中午，他走进黑麦地，在地里躺了下来。傍晚，他来到河边的一个村子。他没有进村，而是向河边的一座悬崖走去。

清晨，离日出大约还有半小时。一切都是灰蒙蒙、阴沉沉的，从西边吹来一阵阵拂晓前的寒风。"是啊，应当结束了。没有上帝。怎么结束呢？跳河吗？我会游泳，淹不死。上吊吗？对，有腰带，挂在树上。"这好像是可行的，而且很近便，这使他感到一阵恐怖。他想照往常绝望的时候那样进行祷告，但是向谁祷告呀？没有上帝。他用手支着头躺着。他突然感到很困，手再也支撑不住脑袋，便伸直手，将头枕在胳膊上，立刻睡着了。

但是睡梦只持续了一刹那，他又立刻惊醒，精神恍惚，不知是在做梦，还是在回忆。

他仿佛看见自己差不多还是个小孩，在乡下，在姥姥家。一辆马车走到他们跟前，从马车里走出了舅舅尼古拉·谢尔盖耶维奇，他蓄着活像铁锹的黑色大胡子，跟他一起来的还有一个瘦瘦的小姑娘帕申卡①，她有一双温柔的大眼睛和一张可怜巴巴的、怯生生的脸。现在给他们这群男孩里送来了这个帕申卡。必须陪她玩，但又实在没意思。她很笨，结果是大家都把她当笑料，硬要她表演她是怎么游泳的。于是她便躺在地板上，表演陆地游泳。大家哈哈大笑，把她当傻瓜。她看见这样便羞得面红耳赤，一副可怜相，可怜得叫人于心不忍，叫人永远也忘不了她那哭笑不得的、善良的、低声下气的笑容。谢尔盖在回想，这以后他什么时候看见她的。他再次看见她已是很久以后的事了，在他当修士之前。她嫁给了一个地主，这家伙把她的全部家产挥霍得精光，还打她。她有两个孩子：一儿一女，儿子小时候就死了。

谢尔盖想起，他看到她的时候她已经很不幸。后来他又在修道院里看见过她一次，她已经守了寡。她还是老样子——不能说笨，但乏味、渺小、可怜。她是带着女儿和女儿的未婚夫一道来的。她们已经穷了。后来他又听人说，她住在一个小县城里，说她十分贫穷。"我为什么想到她呢？"他问自己，但又不能不想她，"她在哪里？她怎么样了？她还像从前在地板上表演游泳时那样一直很不幸吗？我为什么要想到她呢？我怎么啦？应该结束了。"

他又开始感到恐惧。为了摆脱这个思想，他又开始想帕申卡。

他这么躺了很久，一会儿想到自己那不可避免的结局②，一会儿又想到帕申卡。他把帕申卡想象成自己的救星。他终于睡着了。他在梦中看见一位天使向他走来，对他说："找帕申卡去吧，去问她你应该怎么办，你的罪孽是什么，你怎样才能拯救自己。"

他醒了，认定这是上帝显灵，他很高兴，决定照梦中嘱咐他

---

① 帕申卡是普拉斯科维娅的小名。
② 指用自杀来结束自己的生命。

的话去做。他知道她住的那座城市——离此三百俄里，于是他便到那里去了。

八

帕申卡早就不是原来的帕申卡了，而是一个又老又干瘪，满脸皱纹的普拉斯科维娅·米哈伊洛夫娜，一个穷愁潦倒、爱喝酒的小官吏马夫里基耶夫的丈母娘了。她住在女婿最后丢官的那个县城里，并在那里养活全家。女儿、患神经衰弱症的有病的女婿，以及五个外孙和外孙女。她靠给商人家的闺女上音乐课来养家，每节课收费五十戈比。有时一天四节课，有时一天五节课，因此每月可得大约六十卢布。他们便暂时以此为生，等候补缺。普拉斯科维娅·米哈伊洛夫娜把恳求代为谋职的信寄给所有的亲戚和熟人，其中也包括谢尔盖。但是这封信寄到的时候，他已经不在了。

那天是星期六，普拉斯科维娅·米哈伊洛夫娜正在自己和面做葡萄干奶油面包。这种奶油面包数她爸爸的那个农奴厨子做得最好。普拉斯科维娅·米哈伊洛夫娜想在明天过星期日的时候让外孙和外孙女们吃一顿好的。

她的女儿玛莎正在照看最小的孩子，两个大孩子——一个男孩和一个女孩——上学去了。女婿因为夜里没睡，现在刚睡着。昨晚，普拉斯科维娅·米哈伊洛夫娜很久没有睡，极力劝阻女儿不要对丈夫发火。

她看到女婿是一个弱者，他不会换个样子说话和生活，她看到妻子对他的责备于事无补，因此极力劝说他们，叫他们要心平气和，不要互相埋怨，互相恼恨。看见人与人之间的不友好关系，她在生理上就几乎受不了。她很清楚，这样做什么都不会变好，只会变坏。她甚至没有想这个，她只是一看到那副怨气冲天的样子心里就难受，就像闻到恶臭，听到噪音，看见殴打肉体一样。

她正在洋洋得意地教卢克里亚怎样和面，这时，那六岁的外孙米沙，围着兜兜，迈着罗圈腿，穿着补过的袜子，满脸惊慌地跑进了厨房。

"姥姥，一个挺可怕的老头找你。"

卢克里亚望了一眼外面。

"真的，一个朝圣的香客，太太。"

普拉斯科维娅·米哈伊洛夫娜把自己的瘦胳膊肘互相对着擦干净了，又将两手在围裙上擦了擦，本来她想到屋去拿钱袋布施五个戈比，但是她接着想起她没有比十戈比银币更小的钱了，于是决定布施一点面包，她回到碗柜旁。但是她突然想起她刚才那么小气，突然脸红了。她一面吩咐卢克里亚切面包，一面就亲自去取外加的十戈比银币。"这是对你的惩罚，"她对自己说，"给双倍。"

她一面道歉，一面把钱和面包都给了那位朝圣的香客，当她布施的时候，她非但没有因自己的慷慨感到自豪，相反，因为给得太少而觉得羞愧。而这位朝圣者是这样仪表堂堂。

虽然他用基督的名义①跋涉了三百俄里，衣衫褴褛，形容憔悴，面目黧黑；他的头发剪短了，戴着农人的帽子，穿着农人的皮靴；虽然他谦卑地鞠躬行礼，但是他仍旧器宇轩昂，令人注目。但是，普拉斯科维娅·米哈伊洛夫娜并没有认出他来，她差不多有三十年没见他了，也不可能认识他。

"请别见怪，大爷。也许，您想吃点东西吧？"

---

① 指沿途乞讨为生。

他收下了面包和钱。普拉斯科维娅·米哈伊洛夫娜奇怪他怎么不走，而且老瞧着她。

"帕申卡。我是来找你的。让我进去吧。"

他那美丽的黑眼睛恳求地注视着她，闪着泪花。嘴唇在白胡子底下凄恻地抖动了一下。

普拉斯科维娅·米哈伊洛夫娜抓住她那干瘪的胸脯，张大了嘴，两眼发直，看着那位香客的脸发愣。

"这不可能！斯乔帕①！谢尔盖！谢尔盖神父。"

"对，就是他，"谢尔盖轻声说，"不过不是谢尔盖，也不是谢尔盖神父，而是一个罪孽深重的人斯捷潘·卡萨茨基，一个堕落的、罪孽深重的人。让我进去，你帮助帮助我吧。"

"这不可能，您怎么能这样谦卑呢？咱们快进去吧。"

她伸出手，但是他没有握她的手，他跟在她后面走了进去。

但是带他上哪儿呢？屋子太小。先是分了一间很小的房间给她，跟一个小贮藏室差不多，但是后来连这个小贮藏室她也让给女儿了。现在玛莎正在那里摇着孩子哄他睡觉。

"您坐这儿，我就来。"她指着厨房里的一张长凳对谢尔盖说。

谢尔盖立刻坐下来，并且用显然已经习惯了的姿势把挎包从肩头卸了下来。

"我的上帝，我的上帝，变得多么谦卑呀，我的天！名气那么大，突然这样……"

谢尔盖没有理她，只是宽厚地笑了笑，把挎包放在自己的脚边。

"玛莎，你知道这是谁？"

接着普拉斯科维娅·米哈伊洛夫娜便悄悄地告诉女儿谢尔盖

---

① 斯乔帕是斯捷潘的小名。

是什么人。她们俩一起把被褥和摇篮搬出贮藏室，把屋子腾出来让给谢尔盖。

普拉斯科维娅·米哈伊洛夫娜把谢尔盖领进了小屋。

"您在这儿先休息休息。请别见怪。我要出去一下。"

"去哪儿？"

"我在这儿有课，说起来都不好意思——在教音乐。"

"教音乐——这好啊。不过有一点，普拉斯科维娅·米哈伊洛夫娜，我来找您是有事的。我什么时候能够跟您谈谈呢？"

"我把这个看作是我的福气。晚上行吗？"

"行，不过还有一个请求：别跟别人说我是什么人。我只是对您才开诚相见。谁也不知道我的去向。必须这样。"

"啊呀，我告诉女儿了呀。"

"嗯，那就请她别说出去。"

谢尔盖脱下皮靴，躺了下来，在一夜未睡，跋涉了四十俄里之后，立刻睡着了。

普拉斯科维娅·米哈伊洛夫娜回来的时候，谢尔盖正坐在那间小屋里等她。他没有出去吃午饭，只吃了一点卢克里亚给他拿进屋来的菜汤和稀粥。

"你怎么提前回来了？"谢尔盖说，"现在可以谈谈了吗？"

"这样的贵客，我真不知道哪辈子修来的这份福气！我请了假，没去上课。以后再……我一直想去看您，还给您写过信，可突然这样幸福。"

"帕申卡！请把我现在要对你说的话当作忏悔，当作我临终前在上帝面前说的话。帕申卡！我不是圣徒，甚至也不是个普通老百姓。我是一个罪人，一个肮脏、丑恶、不走正路而又自命不凡的罪人。我不知道我是不是比所有的人都坏，但是我比最坏的人还坏。"

帕申卡先是瞪着眼睛看着他，将信将疑。后来，她完全相信了，便伸出手去摸摸他的手，苦笑着说：

"斯季瓦①，你也许夸大了吧？"

"不，帕申卡。我是色鬼，我是凶手，我是一个渎神者和骗子。"

"我的上帝！这是什么话呀？"普拉斯科维娅·米哈伊洛夫娜说。

"但是必须活下去。过去我以为我什么都知道，甚至还教过别人怎么生活，其实，我什么都不懂，我请你教我。"

"哪能呢？斯季瓦。你在取笑我。你们干吗老取笑我呢？"

"嗯，好，我取笑你。不过请你告诉我，你是怎么生活的，你这辈子是怎么过的？"

"我？我过的是最肮脏、最丢人的生活，所以现在上帝惩罚我，也惩罚得对，我生活得很糟，糟透啦……"

"你怎么出嫁的？你跟丈夫是怎么过的？"

"一切都很糟。我出嫁了——爱上了一个人，别提多丢人啦。爸爸不赞成这门婚事。我不顾一切地嫁给了他。我出嫁后，本应当好好帮助丈夫，可是我却净用嫉妒折磨他，我没法克制心中的嫉妒。"

"听说，他爱喝酒。"

"可不，我又不会安慰他，反而责备他。要知道，这是一种病，他控制不住自己，我现在还常常想起我怎么硬不让他喝。我们吵得可凶了。"

她用她那美丽的、因为回忆而感到痛苦的眼睛望着卡萨茨基。

卡萨茨基想起，人家对他说过，帕申卡的丈夫经常打她。现在，卡萨茨基瞧着她那干瘦的脖子，耳后青筋毕露，头上一簇稀

---

① 斯季瓦是斯捷潘的昵称。

疏的斑白的头发，仿佛看见了当时的情景。

"后来剩下我一个人，带着两个孩子，没有任何财产。"

"您不是有一座庄园吗？"

"瓦夏①还活着的时候我们就把它卖了，都花光了。必须活下去，可是我什么也不会——我们这些小姐都一样。但是我特别不行，束手无策。就这样花完了最后一文钱，我教孩子的时候，自己也捎带学了点。可是这时候米佳病了，已经读四年级啦，上帝把他带走了。玛涅奇卡②爱上了万尼亚——我那姑爷。怎么说呢，他是个好人，只是命不好，他有病。"

"妈，"女儿打断了她的话，"把米沙抱走吧，我总不能劈成两瓣呀。"

普拉斯科维娅·米哈伊洛夫娜哆嗦了一下，站起来，穿着她那后跟已经磨坏的皮鞋快步走出房门，不一会儿抱着一个两岁的男孩回来了，这孩子身子往后仰，用小手抓住她的头巾。

"对，我讲到哪儿啦？对了，他在这儿原来有个好差事——上司也很和气，但是万尼亚干不了，便辞职了。"

"他害的什么病？"

"神经衰弱，这是很可怕的病。我们商量过，应当出去疗养，但是没有钱。我老盼着这病过一阵会好。他倒没有什么特别的病痛，不过……"

"卢克里亚！"传来了他那怒气冲冲的、衰弱的声音，"用得着她的时候，总不知道把她支使到哪里去了。妈！……"

"来了，"普拉斯科维娅·米哈伊洛夫娜又打住了话头，"他还没吃饭。他没法跟我们一起吃。"

---

① 帕申卡的丈夫。

② 即玛莎，玛莎和玛奇卡都是玛丽亚的小名。

她走出去，在那里安排了点事，又回来，一面揩拭着晒黑的瘦瘦的手。

"我就这样过日子。我们总是发牢骚，总是不满，可是，谢谢上帝，外孙和外孙女们都很好，都很健康，日子还过得去。关于我有什么好说的呢？"

"那么，您靠什么生活呢？"

"我多少挣点钱。过去我因为音乐而苦恼，现在却多亏了它。"

她把她的瘦小的手搁在她座位旁的一只小衣柜上，好像弹练习曲似的用瘦削的手指弹着。

"您教课，人家给您多少钱？"

"有给一个卢布的，有给五十戈比的，也有给三十戈比的。他们对我都很好。"

"怎么样，有成绩吗？"卡萨茨基的眼睛里微微露出笑意，问道。

普拉斯科维娅·米哈伊洛夫娜起初并不相信他提这问题是严肃的，她疑惑地望了望他的眼睛。

"成绩是有的。有一个很好的小姑娘——她爸爸是个卖肉的——一个心地善良的好姑娘。倘若我是一个出入上流社会的女人，不用说，凭爸爸的关系，我是能够给姑爷找到差事的。可是我什么也不会，所以才把他们大家弄到现在这个地步。"

"是啊，是啊，"卡萨茨基说，低下了头。"那么，帕申卡，您是怎么参加宗教生活的呢？"他问。

"啊呀，别提了，糟透啦，实在顾不过来，我有时跟孩子们一起斋戒祈祷，也常常去教堂，但是有时就几个月不去，让孩子们去。"

"为什么您自己不去呢？"

"说实话，"她的脸红了，"穿得破破烂烂的去，在女儿和外孙们面前怪难为情的，而新衣服又没有。反正是因为我懒罢了。"

"那么，您在家祷告吗？"

"祷告的，这又能算什么祷告呢？信口念念罢了。我也知道这样做不对，但是没有真正的感情，只知道自己糟透了……"

"对，对，是这样，是这样。"卡萨茨基连连称是，似乎表示赞同。

"来了，来了。"她答应着女婿的叫唤，整了整盘在头上的辫子，走出了房间。

这次，她很久没有回来。她回来的时候，卡萨茨基还像原来那样坐着，两肘支在膝盖上，低下了头。但是他的挎包已经背到背上了。

她拿着一盏没有灯罩的白铁灯走了进来，他抬起他那美丽的、疲倦的眼睛望着她，深深地，深深地叹了口气。

"我没有告诉他们您是谁，"她畏怯地开始说，"我只说我认识您，您是一位出身高贵的朝圣的香客。咱们吃饭去吧，喝点儿茶。"

"不……"

"那么，我拿到这儿来吧。"

"不，什么也不要。上帝保佑你，帕申卡。我走了。如果你可怜我，那你就别告诉任何人你看见过我。我以永生的上帝的名义恳求你：别告诉任何人，谢谢你。我真想拜倒在你的脚下，但是我知道这会使你不安的。谢谢你，看在基督的份上饶恕我。"

"祝福我吧。"

"上帝会祝福的。看在基督的份上饶恕我。"

他想要走，但是她不让他走，给他拿来了一点面包、面包圈和奶油。他全收下了，走了出去。

天黑了。他还没有走过两家房子，她就看不见他了，不过根据大司祭家的狗在向他叫，她知道他正在朝前走。

"我的梦原来应的是这个。帕申卡正是我从前应该做而没有做到的人。我从前为人们活着，却以上帝为借口，她活着为了上帝，却以为她活着为了别人。是啊，做一件好事，施舍一碗水，不图报答，比我的造福于人们更为可贵。但是我不是也曾有过几分真诚为上帝服务的心吗？"他问自己。他的回答是："是的，但是这一切都被人世的虚荣玷污了、遮盖了。是的，对于像我这样活着的人，对于人世的虚荣，上帝是不存在的。但是，我要去找他。"

于是他向前走去，就像找帕申卡的时候那样，从一个村子走到另一个村子，同朝圣的男女香客们相遇又分手，凭着基督的名义乞讨一点面包，借宿一宵。间或有悍妇辱骂他，喝醉的农人怒斥他，但是大部分人给他吃，给他喝，甚至还给他一些东西路上吃用。他的老爷的仪表取得了某些人的好感。也有一些人恰好相反，他们看到一个老爷也居然落得一贫如洗，似乎很高兴。但是他的温顺征服了一切人。

他在人家家里找到一本《福音书》，就常常念它，无论何时何地，人们听了都很感动，并且奇怪，他们听他念，就像听着一个新的，但同时又是早就熟悉了的东西似的。

倘若他能为人们做一点事：出点主意，读点什么，写点什么，或者排难解纷，他也听不到对他的感谢，因为他走了。渐渐，上帝在他的心中出现了。

有一天，他跟两个老太婆和一个士兵在路上走。一位老爷跟太太坐在一辆套着快马的轻便马车上，还有一个男人和一个女士骑着马，叫住了他们。太太的丈夫和女儿骑马，坐在马车里的是太太和一个显然是来旅行的法国人。

他们叫住了他们，大概是想让这个法国人看看 Les pélérins①——这种人由于俄国人固有的迷信，不去做工，却从一

---

① 法语：朝圣者。

个地方跑到另一个地方，到处流浪。

他们说法语，以为这些人听不懂。

"Demandez leur," 法国人说，"s'ils sont bien sûrs de ce que leur pélérinage est agréable à dieu."①

他们问了，老太婆们回答：

"全由上帝怎么看了。我们的脚到了，心能不能到呢？"

又问了士兵。他说，因为他一个人无处可去。他们又问卡萨茨基是什么人。

"上帝的奴仆。"

"Qu'est ce qu'il dit？Il ne répond pas."②

"Il dit qu'il est un serviteur de dieu."③

"Cela doit être un fils de prêtre.Il a de la race.Avezvous de la petite monnaie？"④

法国人有零钱。他给大家每人二十戈比。

"Mais dites leur que ce n'est pas pour des cierges queje leur donne, mais pour qu'ils se régalent de thé；⑤茶，茶，"他微笑着说，"pour vors, non vieux."⑥他用戴着手套的手轻轻地拍了拍卡萨茨基的肩膀。

"基督保佑你们。"卡萨茨基回答，他没有戴上帽子，光着头鞠了一躬。

这次的相遇使卡萨茨基特别高兴，因为他蔑视世俗之见，做了一件最平常，也最容易做的事——谦卑地收下了二十戈比，把

---

① 法语：您问问他们，他们是否坚信他们朝圣是上帝的意愿。

② 法语：他说什么？他没有回答。

③ 法语：他说他是上帝的奴仆。

④ 法语：也许，这是一个教士的儿子。看得出是好人家出身。您有零钱吗？

⑤ 法语：不过请您告诉他们，我不是给他们买蜡烛的，是让他们美美地喝点儿茶。

⑥ 法语：给您，老爷爷。

它送给了同伴，一个瞎眼的乞丐。世俗之见具有的意义越小，他就越强烈地感觉到上帝。

卡萨茨基就这样过了八个月。到第九个月，他在省城的一家他和香客们过宿的收容所被拘留了，他因为没有身份证被抓进了警察署。问他的证件在哪里，他是什么人，他回答说，他没有证件，他是上帝的奴仆。他被当作流浪汉给判了刑，流放到西伯利亚。

在西伯利亚，他在一家富有的农人的垦地上住了下来，现在还住在那里。他在东家的菜园里做工，还兼教孩子们读书和照顾病人。

1898 年

臧仲伦　译

舞会之后

"你们说，一个人不可能独自懂得什么是好，什么是坏，关键在于环境，是环境在作祟。而我却认为关键是机缘。且以我个人为例。"

我们在闲谈中谈到，一个人为了修身养性，必须首先改变自己的生活环境，之后，备受大家敬重的伊万·瓦西里耶维奇便这么开口说道。其实，谁也没有说过人自身无法懂得什么是好，什么是坏，但是伊万·瓦西里耶维奇有一个习惯：因为谈话，他浮想联翩，产生了一些想法，于是便自问自答，并由这些想法生发开来，说一些他的切身遭遇。他常常讲得津津有味，把促成他讲这故事的缘由忘得一干二净，再说他讲得非常坦诚，听去也十分真实。

现在他就是这么做的。

"且以我个人为例。我的一生所以落得如此下场，不是因为环境，而是完全因为别的原因。"

"究竟因为什么呢？"我们问。

"这事说来话长。不是三言两语说得清楚的。"

"那您就从头说起吧。"

伊万·瓦西里耶维奇沉思有顷，摇了摇头。

"是啊，"他说，"一夜之间，或者不如说一个早上，我的一生就全部改观了。"

"到底出了什么事呢？"

"问题就出在我坠入了热恋之中。我谈过多次恋爱，但是这回是最强烈的爱。这都是过去的事了。她的女儿都已经嫁人了。她叫ъ……，是的，瓦莲卡·ъ……"伊万·瓦西里耶维奇说了她的姓名。"她年已半百，仍旧是个大美人。但是她在十八岁的豆蔻年华，简直美极了：修长、苗条的身材，优雅的举止，端庄美丽的容貌，真是国色天香。她总是高视阔步，好像非此不足以表现她自己似的，她微微仰起头，加上她非凡的美丽、修长的身材，尽管她面容消瘦，甚至略嫌清癯，但是旁人看去，简直是仪态万方，天姿国色。要不是她那美丽至极、顾盼生姿的秋波，她那整个既可爱又年轻的身躯，她嘴边那既亲切又永远愉快地微笑的话，简直会令人望而却步。"

"伊万·瓦西里耶维奇的描写多么绘声绘色啊。"

"不管怎样绘声绘色，也说不尽她的天姿国色，也没法让你们明白她有多美。但是问题不在这里：我想说的这事发生在 40 年代①。那时我正在省城一所大学里②上学。我不知道这是好事还是坏事，反正当时我们大学里没有任何小组，也不谈任何理论，我们只是年轻罢了，以年轻人特有的方式生活：上学和吃喝玩乐。我是一个十分活泼好动的小伙子，再说家境也富裕。我有一匹溜蹄快马，常跟小姐们一起登山滑雪（当时滑冰尚不时兴），跟同学们饮酒作乐（当时，我们除了香槟外，什么也不喝；没有钱就滴酒不沾，但是绝不像现在这样喝伏特加）。我的主要娱乐是参加晚会和舞会。我跳舞跳得很好，人也长得不难看。"

---

① 指 19 世纪 40 年代。
② 指俄罗斯皇家喀山大学。

"嗯。不用谦虚啦。"在座的一位女士打断他道。

"我们知道,您还有一张从前的银版相片。您过去非但不难看,而且还是个美男子呢。"

"就算是美男子吧,但问题不在这里。问题在于正当我如痴如醉地热恋着她的时候,在谢肉节的最后一天,我参加了本省首席贵族举办的一次舞会。这位首席贵族是位忠厚长者,家私巨富而又好客,兼任宫廷高级侍从。接待我的是他的夫人。她跟她丈夫一样也是位忠厚长者,穿着一身深褐色的天鹅绒长裙,头上戴着一副镶钻石的额花①,袒胸露臂,虽然皮肤略嫌苍老和松弛,就跟伊丽莎白·彼得罗芙娜②的画像一样。舞会美不胜收,设有乐队的舞厅富丽堂皇,乐队里全是当时著名的农奴乐师,均来自一位爱好音乐的地主家。餐桌上琳琅满目,香槟酒简直海了去了。虽然我很爱喝香槟酒,但是我没有喝,因为我不喝酒就醉了,被爱所迷醉。但是,我要尽情跳舞,什么舞都跳:跳卡德里尔舞,跳华尔兹舞,跳波尔卡舞,不用说,只要可能,我想一直都跟瓦莲卡跳。她那天身穿白衣白裙,系着粉红色腰带,手戴白皮手套,手套差点齐到她那瘦瘦的、尖细的胳膊肘。她脚蹬白色的缎子鞋。我正想跟她跳玛祖尔卡舞时,她被人抢走了:她一进来,一个可恶至极的工程师阿尼西莫夫——这事我至今不能原谅他——就抢先一步,邀请了她,因为我顺路到一家理发店去买手套③,迟到了。因此,玛祖尔卡舞我没有跟她跳,我是跟一个德国姑娘跳的——过去我曾逢场作戏地追过这姑娘。但是我恐怕那天晚上我对她很不礼貌:既不看她,也不跟她说话,我看到的只是那个身穿白衣白裙、束着粉红色腰带的修长而又苗条的身影,那喜气洋洋、一

---

① 类似于我国古代妇女的头饰——用金链或缎带束于额际,中镶宝石。
② 1741 年到 1761 年间的俄国女皇。
③ 当时俄国的一些理发店兼营手套和领带。

笑两个酒窝、红艳艳的脸蛋，以及那可爱而又和蔼可亲的眼睛。不止我一个人，而是所有的人都在看她，欣赏她。男人欣赏她，女人也在欣赏她，尽管她使她们大家黯然失色。没法不欣赏她啊。

"可以说，玛祖尔卡舞我没有跟她跳，但是实际上我差不多一直在跟她跳舞。她十分大方地穿过整个大厅，径直向我走来，我没有等她邀请就急忙起立。她向我嫣然一笑，以此答谢我的未卜先知。当我们俩被领到她面前，她没有猜到我的性格^①时，她只好把手不伸给我，耸耸她那纤瘦的肩膀，以示惋惜和安慰，并向我莞尔一笑。当大家用华尔兹舞改换玛祖尔卡舞步时，我一直跟她跳华尔兹舞，跳了很久，她虽然呼吸急促，但是仍旧笑吟吟地对我说：'Encore.'^② 于是我就一次又一次地跳呀，跳呀，飘飘欲仙，甚至感觉不到我还有个身体。"

"唉呀，怎么会感觉不到呢？我想，您搂着她的腰肢，不仅清楚地感觉到自己的，也能感觉到她的肉体嘛。"有位客人说。

伊万·瓦西里耶维奇勃然变色，满脸通红，几乎怒气冲冲地喝道：

"是的，你们，眼下的年轻人，就是这样。除了肉体以外，你们什么也看不见。想当年，我们就不是这样。我爱得越深，就越感觉不到她的肉体。你们现在看到的是大腿、脚踝，还有别的什么，你们恨不得把所爱的女人脱个精光，我认为 Alphonse Karr^③说得好，在我的心上人身上，她的衣服永远是青铜铸的。我们不是把她脱个精光，而像挪亚的好儿子那样^④极力遮盖赤身露体。

---

① 指两个年轻人在邀请女方跳舞时，预先选定一个代表自己性格的词，比如"温柔""骄傲"等，让女方猜，被猜到者即与之共舞。

② 法语：再来一次。

③ 法语：阿尔封斯·卡尔(1808—1890)，法国作家。

④ 源出《旧约·创世记》第九章第二十一至二十三节：挪亚醉卧帐篷，赤身露体，他儿子见后，便拿一件衣服给他盖上。

唉，你们是不会懂得这道理的……"

"别理他。然后呢？"我们中间有个人问道。

"是啊。于是我多一半时间在跟她跳舞，也没看到时间是怎么过去的。乐师们累得精疲力竭，你们知道，每到舞会快结束时都这样。他们一支又一支地净演奏玛祖尔卡舞曲。客厅里，老爷子和老太太们已纷纷离开牌桌，站了起来，等候吃消夜，仆人们更是端着东西跑进跑出。这时候快要午夜3点了。必须抓紧最后几分钟。我再一次选定她，于是我们便第一百次翩翩起舞，穿过舞厅。

"'那么，吃过消夜后，玛祖尔卡舞归我？'我把她领到她的座位时问她。

"'还用说？只要不让我坐车回家。'她笑吟吟地说道。

"'我不让您走。'我说。

"'给我扇子呀。'她说。

"'真舍不得还给您。'我说，说时便将一把并不值钱的白扇子递给了她。

"'那就把这送给您，您就别舍不得啦。'她说，说时从扇子上拔下一根羽毛，给了我。

"我接过这根羽毛，只能用脉脉含情的一瞥来表达自己的全部喜悦和感激之情。我不仅很高兴，很满意，而且很幸福，幸福极了。我心地善良，我已经不是我自己了，我成了一个不知人间有恶，只能行善的超凡脱俗的人了。我把那片羽毛藏进了手套，站在一旁，无力离她而去。

"'瞧，人家在请爸爸跳舞。'她告诉我，指着她父亲高大魁梧的身躯。她父亲是位上校，佩着银色的肩章，正同女主人和别的女士们一起站在门口。

"'瓦莲卡，您过来。'我们听到那位头戴钻石额花、具有伊丽莎白式肩膀的女主人响亮的声音。

"'Ma chère①，劝令尊跟您跳一圈吧。好，彼得·弗拉季斯拉维奇，请。'女主人对上校说。

"瓦莲卡的父亲是位相貌十分英武的老人，器宇轩昂、身材魁梧而又神采奕奕。他满面红光，蓄着两撇雪白的向上翘起的、a la Nicolas I②的唇髭和一部与唇髭连成一片、同样雪白的络腮胡子，鬓发前梳，在他那神采飞扬的眼睛里和嘴唇上也跟他女儿一样，有一副亲切、快活的笑容。他器宇轩昂，昂首挺胸，一副军人派头，胸前恰如其分地佩戴着几枚勋章。他膀大腰圆，两腿颀长而又匀称。他是一位具有尼古拉皇帝风采的军界耆宿。

"我们走到门口的时候，上校婉言推辞道，他已久疏此道，不会跳舞了。但是话虽这么说，他还是笑容满面地把手伸到左面，把佩剑从武装带上摘下，交给一位热心殷勤的年轻人，右手戴上了鹿皮手套。'一切都应照章办事。'他一面笑吟吟地说，一面拉住女儿的一只手，站着，半转过身子，等候节拍。

"等玛祖尔卡舞一开始，他就敏捷地一踩脚，另一只脚随后跟上，于是他那高大魁梧的身躯便一会儿轻盈而又从容地，一会儿又舞步杂沓而又剽悍地，踩着鞋底，两脚相碰，绕着大厅旋转起来。瓦莲卡身段优美地在他周围翩翩起舞，她那穿着白缎鞋的小脚，步子时而小，时而大，既舞姿灵巧，又轻盈及时。全大厅都注视着这对舞伴的每一动作。我不仅欣赏，而且以一种狂喜和感动看着他们俩，尤其使我感动的是他那被套带绷紧的皮靴——一双用小牛皮缝制的上好的靴子，但是那式样并不是摩登的尖头靴，而是老式的无跟方头靴。这皮靴分明是部队里的靴匠自制的。我

---

① 法语：亲爱的。
② 法语：尼古拉一世det。尼古拉一世（1796—1855），俄国沙皇。

想：为了打扮爱女，把她引荐给社交界，他不买摩登的皮靴，而穿自制的靴子。这双方头靴特别使我感动。看得出来，他从前跳舞跳得非常好，如今因为身躯笨重，要做那些他极力想做得漂亮而又快速的舞步，两腿弹性不够。不过他还是灵巧地跳了两圈。当他迅速地又开两腿，重又收拢，虽然略嫌笨重，但还是跪下了一条腿，而她则笑吟吟地整理了一下被他挂住的衣裙，优雅而又从容地绕着他跳了一圈，大家都响亮地拍起手来。他略显吃力地站起身来，温柔而又亲切地伸出双手，抱住女儿的两只耳朵，亲了亲她的前额，然后把她领到我跟前，以为我要跟她跳舞。我说，这次她的舞伴不是我。

"'嗯，没关系，现在您就跟她跳吧。'他说，一边亲切地微笑着，把佩剑佩到武装带上。

"常有这样的事，瓶子里只要流出一滴，紧接着，瓶子里的东西就会滔滔不绝地流出来，同理，我心中对瓦莲卡的爱，也把隐藏在我心中的爱的全部能量释放了出来。那天晚上，我用自己的爱拥抱了整个世界。我爱佩有额花、像伊丽莎白那样袒胸露臂的女主人，我爱她的丈夫，我爱她的客人，我爱她的仆人，我甚至爱那个对我一脸不高兴的工程师阿尼西莫夫。至于对她的父亲，连同他的家常皮靴和与她相像的和蔼可亲的微笑，当时我简直感到一种柔情似水之感。

"玛祖尔卡舞跳完了，主人请客人去用消夜，但是被上校婉言谢绝了，说他明天必须早起，便向主人告了别。我吓了一跳，生怕他把她带走，但是她跟她妈留下来没走。

"吃过消夜后，我跟她跳了她早先应允的卡德里尔舞，尽管看起来我已经无限幸福，我的幸福感还是在不断增长。关于爱情，我们只字未提。我既没问她，也没问自己：她是不是爱我。只要我爱她，我感到就足够了。我害怕的只有一点，可别发生什么事情破坏了我的幸福。

"我回到家，脱了衣服，想睡觉，但是我发现我根本睡不着。我手中握着从她扇子上拔下来的那片羽毛，以及她临走时送给我的一只手套——那时她正要上车，我先扶她妈上车坐好后，又扶她上车。我看着这两样东西，并没有闭上眼睛，她的倩影却赫然如在目前，一会儿看到她正在两个舞伴中挑选，在猜我的性格，于是我听到她那可爱的声音在说：'骄傲？是吗？'——说罢便快活地把手伸给我；一会儿又看到她吃消夜时一口一口抿着一杯香槟酒，低头用含情脉脉的眼光偷觑我。但是，我看到最多的还是她和父亲双双起舞，她优雅从容地围着他舞姿翩跹，露出她以一种为自己，也为他感到骄傲和快乐的神态扫视着正在欣赏他俩、赞叹不绝的观众。在一种柔情似水和不胜感动之情中，我不由得把他和她合而为一，视同合璧连珠。

"当时，我和我已故的哥哥单独住在一起。总的说，我哥哥不喜欢上流社会，也从不去参加舞会，现在他正在准备学士考试，因此很用功，也很规矩，他睡了。我望了望他那埋在枕头里、被法兰绒被遮住一半的脑袋，我怀着一片爱心替他惋惜，惋惜的是他不知道，也无法分享我体验到的幸福。我们的家奴彼得鲁沙拿着蜡烛来接我，想帮我脱去外衣，可是我让他走开了。他头发蓬乱，睡眼惺忪的模样，使我觉得分外感动。我极力不发出响声，蹑手蹑脚地穿堂入室，走进自己的房间，坐到床上。不，我太幸福了，我睡不着。再说，屋里的炉火烧得很旺，我觉得热，于是我就不脱学生制服，悄悄走进前厅，穿上大衣，打开大门，走到户外。

"我离开舞会的时候已是凌晨 4 点多了，走到家，在家里坐了一会儿，又过去了大约两小时，因此，当我出门的时候，已经天亮了。正是谢肉节的天气①，大雾弥漫，路上饱含水分的积雪正在融化，所有的屋檐都在滴水。当时ъ住在城边，紧挨着一片广场；广场的一头是游乐场，另一头是女子中学。我穿过我们那条偏僻的胡同，上了大街，这才碰见过往行人和运送劈柴的雪橇，雪橇的滑木都擦着路面了②。拉雪橇的马套着发亮的车轭，有节奏地摆动着湿漉漉的脑袋；车夫身披蒲席，脚蹬大皮靴，深一脚浅一脚地在大车旁啪嗒啪嗒地走着；在大雾中，街道两旁的房屋显得分外高大：我觉得这一切都特别美和别具深意。

"当我走到挨近他们家的广场时，看到有游乐场的广场的那一头黑压压的一大片，同时又听到从那边传来长笛声和铜鼓声。我心花怒放，心儿一直在歌唱，间或耳边还可以听到玛祖尔卡舞的乐曲声。但是这是另一种音乐，既生硬，又难听。

"'这是怎么回事？'我想，接着便沿广场中央一条溜滑的大车道朝发出声音的方向走去。走了百十来步，透过浓雾，我开始看出那里有一片黑压压的人影。显然是士兵。'大概在上操。'我想。当时有一名铁匠穿着油渍麻花的短皮袄，系着围裙，手里拿着什么东西，走在我前面，我跟他一起走近了点。穿着黑色军服的士兵排成两行，面对面地持枪站着，一动不动。队伍后面站着一名鼓手和一名吹长笛的士兵，不停地吹打着令人听而生厌的尖利的老调。

"'他们在干什么呀？'我问那个紧挨着我站住的铁匠。

"'因为逃跑，在打一名鞑靼士兵③。'那铁匠抬头望望队伍尽头，忿忿地说道。

---

① 指冬去春来。
② 指积雪不深，且已融化。
③ 旧俄军队中惩罚士兵的一种笞刑。受罚的士兵行经两列相向而立的士兵，从排头到排尾，走到哪里，打到哪里。

"我也开始向那边张望，看到两列队伍中间有一样可怕的东西正在由远而近地向我走来。离我越来越近的那东西原来是一个光着上身的大活人，他被拴在两名士兵的枪杆上，由他们牵着。他身旁走着一位高大魁梧的军人，身披大氅，头戴军帽，我觉得这人眼熟。受罚的那人浑身抽搐、两脚踩着融化的积雪，发出啪嗒啪嗒的声音，在两旁雨点般向他打来的棍棒下，渐渐向我走来，一会儿向后倒，仰面朝天。于是那两名用步枪牵着他的军士便把他往前一推，他一会儿又跌跌撞撞地向前倒下，于是那两名军士又把他往后一拽，使他不致倒下。而那位高大魁梧的军人始终不离他左右，步履坚定，大摇大摆地紧跟着他。这军人就是她父亲，红光满面，白胡白须。

"受罚的人，每挨一下棍子，就好像感到吃惊似的，龇牙咧嘴地露出两排白牙，把他那因痛苦而扭曲得皱拢来的脸转向棍子落下的方向，一再重复着同样的话。直到他离我很近很近的时候，我才听清楚了他说的这些话。他不是说，而是呜呜咽咽地哀求：'弟兄们，行行好。弟兄们，行行好。'但是弟兄们不肯行行好，当这一行人走到我的跟前时，我看到，站在我对面的一个士兵，坚定地跨前一步，挥起棍子，呼呼风生地啪的一下重重地打在鞑靼人的后背上。鞑靼人一个趔趄，向前栽倒，但是那两名军士拽住了他，同样的一记棍子又从另一面打来，棍棒齐下。上校在一旁走着，一会儿望望自己脚下，一会儿又望望那个受罚的士兵，吸进一口气，鼓起腮帮子，然后又噘起嘴唇把这口气慢慢地呼了出去。当这一行人走过我站着的那地方的时候，我才在那两排人中间匆匆一瞥，看到了那个受罚人的后背：血肉模糊，惨不忍睹，我简直没法相信这是人的身体。

"'啊，主啊。'铁匠在我身旁说道。

"这一行人开始越走越远，两边的棍棒仍旧纷纷落在那个跌跌撞撞、浑身抽搐的人身上，铜鼓仍在咚咚地响，长笛仍在呜呜咽咽地吹，上校那高大魁梧、英俊潇洒的身影仍在步履坚定地挨着那个受罚的人移动。上校霍地站住，快步逼近一个士兵。

"'我让你糊弄，'我听到他怒不可遏的声音，'还敢糊弄吗？敢吗？'

"我看见他挥起他那戴着麂皮手套的有力的手，扇了那个吓坏的小矮个、力气单薄的士兵一记耳光，因为他没用足力气将棍棒打在那个鞑靼人的鲜血淋漓的脊背上。

"'拿几条新军棍①来！'他回过头来叫道，他看见了我。他装作不认识我，威严而又恶狠狠地皱起了眉毛，急忙扭过头去。我简直羞得无地自容，不知道眼睛看哪儿好了，好像我做了什么见不得人的事，被人当场揭穿了似的。我低下眼睛，急匆匆地跑回家去。一路上，我的耳边一会儿响起铜鼓的咚咚声和长笛的呜咽声，一会儿又传来'弟兄们，行行好'的哀求声，一会儿我又听到上校自信而又怒不可遏的喊叫：'还敢糊弄吗？敢吗？'与此同时，我的心中又感到一种近乎生理上的痛苦，痛苦得让人不断恶心，因此我几次停下来。我看到的这一情景太可怕了，我感到一阵恶心，差点没吐出来。我不记得我是怎么走到家的，也不记得我是怎么上床躺下的。但是我刚要睡着，又听到和看到我刚才看到和听到的一切，我一骨碌爬了起来。

"'显然，他知道我不知道的某种道理。'我想到上校，'要是我知道他所知道的道理，我也就明白我所看到的那事了，那事也就不会使我感到痛苦了。'但是我尽管绞尽脑汁，也琢磨不透上校知道的那个大道理，因此直到傍晚我才入睡，即使这样，也是因为我去找了一位朋友，跟他一起喝得酩酊大醉的缘故。

---

① 旧俄专用以惩罚士兵，用砍下的树杈或树条制成的军棍或长鞭。

"怎么，你们以为我当时就认定，我看到的那事是坏事吗？非也。'既然这事做起来那么自信，而且大家公认必须这样做，可见他们都知道一个我所不知道的道理。'我想，而且极力想弄明白这道理究竟是什么。但是不管我怎样殚精竭虑，还是弄不懂这道理究竟是什么。因为弄不懂，所以我只好不去服我从前想去服的兵役，而且我不仅没有在军队里服过役，也没有在任何衙署里供过职，结果就像诸君所看到的那样，成了一名毫无作为的大废物。"

"行了行了，我们知道您到底怎么毫无作为！"我们中间有位先生说道，"您倒不如说说：要是没有您，该有多少人成为毫无作为的大废物。"

"行啦，这压根儿是废话。"伊万·瓦西里耶维奇不胜懊恼地说道。

"嗯，那段爱情又是怎么了局的呢？"我们问。

"那段爱情？从那天起，那段爱情就每况愈下。当她——她总是那样——面含笑容，若有所思的时候，我便立刻想到上校在广场上的那一幕，于是我就感到不无尴尬和不快，日后我跟她见面也就渐渐少了。那段爱情也终于化为乌有。你们瞧，世上的事就这么变化莫测，它常常使得人的整个一生随之改观，南辕而北辙。可你们却说……"他说到这里打住了。

1903 年

臧仲伦　译

出 品 人：许 永
出版统筹：林园林
责任编辑：许宗华
特邀编辑：王佳丽
封面设计：海 云
印制总监：蒋 波
发行总监：田峰峥

投稿信箱：cmsdbj@163.com
发 行：北京创美汇品图书有限公司
发行热线：010-59799930

创美工厂官方微博　　创美工厂微信公众号